Un lugar donde refugiarse

Un lugar donde refugiarse

Nicholas Sparks

Traducción de Iolanda Rabascall

Rocaeditorial

Título original inglés: *Safe Haven*
© Nicholas Sparks, 2010. All rights reserved

Primera edición: noviembre de 2011

© de la traducción: Iolanda Rabascall
© de esta edición: Roca Editorial de Libros, S. L.
Av. Marquès de l'Argentera, 17, pral.
08003 Barcelona.
info@rocaeditorial.com
www.rocaeditorial.com

Impreso por Rodesa
Villatuerta (Navarra)

ISBN: 978-84-9918-338-1
Depósito legal: NA. 2.342-2011

En memoria de Paul y Adrienne Cote,
mis queridos suegros, que en paz descansen

1

Mientras Katie se afanaba por atender diligentemente las mesas, la brisa del Atlántico se enredaba en su pelo. Portaba tres platos en la mano izquierda y otros tres en la derecha, y vestía unos pantalones vaqueros y una camiseta en la que ponía: PRUEBA EL FLETÁN DE IVAN'S. Dejó los platos en una mesa ocupada por cuatro hombres que vestían polos, y el que se hallaba más cerca de ella la miró directamente a la cara y le sonrió. A pesar de que era evidente que solo intentaba ser amable, Katie tenía la certeza de que la había continuado observando mientras ella se alejaba de la mesa. Melody había mencionado que venían desde Wilmington, en busca de localizaciones para filmar una película.

Katie tomó una jarra de té dulce y se acercó otra vez a la mesa de los cuatro hombres para llenarles los vasos antes de regresar a la zona reservada para los camareros. Con disimulo, barrió la terraza con la mirada. Estaban a finales de abril, hacía una temperatura casi perfecta y el cielo azul se perdía hasta el horizonte sin una sola nube. A lo lejos, las aguas del canal intracostero estaban en calma, a pesar de la brisa, y reflejaban fielmente el color del cielo como un espejo. Una docena de gaviotas se habían posado en la barandilla del restaurante, con la intención de lanzarse en picado bajo cualquier mesa en la que hubiera siquiera una miga de pan.

Ivan Smith, el dueño del local, odiaba a esos pajarracos. Los llamaba «ratas con alas», y ya había recorrido la zona un par de veces, blandiendo un desatascador con el mango de madera por encima de la barandilla para espantarlos. Melody se había inclinado hacia Katie y le había cuchicheado que le preocupaba más saber de dónde había sacado ese desatascador que las gaviotas en sí. Katie no dijo nada.

Preparó otra jarra de té frío y limpió la barra con un trapo. De repente notó unas palmaditas en el hombro. Se giró y vio a Eileen, la hija de Ivan. Era una jovencita de diecinueve años muy guapa que trabajaba a media jornada como encargada del restaurante.

—Katie, ¿te importaría ocuparte de otra mesa?

Ella contó sus mesas mentalmente, poco a poco.

—De acuerdo —asintió.

Eileen se perdió escaleras abajo. Katie podía oír retazos de conversaciones de las mesas más próximas, gente que departía animadamente sobre amigos o familiares, el tiempo o la pesca. En una mesa situada en un rincón, vio dos personas que cerraban el menú y, sin demorarse, se acercó a ellas y anotó lo que querían, aunque no se quedó allí plantada intentando darles conversación, tal como solía hacer Melody. No le gustaba hablar por hablar, pero Katie era eficiente y educada, y a ninguno de los clientes parecía molestarle su actitud reservada.

Había empezado a trabajar en el restaurante a principios de marzo. Ivan la había contratado una tarde fría y soleada, en la que el cielo parecía pintado con gruesos trazos de color tostado. Cuando le dijo que podía empezar a trabajar el lunes siguiente, Katie tuvo que realizar un enorme esfuerzo para no echarse a llorar delante de él. Por entonces, estaba sin blanca y hacía dos días que no probaba bocado.

Se dedicó a pasar por las mesas rellenando los vasos con agua y té dulce, y luego enfiló hacia la cocina. Ricky, uno de los cocineros, le guiñó el ojo, como hacía siempre que la veía. Dos días antes la había invitado a salir, pero ella le había contestado que no quería salir con ningún empleado del restaurante. Tenía el presentimiento de que él pretendía volver a probar suerte pero deseó que sus instintos le fallaran.

—Me parece que hoy no bajará el ritmo de trabajo —comentó el chico. Era un joven rubio y larguirucho, quizás un año o dos más joven que ella, y todavía vivía con sus padres—. Cada vez que pensamos que ya tenemos dominada la situación, llegan más clientes y... ¡zas! ¡A volver a empezar!

10

—Es que hace muy buen día.

—¡Por eso! ¿Qué hace la gente aquí en un día tan soleado? Deberían estar todos en la playa o pescando. Que es exactamente lo que pienso hacer cuando acabe mi turno.

—Una idea estupenda.

—¿Querrás que te lleve a casa en coche luego?

Él se ofrecía a llevarla en coche por lo menos una vez a la semana.

—Te lo agradezco, pero no vivo tan lejos.

—¿Y qué? Estaré encantado de llevarte —insistió él.

—Me gusta caminar y además es saludable.

Katie le entregó la nota y Ricky la clavó en el corcho; luego él le entregó uno de sus pedidos. Ella llevó los platos hasta una de las mesas de su sección.

El restaurante Ivan's, que tenía más de treinta años de vida, era toda una institución en la localidad. Poco a poco Katie se había ido familiarizando con los clientes más habituales, y mientras cruzaba el restaurante hasta la otra punta, escrutó las nuevas caras. Familias. Nadie parecía fuera de lugar, y nadie se había presentado preguntando por ella, pero todavía a veces se apoderaba un incontrolable temblor de manos le sobrevenía, e incluso ahora seguía durmiendo con una luz encendida.

Su pelo corto era del color de las castañas; se lo teñía en la pila de la cocina de la casita que había alquilado. No llevaba maquillaje y sabía que aquel día, con aquel sol esplendoroso, se pondría morena, quizás incluso demasiado. Se recordó a sí misma que tenía que comprar loción solar, pero después de pagar el alquiler y las cuatro cosas que necesitaba para vivir, no le quedaba demasiado dinero para esa clase de lujos. Incluso un protector solar le alteraba el presupuesto. El empleo de camarera en Ivan's era un buen trabajo y estaba encantada con él, pero la comida que servían era barata, y eso significaba que las propinas no eran muy elevadas. Con su dieta a base de arroz y judías, pasta y copos de avena, había perdido peso en los últimos cuatro meses. Podía notar cómo se le hundían las costillas debajo de la camiseta, y hasta unas semanas antes había tenido unas ojeras tan marcadas que pensaba que ya jamás se le borrarían del rostro.

—Esos no te quitan el ojo de encima —comentó Melody,

señalando con la cabeza hacia la mesa donde estaban sentados los cuatro hombres de la productora de cine—. Especialmente el del pelo castaño, el más mono.

—Ah —respondió Katie. Se centró en preparar otra jarra de café. Sabía que Melody era muy cotilla, así que normalmente procuraba no hablar con ella.

—¿Qué? No me dirás que no te parece mono, ¿eh?

—Ni me había fijado.

—¿Pero cómo es posible que no te fijes en un chico tan mono? —Melody se la quedó mirando fijamente, con cara de sorpresa.

—No lo sé —respondió Katie.

Al igual que Ricky, Melody era un par de años más joven que Katie, debía de rondar los veinticinco. Tenía el pelo cobrizo, los ojos verdes y un enorme descaro, y salía con un chico que se llamaba Steve y que se encargaba de repartir los pedidos de la ferretería situada en la otra punta del pueblo. Como el resto de los empleados en el restaurante, Melody era natural de Southport, un enclave que ella describía como un verdadero paraíso para los niños, las familias y los ancianos, pero el lugar más aburrido sobre la faz de la Tierra para la gente joven soltera. Por lo menos una vez a la semana le aseguraba a Katie que estaba planeando irse a vivir a Wilmington, donde había bares, clubes y muchas más tiendas. Parecía conocer a todo el mundo y estaba al tanto de cualquier cosa que pasara en Southport. A veces Katie pensaba que la profesión oficial de Melody debería ser la de cotilla.

—Me he enterado de que Ricky te ha pedido salir —dijo, cambiando de tema—, pero que tú le has dicho que no.

—No me gusta salir con compañeros de trabajo. —Katie fingió estar totalmente concentrada organizando las bandejas.

—Podríamos salir los cuatro juntos. Ricky y Steve pescan juntos.

Katie se preguntó si Ricky le había pedido a Melody que intercediera o si la idea se le había ocurrido a ella solita. Quizá las dos cosas. Por las noches, cuando el restaurante cerraba, la mayoría de los empleados se quedaban un rato juntos, charlando y tomando un par de cervezas. Aparte de Katie, el resto llevaba bastantes años trabajando en el mismo sitio.

—No me parece una buena idea.

—¿Por qué no?

—Una vez tuve una mala experiencia; quiero decir que una vez que salí con un compañero de trabajo —explicó Katie—. Desde entonces me prometí a mí misma que nunca más volvería a hacerlo.

Melody esbozó una mueca de fastidio antes de alejarse con paso firme hacia una de sus mesas. Katie atendió dos mesas y retiró los platos vacíos. Procuraba estar ocupada, intentando ser eficiente e invisible a la vez. Mantenía la cabeza gacha y se aseguraba de que la zona reservada para los camareros estuviera impecable. De ese modo el día pasaba más rápido. No flirteó con el joven de la productora de cine, y cuando él se marchó no se volvió para mirarla.

Katie trabajaba tanto en el turno del almuerzo como en el de la cena. A medida que el día se iba diluyendo y cediendo protagonismo a la noche, le encantaba contemplar los matices cambiantes en el cielo, que iban de una gama azul a gris y después a naranja y amarillo, transformando el horizonte occidental. Al atardecer, el agua resplandecía y los veleros se escoraban entre la brisa. Las agujas de los pinos brillaban como si fueran de plata. Tan pronto como el sol se escondía tras la línea del horizonte, Ivan encendía las estufas de gas propano de la terraza, y las placas de resistencia refulgían como las calabazas talladas a mano que iluminan la noche de Halloween. Katie había pasado demasiadas horas expuesta al sol y le escocía la cara.

Abby y Big Dave reemplazaron a Melody y a Ricky en el turno de noche. Abby era una jovencita que estaba a punto de acabar sus estudios en el instituto y que se pasaba el día riendo como una niñita traviesa, y Big Dave llevaba casi veinte años trabajando de cocinero en aquel local. Estaba casado, tenía dos hijos y lucía el tatuaje de un escorpión en el antebrazo derecho. Debía de pesar casi ciento cuarenta kilos, y en la cocina su cara siempre mostraba brillos por el calor. Utilizaba apodos para referirse a cada uno de sus compañeros: a ella la llamaba Katie Kat.

El ritmo frenético del turno de la cena duró hasta las nueve. Cuando empezó a calmarse, Katie limpió la barra y cerró la zona reservada para los camareros. Ayudó a sus compañeros a

13

colocar las cosas en el lavaplatos mientras los clientes más rezagados apuraban los últimos minutos de charla distendida. En una de las mesas de su sección había una pareja, y Katie se había fijado en sus anillos mientras departían relajadamente con las manos entrelazadas sobre la mesa. Eran jóvenes y atractivos, y tuvo la sensación de haber experimentado antes la misma vivencia. Sí, ella también había sido como esa joven, mucho tiempo atrás, por un breve instante. O por lo menos esa era su impresión, porque Katie había aprendido que los instantes eran simplemente eso: una ilusión. Dio la espalda a la pareja, deseando poder borrar de su cabeza aquellos recuerdos y no evocar aquel sentimiento romántico nunca más.

2

$\mathcal{A}$ la mañana siguiente, Katie salió al porche con una humeante taza de café. Las tablas de madera crujieron bajo sus pies descalzos, y se apoyó en la barandilla. Las azucenas brotaban en medio de las hierbas salvajes en lo que una vez había sido un parterre de flores, y alzó la taza, saboreando el aroma mientras tomaba un sorbo.

Le gustaba Southport. Era diferente a Boston, a Filadelfia o a Atlantic City, con sus sempiternos ruidos de tráfico y sus mil y un olores, y la gente siempre ajetreada; además, era la primera vez en su vida que disponía de un espacio para ella, solo para ella. La casita no era gran cosa, pero era su nido y estaba en un lugar apartado, y con eso le bastaba. Formaba parte de dos estructuras idénticas, dos cabañas con las paredes hechas con tablas de madera, ubicadas al final de un sendero de gravilla. Antes habían servido como refugios de caza y quedaban arropadas por un soto de robles y pinos en los confines de un bosque que se extendía hasta la costa. El comedor y la cocina eran pequeños, y la habitación no tenía armarios; pero la casita estaba amueblada, incluyendo un par de mecedoras en el porche. Por otro lado, el alquiler era una ganga. No es que el lugar fuera decadente, pero todo estaba lleno de polvo a causa de los años que había estado en desuso, y el casero le había ofrecido comprar los utensilios que necesitara si pensaba quedarse mucho tiempo. Desde que se había instalado, se había pasado gran parte de su tiempo libre a cuatro patas o encaramada en una silla, fregando y limpiando sin parar. Había fregado todo el cuarto de baño a conciencia hasta dejarlo reluciente; había repasado el techo con un paño húmedo. Había abrillantado los cristales con vinagre, y se había pasado un montón de horas sobre sus manos y rodillas, intentando por todos los medios eliminar el óxido y la roña del linóleo que revestía el suelo de la cocina. Había tapado grietas en las paredes con masilla, y luego las había lijado hasta dejarlas completamente lisas. Había pintado las paredes de la cocina en un color amarillo chillón, y había barnizado los armarios con esmalte blanco satinado. Su habitación era ahora azul cielo, el comedor era beis, y la semana previa había colocado una funda en el sofá, por lo que ahora ofrecía un aspecto prácticamente nuevo.

Después de tanto esfuerzo, y con casi todo el trabajo hecho, a Katie le gustaba sentarse en el porche por la tarde y leer libros que sacaba de la biblioteca. Aparte del café, la lectura era su único vicio. No tenía televisor, ni radio, ni teléfono móvil, ni microondas, ni tampoco automóvil, y todas sus pertenencias cabían en una sola maleta. Tenía veintisiete años, era rubia natural y no contaba con ningún amigo de verdad. Había llegado a Southport casi sin nada, y unos meses después seguía casi sin nada. Ahorraba la mitad de sus propinas y cada noche guardaba el dinero doblado en una lata de café que mantenía oculta en una hendidura debajo de una de las tablas del porche. Reservaba ese dinero por si surgía un imprevisto o una emergencia, y estaba dispuesta a pasar hambre antes que tocar sus parcos ahorros. El simple hecho de saber que contaba con ese dinero la aliviaba, porque el pasado siempre venía a acosarla y podía trocarse en realidad en cualquier momento. Un demonio estaba registrando el mundo en su busca, y Katie sabía que cada día que pasaba crecía más la furia de aquel demonio.

—Buenos días —la saludó una voz, sacándola de su ensimismamiento—. Tú debes de ser Katie.

Se volvió. En el porche ajado de la casita aledaña vio que una mujer con una larga melena castaña y despeinada la saludaba. Debía de rondar los treinta y cinco años, y llevaba unos pantalones vaqueros y una camisa con las mangas arremangadas. Sobre los rizos enmarañados de su cabeza descansaban unas gafas de sol. Sostenía una pequeña alfombra y parecía debatirse entre si sacudirla en la barandilla o no, hasta que al final la lanzó con desgana a un lado y se encaminó hacia la casita de Katie. Se movía con la energía y la agilidad de alguien que practica deporte a diario.

—Irv Benson me dijo que íbamos a ser vecinas.

«El casero», pensó Katie.

—No sabía que alguien estuviera interesado en mudarse aquí.

—Creo que Benson tampoco se lo esperaba. Casi se cayó de la silla cuando le dije que quería alquilarle la barraca. —Por entonces, la desconocida ya había llegado al porche de Katie. Le tendió la mano al tiempo que se presentaba—: Mis amigos me llaman Jo.

—Hola —respondió Katie, estrechándole la mano.

—Qué día más espléndido, ¿eh?

—Sí, una mañana más que luminosa —convino ella, apoyando el peso de su cuerpo primero en una pierna y luego en la otra—. ¿Cuándo te has instalado?

—Ayer por la tarde. Y estoy de un humor de perros; me he pasado prácticamente toda la noche sin parar de estornudar. Me parece que Benson se ha dedicado a acumular tanto polvo como ha podido y lo ha almacenado en esa casucha. ¡Ni te imaginas cómo está!

Katie asintió y señaló hacia su puerta.

—Esta estaba igual.

—Ah, pues no lo parece. Lo siento, no he podido evitar echar un vistazo a través de tus ventanas desde mi cocina. Tienes una vivienda acogedora y alegre. En cambio yo he alquilado un tugurio lleno de polvo y arañas.

—El señor Benson me dio permiso para pintarla.

—¡No me digas! Mientras no tenga que hacerlo él, me apuesto lo que quieras a que me deja que yo también pinte mi barraca. ¡Claro, yo me encargo del trabajo sucio, y él obtiene una casita limpia y la mar de mona! —Esbozó una sonrisita irónica—. ¿Cuánto hace que vives aquí?

Katie cruzó los brazos, sintiendo la calidez del sol matutino en la cara.

—Casi dos meses.

—No creo que pueda aguantar tanto en este cuchitril. Si continúo estornudando como anoche, te aseguro que tendrán que internarme en un hospital. —Se quitó las gafas de sol y

17

empezó a limpiarlas con la camisa—. ¿Y qué me dices de Southport? ¿Te gusta? Es un mundo aparte, ¿verdad?

—¿Qué quieres decir?

—Es evidente que no eres de aquí. A ver si lo adivino… Eres del norte, ¿no?

Tras vacilar un momento, Katie asintió.

—Lo suponía —continuó Jo—. Y cuesta un poco habituarse a la vida en Southport. Quiero decir, a mí me encanta, pero es que a mí me gustan los pueblos pequeños.

—¿Eres de aquí?

—Sí, nací y crecí en Southport; luego me marché, pero acabé por volver. La típica historia, ¿no? Además, no es fácil encontrar un lugar con tanto polvo en cualquier otra parte del país.

Katie sonrió, y por un momento ninguna de las dos dijo nada. Jo parecía cómoda, plantada delante de ella, esperando a que la otra tomara la iniciativa. Katie sorbió un poco de café y desvió la vista hacia el bosque. De repente, pensó en su falta de consideración hacia la desconocida.

—¿Te apetece una taza de café? Está recién hecho.

Jo se puso de nuevo las gafas sobre la cabeza, anclando las varillas en el pelo.

—¿Sabes? Esperaba que me lo ofrecieras. Me encantaría una taza de café. Tengo la cocina patas arriba, con cajas amontonadas por todas partes. ¿Sabes lo que supone enfrentarse a un nuevo día sin cafeína?

—Sí, lo sé.

—Lo admito, soy adicta al café. Especialmente en un día que requiere que invierta todos mis esfuerzos en deshacer el equipaje. ¿Te había dicho que detesto deshacer maletas?

—No, me parece que no me lo habías dicho.

—Creo que no hay nada peor en el mundo. Tener que pensar dónde vas a poner cada cosa, golpeándote las rodillas mientras te abres paso entre tantos bártulos… Tranquila, no soy la clase de vecina tan caradura capaz de pedir ayuda para ese trabajo tan pesado. Pero un café, por otro lado…

—Entra. —Katie le hizo una señal con la mano, invitándola a pasar—. Pero no olvides que los muebles ya estaban en la casa.

Después de cruzar la cocina, Katie sacó una taza de un armario y la llenó hasta el borde. Luego se la pasó a Jo.

—Lo siento, no tengo ni leche ni azúcar.

—No es necesario —respondió la otra, al tiempo que aceptaba la taza. Sopló un poco antes de tomar un sorbo—. Mmm… ¡Qué rico! Vale, ya es oficial, a partir de ahora eres mi mejor amiga en el mundo entero —anunció, satisfecha.

—Bienvenida.

—Benson me ha dicho que trabajas en Ivan's.

—Sí, soy camarera.

—¿Big Dave todavía sigue en la cocina? —Cuando Katie asintió, Jo continuó—: Lleva ahí desde que yo estudiaba en el instituto. ¿Todavía se inventa apodos para todo el mundo?

—Sí —admitió Katie.

—¿Y Melody? ¿Sigue igual, comentando lo guapos que son algunos clientes?

—No ha cambiado.

—¿Y Ricky? ¿Sigue persiguiendo a las nuevas camareras?

Cuando Katie volvió a asentir con la cabeza, Jo se echó a reír.

—Ese sitio nunca cambia.

—¿Habías trabajado allí?

—No, pero es un pueblo pequeño y ese restaurante es una institución. Además, cuanto más tiempo llevas viviendo aquí, más te das cuenta de que es imposible guardar un secreto en este lugar. Todo el mundo sabe la vida y milagros de los demás, y algunos, como por ejemplo Melody, han elevado el cotilleo hasta las cotas de un arte. Me sacaba de las casillas. Pero, claro, la mitad de la gente en Southport es igual. Aquí no hay mucho que hacer, excepto cotillear.

—Pero tú has acabado por volver.

Jo se encogió de hombros.

—Sí, bueno, ¿qué puedo decir? Quizá sea un poco masoquista. —Tomó otro sorbo de café y señaló con la cabeza hacia la ventana—. ¿Sabes? Tantos años viviendo en este pueblo y ni sabía que existían estas dos casitas.

—El casero me comentó que eran refugios de caza. Formaban parte de una plantación antes de que decidiera alquilarlas.

Jo sacudió la cabeza.

19

—No puedo creer que te hayas mudado aquí.

—Tú también lo has hecho —remarcó Katie.

—Ya, pero la única razón por la que consideré tal posibilidad fue porque sabía que no iba a ser la única mujer viviendo al final de un sendero de gravilla en medio de la nada. Estas dos barracas están realmente aisladas del mundo.

«Por eso me decidí a alquilarla», se dijo Katie.

—No está tan mal. Yo ya me he acostumbrado.

—Espero conseguirlo yo también —comentó Jo. Volvió a soplar el café para enfriarlo—. ¿Y qué te ha traído hasta Southport? Estoy segura de que no ha sido por la perspectiva de un emocionante trabajo en Ivan's. ¿Tienes familia por aquí? ¿Padres? ¿Hermanos?

—No —dijo Katie—. Solo yo.

—¿Has venido siguiendo a un noviete?

—No.

—Así pues, ¿solo… has decidido venir y punto?

—Sí.

—¿Y por qué diantre ibas a hacer una cosa así?

Katie no contestó. Eran las mismas preguntas que le habían formulado Ivan, Melody y Ricky. Ella sabía que detrás de esas preguntas no se escondía ninguna segunda intención, simplemente se trataba de una curiosidad genuina, pero, aun así, jamás estaba segura de qué contestar, aparte de la verdad.

—Buscaba un sitio para empezar de nuevo.

Jo tomó otro sorbo de café, con porte pensativo, como si estuviera ponderando la respuesta, pero para sorpresa de Katie, no hizo más preguntas. En vez de eso, asintió con la cabeza.

—Tiene sentido. A veces, empezar de nuevo es lo que uno necesita. Y creo que es una decisión admirable. Mucha gente no posee el coraje para llevar a cabo ese sueño.

—¿De verdad lo crees?

—Por supuesto —sentenció—. Bueno, ¿y qué planes tienes para hoy, mientras yo lloro desconsoladamente y me deslomo desempaquetando y limpiando ese tugurio hasta que se me caiga la piel de las manos a tiras?

—Tengo que trabajar, bueno, más tarde. Pero, aparte de eso, no tengo planes. He de escaparme a comprar un par de cosas y ya está.

—¿Te pasarás por Fisher's o piensas ir al centro?

—No, solo pensaba ir a Fisher's.

—¿Ya conoces al dueño, ese tipo del pelo gris?

Katie asintió.

—Sí, lo he visto un par de veces.

Jo apuró el café y dejó la taza en la pila antes de suspirar.

—Bueno, basta de cháchara. Si no empiezo ahora, nunca acabaré. Deséame suerte —dijo en un tono falto de entusiasmo.

—Buena suerte.

—Me ha encantado conocerte, Katie.

Desde la ventana de la cocina, Katie vio que Jo sacudía la alfombra que antes había dejado en el suelo. Parecía simpática, pero no estaba segura de si se sentía preparada para confraternizar con ningún vecino. A pesar de que podría ser agradable contar con alguien a quien visitar de vez en cuando, se había acostumbrado a la soledad.

De todos modos, era consciente de que vivir en una pequeña localidad implicaba que el aislamiento que se había impuesto a sí misma no podía durar para siempre. Tenía que trabajar y realizar compras y caminar por el pueblo; algunos de los clientes en el restaurante ya la reconocían por la calle. Además, tenía que admitir que le gustaba charlar con Jo. Le daba la impresión de que era una persona que tenía mucho más que ofrecer que lo que mostraba a simple vista; le transmitía confianza, aunque no sabía explicar el porqué. Y por suerte, estaba soltera, y eso era sin lugar a dudas otro punto a su favor. Katie no quería ni imaginar su reacción si el que se hubiera mudado a la casa contigua hubiera sido un hombre. Por un momento se preguntó si sería capaz de superar aquel temor en algún momento.

Apoyada en la pila, limpió las tazas de café y luego las guardó en el armario. El acto de guardar dos tazas después de tomar un café por la mañana le resultaba tan familiar que por un instante se sintió inmersa de nuevo en los recuerdos de la vida que había dejado atrás. Le empezaron a temblar las manos. Las entrelazó con fuerza en un intento de controlarlas mientras

21

aspiraba aire hondo varias veces seguidas, hasta que al final consiguió recuperar la calma. Dos meses antes no habría sido capaz de calmarse; seguramente dos semanas antes no habría podido dominar los temblores. A pesar de que estaba satisfecha de que ya no la desbordaran aquellos horribles ataques de ansiedad, eso implicaba que empezaba a sentirse cómoda en aquel sitio, y eso, de alguna manera, la asustaba. Porque sentirse cómoda significaba que podía bajar la guardia en cualquier momento, y eso era algo que nunca debería hacer.

No obstante, se sentía agradecida de haber acabado en Southport. Era un pueblecito añejo con unos pocos miles de habitantes, situado en la desembocadura del río Cape Fear, justo en la confluencia con el canal intracostero. Era un enclave con veredas y árboles centenarios que ofrecían unas magníficas sombras y flores que brotaban por doquier. El musgo colgaba de las ramas de los árboles, mientras que el kudzu, aquella planta tan invasiva, crecía y se extendía por los troncos marchitos. Katie había visto a niños que montaban en bicicleta o que jugaban al fútbol en plena calle, y se había maravillado de la gran cantidad de iglesias, prácticamente una en cada esquina. Los grillos y las ranas inundaban el espacio con sus cantos al anochecer, y de nuevo pensó que ese lugar le había parecido idóneo desde el principio. Lo sentía «seguro», como si la hubiera atraído con la fuerza de un imán, como un santuario prometedor.

Katie se calzó su único par de zapatos, unas deportivas Converse completamente ajadas. La cómoda seguía vacía, y casi no había comida en la cocina, pero cuando salió de la casa y se enfrentó al cálido sol y enfiló hacia el colmado, pensó satisfecha: «Este es mi hogar». Aspirando con vigor el fresco aroma de los jacintos y de la hierba recién cortada, se dio cuenta de que hacía años, muchos años, que no se sentía tan feliz.

$\mathcal{L}$e empezaron a salir canas a los veintipocos, por lo que tuvo que soportar bastantes bromas por parte de sus amigos. No fue un cambio paulatino: de repente un día vio que le había salido una cana y, a partir de entonces, de forma gradual, su pelo se fue tornando plateado. Un año, en enero, exhibía una buena mata de cabello negro, y al año siguiente apenas le quedaba un solo pelo oscuro en la cabeza. Sus dos hermanos mayores se habían salvado, aunque en los últimos dos años les habían empezado a salir algunas canas en las patillas. Ni su madre ni su padre se lo explicaban, y habían llegado a la conclusión de que Alex Wheatley era una anomalía en su familia. Aunque pareciera extraño, a él no le había afectado en absoluto aquel factor genético alterado. Sospechaba que en el ejército a veces el color de su pelo había jugado un papel decisivo a su favor. Había estado en el C.I.D., la Unidad Militar de Investigaciones Criminales, destinado en Alemania y en Georgia, y se había pasado diez años investigando todo tipo de crímenes y delitos militares, desde soldados que habían desertado hasta hurtos, maltratos familiares, violaciones e, incluso, asesinatos. Lo habían ido promocionando de forma regular, hasta que finalmente se retiró como comandante a los treinta y dos años.

Después de licenciarse de su carrera militar, se marchó a vivir a Southport, el pueblo natal de su esposa. La pareja, recién casada, esperaba su primer retoño y, a pesar de que, en principio, su intención fue buscar trabajo como agente del orden público, su suegro le ofreció traspasarle el negocio familiar.

Se trataba de un antiguo colmado, con las paredes hechas con tablas de madera blancas, las contraventanas azules, un porche con el tejado inclinado y un banco junto a la puerta; la clase de negocio que había vivido sus días dorados mucho tiempo atrás y que ahora estaba en vías de extinción. La vivienda se hallaba situada en la segunda planta. Un enorme magnolio confería una deliciosa sombra a uno de los flancos del edificio, y un roble se erigía justo delante de la fachada principal. Solo la mitad del aparcamiento estaba asfaltada —la otra mitad era de gravilla—, pero rara vez estaba vacío. Su suegro había abierto el colmado antes de que naciera Carly, cuando la única alternativa en el pueblo era dedicarse a la labranza. Pero su suegro se jactaba de ser un buen observador, y su intención era ofrecer todo lo que sus paisanos pudieran necesitar, por lo que la tienda, con tanto género, siempre ofrecía un aspecto abigarrado. Alex era de la misma opinión, y había continuado con la misma organización del espacio. En cinco o seis pasillos se concentraban los artículos de droguería y perfumería y alimentación general; al fondo se podían ver unas enormes neveras llenas a rebosar con todo tipo de bebidas, desde agua y gaseosas hasta latas de cerveza y botellas de vino; por otro lado, como en cualquier tienda de abastecimiento general, había expositores de patatas fritas, caramelos y la clase de comida basura que la gente elegía mientras hacía cola junto a la caja registradora. Pero allí era donde se acababan las similitudes. En las estanterías también se podía encontrar una buena selección de material de pesca —incluido cebo vivo—, y en una de las esquinas había un pequeño bar, un asador, regentado por Roger Thompson, un hombre que había trabajado en Wall Street hasta que un buen día decidió mudarse a Southport en busca de una vida más sosegada y sencilla. En el bar servían hamburguesas, bocadillos y perritos calientes, y además había cuatro mesas para no tener que comer de pie. También se podían alquilar películas en DVD y comprar municiones de diversos tipos, chubasqueros y paraguas, más una pequeña selección de novelas clásicas y de los libros más vendidos. En la tienda también vendían bujías, correas del ventilador y bidones, y Alex hacía duplicados de llaves con una máquina que había instalado en el cuartito del fondo. Disponía de tres mangueras conectadas al surtidor de gasolina, y otra en el embarcadero, para las embarcaciones que necesitaban repostar; era el único sitio donde podían hacerlo aparte del puerto. Encima del mostrador había latas de conservas, cacahuetes hervidos y cestas de fruta y verdura fresca.

Sorprendentemente, a Alex no le costaba mucho llevar el control del inventario. Algunos artículos se vendían a diario, otros no. Al igual que su suegro, mostraba una gran facilidad para adivinar lo que la gente necesitaba tan pronto como alguien entraba por la puerta. Siempre se había fijado y recordaba detalles que a otras personas les pasaban desapercibidos, una habilidad que le había servido en sus años de trabajo en el C.I.D.

Ahora se pasaba los días gestionando el abastecimiento de productos en el colmado, procurando mantenerse al día en los cambios de gustos de la clientela.

Jamás en su vida habría imaginado que acabaría haciendo ese trabajo, pero había sido una buena decisión, aunque tan solo fuera porque le permitía cuidar de sus hijos. Josh ya iba a la escuela, pero Kristen no empezaría hasta otoño, y la pequeña pasaba los días con él en la tienda. Alex le había montado un espacio para jugar detrás del mostrador, en el que su parlanchina hija parecía más que contenta. Aunque solo tenía cinco años, sabía manejar la caja registradora y devolver el cambio; empleaba una banqueta para llegar a los botones. A Alex le encantaba ver la cara de sorpresa de los nuevos clientes cuando la pequeña empezaba a marcar las teclas.

Sin embargo, no era una infancia ideal para ella, aunque su hija no tuviera otra experiencia que le sirviera de punto de referencia. Cuando Alex era sincero consigo mismo, admitía que ocuparse de sus hijos y de la tienda le absorbía toda la energía que tenía. A veces se sentía como si no diera abasto: preparar el almuerzo de Josh y llevarlo al cole, realizar los pedidos para la tienda, reunirse con sus distribuidores, atender a los clientes, y todo mientras intentaba entretener a Kristen. ¡Y eso solo era el aperitivo! Por las tardes a veces estaba incluso más ocupado. Hacía lo que podía por compartir unas horas con sus hijos, realizando actividades propias de su edad: montar en bicicleta, hacer volar cometas y pescar con Josh, pero a Kristen le

25

gustaban las manualidades y jugar con muñecas, y a él nunca se le habían dado bien esas cosas. Si además añadía que debía preparar la cena y limpiar la casa, tenía la impresión de que a duras penas lograba mantenerse a flote. Cuando al final acostaba a los dos pequeños en la cama, le resultaba prácticamente imposible descansar, pues siempre había algo más por hacer. Ya no estaba seguro de si sabía relajarse.

Cuando sus hijos se acostaban, Alex pasaba el resto del día solo. A pesar de que conocía a casi todo el mundo en el pueblo, tenía muy pocos amigos de verdad. Las parejas con las que él y Carly solían salir a cenar o a disfrutar de una barbacoa se habían ido alejando de él de forma paulatina. Sabía que la culpa era en parte suya —trabajar en la tienda y ocuparse de los niños le robaba casi todo el tiempo—, pero a veces tenía la impresión de que se sentían incómodos con él, como si su presencia les recordara que la vida era impredecible y perniciosa, y que las cosas podían dar un inesperado giro negativo en tan solo un instante.

Llevaba un estilo de vida agotador y solitario, pero permanecía centrado en Josh y Kristen. A pesar de que ahora ya no sucedía con tanta frecuencia, los dos pequeños habían sido propensos a sufrir pesadillas desde que Carly los dejó. Cuando se despertaban a media noche, llorando desconsoladamente, él los estrechaba entre sus brazos y les susurraba que todo iba bien, hasta que volvían a quedarse dormidos. Al principio los tres habían asistido a unas sesiones con una terapeuta; los niños dibujaban y hablaban sobre sus sentimientos. La terapia no había resultado tan productiva como él había esperado. Las pesadillas continuaron siendo recurrentes durante prácticamente un año. De vez en cuando, cuando Alex se ponía a dibujar con Kristen o a pescar con Josh, se daba cuenta de que los pequeños se quedaban ensimismados pensando en su madre, a la que tanto echaban de menos. Kristen a veces expresaba su dolor con su vocecita infantil quebrada mientras las lágrimas rodaban por sus mejillas. Cuando eso sucedía, Alex tenía la certeza de que podía notar físicamente cómo se le partía el corazón, porque sabía que no podía hacer ni decir nada para remediarlo. La terapeuta le había asegurado que los niños tenían una gran capacidad de adaptación y que mientras se sintieran amados, las pesadillas acabarían por desaparecer y las lágrimas serían cada vez menos frecuentes. El tiempo había dado la razón a la terapeuta, pero ahora Alex se enfrentaba a otra clase de pérdida, una que también le partía el corazón. Los niños se estaban recuperando, lo sabía, porque los recuerdos que tenían de su madre empezaban a difuminarse poco a poco. Eran tan pequeños cuando la perdieron —tres y cuatro años— que llegaría un día en que para ellos su madre se convertiría más en una idea que en una persona real. Era inevitable, por supuesto, pero en cierta manera no le parecía justo que no fueran capaces de recordar el sonido de la risa de Carly, ni la ternura y el cariño con que los había acunado cuando eran bebés, ni el inmenso amor que les había profesado.

Él jamás había destacado por sus habilidades como fotógrafo. Carly siempre había sido la que se encargaba de la cámara y, en consecuencia, tenían docenas de fotos de él con los niños. En cambio había muy pocas en las que apareciera Carly, y a pesar de que él las destacaba cuando los tres se ponían a mirar el álbum de fotos y les hablaba de su madre, albergaba la triste sospecha de que las anécdotas que les contaba se estaban convirtiendo precisamente en eso: simples anécdotas. Sus recuerdas eran como castillos en la arena que la marea se encargaba de engullir y arrastrar hacia el mar. Lo mismo sucedía con el retrato de Carly que colgaba en su habitación. Durante el primer año de matrimonio, Alex había contratado a un retratista para que inmortalizara a Carly, a pesar de las protestas de ella. Estaba contento de haberlo hecho. En el retrato, aparecía bella e independiente, como la mujer con carisma de la que se había enamorado; por la noche, cuando los niños ya dormían, a veces se quedaba contemplando la imagen de su esposa, y un cúmulo de emociones lo invadían. Pero Josh y Kristen apenas se fijaban en el cuadro.

Pensaba en ella a menudo. Echaba de menos su compañía y la amistad que había constituido la piedra angular de su matrimonio. La añoraba muchísimo. Se sentía solo, aunque le costara admitirlo. Durante los primeros meses después de perderla, Alex no había podido ni pensar en iniciar otra relación, ni mucho menos en la posibilidad de volverse a enamorar. Incluso después de un año, esa era la clase de pensamiento que inten-

27

taba apartar de su mente. El dolor aún estaba fresco, las secuelas todavía eran demasiado patentes.

Sin embargo, hacía unos meses había llevado a los niños al acuario, y mientras se hallaban de pie delante del tanque de los tiburones, Alex había iniciado una conversación con una mujer atractiva que estaba a su lado. Ella también había ido con sus hijos, y al igual que él no llevaba anillo de casada. Sus hijos tenían la misma edad que Josh y Kristen, y mientras los cuatro se dedicaban a señalar los peces, ella se rio de alguna sugerencia que se le ocurrió a Alex, y entonces notó la chispa de la atracción: de nuevo ese sentimiento. La conversación llegó a su final y continuaron por pasillos separados; no obstante, a la salida, Alex la volvió a ver. Ella le dijo adiós con la mano y, por un instante, él contempló la posibilidad de acercarse a paso ligero hasta su coche y pedirle el número de teléfono. Pero no lo hizo, y, al cabo de un momento, ella abandonó el aparcamiento. No había vuelto a verla.

Aquella noche, Alex esperó que lo abordara el alud de autorreproches y sentimientos de culpa, pero, extrañamente, nada de todo eso sucedió. Ni tampoco sintió que hubiera hecho nada «malo». Al contrario, le pareció… normal. No reafirmante, ni estimulante, sino normal, y de alguna manera se dio cuenta de que las heridas estaban por fin empezando a cicatrizar. Eso no significaba que estuviera listo para precipitarse en busca de pareja. Si sucedía, perfecto. ¿Y si no? Pensó que ya abordaría la cuestión cuando llegara el momento. Estaba decidido a esperar hasta que encontrara a la persona adecuada, alguien que no solo le devolviera la felicidad en su vida, sino que además amara a sus hijos tanto como los amaba él. Sin embargo, reconocía que, en aquella localidad, las probabilidades de encontrar a esa persona eran más que escasas. Southport era un pueblo demasiado pequeño. Prácticamente todo el mundo que conocía estaba, o bien casado, o bien jubilado, o bien estudiaba en una de las escuelas de la localidad. No es que hubiera un montón de mujeres solteras pululando por ahí, y menos aún mujeres que tuvieran ganas de complicarse la vida con el peso añadido de tener que hacerse cargo de dos niños pequeños. Y eso, por supuesto, era el factor más importante del trato. Podía sentirse solo, ansiar compañía, pero no estaba dispuesto a sacrificar a sus hijos para conseguirlo. Los pequeños ya habían tenido que soportar suficientes penas, y por eso siempre serían su prioridad.

Sin embargo..., suponía que existía alguna posibilidad. Se había fijado en una mujer, aunque apenas sabía nada de ella, aparte de que estaba soltera. Desde principios de marzo se dejaba caer una o dos veces por semana por la tienda. La primera vez que la había visto estaba muy pálida y flaca, tan flaca que rayaba el límite de lo preocupante. Normalmente no se habría fijado dos veces en ella. La gente que pasaba por el pueblo a menudo entraba en la tienda a comprar bebidas con gas o algo de comer, o para repostar gasolina; a menudo no volvía a ver a esas personas. Pero ella no quería nada de eso. Había recorrido los pasillos de alimentación general cabizbaja, como si su intención fuera pasar desapercibida, como un espectro humano. Lamentablemente para ella, no lo conseguía. Era demasiado atractiva para pasar inadvertida. Debía de tener unos veintiocho años, más o menos; tenía el pelo castaño y con un corte irregular por encima de los hombros. No llevaba maquillaje y tenía los pómulos elevados y redondeados; sus ojos grandes le conferían una apariencia elegante y un toque de fragilidad.

29

En la caja registradora, Alex se fijó en que de cerca era incluso más guapa que lo que le había parecido de lejos. Sus ojos eran de un color verde oscuro tirando a castaño, moteados con puntitos dorados, y su leve y distraída sonrisa se desvaneció tan pronto como se había formado. Lo único que puso en el mostrador fueron productos de primera necesidad: arroz, pasta, copos de avena, mantequilla de cacahuete, café y artículos de baño. Alex tuvo la impresión de que se pondría nerviosa si intentaba entablar una conversación con ella, así que se limitó a hacer los cálculos en silencio. Mientras tanto, oyó su voz por primera vez.

—¿Tiene alubias? —le preguntó ella.

—Lo siento —contestó él—. No suelo tener. No se venden mucho por aquí.

Mientras Alex iba guardando los artículos en una bolsa de papel, vio que la desconocida miraba por la ventana, mordiéndose el labio inferior con porte ausente. Por alguna razón, tuvo la extraña impresión de que estaba a punto de romper a llorar.

Alex carraspeó antes de volver a hablar:

—Si es un producto que le interesa, no se preocupe, la próxima vez que venga lo tendré. Solo tiene que decirme qué clase quiere.

—No quiero molestar —respondió ella con un susurro apenas audible.

La mujer pagó con billetes pequeños, y después asió la bolsa y abandonó la tienda. Alex se quedó sorprendido al ver que atravesaba la zona de estacionamiento y se alejaba andando, y solo entonces cayó en la cuenta de que no había venido en coche, lo que sirvió para alimentar aún más su curiosidad respecto a la desconocida.

A la semana siguiente, había alubias en la tienda. Alex había adquirido tres variedades: pintas, blancas y rojas, si bien solo un saquito de cada tipo. Cuando ella volvió a la tienda, le indicó que las podía encontrar en el estante inferior situado en la esquina, cerca del arroz. Ella llevó los tres saquitos hasta el mostrador y le preguntó si tenía una cebolla. Él señaló hacia un saco que había dentro de una cesta de mimbre cerca de la puerta, pero la chica negó con la cabeza.

—Solo necesito una —murmuró, ofreciéndole una sonrisa dudosa, como si le pidiera perdón. Le temblaron las manos mientras contaba el dinero para pagar. De nuevo, se marchó andando.

Desde entonces, en la tienda siempre había alubias y una cebolla suelta, y en las semanas que siguieron a esas dos primeras visitas, la desconocida se convirtió en cierto modo en una nueva clienta. A pesar de que continuaba con su actitud reservada, a medida que pasaba el tiempo parecía menos frágil, menos nerviosa. Las ojeras oscuras bajo sus ojos fueron desapareciendo de forma gradual, y adquirió un poco de color durante unos días que lució el sol. Ganó un poco de peso; no mucho, solo lo bastante como para suavizar sus delicados rasgos—. Su voz era más segura, también, y a pesar de que no mostraba ningún interés por él, por lo menos podía sostenerle la mirada un poco más antes de darse la vuelta e irse. No habían progresado mucho desde la típica conversación: «¿Ha encontrado todo lo que necesitaba?», seguido de un «Sí, gracias», pero en vez de marcharse precipitadamente de la tienda como un cervatillo asustado, a veces deambulaba por los pasillos un poco, e incluso había empezado a hablar con Kristen cuando las dos se quedaban solas. Fue la primera vez que Alex vio que la desconocida bajaba la guardia. Su porte sencillo y su expresión abierta denotaban un genuino afecto por los niños, y Alex pensó que dejaba entrever a la mujer que había sido antes y que podría volver a ser. Su hija también parecía haber detectado algo diferente en aquella mujer, porque después de que se marchó de la tienda, Kristen le dijo que había hecho una nueva amiga que se llamaba señorita Katie.

Eso no quería decir, sin embargo, que Katie se sintiera cómoda con él. La semana anterior, después de haber estado un rato charlando relajadamente con Kristen, la vio ojeando las cubiertas posteriores de las novelas que vendían en la tienda. No compró ninguna. Él le preguntó —procurando mantener un tono indiferente— si buscaba algún autor en particular, y detectó en ella un gesto de su antiguo nerviosismo. Alex se sintió incómodo, pues quizá la chica había pensado que la había estado observando.

—Disculpe —se apresuró a añadir—, no quería molestarla.

Pero cuando ella se dirigió hacia la puerta, se detuvo un momento, sujetando la bolsa con el brazo doblado. Se giró a medias hacia él y murmuró:

—Me gusta Dickens.

Acto seguido, abrió la puerta y desapareció, andando por la carretera.

Desde aquel día había pensado en ella con frecuencia, aunque se trataba de pensamientos vagos, encuadrados por un halo de misterio y matizados por la noción de que quería conocerla mejor. Aunque no sabía cómo lograr su objetivo. Aparte del año que había cortejado a Carly, jamás se le había dado bien eso de ligar. En la universidad, entre nadar y las clases, no le quedaba demasiado tiempo para salir de fiesta. En el ejército, se había volcado por completo en su carrera militar, trabajando muchas horas mientras lo trasladaban de un sitio a otro con cada nueva promoción. A pesar de que había salido con algunas mujeres, eran romances fugaces que, por lo general, empezaban y acababan en la habitación. A veces, cuando repasaba mentalmente su vida, casi no reconocía al hombre que había sido, y sabía que

Carly era responsable de aquellos cambios. Sí, a veces resultaba duro, y sí, se sentía solo. Echaba de menos a su mujer. No se lo había confesado a nadie, pero todavía había momentos en que podía jurar que notaba su presencia muy cerca, como si ella lo protegiera, como si intentara asegurarse de que no le pasara nada malo.

Debido al buen tiempo, en la tienda había más movimiento que de costumbre, para tratarse de un domingo. Cuando Alex abrió la puerta a las siete de la mañana, ya había tres barcas en el embarcadero esperando a que él activara la manguera del surtidor. Como de costumbre, mientras pagaban la gasolina, los propietarios de las barcas compraron bebidas, bocadillos y bolsas de hielo. Roger —que estaba encargándose del asador, como siempre— no había tenido ni un respiro desde que se había puesto el delantal, y las mesas estaban atestadas de clientes que comían hamburguesas solas o con queso y que le pedían consejos acerca de la compra y venta de valores bursátiles.

Normalmente, Alex atendía a los clientes hasta el mediodía, y luego le pasaba las riendas a Joyce, quien, al igual que Roger, era una excelente empleada que le sacaba mucho trabajo de encima. Joyce, que había trabajado en los juzgados hasta que se había jubilado, «había descubierto su verdadera vocación» detrás del mostrador, por decirlo de algún modo. El suegro de Alex la había contratado diez años antes, y ahora que tenía más de setenta seguía sin mostrar ningún signo de fatiga. Su esposo había muerto unos años antes, sus hijas se habían ido a vivir fuera del pueblo, y ella veía a los clientes como a su verdadera familia. Joyce pertenecía tanto a la tienda, como los artículos en las estanterías.

Joyce comprendía que Alex necesitaba pasar tiempo con sus hijos, alejado de la tienda, y le daba igual tener que trabajar los domingos. Tan pronto como aparecía por la puerta, enfilaba directamente hacia el mostrador y le decía a Alex que ya podía irse con tono tajante, más de jefa que de empleada. Joyce también cuidaba de los niños; era la única persona a quien Alex confiaba el cuidado de sus hijos si él tenía que irse, lo cual no sucedía con demasiada frecuencia —solo un par de veces en los dos últimos años, cuando había quedado con un antiguo compañero del ejército en Raleigh—, pero Alex veía a Joyce como una de las mayores bendiciones en su vida. Cuando la había necesitado de verdad, ella nunca le había fallado.

Mientras esperaba que llegara Joyce, Alex se paseó por la tienda, revisando los estantes. El ordenador era un magnífico sistema para realizar el inventario, pero sabía que las hileras de números no siempre reflejaban todos los datos. A veces se quedaba más tranquilo si echaba un vistazo a los estantes para saber qué era lo que había vendido exactamente el día antes. Una tienda bien gestionada requería revisar el inventario con tanta frecuencia como fuera posible, y eso significaba que a veces había de ofrecer artículos que otros establecimientos no tenían. Vendía mermeladas y compotas caseras, especias e ingredientes en polvo para «recetas secretas» que daban más sabor a la carne de ternera o de cerdo, y una selección de frutas y verduras ecológicas. Incluso la gente que solía realizar las compras en una de las grandes cadenas de supermercados como Food Lion o Piggly Wiggly a menudo se dejaban caer por la tienda de camino a casa para comprar los productos locales que Alex ofrecía.

Más que importarle el volumen de ventas de un producto, a Alex le gustaba saber cuándo había sido vendido, algo que no aparecía necesariamente reflejado en el ordenador. Había aprendido, por ejemplo, que los panecillos para perritos calientes se vendían sobre todo durante los fines de semana; en cambio, durante la semana no vendía casi ninguno, al contrario de lo que sucedía con las barras de pan. Con ese dato había sido capaz de ofrecer más cantidad de cada clase de pan cuando había más demanda, y de ese modo había incrementado las ventas totales. No era mucho, pero sí que se notaba, y le permitía mantener el negocio a flote cuando las cadenas de supermercados estaban acabando con casi todos los pequeños comercios locales.

Mientras recorría los pasillos, se preguntó con desgana qué iba a hacer con los niños por la tarde, y decidió que saldrían a dar una vuelta en bici. A Carly le encantaba montarlos en el remolque de la bicicleta. Les abrochaba el cinturón y se lanzaba a pedalear por todo el pueblo. Pero un corto paseo en bicicleta no sería suficiente para llenar la tarde. Quizá podían ir en bici hasta el parque…, sí, seguro que les gustaría el plan.

Echó un rápido vistazo hacia la puerta principal para asegurarse de que no entraba ningún cliente y luego se metió rápidamente en el almacén y asomó la cabeza fuera, por la puerta trasera. Josh estaba pescando en el embarcadero, su pasatiempo preferido. A Alex no le gustaba que Josh estuviera allí solo —no le quedaba la menor duda de que algunos en el pueblo lo criticaban por ser un mal padre por permitirlo—, pero el chico siempre permanecía dentro de la zona de visión de la cámara de vigilancia que Alex había instalado detrás del mostrador. Era una norma, y Josh siempre la había respetado. Kristen, como de costumbre, se hallaba sentada en su mesita en un rincón detrás del mostrador. Había separado los vestidos de su muñeca Nancy en diferentes pilas, y estaba enfrascada cambiándole el modelito, uno tras otro sin parar. Cada vez que terminaba, alzaba la vista para mirar a su padre con la carita iluminada y una expresión inocente, y le preguntaba si le gustaba el nuevo vestido de su muñeca, ¡como si Alex pudiera decirle que no!

Las niñas pequeñas eran capaces de ablandar el corazón más duro.

Alex estaba colocando algunos condimentos en fila cuando oyó la campanita de la puerta principal. Alzó la cabeza por encima de las estanterías y vio que Katie acababa de entrar en la tienda.

—¡Hola, señorita Katie! —la saludó Kristen, alzándose de repente desde detrás del mostrador—. ¿Le gusta cómo he vestido a mi muñeca?

Desde su posición, Alex apenas podía ver la cabecita de Kristen por encima del mostrador, pero estaba sosteniendo a… *¿Vanessa? ¿Rebeca?* Bueno, una de sus muñecas, la que tenía el pelo castaño, y se la mostraba a Katie.

—¡Está guapísima! —contestó la chica—. ¿Es un vestido nuevo?

—No, ya lo tenía, pero hace tiempo que no se lo ponía.

—¿Cómo se llama?

—*Vanessa* —respondió la pequeña.

«*Vanessa*», pensó Alex. Cuando más tarde ensalzara la

muñeca llamándola por su nombre, seguro que parecería un papá más atento.

—¿Se lo has puesto tú, el nombre?

—No, ya venía escrito en la caja. ¿Le importa ayudarme? No puedo ponerle las botas.

Alex observó cómo Kristen le entregaba la muñeca y Katie empezaba a tirar de las suaves botitas de plástico. Por su propia experiencia, sabía que eso costaba más de lo que parecía de entrada. De ningún modo una niña pequeña podía tener tanta fuerza como para calzar a su muñeca debidamente. ¡Si incluso a él le costaba! En cambio, a Katie no le supuso mucho esfuerzo. Volvió a darle la muñeca a Kristen y le preguntó:

—¿Qué te parece?

—Perfecto —respondió la pequeña—. ¿Cree que debo ponerle un abrigo?

—No hace tanto frío.

—Lo sé. Pero *Vanessa* a veces tiene frío. Creo que sí que necesita el abrigo. —La cabecita de Kristen desapareció detrás del mostrador y luego volvió a aparecer—. ¿Cuál prefiere? ¿El azul o el lila?

Katie se llevó un dedo hasta los labios, con expresión seria.

—Creo que el lila le quedará bien.

Kristen asintió.

—Sí, estoy de acuerdo. Gracias.

Katie sonrió antes de darse la vuelta, y Alex volvió a clavar la vista en las estanterías para que ella no lo pillara mirándola. Alineó los botes de mostaza en la primera fila del estante. Con el rabillo del ojo, vio que Katie asía una pequeña cesta de la compra antes de dirigirse hacia un pasillo diferente.

Alex regresó al mostrador. Cuando ella lo vio, él la saludó cortésmente con la mano.

—Buenos días —le dijo Alex.

—Hola. —Ella intentó aderezarse un mechón de pelo detrás de la oreja, pero era demasiado corto y el mechón rebelde volvió a su posición inicial—. Solo he venido a buscar un par de cosas que necesito.

—Ya sabe, si no encuentra algo, dígamelo. A veces cambio los productos de sitio.

Ella asintió antes de reemprender la marcha por el pasillo.

Mientras Alex se colocaba detrás del mostrador, echó un vistazo a la pantalla de la cámara de vigilancia. Josh seguía pescando en el mismo sitio, mientras una barca se acercaba poco a poco al embarcadero.

—¿Qué te parece, papi? —Kristen le tiró del pantalón mientras le mostraba la muñeca.

—¡Vaya! ¡Está guapísima! —Alex se arrodilló junto a su hija—. Y me encanta su abrigo. *Vanessa* tiene frío a veces, ¿verdad?

—Sí —dijo Kristen—. Pero me ha pedido que la lleve al parque de columpios, así que lo más probable es que la cambie de ropa otra vez.

—Me parece una idea genial —comentó Alex—. Quizá podríamos ir los tres al parque más tarde, ¿no? Bueno, eso si a ti también te apetece columpiarte.

—No, no tengo ganas. *Vanessa* sí que quiere. Pero ya sabes que es de broma, papi.

—Ah, vale. —Alex se puso de pie al tiempo que descartaba la idea de ir al parque.

Perdida en su propio mundo, Kristen empezó a quitarle el vestido a su muñeca otra vez. Él echó un vistazo a Josh a través de la pantalla justo cuando un chico entraba en la tienda, con unos pantalones cortos como única prenda. Se dirigió al mostrador y le tendió varios billetes.

—Para la manguera del embarcadero —soltó, antes de salir tan deprisa como había entrado.

Alex lo hizo mientras Katie se acercaba al mostrador. Se llevaba lo de siempre, aunque esta vez había un artículo más: un tubo de loción solar. Cuando ella se inclinó hacia delante para ver a Kristen, Alex se fijó en el color cambiante de sus ojos.

—¿Ha encontrado todo lo que necesitaba?

—Sí, gracias.

Él empezó a guardar los productos en una bolsa de papel.

—Mi novela favorita de Dickens es *Grandes esperanzas* —comentó Alex, con un tono cordial, mientras seguía guardando los productos en la bolsa—. ¿Cuál es su favorita?

En lugar de contestar directamente, ella se mostró perpleja al ver que él recordaba que le había dicho que le gustaba Dickens.

—*Historia de dos ciudades* —respondió, con un tono sereno y accesible.

—A mí también me gusta, pero es triste.

—Sí, por eso me gusta.

Como sabía que ella iba a marcharse andando, puso la primera bolsa dentro de otra para reforzarla.

—Supongo que, puesto que ya conoce a mi hija, lo más normal es que me presente. Me llamo Alex, Alex Wheatley.

—Es la señorita Katie —intervino Kristen detrás de él—. Pero ya te lo había dicho, papi, ¿recuerdas?

Alex miró a su hija por encima del hombro. Cuando volvió a girar la cabeza, Katie estaba sonriendo y le tendía el dinero.

—Solo Katie —rectificó ella.

—Encantado de conocerte, Katie. —Hizo girar la llave y el cajón de la caja registradora se abrió con el sonido de una campanita—. Supongo que vives por aquí cerca, ¿no?

Ella no pudo contestar. En vez de eso, cuando Alex alzó la vista, vio que tenía los ojos desmesuradamente abiertos, con cara de espanto. Se dio la vuelta y vio lo que ella estaba viendo en la pantalla de la cámara de vigilancia situada detrás de él: Josh había caído al agua, completamente vestido, y agitaba los brazos en señal de pánico. Alex notó de repente que se le cerraba la garganta y se movió por instinto; abandonó precipitadamente su posición detrás del mostrador y atravesó corriendo la tienda hasta el almacén. Cruzó la puerta como una bala, derribando una caja de toallitas de papel a su paso. La caja salió volando, pero él no aminoró la marcha.

Abrió de forma expeditiva la puerta trasera. Notaba cómo la adrenalina se extendía por todo su cuerpo mientras saltaba por encima de una ringlera de arbustos para tomar un atajo hacia el embarcadero. Saltó sobre las tablas de madera, y antes de lanzarse al agua pudo ver a Josh a punto de hundirse, agitando los brazos frenéticamente.

Con el corazón desbocado, Alex se tiró de cabeza y salió a la superficie, a tan solo medio metro de Josh. El agua no era profunda —unos dos metros, más o menos— y cuando tocó el barro blando e inestable del fondo, se hundió hasta las espinillas. Bregó por volver a salir a la superficie, sintiendo la tensión en los brazos cuando alcanzó a Josh.

37

—¡Ya te tengo! —gritó—. ¡Ya te tengo!

Pero Josh seguía agitando los brazos frenéticamente y tosiendo, en un patente estado de pánico. Alex luchó por controlarlo mientras lo arrastraba hasta una zona donde el agua era menos profunda. Entonces, con un enorme esfuerzo, sacó a su hijo del agua y lo llevó hasta la hierba mientras su mente procesaba a gran velocidad varias opciones: respiración artificial, compresión abdominal, reanimación cardiorrespiratoria. Intentó dejar a Josh en el suelo, pero su hijo se resistía. Temblaba y tosía, y a pesar de que Alex todavía podía sentir su propio pánico, tuvo la suficiente templanza como para saber que probablemente el chico se recuperaría.

No fue consciente de cuánto tiempo había transcurrido —quizá solo unos segundos, aunque le pareció mucho más— hasta que finalmente Josh tosió con fuerza y expulsó un chorro de agua, y por primera vez su hijo fue capaz de recuperar el aliento. Inhaló hondo y volvió a toser, luego inhaló y tosió otra vez, aunque en esta ocasión pareció más un fuerte carraspeo, como si se estuviera aclarando la garganta. Inhaló hondo varias veces seguidas, todavía dominado por el pánico, y solo entonces el chiquillo reaccionó como si fuera consciente de lo que había pasado.

Se abrazó a su padre, que lo estrechó con fuerza entre sus brazos. Josh empezó a llorar, convulsionando los hombros. Alex sintió que lo invadían unas terribles náuseas al pensar en lo que podría haberle pasado a su hijo. ¿Qué habría sucedido si Katie no se hubiera fijado en la pantalla? ¿Y si hubiera tardado un minuto más? Pensar en aquello le provocó un temblor tan imposible de dominar como el de Josh.

Al cabo de un rato, el niño empezó a calmarse y consiguió pronunciar las primeras palabras desde que Alex lo había sacado del agua.

—Lo siento, papá —soltó de golpe.

—Yo también lo siento —susurró Alex a modo de respuesta, sin dejar de abrazar a su hijo, como si temiera que, si lo soltaba, la pesadilla pudiera regresar, pero esta vez con un desenlace diferente.

Cuando finalmente se sintió con fuerzas para soltarlo, Alex se dio cuenta de la gente que se había concentrado junto a la

38

tienda para contemplar la escena. Roger estaba allí, junto con los clientes del asador. Otro par de clientes alargaban la cabeza con curiosidad para ver lo que sucedía; probablemente acababan de llegar. Y por supuesto, Kristen también estaba allí. De repente volvió a sentirse como un padre nefasto, porque vio que su pequeñina estaba llorando de miedo y que lo necesitaba, también, a pesar de que permanecía acurrucada entre los brazos de Katie.

No fue hasta que Josh y Alex se hubieron cambiado de ropa que Alex fue capaz de comprender lo que había sucedido. Roger les había preparado a los dos unas hamburguesas con patatas, y todos estaban sentados alrededor de una de las mesas del asador, aunque ni Kristen ni Josh mostraban apetito.

—El hilo de la caña se ha enredado en la barca, y yo no quería perder mi caña. Pensaba que al final se rompería el hilo, pero me ha arrastrado y he tragado mucha agua. No podía respirar, y notaba como si alguien estuviera tirando de mí hacia el fondo. —Josh vaciló—. Al final he perdido la caña en el río.

Kristen se hallaba sentada a su lado, con los ojos todavía rojos e hinchados. Le había pedido a Katie que se quedara con ella un rato, y la chica había accedido a su petición. Seguía sin soltarle la mano.

—No pasa nada. Más tarde iré a echar un vistazo, y si no la encuentro, te compraré una nueva. Pero la próxima vez, no la agarres; la próxima vez, suéltala, ¿entendido?

Josh resopló y asintió.

—Lo siento mucho —dijo.

—Ha sido un accidente. —Alex lo reconfortó.

—Pero ahora ya no me dejarás que vaya a pescar solo.

«¿Y arriesgarme a perderte de nuevo? ¡Ni hablar!», pensó Alex. Pero en vez de eso, contestó:

—Ya hablaremos más tarde, ¿de acuerdo?

—¿Y si te prometo que la próxima vez soltaré la caña?

—Ya te lo he dicho: hablaremos más tarde. Ahora será mejor que comas algo.

—No tengo hambre.

—Lo sé. Pero tienes que comer.

39

Josh agarró una patata frita y la mordisqueó, luego masticó el trozo mecánicamente. Kristen lo imitó. En la mesa, la pequeña casi siempre imitaba a Josh. Eso sacaba al chico de sus casillas, pero en ese momento no parecía tener bastante energía para protestar.

Alex se giró hacia Katie. Tragó saliva, sintiéndose de repente nervioso.

—¿Puedo hablar contigo un minuto?

Ella se levantó de la mesa y él la guio hacia un lado. Cuando estuvo seguro de que los niños no podían oírlo, carraspeó incómodo.

—Quería darte las gracias por lo que has hecho.

—No he hecho nada —protestó ella.

—Sí que lo has hecho. Si no hubieras estado mirando la pantalla, yo no me habría dado cuenta de lo que sucedía. Quizá no habría llegado a tiempo. —Hizo una pausa—. Y también quería darte las gracias por cuidar de Kristen. Es la niña más dulce del mundo, pero es muy sensible. Gracias por no haberla dejado sola. Ni tan solo cuando hemos subido a cambiarnos de ropa.

—He hecho lo que habría hecho cualquiera —insistió Katie. A continuación se formó un incómodo silencio; de repente, ella pareció darse cuenta de lo cerca que se hallaban el uno del otro y retrocedió medio paso—. Será mejor que me vaya.

—Espera —dijo Alex. Se dirigió a las neveras situadas al fondo de la tienda—. ¿Te gusta el vino?

Ella sacudió la cabeza.

—A veces, pero…

Antes de que pudiera acabar la frase, él le dio la espalda y abrió la puerta de una de las enormes neveras. Alzó la mano y sacó una botella de Chardonnay.

—Acéptala, por favor. Es muy bueno. Ya sé que pensarás que no es posible encontrar una buena botella por aquí, pero cuando estaba en el ejército tenía un amigo que me enseñó un poco sobre vinos. Diría que es un aficionado con grandes conocimientos sobre la materia, y él es quien elige los vinos que vendo. Te gustará.

—No tienes que hacerlo.

—Es lo mínimo que puedo hacer. —Sonrió—. Como una forma de darte las gracias.

Por primera vez desde que se habían conocido, ella le sostuvo la mirada.

—De acuerdo —aceptó.

Después de recoger sus compras, Katie abandonó la tienda. Alex regresó a la mesa. Tuvo que engatusarlos un poco más para que Josh y Kristen se acabaran la comida, y después fue al embarcadero a ver si encontraba la caña de pescar. Cuando regresó, Joyce ya se estaba poniendo el delantal. Poco después, Alex salió con los niños en bicicleta. Después los llevó a Wilmington, al cine y a comer una pizza, los típicos recursos cuando se trataba de pasar una tarde tranquila con los niños. Empezaba a anochecer y los tres estaban cansados cuando llegaron a casa, por lo que directamente se ducharon y se pusieron los pijamas. Alex se tumbó en la cama entre ellos y se quedó allí durante una hora, leyéndoles cuentos, hasta que al final apagó las luces.

En el comedor, encendió la tele y se dedicó a ir cambiando de canal durante un rato, pero no estaba de humor para concentrarse en nada de lo que veía. En lugar de eso, volvió a pensar en Josh. Sabía que su hijo estaba a salvo en el piso superior, pero sintió de nuevo el mismo arrebato de miedo que se había apoderado de él unas horas antes, y la misma sensación de fracaso. Estaba haciendo todo lo que podía; nadie sería capaz de querer a sus hijos más que él, pero, sin embargo, tenía la impresión de que con eso no bastaba.

Más tarde, cuando ya hacía rato que Josh y Kristen se habían dormido, fue a la cocina y sacó una cerveza de la nevera. Acunó la botella entre sus manos y su pecho mientras se sentaba en el sofá. No podía borrar de su mente las imágenes tan vívidas de aquella tarde, pero esta vez no pensaba en Josh, sino en su hija, y en la forma en que se había aferrado a Katie, con la carita hundida en su cuello.

Con tristeza, recordó que la última vez que la había visto hacer una cosa así había sido cuando Carly todavía estaba viva.

$\mathcal{A}$bril dio paso a mayo. Los días continuaron sucediéndose. Poco a poco empezó a aumentar el ritmo de trabajo en el restaurante, y el dinero guardado en la lata de café aumentó de forma considerable. Katie perdió el miedo a no disponer de suficientes recursos en el caso de verse obligada a marcharse del pueblo.

Incluso después de pagar el alquiler y las facturas, junto con la comida, se encontró que por primera vez en muchos años disponía de dinero extra. No mucho, pero lo suficiente como para que se sintiera más aliviada y libre. El viernes por la mañana, pasó por Anna Jean's, una tienda en la que vendían ropa de segunda mano. Estuvo casi toda la mañana probándose prendas, y al final compró dos pares de zapatos, unos pantalones largos y otros cortos, tres camisetas modernas y varias blusas. La mayoría de las prendas eran de marcas conocidas y parecían casi nuevas. Katie se quedó sorprendida de que algunas mujeres dispusieran de tanta ropa bonita que pudieran donar, lo que probablemente costaba una pequeña fortuna en una tienda de ropa de moda.

Jo estaba colgando unas campanillas de viento orientales cuando Katie llegó a casa. Desde su primer encuentro, no habían vuelto a hablar mucho. Por lo visto, Jo tenía un trabajo que la mantenía muy ocupada, y Katie estaba aceptando tantos turnos de trabajo como podía. Por las noches veía las luces encendidas en la casa, pero era demasiado tarde para ir de visita. Por otro lado, su vecina no había estado en casa el fin de semana anterior.

—¡Cuánto tiempo sin vernos! —la saludó Jo, agitando la mano. Pasó los dedos por las campanillas de viento, haciéndolas sonar, antes de atravesar el patio.

Katie subió hasta el porche y dejó las bolsas en el suelo.

—¿Dónde has estado?

Jo se encogió de hombros.

—Ya sabes cómo funciona el mundo laboral: con unas duras jornadas, trabajando hasta muy tarde y empezando temprano, siempre de aquí para allí. La mitad del tiempo siento que no doy abasto. —Señaló hacia las mecedoras—. ¿Te importa? Necesito tomarme un respiro. Me he pasado toda la mañana limpiando y ahora estaba colgando ese cachivache. Me gusta como suena, ¿sabes?

—Adelante. —Katie la invitó a sentarse.

Jo se sentó y realizó unos ejercicios con los hombros, girándolos hacia delante y luego hacia atrás, para desentumecer la zona superior de la espalda.

—¡Vaya! ¡Estás morena! —comentó—. ¿Has ido a la playa?

—No —dijo Katie. Apartó una de las bolsas para tener un poco de espacio para sus pies—. He aceptado varios turnos extras durante las dos últimas semanas, y me ha tocado trabajar en la terraza.

—Sol, agua… ¡No te quejarás! Trabajar en Ivan's es como estar de vacaciones.

Katie rio.

—No exactamente. ¿Y tú, qué has hecho?

—Yo estoy castigada: nada de sol ni de diversión para mí durante unos días. —Señaló hacia las bolsas—. Esta mañana quería pasarme a gorronear una taza de café, pero no estabas.

—He ido de compras.

—Ya lo veo. ¿Has encontrado algo de tu gusto?

—Creo que sí —confesó Katie.

—Vamos, no te quedes ahí sentada, enséñame lo que has comprado.

—¿Estás segura?

Jo sonrió.

—Vivo en un tugurio al final de un sendero de gravilla en medio de la nada y me he pasado toda la mañana limpiando armarios. ¿Qué más tengo que pueda alegrarme el día?

Katie sacó unos pantalones vaqueros y se los pasó. Jo los mantuvo en alto al tiempo que los giraba para verlos por delante y por detrás.

—¡Anda! —exclamó—. Seguro que los has encontrado en Anna Jean's. Me encanta esa tienda.

—¿Cómo sabes que he ido a Anna Jean's?

—Porque en las otras tiendas que hay por aquí no venden trapos tan monos. Estos pantalones debían de ser de alguna pija, seguro. Muchos de los trapitos que venden allí están prácticamente nuevos. —Jo bajó los vaqueros y pasó un dedo por el bordado de los bolsillos—. Son preciosos. Qué diseño más acertado. —Echó un vistazo hacia la bolsa—. ¿Qué más has comprado?

Katie le fue pasando el resto de sus nuevas adquisiciones, una a una, escuchando cómo Jo se entusiasmaba con cada prenda. Cuando la bolsa quedó vacía, Jo suspiró.

—Vale, ya es oficial, estoy celosa. Y a ver si lo averiguo: no has dejado nada que valga la pena en la tienda, ¿a que no?

Katie se encogió de hombros, sintiéndose de repente incómoda.

—Lo siento, he estado mucho rato —confesó.

—Me alegro por ti. Te has quedado con verdaderos tesoros.

Katie señaló hacia la casa de Jo.

—¿Qué tal va? ¿Has empezado a pintar?

—Todavía no.

—¿Estás demasiado ocupada con tu trabajo?

Jo torció el gesto.

—La verdad es que cuando acabé de desempaquetarlo todo y de limpiar de arriba abajo, me quedé sin energía. Me alegro de que seas mi amiga, ya que eso significa que todavía puedo pasarme por tu casita acogedora y luminosa.

—Ya sabes que puedes venir cuando quieras.

—Gracias. Te lo agradezco. Pero el perverso señor Benson me traerá unos botes de pintura mañana. Lo que también explica por qué estoy aquí. Aborrezco la idea de pasarme todo el fin de semana manchada de pintura.

—No es tan grave. Ya verás como enseguida acabas.

—¿Ves estas manos? —se lamentó Jo, alzándolas—. Están hechas para acariciar hombres apuestos y para lucir anillos de diamantes y uñas largas y bien cuidadas. No están hechas para sostener rodillos, ni ir manchadas de pintura, ni realizar ninguna clase de trabajo manual.

Katie rio, divertida.

—¿Quieres que te ayude?

—¡De ningún modo! Soy un poco perezosa, lo sé, en eso nadie me gana, pero lo último que deseo que pienses es que además soy una incompetente. Porque en realidad soy bastante buena en lo que hago.

Una bandada de estorninos alzó el vuelo desde los árboles, moviéndose casi a un ritmo musical. El balanceo de las mecedoras hacía que el porche crujiera ligeramente.

—¿A qué te dedicas? —se interesó Katie.

—Soy terapeuta.

—¿Terapeuta educativa?

—No —respondió, sacudiendo la cabeza—. Ofrezco asistencia terapéutica ante situaciones dolorosas.

—Ah. —Katie suspiró. Luego hizo una pausa, antes de confesar—: No estoy segura de entender en qué consiste tu trabajo.

Jo se encogió de hombros.

—Atiendo a personas, intento ayudarlas, normalmente porque han perdido a un ser querido. —Hizo una pausa. Cuando continuó, su voz sonaba más conciliadora—: La gente reacciona de formas muy distintas ante la muerte, y yo he de averiguar cómo puedo ayudarlas a «aceptar» lo que ha sucedido. Por cierto, detesto esa palabra, ya que todavía no he conocido a nadie que se avenga a aceptar la muerte, pero eso es más o menos lo que se espera de mí. Porque al final, y por más duro que resulte, la aceptación nos ayuda a seguir adelante en la vida. Aunque a veces…

Jo se detuvo. Durante su silencio, se dedicó a rascar un trozo de pintura reseca de la mecedora.

—A veces, cuando estoy con alguien, afloran otros temas. Y a eso me he estado dedicando en los últimos tiempos. Porque a veces la gente también necesita que la ayuden de otros modos.

—Parece una labor muy gratificante.

—Lo es. Aunque tiene sus retos. —Se giró hacia Katie—. ¿Y tú?

45

—Ya sabes que trabajo en Ivan's.

—Pero todavía hay cosas que no sé de ti.

—Oh, no hay mucho que contar —dijo, esperando desviar la atención hacia otra cuestión.

—Claro que sí. Todo el mundo tiene una historia. —Jo hizo una pausa—. Por ejemplo, exactamente ¿qué es lo que te trajo hasta Southport?

—Ya te lo dije, deseaba empezar de nuevo.

Jo escrutó sus ojos mientras analizaba su respuesta.

—Vale, tienes razón, no es asunto mío —concluyó, con un tono condescendiente.

—Yo no he dicho eso…

—Sí que lo has hecho. Lo único es que lo has dicho de una forma diplomática. Y respeto tu respuesta. Tienes razón: no es asunto mío. Pero para que lo sepas, cuando afirmas que quieres empezar de nuevo, la terapeuta que hay dentro de mí se pregunta por qué sientes la necesidad de empezar de nuevo. Y lo más importante: ¿qué es lo que has dejado atrás?

Katie notó una enorme tensión en los hombros. Al percibir su malestar, Jo continuó:

—A ver qué te parece esto: ¿qué tal si no me ves como una terapeuta, sino como una amiga? Las amigas hablan de todo. Por ejemplo, de dónde naciste o qué era lo que más te gustaba hacer de niña…

—¿Y esos detalles son relevantes?

—No, no lo son, pero ahí está precisamente la cuestión. No tienes que contarme nada que no quieras contarme.

Katie absorbió sus palabras antes de escrutar a su interlocutora con interés.

—Me parece que debes de ser muy buena en tu profesión, ¿no es cierto?

—Lo intento —admitió Jo.

Katie entrelazó los dedos sobre su regazo.

—De acuerdo. Nací en Altoona —cedió finalmente.

Jo se arrellanó en la mecedora.

—Jamás he estado allí. ¿Qué tal es?

—Es una de esas viejas poblaciones situadas junto a la línea del ferrocarril, ya sabes, la clase de pueblo de gente humilde y trabajadora que solo intenta optar a una vida mejor. Y además es bonito, en especial en otoño, cuando las hojas empiezan a cambiar de color. De pequeña pensaba que no había un lugar más bonito en el mundo. —Bajó los ojos, perdida en sus propios recuerdos—. Tenía una amiga que se llamaba Emily, y las dos nos divertíamos colocando peniques sobre las vías del tren. Después de que pasara un tren, nos lanzábamos disparadas a buscar las monedas por los alrededores, y cuando las encontrábamos, siempre nos quedábamos extasiadas al ver que el grabado se había borrado por completo. A veces los peniques todavía estaban calientes. Recuerdo que una vez casi me quemé los dedos. Cuando pienso en mi infancia, básicamente evoco esos pequeños placeres.

Katie se encogió de hombros. Jo permaneció en silencio, como invitándola a seguir.

—Estudié en el colegio del pueblo, y luego en el instituto del pueblo. Cuando me gradué, no sé…, supongo que estaba cansada de… todo, ¿sabes? De la vida en un sitio pequeño, donde cada fin de semana era idéntico. La misma gente yendo a las mismas fiestas, los mismos chicos bebiendo cerveza tumbados en la parte trasera descubierta de sus camionetas. Quería algo más, pero no pude ir a la universidad y al final acabé en Atlantic City, donde trabajé durante un tiempo, me dediqué a viajar un poco y ahora, unos años más tarde, aquí estoy.

—En otro pueblecito donde nunca pasa nada.

Katie sacudió la cabeza.

—No, aquí es diferente. Aquí me siento…

Cuando dudó, Jo acabó la frase por ella.

—¿Segura?

Cuando Katie la miró a los ojos con expresión sorprendida, Jo sonrió, divertida.

—No cuesta tanto adivinarlo. Tal como has dicho, quieres volver a empezar, así que ¿qué mejor lugar para empezar de nuevo que un sitio como este, donde nunca pasa nada? —Hizo una pausa—. Bueno, eso no es absolutamente cierto. He oído que hace un par de semanas hubo un espectáculo desagradable en el embarcadero.

—¿Ah, sí? ¿Te has enterado?

—Esto es un pueblecito. Aquí es imposible que pase algo sin que alguien no se entere. Tú lo viste, ¿verdad?

47

—Fue horroroso. Estaba hablando con Alex, cuando de repente vi lo que pasaba a través de la pantalla de la cámara de vigilancia. Supongo que él se fijó en mi cara de susto, porque al cabo de un segundo salió disparado. Atravesó la tienda como un rayo, y entonces Kristen vio la pantalla y se asustó mucho. Yo la abracé y seguimos a su padre. Cuando salimos afuera, Alex ya se había lanzado al agua para salvar a Josh. Me alegro de que no le pasara nada al pequeño.

—Yo también —asintió Jo—. ¿Qué opinas de Kristen? ¿Verdad que es una muñequita?

—Me llama «señorita Katie».

—Me encanta esa niña —admitió Jo, al tiempo que se llevaba las rodillas hacia el pecho y las abrazaba—. Pero no me sorprende que os llevéis bien. O que ella se aferrara a ti cuando se asustó.

—¿Por qué lo dices?

—Porque es una niña con una gran sensibilidad. Y sabe que tienes un buen corazón.

Katie esbozó una mueca de escepticismo.

48

—Quizá solo estaba asustada por su hermano, y cuando su padre salió corriendo y yo fui la única que se quedó en la tienda con ella…

—No te infravalores, chica. Ya te lo he dicho, es una niña muy sensible —insistió Jo—. ¿Cómo reaccionó Alex? Después del incidente, me refiero.

—Seguía consternado, pero aparte de eso, actuó con normalidad.

—¿Has hablado con él desde entonces?

Katie se encogió de hombros con indiferencia.

—No mucho. Siempre se muestra muy amable cuando paso por la tienda, y siempre tiene los productos que me gustan, eso es todo.

—Alex sabe tratar a la gente y gestiona bien su negocio —apostilló Jo con absoluta seguridad.

—Hablas como si lo conocieras muy bien.

Jo se columpió un poco en la mecedora.

—Más o menos.

Katie esperó a que su amiga se explayara, pero Jo permaneció en silencio.

—¿Quieres que hablemos de ello? —inquirió Katie con inocencia—. Porque hablar a veces ayuda, especialmente con una amiga.

Jo sonrió con ojitos maliciosos.

—¿Sabes? Siempre había sospechado que eras más ingeniosa que lo que aparentas. Deberías avergonzarte de retarme con mis propias artes.

Katie también sonrió, pero no dijo nada, igual que Jo había hecho con ella. Y para su sorpresa, la técnica funcionó.

—No estoy segura de qué es lo que te puedo contar —declaró Jo—. Pero te diré una cosa: es un hombre de gran corazón. Es la clase de persona en la que puedes confiar cuando necesitas ayuda. Ya ves hasta qué grado ama a sus hijos.

Katie se mordió los labios con suavidad.

—¿Habías salido con él?

Jo pareció elegir las palabras con sumo cuidado.

—Sí, pero quizá no de la forma que crees. Y solo para que te quede claro: eso pasó hace mucho tiempo, y cada uno ha seguido su camino.

Katie no estaba segura de cómo interpretar su respuesta, pero no quería insistir.

—Por cierto, ¿cuál es su situación? Supongo que está divorciado, ¿no?

—¿Por qué no se lo preguntas?

—¿Yo? ¿Y por qué habría de hacerlo?

—Porque me lo has preguntado a mí —replicó Jo, arqueando una ceja—. Lo que evidentemente significa que te atrae.

—No me atrae.

—Entonces, ¿por qué quieres saberlo?

Katie la miró con reprobación.

—¿Sabes que a pesar de ser mi amiga eres bastante manipuladora?

Jo se encogió de hombros.

—Solo me limito a decir a la gente lo que ya sabe pero le da miedo admitir.

Katie reflexionó sobre aquella aseveración.

—Que te quede claro: de forma oficial, te retiro mi oferta de ayudarte a pintar tu casa.

—Pero si me habías dicho que estabas dispuesta a hacerlo.

49

—Lo sé, pero retiro mi oferta.

Jo rio abiertamente.

—De acuerdo. Oye, ¿qué haces esta noche?

—Tengo que trabajar. De hecho, será mejor que empiece a prepararme.

—¿Y mañana por la noche? ¿También trabajas?

—No. Tengo el fin de semana libre.

—Entonces, ¿qué te parece si me paso por tu casa con una botella de vino? Estoy segura de que la necesitaré después de la intensa sesión de ejercicio físico; además, no me apetece inhalar los vapores de pintura más de lo estrictamente necesario. ¿Te apetece la idea?

—Sí, me parece estupendo.

—Perfecto. —De un brinco, Jo se puso de pie y se separó de la mecedora—. Entonces, hasta mañana.

5

*E*l sábado amaneció con un cielo completamente azul, pero muy pronto las nubes hicieron acto de presencia. Grises y gruesas, se compactaban y retorcían con el viento que arreciaba cada vez con más fuerza. La temperatura empezó a caer en picado, y cuando Katie salió de casa, tuvo que ponerse un jersey. La tienda quedaba a unos dos kilómetros de su casa, a una media hora andando a paso ligero, y sabía que tendría que apresurarse si no quería que la pillara la tormenta.

Llegó a la carretera principal justo cuando retumbaba el primer trueno. Empezó a caminar más deprisa, notando cómo el aire se volvía más pesado a su alrededor. Una camioneta la adelantó a gran velocidad, levantando una nube de polvo a su paso, y Katie se apartó de la carretera y siguió caminando por el arcén sin asfaltar. El aire olía a sal transportada desde el océano. Por encima de su cabeza, un halcón de cola roja planeaba intermitentemente sobre las corrientes de aire, probando la fuerza del viento.

Katie se dejó llevar por el ritmo decidido de sus pasos y de repente empezó a darle vueltas a la conversación con Jo. No acerca de lo que ella le había contado de sí misma, sino sobre los comentarios que su nueva amiga había hecho referentes a Alex. Se dijo que Jo no sabía lo que decía. Mientras que ella simplemente había intentado entablar una conversación, Jo había tergiversado sus palabras hasta otorgarles un sentido que no se ajustaba a la realidad. Era cierto que Alex parecía un hombre afable, y tal y como Jo había dicho, Kristen era una muñequita, pero Katie no se sentía atraída por él. ¡Si apenas lo conocía! Desde que Josh se había caído al río, tan solo habían intercambiado un par de palabras, y lo último que quería era iniciar una relación amorosa.

Así que, ¿por qué tenía la impresión de que Jo quería emparejarla con él?

No estaba segura, aunque tampoco le importaba. Se alegraba de que aquella noche fuera a pasar un rato a su casa. Un par de amigas solas, compartiendo unas copas de vino… Sabía que no era una velada tan especial. Otras personas, otras mujeres, hacían cosas similares todo el tiempo. Frunció el ceño. De acuerdo, quizá no todo el tiempo, pero la mayoría de ellas probablemente sentían que podían hacerlo si querían, y Katie suponía que eso era lo que marcaba la diferencia entre ella y las demás. ¿Cuánto tiempo había pasado desde que no hacía algo que se le antojara normal?

«Desde mi infancia», admitió para sí. Desde aquellos días en los que colocaba peniques en las vías del tren. Pero no había sido completamente sincera con Jo. No le había contado que a menudo iba a las vías del tren para escapar de los gritos de sus padres cuando se peleaban, de los insultos y reproches con que se atacaban el uno al otro. No le había contado que en más de una ocasión ella se había visto atrapada en medio de aquel fuego cruzado, y que cuando tenía doce años recibió un golpe en la cabeza con una bola de cristal de adorno que su padre le lanzó a su madre. Le provocó un corte y estuvo sangrando durante varias horas, pero ni su madre ni su padre mostraron ninguna inclinación por llevarla al hospital. No le contó que su padre se comportaba como un verdadero energúmeno cuando estaba borracho, o que ella jamás invitaba a ninguna amiga a su casa, ni tan solo a Emily, ni tampoco que no había podido ir a la universidad porque sus padres opinaban que era una pérdida de tiempo y de dinero. Ni que la echaron de casa el día en que se graduó del instituto.

Pensó que igual algún día le contaría todas esas cosas. O quizá no. Tampoco le parecía tan relevante. ¿Y qué, si no había tenido una infancia dorada? Sí, sus padres eran alcohólicos y a menudo se quedaban sin trabajo, pero aparte del accidente con la bola de cristal, jamás le habían hecho daño. No, no le regalaron un coche cuando cumplió dieciocho años ni nunca le organizaron ninguna fiesta de cumpleaños, pero jamás pasó hambre, y en otoño, por más que pasaran apuros económicos, siempre le compraban ropa nueva para el cole. Probablemente su padre no había sido ejemplar, pero jamás se había colado en su habitación por la noche para hacerle nada indecoroso, un problema que sabía que sufrían algunas de sus amigas. A los dieciocho años no se sentía traumatizada. Quizás un poco defraudada por no poder ir a la universidad, y también nerviosa por tener que enfrentarse al mundo sola, pero por suerte nadie le había hecho tanto daño como para pensar que le habían destrozado la vida. Y lo había conseguido. No lo había pasado tan mal en Atlantic City. Había conocido a un par de chicos muy simpáticos, y podía recordar más de una noche riendo y charlando con amigos del trabajo hasta el amanecer.

Se dijo a sí misma que su infancia no la había marcado, y que no había tenido nada que ver con la verdadera razón por la que había acabado en Southport. A pesar de que su vecina fuera lo más cercano a una amiga, Jo no sabía nada de nada sobre ella. Nadie la conocía.

53

—Hola, señorita Katie —gorjeó Kristen desde su mesita.

Aquel día no jugaba con muñecas; aquel día estaba inclinada sobre un librito que contenía un montón de dibujos para colorear. Tenía varios lápices de colores en la mano y parecía concentrada en un dibujo en el que aparecían varios unicornios y un arcoíris.

—Hola, Kristen, ¿cómo estás?

—Muy bien. —Alzó la vista de su libro de dibujos para colorear—. ¿Por qué siempre viene andando?

Katie se quedó un momento callada, luego enfiló hasta la punta del mostrador y se agachó para ponerse a la misma altura que Kristen.

—Porque no tengo coche.

—¿Por qué no?

«Porque no tengo carné de conducir, y aunque lo tuviera, no podría permitirme ese lujo», pensó Katie.

—Estoy pensando en comprarme uno, ¿sabes?

—Ah —repuso la pequeña. Alzó el libro para mostrárselo—. ¿Qué le parece mi dibujo?

—Es bonito. Te está quedando precioso.

—Gracias. Se lo regalaré cuando lo acabe.

—No tienes por qué hacerlo.

—Lo sé —contestó con una encantadora seguridad infantil—, pero quiero hacerlo, para que lo cuelgue en la nevera.

Katie sonrió y volvió a erguir la espalda.

—Muchas gracias.

—¿Necesita ayuda con la compra?

—No, creo que hoy puedo apañarme sola. Así tendrás tiempo para acabarlo de pintar.

—Vale —convino la pequeña.

Asió una cesta y entonces vio que Alex se le acercaba. La saludó con la mano, y a pesar de que carecía de sentido, Katie tuvo la impresión de que realmente lo veía por primera vez. Aunque su pelo era gris, solo tenía unas pocas patas de gallo, que, en vez de deslucir su rostro, le añadían un toque de vitalidad. Su torso se estrechaba desde los hombros hasta una cintura sin un gramo de grasa. Katie tuvo la impresión de que era un hombre que ni comía ni bebía en exceso.

—Hola, Katie, ¿qué tal?

—Muy bien, gracias. ¿Y tú?

—No me puedo quejar. —Él sonrió afablemente—. Me alegra que hayas venido. Te quería enseñar una cosa. —Señaló hacia la pantalla de la cámara de vigilancia y ella vio a Josh sentado en el embarcadero, con su caña de pescar.

—¿Le has dejado que vuelva a pescar solo? —preguntó ella, sorprendida.

—¿Ves eso que lleva puesto?

Katie se inclinó un poco más hacia la pantalla.

—¿Es un chaleco salvavidas?

—Me ha costado bastante encontrar uno que no fuera excesivamente aparatoso ni le diera demasiado calor. Pero este es perfecto. Y la verdad es que no me quedaba elección. No te puedes ni imaginar lo triste que estaba el pobre. He perdido la cuenta de cuántas veces me ha suplicado que lo deje ir a pescar. Al final no lo he podido soportar, y se me ha ocurrido que el chaleco salvavidas podría ser la solución.

—¿Y no le importa llevarlo puesto?

—Es una nueva regla. O bien lo lleva puesto, o bien no hay pesca. Pero parece que no le importa.

—¿Alguna vez pesca algo?

—No tanto como le gustaría, pero sí, de vez en cuando.

—¿Os coméis los pescados?

—A veces —asintió Alex—. Pero Josh suele devolverlos al agua. No le importa pescar el mismo pez una y otra vez.

—Me alegro de que hayas dado con una solución.

—Un padrazo la habría hallado antes.

Por primera vez, Katie lo miró directamente a los ojos.

—Pues yo tengo la impresión de que eres todo un padrazo.

Él le sostuvo la mirada durante un momento antes de que Katie desviara la vista. Alex notó su incomodidad y empezó a revolver algo detrás del mostrador.

—Tengo algo para ti —dijo él, que sacó una bolsa y la colocó sobre el mostrador—. Uno de los granjeros que me abastece tiene un pequeño invernadero en su rancho y puede dedicarse al cultivo de determinados productos. Ayer me trajo unas hortalizas frescas. Tomates, pepinos y cosas por el estilo. Pensé que igual querrías probarlos. Mi esposa aseguraba que eran lo mejor que jamás había comido.

—¿Tu esposa?

Él sacudió la cabeza y bajó la vista.

—Lo siento. A veces todavía lo hago. Quiero decir, mi esposa que en paz descanse. Murió hace un par de años.

—Lo siento —balbuceó ella, mientras recordaba la conversación que había mantenido con Jo.

Le había preguntado cuál era su situación. «¿Por qué no se lo preguntas?», le había sugerido ella.

Era evidente que Jo sabía que su esposa había muerto, pero no le había dicho nada. Qué extraño.

Alex no notó que se perdía en sus pensamientos.

—Gracias —le agradeció él con franqueza—. Era una gran persona. Estoy seguro de que te habría gustado. —Su rostro expresó una visible melancolía momentánea, y al final añadió—: Pero, bueno, lo que te decía, ella aseguraba que eran productos de primera calidad. Todo es orgánico y la familia cultiva el huerto a mano. Normalmente suelo vender estos productos

55

en pocas horas, pero he apartado una muestra para ti, por si querías probarlos. —Alex sonrió—. Además, eres vegetariana, ¿no? Seguro que una persona vegetariana sabrá apreciar estos productos. Te lo prometo.

Katie lo miró con curiosidad.

—¿Por qué crees que soy vegetariana?

—¿No lo eres?

—No.

—Ah, perdona, pensaba que lo eras —se disculpó él, metiendo las manos en los bolsillos.

—No te preocupes; me han acusado de cosas peores.

—No lo creo.

«No lo dudes», pensó para sí, pero contestó:

—De acuerdo. Me los quedo. Y gracias.

$\mathcal{M}$ientras Katie realizaba la compra, Alex continuó fingiendo que hacía cosas detrás del mostrador, aunque no dejaba de observarla con el rabillo del ojo. Adecentó el mostrador, se dedicó a vigilar a Josh a través de la pantalla, examinó el dibujo de Kristen y volvió a ordenar el mostrador, haciendo todo posible por parecer ocupado.

Ella había cambiado en las últimas semanas. Empezaba a lucir un atractivo moreno de principios de verano, y su piel ofrecía una resplandeciente frescura. También se mostraba menos esquiva con él, y ese día era una muestra evidente. No habían hecho un gran progreso con sus conversaciones, al menos no como para echar cohetes, pero algo era algo, ¿no?

Sí, pero algo era algo…, ¿en qué sentido?

Desde el primer día, Alex había tenido la impresión de que esa chica tenía problemas, y su reacción instintiva lo había empujado a ayudarla. Y por supuesto era guapa, a pesar del inapropiado corte de pelo y de lucir siempre una indumentaria tan sobria. Pero había sido cuando vio la forma en que Katie se comportó con Kristen cuando Josh cayó al agua lo que realmente lo cautivó. Incluso aún más efectiva había sido la reacción de Kristen con Katie. Se había aferrado a ella como una niña que busca a su mamá.

Esa imagen todavía le provocaba un nudo en la garganta, pues le recordaba que no solo él echaba de menos a su esposa, sino que sus hijos también añoraban a su madre. Sabía que los pequeños lo estaban pasando mal, e intentaba compensar la pérdida del mejor modo que se le ocurría, pero hasta que no vio a Katie y a Kristen juntas no se dio cuenta de que la tristeza era solo una parte de lo que ellos experimentaban. La soledad de sus hijos era un reflejo de su propio estado de ánimo.

Le molestaba no haberse dado cuenta antes de ello.

En cuanto a Katie... Ella era todo un misterio para él. Había algo que no encajaba, algo que despertaba su curiosidad. La observó, preguntándose quién era ella en realidad y qué la había llevado hasta Southport.

Katie permanecía de pie cerca de una de las enormes neveras —eso era nuevo: en sus visitas previas, nunca se había acercado a las neveras— estudiando los artículos que había al otro lado del cristal. Frunció el ceño, y mientras se debatía entre si comprar un producto o no, Alex se fijó en su movimiento abstraído de jugar con un anillo inexistente en el anular de la mano izquierda con los dedos de la mano derecha. El gesto activó unos recuerdos que hacía mucho tiempo que no experimentaba.

Se trataba de un hábito, una costumbre que había detectado durante sus años en el C.I.D. y que a veces había observado en las mujeres con las caras amoratadas y desfiguradas que interrogaba. Solían sentarse frente a él, tocándose de forma compulsiva los anillos, como si fueran un grillete que las encadenaba a sus maridos. Normalmente negaban que estos las hubieran maltratado y, en los poquísimos casos en que admitían la verdad, solían insistir en que no era culpa de sus maridos, que ellas los habían provocado. Le contaban que se les había quemado la cena, que no habían hecho la colada o que sus maridos habían bebido más de la cuenta. Y siempre juraban que era la primera vez que sucedía y que no querían denunciarlos porque no querían arruinar sus carreras. Todo el mundo sabía que el Ejército no mostraba ni un ápice de compasión hacia los hombres que incurrían en delitos de violencia doméstica.

Algunas mujeres, sin embargo, eran diferentes —al menos al principio— e insistían en que sí que querían denunciarlos. Alex entonces empezaba a redactar el informe y escuchaba atento su declaración, mientras ellas le preguntaban cómo era posible que los trámites fueran más importantes que el acto físico de arrestar a sus maridos, que ejecutar la ley. Él redactaba el informe de todos modos y luego les leía su propia declaración antes de pedirles que la firmaran. Y entonces, a veces, algunas se desmoronaban. Alex detectaba el miedo de la mujer aterrorizada que tenía delante, debajo de aquella fachada de indignación. Muchas acababan por negarse a firmar la declaración, e incluso aquellas que lo hacían solían cambiar de opinión rápidamente cuando se citaba a su esposo a declarar. Esos casos seguían su curso legal, por más que la mujer decidiera echarse atrás. Pero más tarde, cuando ella no se presentaba a declarar, el caso se archivaba sin aplicar al maltratador un castigo ejemplar. Alex acabó por comprender que solo aquellas mujeres que mostraban la valentía de denunciar a sus maridos hasta las últimas consecuencias lograban liberarse de verdad de aquel yugo, porque la vida que llevaban era una prisión, a pesar de que la mayoría de ellas se negara a admitirlo.

Sin embargo, había otro modo de escapar al horror de sus vidas, aunque en todos aquellos años de servicio solo se había encontrado con una víctima que hubiera sido capaz de llevarlo a cabo. En cierta ocasión, había interrogado a una mujer que había empezado su declaración de la forma habitual: negando los hechos y autoinculpándose. Pero un par de meses más tarde, se enteró de que la mujer había huido. No había ido a casa de su familia y tampoco se había refugiado con sus amigos, sino que se había marchado a un lugar desconocido, un lugar donde su esposo no pudiera encontrarla. Su marido, poseído por la furia al ver que su mujer lo había abandonado, explotó después de una noche de borrachera y mató a un policía militar. Acabó en la prisión militar de Leavenworth. Alex se alegró de que aquel tipo terminara en prisión. Y cuando pensó en la esposa de aquel desalmado, sonrió, pensando: «¡Bien hecho!».

En ese momento, mientras observaba cómo Katie jugueteaba con un anillo inexistente, sintió que sus viejos instintos de investigador emergían inexorablemente. Se dijo que seguro que había estado casada, y que su marido era la pieza que faltaba en aquel rompecabezas. O bien todavía estaba casada o bien ya no lo estaba, pero Alex tenía la abominable certeza de que ella todavía le tenía miedo.

Y

Los cielos se abrieron mientras Katie se disponía a coger una caja de galletas saladas. Un relámpago iluminó la tienda. Unos segundos más tarde rugió un trueno, seguido de varios más. Josh entró disparado en la tienda justo antes de que empezara a diluviar, aferrado a su caja y a su caña de pescar. Tenía la cara roja y jadeaba como un atleta después de atravesar la línea de meta.

—Hola, papá.

Alex alzó la vista.

—¿Has pescado algo?

—Solo el pez gato otra vez. El mismo de siempre.

—Ah, vale. Te veré dentro de un rato, a la hora de comer, ¿de acuerdo?

Josh desapareció por la puerta del almacén y Alex lo oyó subir las escaleras en dirección a la vivienda.

En el exterior, la lluvia caía implacable y el viento estampaba tupidas cortinas de agua contra los cristales. Las ramas se doblaban por la furia del viento hasta formar unos arcos perfectos. El cielo oscuro se iluminaba de repente con algún relámpago, y los truenos retumbaban en el interior de la tienda con tanta fuerza que hasta los cristales temblaban. En la punta más alejada de la tienda, Alex se fijó en la cara de Katie, que reflejaba sorpresa y terror a la vez, y se preguntó si esa era la expresión que su marido había visto en alguna ocasión.

La puerta de la tienda se abrió de golpe y un hombre entró precipitadamente, chorreando agua sobre el viejo suelo de madera. Se sacudió las mangas empapadas por la lluvia y saludó a Alex con la cabeza antes de enfilar hacia el bar.

Katie volvió a girarse hacia el estante donde estaban las galletas saladas. No había una gran selección, solo Saltines y Ritz, que eran las marcas más vendidas. Se decantó por las Ritz.

A continuación, seleccionó los productos que siempre adquiría y llevó la cesta hasta el mostrador. Cuando Alex acabó de hacer la cuenta y de guardar la compra en una bolsa, colocó la mano sobre la bolsa que había dejado previamente en el mostrador.

—No te olvides de las verduras.

Ella echó un vistazo a la suma total que marcaba la caja registradora.

—¿Estás seguro de que las has añadido a mi compra?

—Sí.

—Porque el total es muy similar a lo que siempre pago.

—Es que te he hecho el precio promocional.

Katie frunció el ceño, preguntándose si creerlo o no; finalmente asió la bolsa, sacó un tomate y se lo acercó a la nariz.

—¡Qué bien huele!

—Ayer me comí un par para cenar. Están deliciosos, con una pizca de sal, y a los pepinos no hay que añadirles nada.

Ella asintió, pero mantenía la mirada fija en la puerta. El viento arreciaba con violencia y empujaba la lluvia que cambiaba de dirección todo el rato. El mundo más allá del cristal había quedado completamente oscuro y difuso.

La gente se apretujaba en el bar. Alex podía oír las quejas por el temporal y los comentarios de que lo más prudente era esperar a que amainara.

Katie resopló como para infundirse ánimos y asió las bolsas.

—¡Señorita Katie! —gritó Kristen, con una vocecita alarmada. La pequeña se puso de pie, ondeando el dibujo que había coloreado y que acababa de arrancar del librito—. Casi se olvida el dibujo.

Katie se inclinó para aceptarlo. Cuando examinó el dibujo, la cara se le iluminó. Alex notó cómo —por lo menos por un instante— la chica pareció olvidarse del resto del mundo.

—Es precioso —murmuró—. Lo colgaré en la nevera.

—Pintaré otro para la próxima vez que venga.

—Me hará mucha ilusión, te lo aseguro.

Kristen sonrió con alegría antes de volverse a sentar a la mesa. Katie enrolló el dibujo, asegurándose de no arrugarlo, y se lo guardó en la bolsa. Un relámpago iluminó el interior del establecimiento, seguido de un poderoso trueno, esta vez casi simultáneos. La lluvia caía con fuerza y el aparcamiento estaba anegado de charcos. El cielo estaba tan negro como si fuera de noche.

—¿Cuánto rato piensas que durará aún la tormenta? —preguntó.

—He oído que lloverá prácticamente todo el día —contestó Alex.

Ella seguía con la vista fija en la puerta. Mientras se debatía sobre qué hacer, volvió a jugar con el anillo inexistente. En el incómodo silencio, Kristen tiró de la camisa de su padre.

—Papi, deberías llevar a la señorita Katie a su casa. No tiene coche. Y llueve mucho.

Alex miró a Katie. Sabía que ella había oído el comentario de su hija.

—¿Quieres que te lleve?

Katie sacudió la cabeza.

—No, gracias.

—Pero ¿y el dibujo? —inquirió Kristen—. Se mojará.

Cuando Katie no contestó enseguida, Alex abandonó el mostrador al tiempo que hacía un gesto con la cabeza, señalando hacia la puerta, y decía:

—Vamos. No hay razón para que llegues a tu casa completamente empapada. Mi coche está aparcado justo ahí delante.

—No quiero molestar…

—No es ninguna molestia. —Alex se palpó el bolsillo y sacó las llaves del coche antes de inclinarse hacia las bolsas de la compra que Katie sostenía—. Ya las llevo yo —dijo, mientras se apoderaba de ellas—. Kristen, cielo, ¿te importa subir arriba y decirle a Josh que estaré de vuelta dentro de diez minutos?

—Ahora mismo, papi —contestó la pequeña.

—¡Roger! ¿Verdad que no te importa vigilar la tienda y echar un vistazo a mis hijos? No tardaré.

—¡Vete tranquilo! —le aseguró el hombre desde el asador.

Alex señaló hacia la parte trasera de la tienda.

—¿Vamos?

Salieron disparados hacia el todoterreno, sosteniendo los paraguas, que se combaban por la fuerza del viento contra la cortina de agua. Las nubes en el cielo continuaban iluminándose con cada nuevo relámpago. Cuando se hubieron instalado en los asientos, Katie utilizó la mano para limpiar la condensación en la ventana.

—No pensaba que llovería de esta forma cuando salí de casa.

—Nadie se lo imagina, hasta que los cielos se abren. La previsión meteorológica suele anunciar tormentas de este tipo frecuentemente, pero no acaban de llegar casi nunca. Así que cuando en realidad llegan, la gente no se lo espera. En cambio, si la tormenta no es tan espectacular como habían anunciado, entonces sí que nos quejamos. Si es peor que lo que se esperaba, también nos quejamos. Si es tan mala como habían anunciado, también nos quejamos, porque creemos que las previsiones se equivocan tan a menudo que no había forma de que acertaran esta vez. Es un tema recurrente para que la gente siempre tenga algo de lo que quejarse.

—¿Como los clientes del asador?

Alex asintió y rio como un niño travieso.

—Pero en el fondo son buenas personas. La mayoría trabajan mucho y son gente afable y honesta. Cualquiera de ellos habría aceptado encantado vigilar la tienda por mí si se lo hubiera pedido, y sin temor a que me hicieran ninguna trastada. Aquí la gente es así. Porque en el fondo, todo el mundo sabe que en un pequeño pueblo como este, todos nos necesitamos. Es fantástico, aunque necesité un tiempo para adaptarme.

—¿No eres de aquí?

—No. Mi esposa sí que lo era. Yo soy de Spokane. Cuando vinimos a vivir aquí, recuerdo que pensé que de ninguna manera me habituaría a un lugar como este. Quiero decir, es un pueblecito típico del Sur; aquí a nadie le importa lo que opine el resto del mundo. Se necesita un tiempo para adaptarse, al principio. Pero luego... te sientes muy cómodo. A mí me sirve para mantenerme centrado en lo que de verdad es importante.

—¿Y qué es importante? —La voz de Katie era suave.

Alex se encogió de hombros.

—Eso depende de cada persona, ¿no? Para mí, por ejemplo, son mis hijos. Este es su hogar, y después de lo que han sufrido, necesitan estabilidad. Kristen necesita un lugar para pintar y vestir a sus muñecas, y Josh necesita un lugar para pescar, y los dos necesitan saber que yo estoy cerca. Este sitio, y la tienda, les proporcionan esa estabilidad, y de momento es lo que quiero. Es lo que necesito.

Hizo una pausa, como si se sintiera incómodo por haber hablado más de la cuenta.

—Por cierto, ¿adónde tengo que ir, exactamente?

—Sigue recto hasta que llegues a una carretera sin asfaltar, pasada la curva; pero aún falta.

63

—¿Te refieres al camino que conduce a la plantación?

Katie asintió.

—Sí.

—No sabía que esa carretera llevara a ningún sitio. —Frunció el entrecejo—. Queda bastante lejos, a unos tres kilómetros, ¿no?

—Estoy acostumbrada a caminar —adujo ella.

—Quizá cuando hace un buen día sí, pero hoy habrías llegado a tu casa a nado. Habría sido una locura recorrer todo este camino bajo la lluvia. Y el dibujo de Kristen seguro que se habría estropeado.

Alex percibió la sonrisa fugaz al pronunciar el nombre de Kristen, pero Katie no dijo nada.

—He oído que trabajas en Ivan's.

Ella asintió.

—Sí, empecé en marzo.

—¿Y te gusta?

—No está mal. Solo es un trabajo, pero el dueño se ha portado muy bien conmigo.

—¿Ivan?

—¿Lo conoces?

—Todo el mundo conoce a Ivan. ¿Sabías que se disfraza de general confederado cada otoño, sin falta, para conmemorar la batalla de Southport? ¿Cuando Sherman quemó el pueblo? No pasa nada, por supuesto…, salvo que jamás hubo una batalla de Southport durante la guerra de Secesión. Southport ni tan solo se llamaba Southport en aquella época, se llamaba Smithville. Y como mínimo Sherman estuvo a ciento cincuenta kilómetros de aquí.

—¿Lo dices en serio? —se interesó Katie.

—No me malinterpretes. Me gusta Ivan, es un buen tipo, y el restaurante es toda una institución en el pueblo. A Kristen y a Josh les encantan los buñuelos de maíz que preparan; además, Ivan siempre se muestra efusivo cuando nos ve. Pero a veces me pregunto qué es lo que le lleva a mostrarse tan patrióticamente estadounidense. Su familia llegó de Rusia en la década de los cincuenta. Primera generación, en otras palabras. Es probable que nadie en su extensa familia haya oído hablar de la guerra de Secesión. Pero Ivan se pasa una semana entera plantado en medio de la carretera delante del edificio de los juzgados, blandiendo la espada y dando órdenes a viva voz.

—Pues no conocía esa faceta de Ivan.

—Es que a la gente del pueblo no le gusta hablar del tema. Es un comportamiento más bien... excéntrico, ¿comprendes? Incluso los oriundos de Southport, que son personas que realmente sienten afecto por él, fingen no verlo durante esa semana. Cuando se topan con Ivan en medio de la calle, le dan la espalda y empiezan a decir cosas como: «¿Te has fijado en lo bonitos que están los crisantemos en los parterres del edificio de los juzgados?».

Por primera vez desde que había subido al coche, Katie rio abiertamente.

—No sé si creerte...

—No importa. Si aún estás aquí en octubre, lo podrás ver con tus propios ojos. Pero, repito, no quiero que me malinterpretes. Ivan es un tipo estupendo y su restaurante es genial. Después de un día en la playa, casi siempre nos pasamos por allí. La próxima vez, preguntaremos por ti.

Katie vaciló antes de contestar:

—Vale.

—Le gustas —comentó Alex, cambiando de tema—. A Kristen, me refiero.

—Y a mí me gusta ella. Es una personita muy inteligente, con una gran personalidad.

—Le contaré lo que has dicho de ella. Y gracias.

—¿Cuántos años tiene?

—Cinco. Cuando empiece a ir a la escuela el próximo otoño, no sé qué voy a hacer. La tienda no será la misma sin ella.

—La echarás de menos —observó Katie.

Alex asintió.

—Mucho. Sé que se lo pasará muy bien en la escuela, pero me gusta estar con ella.

Mientras departían, la lluvia continuaba repiqueteando en las ventanas. El cielo se iluminaba de vez en cuando como con luces estroboscópicas, acompañadas por el constante rugido de los truenos.

Katie echó un vistazo por la ventana a su lado derecho, ensimismada en sus pensamientos. Alex esperó, como si supiera que de un momento a otro ella rompería aquel silencio.

—¿Cuánto tiempo estuviste casado? —preguntó Katie al final.

—Cinco años. Estuvimos saliendo un año antes de que nos casáramos. La conocí mientras estaba destinado en Fort Bragg.

—¿Estuviste en el Ejército?

—Sí, durante diez años. Fue una buena experiencia y me alegro de haberla vivido. Pero también me alegro de haberme licenciado.

Katie señaló a través del limpiaparabrisas.

—Tienes que girar allí, ¿lo ves?

Alex giró y al entrar en la carretera aminoró la marcha. La superficie irregular sin asfaltar había quedado inundada a causa del chaparrón, y el agua salpicaba las ventanas, por encima del limpiaparabrisas. Mientras se concentraba en controlar el volante para sortear los charcos más profundos, de repente se dio cuenta de que aquella era la primera vez que una mujer subía a su coche desde que su esposa había muerto.

—¿Qué casa es? —le preguntó, al distinguir el contorno de las dos casitas.

—La de la derecha —indicó ella.

Él se acercó a la casa tanto como pudo antes de parar el motor.

—Te llevaré la compra hasta el porche.

—No hace falta.

—Lo siento, pero me educaron así —se excusó él al tiempo que saltaba fuera del coche antes de que a Katie le diera tiempo a protestar. Agarró las bolsas y corrió hasta el porche. Cuando las dejó en el suelo y empezó a sacudirse la lluvia de la ropa, Katie llegó corriendo hasta él, aferrando con ambas manos el paraguas que Alex le había prestado.

—Gracias —gritó ella por encima del ruido ensordecedor de la tormenta.

Cuando le ofreció el paraguas, Alex sacudió la cabeza.

—Quédatelo unos días. O mejor dicho, no hace falta que me lo devuelvas. Si tienes que desplazarte por aquí andando, lo necesitarás.

—Te lo puedo pagar… —empezó a decir.

—No te preocupes.

—Pero es de tu tienda.

—No pasa nada. En serio. Pero si no te sientes cómoda con la idea, la próxima vez que pases por la tienda me lo devuelves y ya está, ¿de acuerdo?

—Alex, de verdad…

Él no la dejó acabar.

—Eres una buena clienta, y me gusta ayudar a mis clientes.

Katie tardó un momento en contestar:

—Gracias —soltó al final, clavando los ojos en él, que en ese momento habían adoptado una tonalidad verde oscura—. Y gracias por el viaje.

Alex inclinó levemente la cabeza.

—Ha sido un placer.

¿Qué hacer con los peques? Esa era la pregunta que se formulaba un millón de veces (a menudo sin hallar respuesta) durante los fines de semana. Alex no tenía ni idea.

Con aquella tormenta que descargaba con tanta furia y que no mostraba signos de cesar, quedaba descartado hacer cualquier actividad al aire libre. Podría llevarlos al cine, pero en la cartelera no había ninguna película interesante para los dos. Quizá lo mejor era dejar que se entretuvieran jugando solos durante un rato. Sabía que muchos padres recurrían a esa práctica. Por otro lado, sus hijos todavía eran muy pequeños, demasiado pequeños como para dejarlos solos. Además, ya les tocaba estar solos mucho rato, improvisando formas de matar las horas, simplemente porque él tenía que dedicarse a la tienda. Empezó a sopesar diferentes opciones mientras preparaba en la plancha unos bocadillos de queso, pero sin querer sus pensamientos vagaron hacia Katie. A pesar de que ella intentaba pasar desapercibida, él sabía que eso era imposible en un pueblo como Southport. Era demasiado atractiva para que no se fijaran en ella. Cuando la gente se diera cuenta de que se desplazaba andando a todos los sitios, inevitablemente empezarían los cuchicheos y las preguntas indiscretas sobre el pasado de la joven.

Alex no quería que eso sucediera. Tenía derecho a disfrutar

de la clase de vida que había venido buscando. Una vida normal. Una vida de placeres simples, la clase de vida que prácticamente todo el mundo daba por sentada: la posibilidad de ir a cualquier sitio que quisiera, cuando quisiera, y vivir en una casa donde se sintiera segura y a salvo. Además, Katie necesitaba un medio de transporte.

—¡Chicos! —dijo, mientras colocaba los bocadillos en un par de platos—. Tengo una idea. Después de comer, haremos algo por la señorita Katie.

—¡Qué bien! —exclamó Kristen.

Josh, que siempre se acomodaba a todo, se limitó a asentir con la cabeza.

7

*E*l viento espoleaba la lluvia que caía a raudales de los oscuros cielos de Carolina del Norte, como en cascadas, contra las ventanas de la cocina. Aquella tarde, un poco antes, mientras Katie hacía la colada en la pila y después de haber pegado el dibujo de Kristen en la nevera, habían surgido goteras en el techo del comedor. Había colocado una palangana debajo de la gotera y ya había tenido que vaciarla dos veces. A la mañana siguiente pensaba llamar a Benson, pero dudaba que él accediera pasarse ese mismo día a reparar los desperfectos. Eso si, por supuesto, lo convencía para que pasara a repararlos algún día.

En la cocina, cortó un trozo de queso cheddar a daditos, y no pudo resistir la tentación de comerse un par. En una bandeja de plástico amarilla había colocado las galletas saladas y rodajas de tomates y pepinos, aunque no conseguía que quedaran de la forma presentable que quería. Nada quedaba de la forma que quería. En su anterior hogar, tenía una bonita tabla de madera y un cuchillo de plata con un pajarito grabado para cortar queso, y un juego de copas de vino. En el comedor tenía una mesa de madera de cerezo, y visillos en las ventanas, pero allí, en cambio, la mesa estaba desnivelada y las sillas eran cada una de un modelo diferente, no había cortinas en las ventanas, y ella y Jo tendrían que beber el vino en tazas de café. Por más horrible que hubiera sido su vida anterior, le habría encantado disponer de su antiguo menaje, pero al igual que todo lo que había dejado atrás, veía todos esos objetos como enemigos que se habían pasado al otro bando.

A través de la ventana, vio que una de las luces se apagaba

en la casa de Jo. Katie enfiló hacia la puerta. La abrió y observó cómo su amiga saltaba sorteando los charcos de camino a su casa, con el paraguas en una mano y una botella de vino en la otra. Con un par de zancadas más consiguió alcanzar el porche, con su impermeable amarillo chorreando agua.

—Ahora comprendo cómo debió de sentirse Noé. ¡Menudo diluvio! Tengo la cocina llena de charcos.

Katie señaló por encima del hombro.

—Yo tengo goteras en el comedor.

—Hogar, dulce hogar, ¿no? Bueno, toma. —Le entregó la botella de vino—. Tal como había prometido. Y créeme, necesito un buen trago.

—¿Un día duro?

—Ni te lo puedes imaginar.

—Pasa.

—Antes dejaré el impermeable aquí, o tendrás dos charcos en el comedor —apuntó, al tiempo que se lo quitaba—. Es increíble; solo he estado fuera unos segundos, pero me he quedado empapada.

Jo dejó el impermeable sobre la mecedora, junto con el paraguas, y siguió a Katie hasta el interior, en dirección a la cocina.

Katie dejó el vino en la encimera. Mientras Jo iba hacia la mesa, ella abrió el cajón junto a la nevera. Del fondo sacó una oxidada navaja suiza y se apresuró a abrirla.

—Esto es fantástico. Me muero de hambre. No he probado bocado en todo el día.

—Sírvete tú misma. ¿Qué tal ha ido la sesión de pintura?

—Bien, he acabado el comedor. Pero después se ha torcido el día.

—¿Qué ha pasado?

—Ya te lo contaré más tarde. Primero necesito un trago. ¿Y tú? ¿Qué has hecho?

—No mucho. Ir corriendo a la tienda, limpiar la casa, hacer la colada.

Jo tomó asiento delante de la mesa y cogió una galleta salada.

—En otras palabras: un día inolvidable.

Katie rio mientras se disponía a descorchar la botella.

—Así es. Realmente inolvidable.

—¿Quieres que la abra yo? —se ofreció Jo.

—No, me parece que puedo hacerlo.

—Perfecto. —Jo sonrió, encantada—. Puesto que soy la invitada, se supone que tú te has de encargar de todo.

Katie colocó la botella entre las piernas y se oyó un «pop» cuando logró descorcharla.

—Oye, ahora en serio, gracias por invitarme. —Suspiró—. No te figuras cómo esperaba este momento.

—¿De veras?

—No hagas eso.

—¿El qué? —preguntó Katie.

—Mostrarte sorprendida de que quisiera venir a tu casa. Que quisiera compartir una botella de vino contigo. Eso es lo que hacen las amigas. —Enarcó una ceja—. Ah, por cierto, antes de que empieces a preguntarte si de verdad somos amigas y si nos conocemos lo bastante, confía en mí cuando te digo que sí, absolutamente. Te considero mi amiga. —Hizo una pausa para que Katie asimilara el mensaje—. ¿Qué tal un poco de vino?

71

La tormenta perdió fuerza al atardecer, por lo que Katie abrió la ventana de la cocina. La temperatura había bajado de forma considerable, y el aire era fresco y limpio. La neblina se elevaba del suelo, y unas nubes menos amenazadoras cubrieron la luna antes de seguir su recorrido, aportando luz y sombra aleatoriamente. Las hojas de los árboles perdieron su tono plateado para volverse negras y luego plateadas otra vez, mientras temblaban con la brisa nocturna.

Katie se sentía aletargada por los efectos del vino, la brisa de la noche y la risa contagiosa de Jo. Katie saboreaba cada mordisco de las galletas saladas con un leve sabor a mantequilla y el queso de un gusto profundo e intenso, recordando el hambre que había llegado a pasar unos meses antes. Incluso había llegado a quedarse más delgada que un palo.

Sus pensamientos fluían lentamente. Recordó a sus padres, no en los momentos más duros, sino en los buenos, cuando los demonios dormían: cuando su madre preparaba huevos fritos con panceta, y el delicioso aroma llenaba la casa, y su padre entraba sonriente en la cocina, le apartaba el pelo a su madre y le daba un beso en el cuello, y ella reía como una colegiala. Recordó aquella vez que su padre las llevó a Gettysburg. Sin soltarle la mano, se habían paseado por la ciudad. Katie aún podía revivir la rara sensación de fuerza y delicadeza en aquella garra. Su padre era alto y tenía los hombros anchos, con el pelo castaño oscuro, y llevaba un tatuaje de la Marina en la parte superior del brazo. Había sido tripulante de un destructor durante cuatro años y había estado en Japón, Corea y Singapur, aunque rara vez contaba nada sobre aquella experiencia.

Su madre era pequeña y delgada, con el pelo rubio; una vez se presentó a un concurso de belleza, en el que quedó segunda. Le encantaban las flores, y en primavera plantaba bulbos en macetas de cerámica que luego dispersaba por el patio. Tulipanes y narcisos, peonías y violetas, florecían en un estallido de colores tan brillantes que a Katie casi le dolían los ojos al mirarlas. Cuando se mudaban de casa, mamá siempre colocaba las macetas en la parte trasera del automóvil y las fijaba atándolas con el cinturón de seguridad. A menudo, cuando limpiaba la casa, su madre canturreaba melodías de su infancia, algunas en polaco. Katie la escuchaba sin hacer el menor ruido desde otra habitación, intentando entender las palabras.

El vino tenía aroma a roble y a albaricoque, y estaba delicioso. Katie apuró su taza y Jo le sirvió otra. Cuando una mariposa nocturna empezó a revolotear alrededor de la luz encima de la pila, bailando con confusión y determinación, las dos se echaron a reír con una risa tonta. Katie cortó más queso y añadió más galletas saladas al plato. Hablaron sobre películas y sobre libros, y Jo casi se cae de la silla cuando Katie le dijo que su película favorita era *Qué bello es vivir*, pues también era su película favorita. Katie recordó el día en que, de pequeña, le pidió a su madre una campanita, para poder ayudar a los ángeles a batir las alas. Apuró su segunda taza de vino, sintiéndose tan ligera como una pluma empujada por una brisa estival.

Jo hizo pocas preguntas. En vez de ello, se dedicaron a charlar sobre trivialidades. Katie pensó nuevamente que se sentía feliz en compañía de su nueva amiga. Cuando una luz plateada iluminó el mundo más allá de la ventana, salieron al porche. Katie podía notar que la cabeza le daba vueltas ligeramente cuando se agarró a la barandilla. Continuaron tomando sorbos de vino mientras las nubes se iban fragmentando, y de repente, el cielo se llenó de estrellas. Katie señaló hacia la Osa Mayor y la estrella polar, las únicas estrellas que reconocía, pero Jo empezó a nombrar docenas de ellas. Ella se quedó mirando el cielo, maravillada, sorprendida de los vastos conocimientos de Jo en cuanto a las constelaciones, hasta que se fijó en los nombres que Jo recitaba:

—Esa de allí se llama Elmer Gruñón, y esa otra, la que despunta por encima del pino, es el Pato Lucas.

Cuando Katie finalmente se dio cuenta de que su amiga sabía tan poco sobre las estrellas como ella, Jo empezó a reír como una niñita traviesa.

De vuelta en la cocina, Katie sirvió el resto del vino y tomó un sorbo. Notó la blanda calidez del licor en la garganta, y volvió a sentirse un poco mareada. La mariposa nocturna continuaba revoloteando alrededor de la bombilla, aunque si intentaba mirarla fijamente, parecía que había dos en vez de una. Se sentía feliz y segura, y de nuevo pensó en lo bien que lo estaba pasando.

73

Tenía una amiga, una amiga de verdad, alguien con quien reír y bromear sobre las estrellas, y no estaba segura de si quería echarse a reír o a llorar, porque hacía mucho tiempo que no había experimentado algo tan sencillo y natural…

—¿Estás bien? —le preguntó Jo.

—Sí —contestó—. Solo estaba pensando que me alegro mucho de que hayas venido.

La otra escrutó su cara.

—Me parece que estás un poco borrachuza.

—Me parece que tienes razón —convino Katie.

—Vale, perfecto. Ya que estás un poco borrachuza y lista para pasarlo bien, ¿qué quieres hacer?

—¿A qué te refieres?

—¿Quieres hacer algo especial, que vayamos al pueblo, a algún local para divertirnos?

Katie sacudió la cabeza.

—No.

—¿No quieres conocer a gente?

—Mejor sola que mal acompañada.

Jo pasó el dedo por el borde de la taza antes de volver a hablar.

—En eso te equivocas. Nadie está mejor solo.

—Yo sí.

Jo consideró la respuesta de Katie antes de inclinarse hacia su amiga.

—¿Me estás diciendo que…, en el caso de que tuvieras comida, cobijo, ropa y cualquier otra cosa necesaria para sobrevivir, preferirías estar totalmente sola en una isla desierta en medio del océano para siempre, para el resto de tu vida? Sé sincera.

Katie pestañeó, intentando no ver a Jo desenfocada.

—¿Y por qué dices que sea sincera?

—Porque todo el mundo miente. Forma parte del acto de vivir en sociedad. No me malinterpretes, creo que es necesario. Lo último que uno quiere es vivir en una sociedad donde impere una absoluta sinceridad. ¿Puedes imaginar las conversaciones? «Eres bajito y feo», le diría una persona a otra, y la otra contestaría: «Lo sé, pero tú apestas». Te lo aseguro, no funcionaría. Así que la gente miente por omisión todo el tiempo. La gente te contará prácticamente toda la historia…, y he aprendido que la parte que no te cuenta es a menudo la más importante. Las personas ocultan la verdad porque tienen miedo.

Con las palabras de Jo, Katie sintió como si alguien acabara de ponerle un dedo en la llaga. De repente le pareció que le costaba respirar.

—¿Estás hablando de mí? —acertó a decir al final.

—No lo sé. ¿Tú qué crees?

Katie notó que palidecía ligeramente, pero antes de que pudiera contestar, Jo sonrió.

—La verdad es que estaba pensando en el día que he pasado hoy. Te había dicho que ha sido duro, ¿verdad? Pues bien, lo que te he contado es solo una parte del problema. ¡Resulta tan frustrante cuando la gente no te cuenta la verdad! Quiero decir, ¿cómo se supone que puedo ayudar a alguien si me oculta detalles, si no sé lo que sucede?

Katie notaba una fuerte opresión en el pecho.

—Quizá sí que te lo quieren contar, pero saben que no puedes hacer nada por ayudarlos —susurró.

—Siempre hay algo que puedo hacer.

Con la luz de la luna brillando a través de la ventana de la cocina, la piel de Jo había adoptado un tono blanco luminoso. Katie tuvo la sensación de que su amiga jamás tomaba el sol. El vino hacía que la habitación se moviera, que las paredes parecieran onduladas. Katie notó que las lágrimas pugnaban por aflorar por sus ojos, y pestañeó varias veces seguidas para controlarlas. Tenía la boca seca.

—No siempre —susurró Katie.

Giró la cara hacia la ventana. Al otro lado del cristal, la luna estaba suspendida en el cielo justo por encima de las copas de los árboles. Katie tragó saliva. De repente, sintió como si se estuviera observando a sí misma desde la otra punta de la estancia. Podía verse sentada en la mesa con Jo. Cuando empezó a hablar, su voz no parecía suya.

—Una vez tuve una amiga. Tenía graves problemas con su marido, pero no podía contárselo a nadie. Él la pegaba, y al principio ella le dijo que si lo volvía a hacer, lo abandonaría. Él le juró que no volvería a pasar y ella lo creyó. Pero la situación no hizo más que empeorar a partir de ese momento, como cuando la cena estaba fría, o cuando ella le mencionó que se había parado a hablar con un vecino que paseaba a su perro. Ella solo había conversado con él, pero esa noche, su marido la estampó contra un espejo.

Katie miró al suelo. El linóleo se estaba despegando por los bordes, pero no había conseguido fijarlo. Lo había intentado con pegamento, pero no había dado resultado y las puntas se habían vuelto a enrollar.

—Él siempre le pedía perdón, y a veces incluso se echaba a llorar por los morados que le había hecho en los brazos o en las piernas o en la espalda. Le decía que aborrecía sus acciones, pero al cabo de un segundo le echaba en cara que ella se lo merecía. Que si hubiera sido más cuidadosa, eso no habría pasado. Que si hubiera prestado más atención o no hubiera sido tan estúpida, él no habría perdido la paciencia. Ella intentó cambiar. Se esforzó por intentar ser una mejor esposa y hacer las cosas tal y como él quería, pero nunca era suficiente.

Katie podía notar la presión de las lágrimas en los ojos. A pesar de que intentó dominarlas, notó cómo empezaban a rodar por sus mejillas. Al otro lado de la mesa, Jo estaba inmóvil, observándola sin moverse.

—¡Y ella lo amaba! Al principio él era tan dulce con ella... Con él se sentía segura. La noche que se conocieron, ella había estado trabajando, y después de acabar su turno, dos hombres la siguieron.

»Cuando torció la esquina, uno de ellos la agarró y le tapó la boca con la mano. Ella intentó escapar, pero esos dos tipos eran muy corpulentos. No sabía qué habría pasado si su futuro esposo no hubiera aparecido en ese preciso instante por casualidad y hubiera golpeado a uno de ellos con fuerza en la nuca. El agresor cayó al suelo fulminado, y entonces agarró al otro y lo lanzó contra la pared, y así acabó la agresión. En un abrir y cerrar de ojos. Él la ayudó a levantarse y la acompañó hasta su casa. Al día siguiente la invitó a tomar un café. Él se mostraba cortés y la trataba como a una princesa, durante todo el tiempo, hasta la luna de miel.

Katie sabía que no debería contarle a Jo todo eso, pero no podía callar.

—Mi amiga intentó escapar dos veces. La primera, fue ella misma quien regresó por su propio pie porque no tenía adónde ir. Y la segunda vez que huyó, pensó que finalmente era libre. Pero él la persiguió, la encontró y la llevó de vuelta a casa a rastras. Una vez allí, le dio una paliza y le puso una pistola en la cabeza y le dijo que, si volvía a intentarlo, la mataría. Que mataría a cualquier hombre por el que ella mostrara el mínimo interés. Y ella lo creyó, porque por entonces ya sabía que estaba loco. Pero no tenía escapatoria. Él nunca le daba dinero, ni tampoco la dejaba salir de casa. Solía patrullar en coche por delante de la casa cuando se suponía que tenía que estar trabajando, solo para asegurarse de que ella estaba allí. Revisaba las llamadas telefónicas que recibían, y llamaba a casa a todas horas, y no le permitió sacarse el carné de conducir. Una vez, cuando ella se despertó a medianoche, se lo encontró de pie junto a la cama, mirándola fijamente. Había estado bebiendo, y de nuevo la apuntaba con la pistola. Ella tuvo tanto miedo que no se atrevió a hacer otra cosa que invitarlo a acostarse. Pero entonces fue cuando ella supo que si se quedaba, su marido acabaría por matarla.

Katie se secó los ojos. Tenía los dedos pegajosos por las lágrimas saladas. Le costaba mucho respirar, pero las palabras seguían saliendo de su boca, irrefrenables.

—Ella empezó a robar dinero del billetero de su marido. Nunca más de uno o dos dólares cada vez, para que él no se diera cuenta. Normalmente, él guardaba su billetero bajo llave por la noche, en una caja en el armario de su habitación, pero a veces se olvidaba. Pasó mucho tiempo antes de que lograra reunir suficiente para escapar. Porque eso era lo que tenía que hacer: escapar. Tenía que ir a algún lugar donde él jamás pudiera encontrarla, porque sabía que no dejaría de buscarla. Y ella no le podía contar a nadie su calvario, porque no tenía familia y porque sabía que la Policía no haría nada. Si él sospechaba lo más mínimo, la mataría. Así que siguió robando dinero y guardándolo; de vez en cuando encontraba monedas entre los cojines del sofá y en la lavadora. Escondía el dinero en una bolsa de plástico que guardaba debajo de una maceta, y cada vez que él salía al jardín, ella estaba segura de que lo descubriría. Le llevó tanto tiempo ahorrar el dinero que necesitaba… Debía tener bastante para huir lejos y que él nunca pudiera encontrarla, para poder empezar de nuevo.

Katie no sabía cuándo había sucedido, pero de repente se dio cuenta de que Jo la había cogido la mano y ya no se vio a sí misma desde el otro lado de la habitación. Podía notar la sal en sus labios, e imaginó que su alma se estaba derritiendo. Deseaba desesperadamente echarse a dormir.

Durante su silencio, Jo continuó mirándola a los ojos sin pestañear.

—Tu amiga tiene mucho coraje —aseveró con una increíble suavidad.

—No —la rectificó Katie—. Mi amiga siempre está asustada.

—En eso consiste el coraje. Si no estuviera asustada, no necesitaría haber tenido coraje. Admiro lo que hizo. —Jo le apretó la mano con ternura—. Creo que me gustaría tu amiga. Me alegro de que me lo hayas contado.

Katie desvió la vista, sintiéndose, de repente, exhausta.

—No debería haberlo hecho.

Jo se encogió de hombros.

—Yo de ti no me preocuparía. Una cosa que aprenderás de mí es que sé guardar secretos. Especialmente de gente que no conozco. Puedes estar tranquila, ¿de acuerdo?

Katie asintió.

—De acuerdo.

Jo se quedó con Katie una hora más, pero decidió que era mejor conversar sobre otros temas más amenos. Katie habló de su trabajo en Ivan's y acerca de algunos clientes, a los que poco a poco iba conociendo. Jo le preguntó por la mejor manera de quitarse la pintura que le había quedado incrustada dentro de las uñas. Ahora que ya se habían acabado el vino, la sensación de mareo de Katie empezó a disiparse, dejando en su sitio una sensación de total agotamiento. Su amiga también empezó a bostezar, y al final se levantaron de la mesa. Jo la ayudó a limpiar, aunque no había mucho por hacer, aparte de lavar un par de platos. Katie la acompañó hasta la puerta.

Cuando Jo salió al porche, se detuvo en seco.

—Me parece que hemos tenido visita —comentó.

—¿Por qué lo dices?

—Hay una bicicleta apoyada en tu árbol.

Katie la siguió hasta el exterior. Más allá de la zona iluminada por la amarillenta luz del porche, el mundo estaba totalmente a oscuras; la silueta de los pinos a lo lejos le recordó a Katie el contorno mellado de un agujero negro. Las luciérnagas competían con las estrellas, centelleando con un ligero temblor. Achicó los ojos para enfocar mejor. Entonces se dio cuenta de que Jo tenía razón.

—¿De quién es esa bicicleta? —preguntó Katie.

—No lo sé.

—¿Has oído a alguien que se acercara?

—No. Pero creo que alguien la ha dejado para ti. Fíjate. —Señaló la bicicleta—. ¿Eso del manillar no es un lazo?

Katie seguía con los ojos achicados como un par de rendijas, y entonces vio el lazo. Era una bicicleta de mujer, con unas cestas de malla de alambre a ambos lados de la rueda trasera, así como otra cesta en la parte delantera. Alrededor del sillín descansaba una cadena enrollada, con la llave puesta en el candado.

—¿Quién iba a regalarme una bicicleta?

—¿Por qué sigues haciéndome esas preguntas a mí, como si supiera algo? Te aseguro que no sé más que lo que tú sabes.

Bajaron del porche. A pesar de que los charcos ya hacía rato que se habían secado, pues el suelo de marga arcillosa había absorbido el agua, la hierba todavía estaba húmeda y le mojaba las puntas de los zapatos a Katie mientras avanzaba a través de ella. Tocó la bicicleta, luego el lazo, palpándolo entre sus dedos como si fuera un mercader de telas. Debajo del lazo, escondida, vio una tarjetita y la leyó.

—Es de Alex —comentó, sin poder ocultar su desconcierto.

—¿Alex el del colmado, o te refieres a otro Alex?

—El del colmado.

—¿Qué dice?

Katie sacudió la cabeza, intentando hallar el sentido al texto escrito en la tarjeta antes de pasársela a su amiga.

—Aquí pone: «¡Que la disfrutes!».

79

Jo propinó unos golpecitos con las yemas de los dedos sobre la tarjeta.

—Supongo que eso significa que le gustas, igual que él a ti.

—¡No me gusta!

—No, claro que no. —Jo le guiñó el ojo—. ¿Por qué iba a gustarte?

$\mathcal{A}$lex estaba barriendo el suelo cerca de las neveras cuando Katie entró en la tienda. Ya suponía que ella aparecería a primera hora de la mañana para hablar sobre la bicicleta. Después de apoyar la escoba contra el cristal, se alisó la camisa y se pasó la mano rápidamente por el pelo. Kristen llevaba rato esperándola y asomó la cabecita por encima del mostrador incluso antes de que Katie hubiera tenido tiempo de cerrar la puerta.

—¡Hola, señorita Katie! —exclamó la pequeña—. ¿Ha visto la bicicleta?

—Así es. Muchas gracias —contestó Katie—. Precisamente por eso he venido.

—Ayer nos pasamos mucho rato para que quedara chulísima.

—Pues hicisteis un magnífico trabajo —repuso—. ¿Está tu padre?

—Sí. Allí. —Señaló.

Alex miró cómo Katie se giraba hacia él.

—Hola, Katie —la saludó.

Cuando estuvo más cerca, ella cruzó los brazos sobre el pecho.

—¿Puedo hablar contigo en privado un minuto, fuera de la tienda?

Él detectó la frialdad en su voz y supo que la chica se estaba conteniendo para no expresar su rabia delante de Kristen.

—Por supuesto —aceptó él al tiempo que enfilaba hacia la puerta. La abrió y siguió a Katie hasta el exterior, y sin poderlo remediar admiró su figura por detrás mientras ella se dirigía hacia la bicicleta.

La chica se detuvo cerca de la bicicleta, y entonces se giró para mirarlo a la cara. En la cesta delantera estaba el paraguas que él le había prestado el día anterior. Propinó unas palmaditas al sillín, con la cara seria.

—¿A qué viene esto?

—¿Te gusta?

—¿Por qué me has comprado una bicicleta?

—No te la he comprado —protestó él.

Ella pestañeó.

—Pero en la nota…

Alex se encogió de hombros.

—Llevaba dos años en el garaje, acumulando polvo. Créeme, lo último que haría sería comprarte una bicicleta.

Los ojos de Katie refulgieron peligrosamente.

—¡Esa no es la cuestión! No puedes seguir regalándome cosas. Tienes que parar. No quiero nada de ti. No necesito un paraguas ni verduras ni vino. ¡No necesito una bicicleta!

—Entonces dásela a alguien. —Él se encogió de hombros—. Yo tampoco la quiero.

Ella se quedó en silencio. Alex pudo ver cómo la confusión se trocaba en frustración, y luego finalmente en rendición. Al final, Katie sacudió la cabeza y se dio la vuelta para marcharse. Antes de que pudiera dar un paso, él carraspeó.

—Antes de que te vayas, ¿harás por lo menos el favor de escucharme?

Ella lo miró por encima del hombro, enfadada.

—No importa, déjalo.

—Quizás a ti no te importe, pero a mí sí.

Ella le sostuvo la mirada, hasta que al final bajó la vista al suelo. Cuando Katie suspiró, Alex señaló hacia el banco que había delante de la tienda. Lo había colocado allí a propósito, entre la máquina de hacer hielo y una rejilla con tanques de butano, como una broma, pensando que nadie lo usaría. ¿Quién iba a querer sentarse allí para contemplar el aparcamiento y la carretera justo delante? Para su sorpresa, la mayoría de los días estaba siempre ocupado; la única razón por la que en ese momento no había nadie era porque aún era temprano.

Katie dudó antes de tomar asiento. Alex entrelazó las manos sobre el regazo.

—No te he mentido cuando te he dicho que esta bici lleva dos años acumulando polvo. Era de mi esposa. Le encantaba, y siempre estaba montada en ella. Una vez incluso fue hasta Wilmington, pero, claro, cuando llegó allí estaba tan cansada que tuve que ir a recogerla, aunque yo no tenía a nadie que pudiera quedarse al cargo de la tienda, así que no me quedó más remedio que cerrarla durante un par de horas. —Hizo una pausa—. Esa fue la última vez que ella montó en la bicicleta. Aquella noche sufrió el primer ataque y tuve que llevarla de urgencias al hospital. Después de eso, la enfermedad fue ganando terreno progresivamente y ya no volvió a montarla. La guardé en el garaje, pero cada vez que la veo no puedo evitar pensar de nuevo en aquella horrible noche. —Irguió la espalda—. Sé que debería habérmela quitado de encima, pero no podía dársela a alguien que solo la utilizara una o dos veces y que luego se olvidara de ella. Quería que fuera a parar a alguien que supiera apreciarla tanto como ella lo hacía. Alguien que la usara con frecuencia. Eso hubiera sido lo que mi esposa querría. Si la hubieras conocido, lo comprenderías. En realidad me estás haciendo un favor.

Cuando Katie habló, lo hizo con un tono conciliador.

—No puedo aceptar la bicicleta de tu esposa.

—¿Así que aún quieres devolvérmela?

Cuando ella asintió, él se inclinó hacia delante, apoyando los codos en las rodillas.

—Tú y yo nos parecemos mucho más de lo que crees. Si yo estuviera en tu lugar, habría hecho exactamente lo mismo. No te gusta pensar que le debes nada a nadie. Quieres demostrarte a ti misma que puedes lograrlo sola, ¿verdad?

Katie abrió la boca para replicar, pero no dijo nada. Tras unos momentos de silencio, Alex continuó.

—Cuando mi esposa murió, yo reaccioné del mismo modo. Durante mucho tiempo. La gente se pasaba por la tienda y muchos me decían que los llamara si necesitaba algo. La mayoría sabía que yo no tenía familia aquí, y me ofrecían su ayuda y su apoyo de todo corazón, pero nunca llamé a nadie porque simplemente yo no era así. Aunque hubiera querido o necesitado algo, no habría sabido cómo pedirlo; sin embargo, he de confesar que ni tan solo sabía lo que quería. Lo único que sabía era que mi vida pendía de un hilo… Para continuar con la metáfora, puedo decir que durante una buena temporada apenas tuve fuerzas para agarrarme a ese hilo. Quiero decir, de repente me encontré con que tenía que hacerme cargo de dos niños y de la tienda, y por entonces los niños eran más pequeños y necesitaban mucha más atención que la que precisan ahora. Hasta que un día Joyce apareció por la puerta. —Alex la miró a los ojos—. ¿Conoces a Joyce? Trabaja varias tardes a la semana en la tienda, incluidos los sábados. Es una mujer mayor, muy simpática. Josh y Kristen la adoran.

—Creo que no.

—Bueno, no importa. Te decía que ella apareció un día, a eso de las cinco de la tarde, y simplemente me dijo que se quedaría con los niños mientras yo pasaba la siguiente semana en la playa. Ella ya había organizado mi estancia y me dijo que no aceptaría un no por mi parte porque, en su opinión, era evidente que yo estaba al borde de la depresión.

Alex se pellizcó el puente de la nariz, intentando contener la emoción al evocar aquellos recuerdos.

—Al principio me enfadé. Quiero decir, son mis hijos, ¿no? ¿Qué clase de padre era como para que la gente pensara que no podía ejercer bien mi papel? Pero a diferencia del resto de la gente, Joyce no me pidió que la llamara si necesitaba algo. Ella sabía lo que yo estaba pasando, tomó las riendas e hizo lo que creía que tenía que hacer. Lo siguiente que recuerdo es que, de repente, me encontré conduciendo hacia la playa. Y ella tenía razón. Los primeros dos días no levanté cabeza. Pero a lo largo de las siguientes jornadas me dediqué a dar largos paseos, a leer algunos libros; cuando regresé, me di cuenta de que me sentía mucho más relajado que lo que había estado desde hacía mucho tiempo…

Alex se calló un momento, sintiendo el peso del escrutinio de Katie.

—No sé por qué me cuentas todo esto.

Él se giró hacia ella.

—Ambos sabemos que si te hubiera preguntado si querías la bicicleta, tú habrías dicho que no. Así que, igual que Joyce hizo conmigo, me dejé guiar por mi instinto y lo hice porque sabía que era lo que tenía que hacer. Porque he aprendido

83

que, de vez en cuando, es bueno aceptar la ayuda de alguien. —Señaló con la cabeza hacia la bicicleta—. Acéptala. Yo no la usaré, y no me negarás que a ti te facilitará la vida para ir de aquí para allá por el pueblo.

Pasaron unos segundos antes de que Alex viera que los hombros de Katie se relajaban y que ella se giraba hacia él con una sonrisa vencida.

—¿Has practicado antes este discurso?

—Por supuesto. —Intentó mirarla con ojitos de corderito—. ¿Te la quedas?

Ella vaciló.

—No me vendría mal una bicicleta —admitió finalmente—. Gracias.

Durante un largo momento, ninguno de los dos dijo nada. Mientras él estudiaba su perfil, pensó de nuevo en lo guapa que era, aunque tenía la impresión de que Katie no tenía esa opinión de sí misma. Y eso solo hacía que aumentar su atractivo.

—De nada —contestó Alex.

—Pero desde ahora no más regalitos, ¿vale? Ya has hecho bastante por mí.

—De acuerdo. —Alex señaló hacia la bicicleta con la cabeza—. ¿Así te va bien? ¿Quiero decir, con las cestas?

—Perfecto. ¿Por qué?

—Porque Kristen y Josh me ayudaron a ponerlas ayer. Uno de esos proyectos para un día lluvioso, ¿sabes? Las eligió Kristen. Solo para que lo sepas, ella también pensaba que necesitarías unos manillares con purpurina, pero ahí yo ya le dije que no.

—No me habrían importado unos manillares con purpurina.

Él se echó a reír.

—Se lo diré.

Katie dudó un momento.

—Estás haciendo un trabajo maravilloso, ¿sabes? Me refiero a tus hijos.

—Gracias.

—Lo digo en serio. Y sé que no ha sido fácil.

—Así es la vida. Muchas veces no es fácil. Pero tenemos que intentar hacerlo lo mejor que podemos, ¿no?

—Así es —respondió ella.

La puerta de la tienda se abrió. Alex se inclinó hacia delante y vio a Josh que salía fuera y barría la zona de estacionamiento con la vista, con Kristen pegada a su lado. Con el pelo castaño y los ojos marrones, Josh se parecía mucho a su madre. Al ver su mata de pelo enmarañada, Alex supo que acababa de levantarse de la cama.

—Estoy aquí, chicos.

Josh se rascó la cabeza mientras se encaminaba hacia el banco. Kristen sonreía radiante mientras saludaba a Katie con la mano.

—Papá…

—¿Qué quieres, hijo?

—Queríamos saber si al final hoy iremos a la playa. Nos lo habías prometido.

—Sí, ese es el plan.

—¿Y prepararemos una barbacoa?

—Por supuesto.

—Vale —suspiró el muchacho, frotándose la nariz—. Hola, señorita Katie.

Katie saludó a Josh y a Kristen con la mano.

—¿Le ha gustado la bici? —gorjeó Kristen.

—Sí, gracias.

—Tuve que ayudar a papá a arreglarla —informó Josh—, no es muy hábil con las herramientas.

Katie miró a Alex con una sonrisita de niña traviesa.

—Eso no lo había mencionado.

—Tampoco había tanto trabajo. Sabía lo que tenía que hacer. Pero es verdad que Josh tuvo que ayudarme con la nueva barra.

Kristen miró a Katie fijamente.

—¿Vendrá también a la playa con nosotros?

Katie se sentó con la espalda más erguida.

—Me temo que no.

—¿Por qué no? —inquirió Kristen.

—Probablemente tiene que trabajar —adujo Alex.

—La verdad es que no, hoy no he de trabajar; pero tengo que reparar un par de cosas en mi casa y…

—¡Pues así sí que puede venir! —la interrumpió Kristen, ilusionada—. Nos lo pasaremos muy bien.

—Pero es una salida familiar —insistió Katie—. No quiero entrometerme.

—¡Qué va! ¡Ya verá cómo lo pasamos bomba! ¡Y además verá cómo nado! Por favor… —suplicó Kristen.

Alex permaneció callado; no quería añadir más presión. Estaba seguro de que la chica rechazaría la invitación, por eso se quedó sorprendido cuando ella asintió levemente con la cabeza. Cuando habló, lo hizo con una voz muy mansa:

—De acuerdo —accedió.

9

*D*espués de regresar de la tienda, Katie aparcó la bici en la parte trasera de su cabaña y entró para cambiarse de ropa. No tenía bañador, aunque de haberlo tenido tampoco se lo habría puesto. Por más natural que fuera para una adolescente pasearse delante de desconocidos en bañador o biquini, ella no se sentiría a gusto en bañador delante de Alex durante un día en la playa con sus hijos. O francamente, incluso sin los niños.

A pesar de que se había resistido a la idea, tenía que admitir que sentía curiosidad por él. No por las cosas que había hecho por ella —por más agradecida que le estuviera por eso—, sino por la tristeza que a veces reflejaba su rostro cuando sonreía, la expresión de su cara cuando le hablaba de su esposa, o la forma como trataba a sus hijos. Había una soledad intrínseca en él imposible de ocultar, y ella sabía que en cierto modo se asemejaba a la suya.

Katie sabía que él se sentía atraído por ella. Tenía la suficiente experiencia como para detectar cuándo un hombre la encontraba atractiva; el dependiente en la verdulería hablando demasiado, o un desconocido que se giraba al verla pasar, o un camarero pasándose por su mesa más de lo necesario… Con el tiempo, había aprendido a fingir que no se daba cuenta de la atención que le dedicaban esos hombres; en otros casos, les mostraba un absoluto desprecio, pero sabía lo que pasaría si no se comportaba de ese modo. Más tarde. Cuando ese desconocido la acompañara a casa. Cuando se quedaran solos.

Pero se recordó a sí misma que esa vida había quedado atrás. Abrió un cajón de la cómoda, sacó unos pantalones cortos y las sandalias que se había comprado en Anna Jean's. La noche previa, había pasado una velada agradable con su amiga, tomando vino, y ahora iba a ir a la playa con Alex y su familia. Se trataba de actividades normales en una vida normal. Pero para ella el concepto era nuevo, como si estuviera aprendiendo las costumbres de una tierra extranjera, y eso le provocaba una sensación de alegría y de recelo a la vez.

Tan pronto como acabó de vestirse, vio el todoterreno de Alex, que se acercaba por el sendero de gravilla. Suspiró hondo cuando el vehículo se detuvo delante de su casa. «Ahora o nunca», se dijo, y salió al porche.

—Tiene que abrocharse el cinturón, señorita Katie —comentó Kristen desde el asiento trasero—. Mi papá no conducirá a menos que se lo ponga.

Alex miró a Katie, como preguntándole: «¿Estás lista?».

Ella le regaló su sonrisa más valiente.

—De acuerdo —dijo—. Vamos.

Al cabo de menos de una hora llegaron a Long Beach, un pueblo costero lleno de las típicas casas coloniales de madera de dos plantas y con unas impresionantes vistas al mar. Alex estacionó en un pequeño aparcamiento que quedaba arropado por las dunas. La hierba crecida parecía querer imitar al mar con su movimiento ondulante, empujada por la suave brisa marina. Katie salió del vehículo y contempló el océano, aspirando con energía.

Los niños saltaron al suelo e inmediatamente se pusieron a correr hacia el sendero entre las dunas.

—¡Voy a ver qué tal está el agua, papá! —gritó Josh, sosteniendo en la mano la máscara y tubo de buceo.

—¡Yo también! —añadió Kristen, siguiendo a su hermano.

Alex estaba ocupado descargando trastos de la parte trasera del todoterreno.

—¡Esperad! ¡Un momento! —gritó, intentando retenerlos.

Josh suspiró, incapaz de ocultar su impaciencia mientras apoyaba todo el peso de su cuerpo primero sobre un pie y luego sobre el otro. Alex empezó a descargar la nevera portátil.

—¿Quieres que te ayude? —se ofreció Katie.

Él sacudió la cabeza.

—Puedo apañarme solo, gracias, pero ¿te importaría ponerles a los chicos un poco de loción solar y vigilarlos unos minutos? Sé que se mueren de ganas de meterse en el agua.

—Vale —contestó Katie al tiempo que se volvía hacia Kristen y Josh—. ¿Estáis listos?

Alex se pasó los siguientes minutos sacando las cosas del vehículo y llevándolas hasta una de las mesas de madera más cercana a la duna, un espacio que no invadiría el agua cuando subiera la marea. Aunque había otras pocas familias, disponían de bastante espacio para ellos solos. Katie se había quitado las sandalias y se hallaba de pie mientras los pequeños chapoteaban alegremente en la orilla. Mantenía los brazos cruzados, e incluso desde lejos Alex pudo detectar una singular expresión de satisfacción en su cara.

Alex agarró un par de toallas y se las colgó sobre el hombro antes de acercarse a ella.

—Cuesta creer que ayer lloviera tanto, ¿verdad?

Ella se giró al oír su voz.

—Había olvidado lo mucho que echaba de menos el océano.

—¿Hacía tiempo que no veías el mar?

—Demasiado tiempo —contestó ella, escuchando el ritmo cadencioso de las olas al chocar contra la orilla.

Josh entraba y salía del agua; a su lado, Kristen estaba de cuclillas, buscando conchas nacaradas.

—Debe de ser muy duro a veces, tener que encargarte tú solo de ellos —comentó Katie.

Alex vaciló, considerando el comentario. Cuando habló, su voz era muy suave:

—Normalmente no cuesta tanto. Solemos seguir una rutina, ¿sabes? En nuestra vida diaria, me refiero. Pero es cuando nos salimos de esa rutina, cuando hacemos cosas distintas como ahora y no seguimos ningún ritmo marcado, cuando la situación a veces se complica hasta tal punto que puede volverse frustrante. —Propinó unas pataditas a la arena y hundió los pies un poco—. Cuando mi esposa y yo hablábamos de tener un tercer hijo, ella intentaba prevenirme de que iba a implicar un cambio rotundo: de llevar una vida más o menos controlada, a permanecer en estado de alerta perpetuo, a entrar en «zona de defen-

89

sa». Solía bromear aduciendo que no creía que yo estuviera preparado para enfrentarme a ese combate diario. Pero aquí estoy, en zona de defensa cada día… —Se calló un instante y sacudió la cabeza—. Lo siento, no debería haber dicho eso.

—¿El qué?

—Parece que cada vez que hablo contigo no sea capaz de hacerlo sin nombrar a mi esposa.

Por primera vez, ella se volvió hacia él.

—¿Y por qué no ibas a hablar de tu esposa?

Alex empujó una pila de arena hacia delante y hacia atrás, aplanando la nueva superficie que acababa de formar.

—Porque no quiero que pienses que no puedo hablar de otros temas, que me he quedado anclado en el pasado.

—La querías mucho, ¿no?

—Sí —repuso él.

—Y ella era una parte muy importante de tu vida y la madre de tus hijos, ¿no?

—Sí.

—Entonces es normal que hables de ella. Tienes que hacerlo. En parte, tú eres como eres por ella.

Alex le dedicó una sonrisa de agradecimiento, pero no se le ocurrió nada que decir. Katie pareció leerle el pensamiento.

—¿Cómo os conocisteis? —Su voz destilaba ternura.

—En un bar. Típico, ¿no? Ella había salido con unas amigas a celebrar un cumpleaños. Hacía calor y el local estaba abarrotado de gente, con poca luz y la música muy alta, y ella… Ella destacaba entre todas. Quiero decir, sus amigas parecían un poco descontroladas, y era obvio que lo estaban pasando bien, pero ella permanecía serena e impasible.

—Supongo que era muy guapa, ¿no?

—Ni que lo digas. Así que… me tragué los nervios, me acerqué disimuladamente y me decidí a desplegar todos mis encantos.

Cuando hizo una pausa, Alex vio la sonrisa que curvaba la comisura de los labios de Katie.

—¿Y? —preguntó ella.

—Y todavía necesité tres horas para que me dijera su nombre y me diera su número de teléfono.

Katie rio.

—Y a ver si lo adivino. La llamaste al día siguiente, ¿no? Y la invitaste a salir.

—¿Cómo lo sabes?

—Porque pareces esa clase de chicos.

—Hablas como si estuvieras acostumbrada a toparte con tipos como yo.

Ella se limitó a encogerse de hombros.

—¿Y entonces qué pasó?

—¿Por qué quieres que te lo cuente?

—No lo sé —admitió ella—. Pero me interesa.

Alex la estudió detenidamente.

—Vale —aceptó al final, y se preparó para seguir—: Así que…, bueno, tal y como por arte de magia has averiguado, le pedí si quería almorzar conmigo al día siguiente. Nos pasamos el resto de la tarde charlando. Aquel fin de semana, le dije que un día nos casaríamos.

—Bromeas.

—Ya sé que suena raro. Créeme, ella pensó que estaba loco, también. Pero es que… tuve la certeza. Ella era inteligente y afable, y teníamos muchas cosas en común, y queríamos lo mismo en la vida. Ella se reía mucho y también me hacía reír… Sinceramente, de los dos, yo fui el afortunado.

La brisa del océano continuaba empujando las olas, que se enredaban en los tobillos de Katie.

—Es probable que ella también pensara que era la afortunada.

—Eso fue solo porque conseguí engatusarla.

—Lo dudo.

—Bueno, eso es porque también he conseguido engatusarte a ti.

Ella rio.

—No lo creo.

—Solo lo dices porque somos amigos.

—¿Crees que somos amigos?

—Sí. —La miró directamente a los ojos—. ¿Tú no?

Por la expresión en la cara de Katie, supo que la idea la había pillado por sorpresa, pero antes de que ella pudiera contestar, Kristen se les acercó saltando y chapoteando, con las manos llenas de conchas.

91

—¡Señorita Katie! —exclamó—. ¡He encontrado algunas que son preciosas!

Katie se inclinó hacia la pequeña.

—¿A ver?

Kristen alzó las manos y puso las conchas en la mano de Katie antes de girarse hacia Alex.

—Papi, ¿podemos empezar a preparar la barbacoa? Tengo hambre.

—Claro que sí, cielo. —Dio unos pasos hacia el agua para echar un vistazo más de cerca a su hijo, que buceaba entre las olas. Cuando Josh asomó la cabeza por encima del agua, Alex formó un cono con sus manos alrededor de la boca y gritó—: ¡Josh! ¡Voy a preparar la barbacoa, así que será mejor que salgas del agua un rato!

—¿Ahora? —replicó Josh.

—Solo un rato.

Incluso en la distancia, Alex vio cómo su hijo dejaba caer pesadamente los hombros. Katie también debió de darse cuenta, porque se apresuró a intervenir.

—Puedo quedarme aquí a vigilarlo, si quieres —se ofreció.

—¿Estás segura?

—Kristen me está enseñando todos los tesoros que ha encontrado.

Alex asintió y volvió a girarse hacia Josh.

—La señorita Katie se quedará aquí para vigilarte, ¿de acuerdo? ¡No te adentres demasiado! ¿Entendido?

—¡Vale! —gritó el muchacho con alegría.

10

Un poco después, Katie llevó a Kristen, que titiritaba de frío, y a Josh, que estaba eufórico, hasta la manta que Alex había tendido sobre la arena. La barbacoa ya estaba en marcha, y las briquetas de carbón habían adoptado un brillo blanquecino por los bordes.

Alex desplegó las sillas de playa sobre la manta y los observó mientras se acercaban.

—¿Qué tal el agua, chicos?

—¡Insuperable! —contestó Josh. Su pelo, parcialmente seco, apuntaba en todas direcciones—. ¿Está lista la comida?

Alex echó un vistazo a las briquetas.

—Dame unos veinte minutos.

—¿Podemos Kristen y yo volver al agua, mientras tanto?

—¡Pero si acabáis de salir! ¿Por qué no os quedáis aquí tranquilitos unos minutos?

—No queremos nadar. Queremos hacer castillos de arena —explicó el chiquillo.

Alex se fijó en que a Kristen le castañeaban los dientes.

—¿Estás segura de que eso es lo que quieres? Tienes los labios morados.

Kristen asintió con vehemencia.

—Estoy bien —dijo sin dejar de temblar—. Y se supone que en la playa hay que hacer castillos.

—De acuerdo. Pero poneos la camiseta. Y quedaos allí, donde pueda veros —les ordenó su padre.

—Ya lo sé, papá —resopló Josh—. Ya no soy tan pequeño.

Alex hurgó en una bolsa de lona y ayudó tanto a Josh como

a Kristen a ponerse la camiseta. Cuando acabó, el niño agarró una bolsa llena de juguetes de plástico y palas y salió disparado. Se detuvo a unos pocos metros de la orilla. Kristen lo siguió.

—¿Quieres que vaya a vigilarlos? —preguntó Katie.

Alex sacudió la cabeza.

—No, estarán bien. Esta es la parte a la que están acostumbrados. Cuando yo preparo la carne, quiero decir. Saben que no pueden meterse en el agua.

Se acercó a la nevera portátil, se puso de cuclillas y abrió la tapa.

—¿Tú también estás hambrienta? —se interesó.

—Un poco —respondió ella antes de caer en la cuenta de que no había probado bocado desde el queso y el vino de la noche previa. En ese preciso momento, su estómago rugió y Katie cruzó los brazos sobre la barriga.

—Perfecto, porque yo me muero de hambre. —Mientras Alex empezaba a hurgar en la nevera, Katie se fijó en los músculos nervudos de su antebrazo—. Había pensado en perritos calientes para Josh, una hamburguesa con queso para Kristen, y para ti y para mí, bistecs. —Sacó la carne y la dejó a un lado, luego se inclinó hacia la parrilla y empezó a soplar fuerte sobre las briquetas.

—¿Quieres que te ayude?

—¿Te importa poner el mantel en la mesa? Está dentro de la nevera.

—Muy bien —contestó Katie. Sacó una de las bolsas de hielo y se quedó mirando atónita el contenido de la nevera—. Aquí hay suficiente comida para un regimiento —comentó.

—Sí, lo sé, con los niños mi lema siempre es pecar de exceso antes que quedarme corto, ya que nunca sé exactamente qué es lo que les apetecerá comer. Ni te puedes imaginar las veces que hemos venido aquí y me he olvidado algo y los tres hemos tenido que volver a montar en el coche para ir a buscar a la tienda lo que necesitábamos. No quería que eso me pasara hoy.

Katie desplegó el mantel de hule y, siguiendo el consejo de Alex, colocó unos pesos en las esquinas para que el viento no las levantara.

—¿Y ahora qué hago? ¿Quieres que ponga los cubiertos y los platos?

94

—Todavía faltan unos minutos. Y no sé tú, pero a mí me apetece una cerveza —comentó Alex, inclinándose sobre la nevera y sacando una botella—. ¿Quieres?

—Prefiero Coca-Cola.

—¿Te va bien Coca-Cola Light? —le preguntó Alex, volviendo a hundir la mano en la nevera.

—Perfecto.

Cuando le pasó la lata a Katie, le rozó la mano, aunque ella no estaba segura de si se había dado cuenta.

Alex hizo una señal hacia las sillas.

—¿Te apetece sentarte?

Ella dudó antes de tomar asiento junto a él. Cuando Alex las había dispuesto sobre la manta, había dejado suficiente espacio entre ellas para que al sentarse no se rozaran accidentalmente. Alex quitó la chapa de su botella y tomó un trago.

—No hay nada mejor que una cerveza fría en un caluroso día en la playa.

Ella sonrió, un poco desconcertada por estar a solas con él.

—Si tú lo dices…

—¿No te gusta la cerveza?

Katie tuvo una visión fugaz de su padre y las latas vacías de Pabst Blue Ribbon que normalmente se apilaban en el suelo junto al sofá reclinable donde él solía sentarse.

—No mucho —admitió.

—Solo vino, ¿eh?

Katie necesitó un momento para recordar que él le había regalado una botella.

—Pues sí. Precisamente anoche bebí un poco de vino. Con mi vecina.

—¿Ah, sí? Me alegro.

Katie buscó un tema seguro.

—¿Dijiste que eres de Spokane?

Alex estiró las piernas hacia delante y las cruzó a la altura de los tobillos.

—Nací y me crie allí. Viví en la misma casa hasta que fui a la universidad. —La miró de soslayo—. Universidad de Washington, en Seattle, para ser más exactos. Ya sabes, la del equipo deportivo de los Huskies.

Ella sonrió.

95

—¿Tus padres aún viven allí?

—Sí.

—Ha de resultarles difícil estar tan lejos de sus nietos.

—Supongo.

A Katie le llamó la atención su tono.

—¿Cómo que supones?

—No son la clase de abuelos a los que les guste visitar a sus nietos con frecuencia. Aunque estuvieran más cerca, tampoco lo harían. Solo han visto a los niños un par de veces, cuando Kristen nació, y la segunda vez en el funeral. —Sacudió la cabeza—. No me pidas que te explique los motivos —prosiguió—, pero mis padres nunca han mostrado ningún interés por ellos, aparte de enviarles postales de felicitación para sus cumpleaños y regalos en Navidad. Prefieren dedicarse a viajar o a quién sabe qué otras cosas.

—¿De veras?

—¿Qué puedo hacer? Y además, tampoco puedo decir que se comportaran de una forma muy distinta conmigo, por más que yo fuera el menor de mis hermanos. La primera vez que vinieron a verme en la universidad fue el día de mi graduación, y a pesar de que era tan buen nadador como para que me concedieran una beca de estudios completa, solo vinieron a verme a dos campeonatos. Aunque viviera justo en la misma calle que ellos, dudo que quisieran ver a los niños. Ese fue uno de los motivos por los que decidí quedarme aquí. Después de todo, daba lo mismo, ¿no?

—¿Y tus suegros?

Alex empezó a pelar la etiqueta de la botella de cerveza.

—Eso es aún más complicado. Tienen otras dos hijas que se fueron a vivir a Florida, y después de venderme la tienda, ellos también se mudaron allí. Vienen a ver a sus nietos una o dos veces al año, pero para ellos todavía resulta muy doloroso. Y tampoco quieren estar en nuestra casa; creo que les trae recuerdos de Carly. Demasiados recuerdos.

—Es decir, que estás prácticamente solo.

—Te equivocas —la corrigió él, señalando con la cabeza a sus hijos—. Los tengo a ellos, ¿recuerdas?

—Sin embargo, a veces tiene que ser muy duro. Encargarte de la tienda y de tus hijos…

—No es tan duro. Si a las seis de la mañana estoy de pie y no me acuesto hasta medianoche, lo tengo todo bajo control.

Katie rio abiertamente.

—¿No crees que ya están listas las brasas?

—Veamos… —Dejó la botella en la arena, se levantó de la silla y se acercó a la parrilla. Las briquetas habían adquirido una blancura luminosa y el calor se elevaba en forma de trémulas ondas—. Has acertado: están en el punto justo —anunció.

Alex echó los bistecs y la hamburguesa sobre la parrilla mientras Katie se dirigía a la nevera y empezaba a sacar y a llevar una extraordinaria selección de productos a la mesa: envases herméticos de plástico que contenían ensaladas de patata, de col, de judías verdes, pepinillos en conserva, fruta troceada, dos bolsas de patatas fritas, rodajas de queso, y una gran variedad de condimentos.

Katie sacudió la cabeza mientras empezaba a disponerlo todo sobre la mesa, pensando que Alex no se daba cuenta de que sus hijos todavía eran demasiado pequeños para tantos alimentos. Allí había más comida que la que ella había tenido en su casa durante todos los meses que llevaba viviendo en Southport.

97

Alex le dio la vuelta a los bistecs y a la hamburguesa, y luego añadió los perritos calientes a la parrilla. Entre tanto, no podía apartar la vista de las piernas de Katie mientras ella se movía alrededor de la mesa, y de nuevo pensó en lo atractiva que era.

Ella pareció darse cuenta de que él la estaba observando.

—¿Qué pasa? —le preguntó.

—Nada —repuso él.

—Estabas pensando en algo.

Alex suspiró.

—Me alegro de que hayas decidido venir con nosotros hoy —confesó—. Lo estoy pasando muy bien.

Mientras Alex se ocupaba de la carne, se pusieron a charlar relajadamente. Él le explicó por encima en qué consistía su trabajo al cargo de la tienda. Le contó cómo sus suegros habían montado el negocio y describió a algunos de sus clientes sin poder ocultar la simpatía y el afecto que sentía por ellos, gente un pelín excéntrica. En silencio, Katie se preguntó si ella también encajaba en aquella categoría y si Alex también la habría mencionado a ella de haber decidido ir a la playa con otra persona.

Aunque en realidad no le importaba. Cuanto más hablaban, más se reafirmaba en su impresión de que Alex era la clase de persona que siempre intentaba sacar lo mejor de la gente, la clase de persona a la que no le gustaba quejarse. Katie intentó —aunque sin éxito— imaginarlo de joven, y gradualmente enfocó la conversación hacia allí. Alex le habló de su infancia y de su juventud en Spokane, de los largos y perezosos fines de semana en bici junto con sus amigos recorriendo la larguísima ruta del Centennial Trail; le explicó que la natación se convirtió de repente en su gran obsesión. Entrenaba cuatro o cinco horas al día y soñaba con participar en los Juegos Olímpicos, pero una distensión muscular truncó sus sueños justo en su primer año en la universidad, y allí se acabó su carrera de nadador. Alex le contó anécdotas sobre las fiestas universitarias y los amigos que había hecho en aquellos años, y admitió que poco a poco había ido perdiendo el contacto con casi todos ellos. Mientras hablaba, Katie se fijó en que él no parecía ni realzar ni quitarle importancia al pasado, ni tampoco parecía estar excesivamente preocupado por lo que los demás pensaran de él.

Podía detectar la huella del atleta de élite que había sido antaño en sus movimientos ágiles y gráciles, así como en la facilidad con que sonreía, como si estuviera acostumbrado tanto a la victoria como a la derrota. Cuando Alex hizo una pausa, Katie temió que le fuera a preguntar por su pasado, pero él pareció darse cuenta de su malestar y decidió continuar relatando anécdotas de su propia cosecha.

Cuando la carne estuvo lista, Alex llamó a los niños y los pequeños llegaron al galope. Estaban cubiertos de arena hasta las cejas, así que les ordenó que se quedaran quietos de pie mientras él intentaba sacudírsela. Al verlo en aquella actitud, a Katie no le quedó la menor duda de que era todo un padrazo, a pesar de las dudas que el propio Alex mostraba al respecto. Sí, era un buen hombre.

Cuando los niños se sentaron a la mesa, la conversación viró de rumbo. Los dos niños hablaron animadamente sobre su castillo de arena y acerca de uno de sus programas favoritos de Disney Channel. Cuando preguntaron cuánto rato faltaba para poder comer «montaditos de chuches» —a base de galletitas integrales crujientes, chocolate y nubes asadas en la parrilla—, quedó claro que Alex había establecido una tradición especial y divertida para sus hijos. Katie pensó que era diferente a todos los hombres que había conocido en el pasado, diferente a todos los que habían pasado por su vida hasta entonces. Mientras las conversaciones se fundían unas con otras, todo vestigio del nerviosismo que Katie había sentido al principio se desvaneció poco a poco.

La comida estaba deliciosa, una alternativa suculenta, teniendo en cuenta la dieta tan austera que había mantenido recientemente. El cielo seguía despejado, sin una sola nube. Aquel interminable mosaico azul que se extendía sobre sus cabezas solo se veía interrumpido, de vez en cuando, por algún ave marina. La brisa iba y venía, lo cual le confería un agradable efecto de frescor; el ritmo pausado de las olas coronaba aquella agradable sensación de calma.

Cuando acabaron de comer, Josh y Kristen ayudaron a limpiar la mesa y a recoger todo lo que no habían comido. Solo dejaron sobre la mesa algunos productos que no se estropeaban, como los pepinillos en conserva y las patatas fritas. Los pequeños querían meterse en el agua de nuevo, esta vez con sus pequeñas tablas de surf. Después de que Alex les volviera a aplicar una segunda capa de loción solar, él también se quitó la camisa y los siguió y se zambulló en el agua.

Katie acercó la silla a la orilla y se pasó la siguiente hora contemplando cómo Alex ayudaba a sus hijos, colocando primero a Josh y luego a Kristen en la posición correcta para sortear las olas. Los pequeños lanzaban gritos de alegría; era obvio que se lo estaban pasando en grande. Se maravilló de cómo Alex era capaz de hacer que cada uno de ellos se sintiera como si fuera el centro de atención. Había una inmensa ternura en su forma de tratarlos, una intensa paciencia que ella no había imaginado. Mientras la tarde iba tocando a su fin y las nubes hacían acto de presencia, Katie no pudo evitar sonreír ante la idea de que, por primera vez desde hacía muchos años, se sentía completamente relajada. Y no solo eso, sino que además se estaba divirtiendo tanto como los niños.

11

Cuando salieron del agua, Kristen dijo que tenía frío. Alex la llevó hasta el lavabo para ayudarla a cambiarse con ropa seca. Katie se quedó con Josh sobre la manta, admirando el modo en que la luz del sol se filtraba en el agua mientras el niño jugaba a formar montoncitos con la arena que iba soltando poco a poco entre los dedos de una mano.

—¿Me ayudas a hacer volar mi cometa? —preguntó Josh de repente.

—No sé… Nunca lo he hecho…

—Es fácil —insistió él, rebuscando entre la pila de juguetes que Alex había traído, hasta que finalmente sacó una pequeña cometa—. Yo te enseñaré. ¡Vamos!

El chiquillo arrancó a correr por la playa, y aunque Katie empezó a seguirlo al trote, muy pronto se decantó por caminar con paso enérgico. Cuando alcanzó al pequeño, este ya había empezado a desenrollar la cuerda y le entregó la cometa.

—Solo tienes que sostenerla por encima de la cabeza, ¿vale?

Ella asintió mientras Josh retrocedía lentamente al tiempo que seguía desenrollando la cuerda con una pasmosa agilidad.

—¿Estás lista? —gritó cuando se detuvo—. Ahora empezaré a correr. ¡Cuando te avise, suéltala!

—¡Vale! ¡Estoy lista! —respondió ella, gritando para que él la oyera.

Josh empezó a correr, y cuando Katie notó la tensión en la cometa y lo oyó gritar, la soltó de inmediato. No estaba segura de si la brisa sería lo bastante fuerte, pero la cometa se alzó ligeramente en el cielo. El niño se detuvo y dio media vuelta.

Mientras ella caminaba hacia él, el muchacho soltó incluso más cuerda.

Katie se colocó a su lado y achicó los ojos para contemplar cómo la pequeña cometa se iba alzando poco a poco hacia el sol. El distintivo logo de Batman, negro y amarillo, era visible incluso desde lejos.

—Me gusta volar cometas —comentó él, sin apartar la vista del cielo—. ¿Cómo es posible que tú nunca hayas tenido una?

—No lo sé. No es algo que se me ocurriera hacer de niña.

—¡Qué pena! Porque es divertido.

Josh continuó con la vista alzada. Su cara era una máscara de concentración. Por primera vez, Katie se fijó en lo mucho que Josh y Kristen se parecían.

—¿Qué tal el cole?

—Bien. Lo que más me gusta es la hora del recreo, porque corremos y hacemos carreras.

«Claro», pensó ella. Desde que habían llegado a la playa, Josh no había estado ni un segundo quieto.

—¿Te gusta tu maestra?

—Sí, es muy simpática. Se parece a mi papá. Nunca chilla ni nos riñe.

—¿Tu papá nunca chilla?

—No —respondió él con gran convicción.

—¿Y qué hace cuando se enfada?

—Nunca se enfada.

Katie estudió a Josh, preguntándose si el pequeño hablaba en serio, hasta que finalmente se dio cuenta de que sí.

—¿Tienes muchos amigos? —le preguntó Josh.

—No muchos. ¿Por qué?

—Porque papá dice que eres su amiga. Por eso te ha invitado a venir a la playa con nosotros.

—¿Y cuándo te ha dicho eso?

—Cuando estábamos jugando con las olas.

—¿Qué más te ha dicho?

—Nos ha preguntado si nos importa que hayas venido.

—¿Y os importa?

—¿Por qué habría de importarnos? —Él se encogió de hombros—. Todo el mundo necesita amigos, y pasar el día en la playa es superdivertido.

En eso estaban de acuerdo.

—Tienes razón —convino ella.

—Mi mamá también venía a la playa con nosotros.

—¿De veras?

—Sí, pero murió.

—Lo sé. Y lo siento. Tiene que ser muy duro para ti.

Josh asintió y por un instante pareció más mayor y a la vez más pequeño.

—A veces papá se pone triste. Él no sabe que yo lo sé, pero lo noto.

—Yo también estaría triste.

Se quedó callado mientras pensaba en la respuesta que ella le acababa de dar.

—Gracias por ayudarme con la cometa —concluyó.

—Veo que os lo estáis pasando bien los dos juntos, ¿eh? —comentó Alex.

Después de que Kristen se hubiera cambiado, su padre la ayudó a izar su cometa en el cielo y se acercó a Katie. Se quedó de pie junto a ella sobre la arena compacta de la orilla. Katie podía notar cómo la brisa le agitaba el pelo ligeramente.

—Tu hijo es adorable. Y más hablador de lo que me había figurado.

Mientras Alex contemplaba cómo sus hijos se divertían con sus respectivas cometas, ella tuvo la impresión de que él no perdía ni un detalle de vista.

—Así que esto es lo que haces los fines de semana, después de trabajar en la tienda, ¿eh? Dedicas todo tu tiempo a tus hijos.

—Sí, siempre. Creo que es importante.

—¿A pesar de que, por lo que me has contado, tus padres no hicieran lo mismo contigo?

Alex se quedó pensativo unos segundos.

—Esa sería la interpretación más fácil: que yo me sentí en cierto modo abandonado durante mi infancia y que me prometí a mí mismo que sería diferente con mis hijos, ¿no? Suena bien, pero no sé si es del todo exacta. La verdad es que paso tantas horas con ellos porque me divierto. Disfruto con ellos. Me gusta verlos crecer y quiero formar parte de esa etapa.

Mientras contestaba, Katie no pudo evitar recordar su propia infancia, y aunque lo intentó no consiguió imaginar a sus padres defendiendo los mismos argumentos que Alex.

—¿Por qué te alistaste en el Ejército cuando acabaste la universidad?

—En esa época me pareció lo más acertado. Necesitaba nuevos retos, quería intentar algo diferente y alistarme me proporcionó una excusa para salir del estado de Washington. Aparte de un par de competiciones de natación, nunca había salido de allí.

—¿Tuviste que entrar...?

Cuando ella se detuvo, él acabó la frase:

—¿En combate? No, no estaba en esa sección del Ejército. En la universidad me especialicé en justicia criminal y acabé en el C. I. D.

—¿Qué es eso?

Cuando Alex se lo contó, ella se giró hacia él.

—¿Como la Policía?

Él asintió con la cabeza y aclaró:

—Sí, era inspector de Policía.

Katie no dijo nada. En vez de eso, se giró abruptamente. Su cara adoptó una expresión inescrutable.

103

—¿He dicho algo indebido? —le preguntó él.

Ella sacudió la cabeza sin contestar. Alex la miró, preguntándose qué le pasaba. Las sospechas acerca de su pasado volvieron a emerger casi de inmediato.

—¿Qué pasa, Katie?

—Nada —insistió ella, pero tan pronto como la palabra se escapó de sus labios, Alex supo que no estaba diciendo la verdad. En otro lugar y en otro momento, habría decidido interrogarla, pero optó por zanjar el tema.

—No tenemos que hablar de ello si no quieres —la animó con una voz conciliadora—. Y además, ya no me dedico a eso. Créeme si te digo que soy mucho más feliz gestionando un pequeño colmado.

Ella asintió, pero Alex notó cierta tensión en sus gestos. De inmediato comprendió que Katie necesitaba estar sola, a pesar de que no estaba seguro del porqué. Hizo una señal con el dedo pulgar por encima del hombro.

—Creo que he olvidado añadir más briquetas a la barbacoa.

Si los niños no acaban el día con sus montaditos de chucherías, no nos dejarán en paz. Ahora vuelvo, ¿vale?

—Vale —contestó ella, intentando mostrarse impasible.

Cuando él se alejó corriendo, suspiró, sintiéndose aliviada de haber salido airosa de aquella situación.

«Ha sido inspector de Policía», se repitió a sí misma, e intentó convencerse de que eso no era relevante. Aun así, necesitó casi un minuto para poder dominar la respiración agitada y recuperar de nuevo la compostura. Kristen y Josh estaban en el mismo sitio, aunque Kristen se había inclinado hacia delante para examinar otra concha, sin prestar atención a su cometa, que seguía ondeando en el cielo.

Katie oyó que Alex se le acercaba por la espalda.

—Ya te dije que no tardaría mucho —pronunció él en un tono jovial—. Después de que comamos los montaditos de chucherías será mejor que levantemos el campamento. Me encantaría quedarme a ver la puesta de sol, pero Josh tiene clase mañana.

—Lo que más os convenga, en serio —repuso ella, cruzando los brazos.

Alex se fijó en sus hombros rígidos y en la forma tensa con que había contestado. Frunció el ceño.

—No estoy seguro de qué es lo que te ha molestado de lo que he dicho, pero lo siento. Solo quiero que sepas que estoy aquí, si necesitas hablar con alguien.

Ella asintió sin responder. A pesar de que Alex esperó a que dijera algo, Katie no abrió la boca.

—¿Así será nuestra relación? —preguntó él.

—¿Qué quieres decir?

—De repente me siento como si tuviera que ir con pies de plomo contigo, pero no sé por qué.

—Te lo contaría, pero no puedo —dijo Katie. Su voz apenas era audible, por encima del vaivén de las olas.

—¿Por lo menos puedes decirme qué es lo que he dicho que te ha molestado tanto? ¿O lo que he hecho?

Ella se giró hacia él.

—No has dicho ni has hecho nada malo. Pero de momento no puedo contarte nada más, ¿de acuerdo?

Alex la escrutó con interés.

—Vale, siempre y cuando tenga la certeza de que todavía te lo estás pasando bien.

Katie tuvo que realizar un esfuerzo, pero finalmente consiguió esbozar una sonrisa.

—Te aseguro que es el mejor día que he pasado desde hace mucho tiempo. El mejor fin de semana, de hecho.

—Todavía estás enfadada por lo de la bicicleta, ¿verdad? —le preguntó Alex, achicando los ojos para fingir recelo.

A pesar de la tensión que la invadía, Katie se rio.

—Por supuesto. Me llevará mucho tiempo recuperarme de esa trastada —respondió, poniendo unos teatrales morritos enfurruñados.

Él desvió la vista hacia el horizonte, con semblante aliviado.

—¿Te puedo preguntar una cosa? —dijo Katie, volviendo a ponerse seria—. No tienes que contestar si no quieres.

—Dime.

—¿Qué le pasó a tu esposa? Dijiste que sufrió un ataque, pero no me has contado de qué estaba enferma.

Alex suspiró, como si ya hubiera esperado que fuera a hacerle esa pregunta, pero todavía no estuviera preparado para contestar.

—Le detectaron un tumor cerebral —empezó a hablar lentamente—, o, para ser más precisos, tres tipos de tumores cerebrales diferentes. Por entonces yo no lo sabía, pero luego me enteré de que eso es bastante común. El que crecía poco a poco es lo que tú supones; era del tamaño de un huevo y el cirujano fue capaz de extirparlo casi en su totalidad. Pero los otros dos tumores no eran tan simples. Eran de los que se expanden como las patas de una araña, y no había forma de eliminarlos sin extirparle parte del cerebro. Además, eran agresivos. Los doctores hicieron todo lo que pudieron, pero incluso cuando salieron del quirófano y me dijeron que todo había ido tan bien como uno podía esperar, supe exactamente lo que querían decir.

—Debe de ser tremendo que te comuniquen una noticia tan atroz. —Katie tenía la vista fija en la arena.

—Admito que al principio no me lo podía creer. Fue todo tan... inesperado. Quiero decir, una semana antes éramos una familia normal y corriente, y de repente ella se estaba muriendo y no había nada que yo pudiera hacer.

Un poco más lejos, Kristen y Josh seguían concentrados en sus cometas, pero Katie sabía que en ese momento Alex ni siquiera los veía.

—Después de la operación, Carly necesitó varias semanas para recuperarse, y yo quería creer que todo iba bien. Pero después, semana a semana, empecé a notar pequeños cambios. Se le iba debilitando la parte izquierda del cuerpo, y cada día alargaba más la hora de la siesta. Resultaba muy duro, pero lo peor para mí fue que empezó a alejarse de los niños. Como si no quisiera que la recordaran enferma; quería que la recordaran tal y como siempre había sido. —Hizo una pausa ante de sacudir finalmente la cabeza—. Lo siento. No debería habértelo contado. Era toda una madraza. Quiero decir, solo tienes que ver cómo han salido mis hijos.

—Me parece que su padre también tiene algo que ver con el resultado.

—Lo intento. Pero la mitad de las veces tengo la impresión de que no sé lo que hago. Es como si no estuviera a la altura.

—Me parece que todos los padres se sienten igual.

Alex se giró hacia Katie.

—¿Los tuyos también?

Ella vaciló.

—Creo que mis padres lo hicieron tan bien como pudieron. —Aunque no defendiera la conducta de sus padres, era la verdad.

—¿Tienes buena relación con ellos?

—Murieron en un accidente de tráfico cuando yo tenía diecinueve años.

Alex se la quedó mirando sin parpadear.

—Vaya, lo siento.

—Fue muy duro —admitió Katie.

—¿Tienes hermanos o hermanas?

—No —contestó. Se giró hacia el agua—. Solo estoy yo.

Unos minutos más tarde, Alex ayudó a sus hijos a guardar las cometas y todos se acercaron a la barbacoa. Las brasas no estaban listas, y Alex se dedicó entre tanto a lavar las tablas de surf y a sacudir la arena de las toallas antes de sacar todo lo que necesitaba para los «montaditos de chuches».

Kristen y Josh ayudaron a recoger la mayoría de sus bártulos. Katie guardó el resto de la comida en la nevera mientras Alex empezaba a cargar las bolsas en el todoterreno. Cuando hubo acabado, solo quedaban la manta y cuatro sillas. Los niños las colocaron formando un círculo al tiempo que Alex les pasaba unos bastoncillos de madera acabados en punta y la bolsa de nubes. Josh estaba tan emocionado que abrió la bolsa con energía y desparramó una pequeña pila de nubes sobre la manta.

Siguiendo las instrucciones de los niños, Katie ensartó tres nubes en uno de los bastoncillos y los cuatro se pusieron de pie, se inclinaron hacia las brasas y empezaron a voltear los bastoncillos. Las nubes de azúcar iban adoptando un color castaño dorado, derritiéndose despacio. Katie acercó las suyas excesivamente a las brasas y dos de sus nubes se incendiaron. Sin perder ni un segundo, Alex procedió a apagar las nubes chamuscadas soplando con brío.

Cuando las nubes estuvieron a punto, ayudó a sus hijos a completar el montadito: un poco de chocolate sobre una galleta, luego una nube asada, coronada con otra galleta. La mezcla, pegajosa y dulce, era lo más sabroso que Katie había probado en su vida.

107

Sentada entre los dos niños, se fijó en que Alex tenía problemas para montar su montadito, que acabó como una masa amorfa y pringosa. Cuando intentó limpiarse la boca con los dedos, solo consiguió empeorar aún más las cosas. A los niños la situación les parecía realmente cómica. Katie no podía parar de reír, y de repente la invadió una súbita sensación de esperanza. A pesar de la terrible tragedia que los tres habían sobrellevado, se comportaban como una verdadera familia feliz. Katie pensó que esa era la imagen entrañable de una familia unida. Para ellos no se trataba de un día extraordinario ni de un fin de semana fuera de lo común, pero para ella había algo revelador en la idea de que pudieran existir unos momentos tan maravillosos. Y de que quizá, solo quizá, podría gozar de momentos similares en el futuro.

12

—¿Y entonces qué ha pasado?

Jo se hallaba sentada frente a ella, al otro lado de la mesa, en la cocina, únicamente iluminada por la luz amarillenta que había sobre los fogones. A su regreso de la playa, su amiga había pasado a verla, con el pelo salpicado de pintura. Katie estaba preparando café y en la mesa había dos tazas.

—Nada. Cuando nos hemos acabado los montaditos, hemos dado un último paseo por la playa, luego nos hemos subido en el coche y me han traído a casa.

—¿Él te ha acompañado hasta la puerta?

—Sí.

—¿Y lo has invitado a entrar?

—Tenía que llevar a los niños a su casa.

—¿Os habéis despedido con un beso?

—¡Qué va!

—¿Por qué no?

—¿Es que no me estabas escuchando? Alex iba a pasar el día a la playa con los niños y me ha invitado a ir con ellos. No se trataba de una cita romántica.

Jo alzó su taza de café.

—Pues a mí me parece una cita.

—Era una excursión familiar.

Jo ponderó la respuesta.

—Pues habéis pasado mucho rato los dos juntos y solos…

Katie se recostó en la silla.

—Me parece que eres tú la que tiene un interés especial en enfocar esa excursión como si fuera una cita romántica.

—¿Y por qué iba a querer hacerlo?

—No tengo ni idea. Pero desde que nos conocemos, siempre

sacas a Alex en la conversación. Es como si intentaras..., no sé..., asegurarte de que me fijo en él.

Jo agitó el contenido de su taza antes de dejarla en la mesa.

—¿Y te has fijado en él?

Katie alzó las manos involuntariamente.

—¿Lo ves?

Jo rio antes de sacudir la cabeza.

—Vale. —Se quedó pensativa unos instantes antes de proseguir, como si pretendiera elegir las palabras adecuadas—: He conocido a un montón de gente, y a lo largo de mi experiencia he desarrollado unos instintos de los que me fío por completo. Tal y como las dos sabemos, Alex es un tipo genial, y cuando te conocí, tuve la misma impresión respecto a ti. Aparte de eso, no he hecho nada más que bromear contigo sobre él. ¡Ni que te hubiera arrastrado hasta su tienda y os hubiera presentado! Y tampoco estaba cerca cuando él te ha invitado a ir a la playa, una invitación que has aceptado de buena gana.

—Kristen me invitó...

—Lo sé. Ya me lo has dicho —replicó Jo, arqueando una ceja—. Y estoy segura de que ese es el único motivo por el que has decidido ir.

Katie la miró con una exasperación que no podía ocultar.

—¿Sabes que tienes una forma muy particular de tergiversar las cosas?

Su amiga volvió a reír.

—¿Y no se te ha ocurrido pensar que quizá lo hago porque estoy celosa, no de que salgas con Alex, pero sí de que hayas disfrutado de un maravilloso día en la playa mientras yo estaba en casa encerrada, peleándome con el rodillo por segundo día consecutivo? Te juro que no pienso volver a tocar uno en mi vida, ¡ni loca! Me duelen los brazos y los hombros.

Katie se puso de pie y se giró hacia la encimera. Se sirvió otra taza de café y alzó la cafetera.

—¿Más?

—No, gracias. Esta noche necesito dormir, y la cafeína me mantendría despierta. Me parece que llamaré para encargar comida china a domicilio. ¿Te apetece?

—No tengo hambre. Hoy he comido hasta casi reventar.

—No creo que eso sea posible. Pero sí que te ha dado el sol.

El bronceado te sienta muy bien, aunque de aquí a unos años tengas que pagarlo con más arrugas de la cuenta.

Katie resopló.

—Gracias por recordármelo.

—¿Para qué están las amigas? —Jo se puso de pie y se desperezó como una gata—. Oye, anoche lo pasé genial, aunque he de admitir que esta mañana no podía levantarme.

—Fue divertido —convino Katie.

Jo dio un par de pasos antes de darse la vuelta.

—¡Ah, olvidaba preguntártelo! ¿Al final te quedarás la bici?

—Sí —afirmó Katie.

Jo se quedó un momento pensativa.

—Me alegro.

—¿Por qué?

—Porque no creo que sea una buena idea que se la devuelvas. Es obvio que la necesitas, y él quería dártela. ¿Por qué no ibas a aceptarla? —Jo se encogió de hombros—. Me parece que tu problema es que le das demasiadas vueltas a todo.

—¿Igual que mi amiga manipuladora?

—¿De veras crees que soy manipuladora?

Katie reflexionó unos instantes.

—Quizás un poco.

Jo sonrió.

—¿Qué planes tienes para esta semana? ¿Tienes que cubrir muchos turnos?

Katie asintió.

—Seis noches y tres días.

Jo torció el gesto.

—Vaya, lo siento.

—No pasa nada. Necesito el dinero; además, estoy acostumbrada.

—Y has pasado un fin de semana estupendo.

Katie hizo una pausa antes de contestar.

—Sí, tienes razón.

13

Los siguientes días transcurrieron plácidamente, y eso solo contribuyó a que a Alex se le antojaran más largos. No había vuelto a hablar con Katie desde que se despidió de ella en la puerta de su casa el domingo por la tarde, después de la playa. En el fondo no lo sorprendía, porque sabía que ella tenía que trabajar muchas horas esa semana, pero en más de una ocasión no pudo resistir el impulso de salir de la tienda y mirar calle arriba, sintiéndose vagamente decepcionado al no verla.

Ya era bastante aguar la ilusión de haberla embelesado hasta el punto de que ella no pudiera resistir la tentación de no dejarse caer por la tienda. Sin embargo, lo sorprendía aquel entusiasmo casi quinceañero que lo invadía ante la idea de volver a verla, a pesar de que Katie no sintiera lo mismo por él. La recordó en la playa, mientras la brisa agitaba su melenita castaña, sus delicados rasgos enjutos, y sus ojos que parecían cambiar de color cada vez que él los miraba. Ella se había ido relajando poco a poco, a medida que pasaban las horas, y Alex tenía la sensación de que, en cierto modo, ir a la playa había suavizado su resistencia.

Sentía curiosidad no solo por su pasado, sino por todo lo que aún no sabía acerca de ella. Intentaba imaginar qué clase de música le gustaba, o cuáles eran sus primeros pensamientos cuando se despertaba, o si alguna vez había ido a ver un partido de béisbol. Se preguntaba si dormía de espalda o de costado, y si, en el caso de poder elegir, prefería darse una ducha o un baño. Cuanto más se preguntaba, más crecía su curiosidad.

Deseaba que ella confiara en él y le contara detalles sobre su vida anterior, no porque albergara la ilusión de poder ayudarla de algún modo o porque pensara que ella necesitaba ayuda, sino porque expresar en voz alta la verdad acerca de su pasado podía implicar abrir la puerta al futuro. Entonces quizá podrían mantener una conversación real.

El jueves, Alex se estaba debatiendo entre pasar a visitarla por su casa o no hacerlo. Lo estaba deseando; incluso llegó a agarrar las llaves del coche, pero al final se echó atrás porque no tenía ni idea de qué le diría cuando se presentara allí. Y tampoco podía predecir cuál sería la reacción de Katie. ¿Sonreiría o se pondría nerviosa? ¿Lo invitaría a pasar o le pediría que se marchara? Por más que intentaba imaginar lo que podía suceder, no estaba seguro del resultado, y al final acabó por dejar las llaves sobre la mesa.

Todo aquello era muy complicado. Esa mujer estaba envuelta en un aura de misterio.

Katie no tardó mucho en admitir que la bicicleta era una suerte bendición caída del cielo. Ahora no solo podía ir a casa al mediodía cuando le tocaba cubrir dos turnos, sino que por primera vez se sintió animada a explorar el pueblo, y eso fue exactamente lo que hizo. El martes se pasó por un par de tiendas de antigüedades, disfrutó de las marinas en acuarela en una pequeña galería de arte, y se paseó por varios vecindarios, maravillándose de los enormes pórticos y porches inclinados que adornaban las casonas en el paseo marítimo. El miércoles fue a la biblioteca y se pasó un par de horas repasando las estanterías y leyendo las solapas de unos cuantos libros, y luego cargando las novelas que le habían parecido interesantes en la cesta de la bici.

Por las noches, sin embargo, mientras permanecía tumbada en la cama leyendo los libros que había sacado de la biblioteca, a veces se ponía a pensar en Alex sin proponérselo. Hurgando entre algunos retazos de su vida en Altoona, cayó en la cuenta de que él le recordaba al padre de Callie. En su primer año en el instituto, rememoró que Callie, una niña un par de años menor que ella a la que no conocía muy bien, vivía un poco más abajo, en su misma calle. Katie la veía sentada en los peldaños del porche de su casa cada sábado por la mañana. El padre de Callie abría el garaje siempre puntual, silbando mientras sacaba el cortacésped. Estaba orgulloso de su jardín (era sin lugar a dudas el más primoroso del vecindario). Katie lo observaba mientras él pasaba la máquina cortacésped arriba y abajo con una precisión militar. De vez en cuando se paraba para apartar de su camino una rama caída, y aprovechaba la ocasión para secarse el sudor de la frente con un pañuelo que guardaba en el bolsillo trasero. Cuando terminaba el trabajo, se apoyaba en el capó de su Ford, aparcado junto a la casa, para saborear un vaso de limonada que su esposa le ofrecía siempre sin falta. A veces, ella también se apoyaba en el coche junto a él. Katie sonreía al ver cómo él propinaba a su esposa una palmadita en la cadera cada vez que deseaba captar su atención.

Había una satisfacción serena en la forma en que sorbía la limonada y tocaba a su esposa. Katie suponía que eso quería decir que aquel hombre estaba satisfecho con su vida, como si, en cierto modo, se hubieran cumplido todos sus sueños. A menudo, mientras lo estudiaba, se preguntaba cómo habría sido su vida si hubiera nacido en el seno de aquella familia.

Alex mostraba ese mismo aire de satisfacción cuando estaba con sus hijos. No solo había sido capaz de superar la tragedia de perder a su esposa, sino que además lo había hecho con la suficiente fuerza como para ayudar a sus hijos a superar también esa terrible pérdida. Cuando Alex le había hablado de su esposa, Katie había esperado detectar cierta amargura o autocompasión, pero no había sido así. Había notado tristeza, por supuesto, y un sentimiento de soledad, pero al mismo tiempo le había hablado sobre su esposa sin transmitirle la impresión de que las estaba comparando a las dos. Alex parecía aceptarla, y a pesar de que Katie no estaba segura exactamente de cuándo había sucedido, se dio cuenta de que se sentía atraída por él.

Más allá de esa conjetura, sus sentimientos eran complicados. Desde Atlantic City no había vuelto a bajar la guardia para dejar que un hombre se le acercara tanto, y en aquella ocasión la historia acabó convirtiéndose en un verdadero calvario para ella. Sin embargo, por más que intentaba mantenerse a distancia, parecía que, cada vez que veía a Alex, sucedía algo que los

113

empujaba a acabar juntos. A veces por accidente, como cuando Josh cayó al río y ella se quedó con Kristen, pero en ocasiones parecía casi como predestinado. Como la tormenta que la obligó a aceptar que él la llevara a casa en coche. O cuando Kristen le suplicó que fuera con ellos a la playa. Hasta ese momento, Katie había demostrado suficiente aplomo como para mantenerse alejada de él, pero, aun así, no lo conseguía. Y cuanto más tiempo pasaba con Alex, más crecía su impresión de que, poco a poco, él se iba metiendo en su vida, y eso la asustaba. La hacía sentirse frágil y vulnerable, y en parte ese era el motivo por el que había evitado pasarse por la tienda durante esa semana. Necesitaba tiempo para pensar, tiempo para decidir qué iba a hacer al respecto, si es que en realidad pensaba hacer algo.

Por desgracia, había pasado largos ratos pensando en la atractiva forma en que a Alex se le fruncían las comisuras de los ojos cuando sonreía, o con qué garbo había salido del agua tras su baño en la playa. Recordaba cómo Kristen le había cogido la mano y la absoluta confianza que Katie había detectado en aquel gesto tan simple. También recordó que Jo había comentado algo acerca de que Alex era un buen hombre, la clase de hombre que siempre actuaba de forma correcta, y a pesar de que Katie no podía alegar que lo conociera bien, sus instintos le decían que podía confiar en él. Intuía que, le contara lo que le contase, él siempre la apoyaría, que sabría guardar sus secretos y que nunca usaría lo que sabía en su contra.

Sabía que era un pensamiento ilógico e irracional, y que atentaba contra cualquier promesa que se había hecho a sí misma cuando llegó a Southport, pero se daba cuenta de que quería que él la conociera mejor. Quería que él la comprendiera, aunque solo fuera por la extraña sensación de que era la clase de hombre del que podría enamorarse, por más que no quisiera.

114

14

A cazar mariposas.

La idea se le ocurrió tan pronto como se despertó el sábado por la mañana, incluso antes de bajar a abrir la tienda. Curiosamente, mientras pensaba en las posibilidades sobre qué hacer con sus hijos aquel día, se acordó de un proyecto que había hecho él mismo de pequeño, en el colegio. La profesora había pedido a los alumnos que preparasen una colección de insectos. Alex tuvo una visión fugaz del día en que se echó a correr por un campo de hierba durante el recreo, para cazar cualquier cosa que saltara o volara, desde abejorros hasta saltamontes. Estaba seguro de que a Josh y a Kristen les gustaría la idea. Así pues, sintiéndose orgulloso de sí mismo por habérsele ocurrido un plan tan original y divertido para ocupar una tarde del fin de semana, se puso a buscar entre las redes de pescar que tenía en la tienda, hasta que al final eligió tres que le parecieron del tamaño correcto.

Cuando se lo comentó a sus hijos durante el almuerzo, Josh y Kristen no se mostraron entusiasmados, en absoluto.

—No quiero hacer daño a ninguna mariposa —protestó Kristen—. Me gustan mucho.

—No les haremos daño. Luego las soltaremos.

—Entonces, ¿para qué quieres cazarlas?

—Porque es divertido.

—Pues a mí no me lo parece.

Alex abrió la boca para replicar, pero no se le ocurrió nada que alegar. Josh tomó otro trozo de su bocadillo de queso fundido.

—A estas horas ya hace mucho calor, papá —remarcó Josh, hablando mientras masticaba.

—No pasa nada; después podemos ir a nadar al arroyo. Y mastica con la boca cerrada.

Josh engulló lo que tenía en la boca.

—¿Y por qué no vamos directamente a nadar?

—Porque primero iremos a cazar mariposas.

—¿Podemos ir al cine, en lugar de eso?

—¡Sí! —exclamó Kristen—. ¡Yo quiero ir al cine!

Alex se dijo a sí mismo que, a veces, ser padre podía resultar exasperante.

—Hace un día espléndido, y no vamos a malgastarlo sentados dentro de una sala cerrada cuando podemos estar al aire libre. Hoy iremos a cazar mariposas. Y no solo eso, sino que además disfrutaréis con la experiencia, ¿de acuerdo?

Después de comer, Alex los llevó en coche hasta una pradera situada en los confines del pueblo que estaba llena de flores silvestres. Entregó una red a cada uno y los animó a salir a cazar. Josh empezó a caminar arrastrando los pies y la red, mientras que Kristen lo seguía abrazando la suya con fuerza contra su pecho, de una forma muy similar a como sujetaba sus muñecas.

Alex decidió tomar cartas en el asunto y los adelantó corriendo atléticamente, con la red a punto. Un poco más arriba, avistó docenas de mariposas que revoloteaban entre las flores silvestres. Cuando estuvo lo bastante cerca, lanzó la red y capturó una. Se inclinó hacia ella y con mucho cuidado empezó a alzar la red para poder ver mejor las alas de color naranja y negro.

—¡Caramba! —gritó, intentando mostrar tanto entusiasmo como pudo—. ¡He cazado una!

Al cabo de unos segundos, Josh y Kristen estaban examinando la mariposa por encima del hombro de su padre.

—¡No le hagas daño, papi! —gimoteó Kristen.

—No te preocupes, cariño, tendré mucho cuidado. Fijaos qué colores más bonitos.

Ellos se inclinaron un poco más.

—¡Qué guay! —exclamó Josh, y al cabo de unos instantes el pequeño ya estaba trotando por la pradera, agitando la red con abandono.

Kristen continuó estudiando la mariposa.

—¿De qué clase es?

—Es una monarca.

—Me parece que está asustada —comentó Kristen.

—No, estoy seguro de que está bien; no obstante, la soltaré, ¿de acuerdo?

La niña asintió y Alex levantó la red con cuidado. Al verse libre, la mariposa estuvo solo unos instantes bajo la red antes de emprender el vuelo. Kristen abrió los ojos como un par de naranjas, maravillada.

—¿Me ayudas a cazar una? —le pidió a su papá.

—Será un placer.

Se pasaron un poco más de una hora correteando entre las flores. Cazaron mariposas de unas ocho especies diferentes, incluida una *buckeye*, aunque la mayoría eran monarcas, como la primera. Cuando dieron por terminada la actividad, los niños tenían la cara roja y brillante, así que Alex les compró unos helados antes de dirigirse al arroyo que había detrás de la casa. Los tres saltaron al agua —Josh y Kristen, con chalecos salvavidas— y se dejaron llevar por la lenta corriente río abajo. Era la clase de día idílico de verano que Alex recordaba de su infancia. Cuando salieron del agua, se sintió satisfecho ante el pensamiento de que, aparte de la tarde que habían pasado en la playa, aquel era el mejor fin de semana desde hacía mucho tiempo.

Aunque también resultaba cansado. Un poco más tarde, cuando los niños se hubieron duchado, le dijeron que querían ver una película, y Alex les puso *De vuelta a casa, un viaje increíble*, que habían visto una docena de veces, pero que siempre se mostraban dispuestos a volver a ver. Desde la cocina, podía verlos sentados en el sofá, sin apenas pestañear, con la vista fija en el televisor, con esa flojedad tan propia de los niños cuando están cansados.

Alex pasó un trapo húmedo por la encimera y metió los platos sucios en el lavaplatos, puso una lavadora, ordenó un poco el comedor y limpió con esmero la bañera del cuarto de baño de los niños antes de sentarse finalmente junto a ellos en el sofá durante un rato. Josh se acurrucó en una punta; Kristen en la otra. Cuando terminó la película, Alex podía notar que se le entornaban los párpados. Después de trabajar en la tienda, jugar con los niños y limpiar la casa, le apetecía relajarse un rato, sin más.

El sonido de la voz de Josh lo sacó de su somnolencia de golpe.

—¿Papá?

—¿Sí?

—¿Qué hay para cenar? Me muero de hambre.

Desde la barra de los camareros, Katie echó un vistazo a la terraza y se quedó sorprendida al ver a Alex y a los niños siguiendo a una camarera hasta una de las mesas cercanas a la barandilla. Kristen sonrió al ver a Katie y la saludó con la mano, y solo dudó un momento antes de abrirse paso entre las mesas para ir a su encuentro. Katie se inclinó hacia ella y la pequeña la abrazó.

—¡Queríamos darle una sorpresa! —dijo Kristen.

—Pues lo habéis conseguido. ¿Qué hacéis aquí?

—A mi papá no le apetecía cocinar esta noche.

—¿De veras?

—Ha dicho que estaba muy cansado.

—Es una historia muy larga. Ha sido un día agotador, créeme —comentó Alex.

Katie no lo había oído acercarse, e irguió la espalda para ponerse a su altura.

—Hola —lo saludó, sonrojándose contra su voluntad.

—¿Cómo estás? —se interesó Alex.

—Bien —asintió ella, un poco azorada—. Con mucho trabajo, como puedes ver.

—Sí, ya lo veo. Hemos tenido que esperar un ratito para podernos sentar en tu sección.

—Sí, todo el día hemos estado igual, sin un momento de tregua.

—Bueno, pues no te molestaremos más. Vamos, Kristen, volvamos a la mesa. Te veremos dentro de unos minutos, o cuando puedas.

—Adiós, señorita Katie.

Katie los vio caminar hasta la mesa, curiosamente contenta

por su visita. Vio que Alex abría el menú y se inclinaba hacia delante para ayudar a Kristen con el suyo, y por un instante, deseó estar en la mesa sentada con ellos.

Se alisó la blusa y echó un vistazo a su reflejo en la cafetera de acero inoxidable. El reflejo solo le devolvió una imagen borrosa, pero fue lo bastante concisa como para empujarla a pasarse una mano por el pelo. Luego, después de asegurarse de que no se había manchado la blusa —aunque tampoco habría podido hacer nada al respecto, pero aun así quería asegurarse de que la llevaba limpia— se acercó a la mesa.

—Hola, chicos —los saludó, dirigiéndose a los niños—. Me he enterado de que vuestro papá no quería preparar la cena esta noche.

Kristen rio como una niñita traviesa, pero Josh simplemente asintió con la cabeza.

—Ha dicho que estaba cansado.

—Eso he oído —aseveró Katie.

Alex esbozó una mueca de fastidio.

—No puedo creerlo. Mis propios hijos me echan a la vía del tren.

—Yo nunca te echaría a la vía del tren, papi —proclamó Kristen con un tono muy serio.

—Gracias, cielo.

Katie sonrió.

—¿Tenéis sed? ¿Queréis que os traiga algo para beber?

Pidieron té dulce y una cesta de buñuelos de maíz. Kristen llevó las bebidas hasta la mesa y, mientras se alejaba, notó la mirada de Alex clavada en su espalda. A pesar de que le costó mucho, resistió la irrefrenable tentación de echar un vistazo por encima del hombro.

Durante los siguientes minutos, Katie se dedicó a tomar nota en las mesas de su sección y a retirar platos, sirvió un par de cenas, y finalmente regresó con la cesta de buñuelos de maíz.

—Tened cuidado —advirtió—. Todavía están calientes.

—Es cuando están más ricos —dijo Josh, al tiempo que agarraba un buñuelo de la cesta. Kristen también tomó uno.

—Hoy hemos ido a cazar mariposas —explicó la pequeña.

—¡No me digas!

119

—Sí. Pero no les hemos hecho daño. Luego las soltábamos.

—Parece divertido. ¿Os lo habéis pasado bien?

—¡Ha sido alucinante! —exclamó Josh—. ¡Yo he cazado como unas… cien mariposas! Y luego hemos ido a nadar.

—Qué día más chulo —aseveró Katie con absoluta sinceridad—. No me extraña que vuestro papá esté cansado.

—Sí, y los niños también.

—No estamos cansados —contestaron Josh y Kristen, casi simultáneamente.

—Quizá no —dijo Alex—, pero de todos modos los dos os iréis a la cama pronto, porque vuestro pobre papá sí que necesita descansar.

Katie sacudió la cabeza.

—No seas tan duro contigo mismo; ya sabemos que eres un viejecito canoso, pero no me das ni pizca de pena.

Alex necesitó un momento antes de comprender la broma, y entonces se echó a reír. Sus carcajadas fueron lo bastante sonoras como para que los que se hallaban sentados en la mesa contigua se giraran a mirarlo, pero a él no parecía importarle.

—Vengo aquí para relajarme y disfrutar de una agradable cena, y me encuentro con una camarera que tiene ganas de criticarme.

—¡Qué dura es la vida!

—Ni que lo digas. Seguro que lo siguiente que harás será recomendarme que me pida el menú infantil, dado que últimamente he engordado.

—Te equivocas; no iba a decir nada —respondió ella, mirando a su barriga.

Alex volvió a reír. Cuando la miró a la cara, ella distinguió un brillo afectuoso en sus ojos, lo que le recordó que la encontraba atractiva.

—Bueno, me parece que ya sabemos lo que queremos —anunció él.

—¿Ah, sí? Pues os tomaré nota.

Alex recitó diversos platos que Katie anotó en su libreta. Ella le sostuvo la mirada durante un momento antes de alejarse de la mesa para dejar la nota en la cocina. Mientras seguía atendiendo las mesas en su sección —tan pronto como una quedaba vacante, alguien la ocupaba de inmediato—, encontró excusas para pasarse por la mesa de Alex de vez en cuando. Les llenó los vasos de agua y los de té, recogió la cesta cuando hubieron dado buena cuenta de los buñuelos, y le llevó a Josh un nuevo tenedor después de que el suyo se le cayera al suelo. Charló animadamente con Alex y los niños disfrutaron de cada momento, y un rato después se presentó con la cena.

Más tarde, cuando ya habían acabado, Katie limpió la mesa y les llevó la cuenta. Empezaba a anochecer. Kristen no paraba de bostezar, pero la actividad en el restaurante no había hecho más que acrecentarse. Katie solo tuvo tiempo de despedirse de ellos rápidamente mientras los chicos bajaban las escaleras de la terraza arrastrando los pies, pero cuando Alex vaciló, ella tuvo la impresión de que le iba a pedir para salir. Katie no estaba segura de cómo iba a reaccionar, pero antes de que él consiguiera pronunciar las palabras esperadas, uno de los clientes derramó su cerveza. El cliente se puso de pie de un brinco y, sin querer, con sus torpes movimientos, derribó dos jarras más de cerveza. Alex retrocedió un paso, consciente de que ella tenía que atender al cliente; la magia del momento se había roto.

—Hasta pronto —se despidió, y la saludó con la mano mientras se alejaba con los niños.

121

Al día siguiente, Katie empujó la puerta de la tienda solo media hora después de que hubieran abierto.

—¡Vaya! ¡Qué temprano vienes hoy! —exclamó Alex, sorprendido.

—Me he despertado pronto y he pensado que prefería hacer la compra lo antes posible, para quitarme esa responsabilidad de encima.

—¿Al final se calmó el frenético ritmo de trabajo, anoche?

—Sí, al final sí. Pero es que un par de camareros se han pedido unos días libres esta semana, uno para ir a la boda de su hermana y el otro porque está enfermo. Ha sido de locos.

—Estoy seguro, pero la cena estaba deliciosa, aunque el servicio fuera un poco lento.

Cuando ella lo fulminó con la mirada, Alex se echó a reír.

—Solo me estoy vengando de tus burlas de ayer. —Sacudió la cabeza—. Por llamarme vejestorio. Para que lo sepas, me empezaron a salir canas antes de que cumpliera treinta años.

—Eres muy sensible con eso de las canas, ¿no? —lo pinchó ella con un tono burlón—. Pues te aseguro que te sientan de maravilla. Te dan cierto aire respetable.

—¿Y eso es bueno o malo?

Ella sonrió sin darle una respuesta. Se giró para asir una cesta. Mientras lo hacía, lo oyó carraspear.

—¿La próxima semana también tienes que trabajar tantas horas?

—No.

—¿Y el próximo fin de semana?

Ella se quedó pensativa.

—El sábado no trabajo. ¿Por qué?

Alex apoyó todo el peso de su cuerpo primero en un pie y luego en el otro antes de reunir el coraje para mirarla a los ojos.

—Porque me preguntaba si te gustaría salir a cenar conmigo. Esta vez solos, sin niños.

Katie sabía que estaban en un punto de inflexión; a partir de entonces, la relación que había entre ellos podía cambiar. Al mismo tiempo, esa era precisamente la razón por la que se había pasado por la tienda tan temprano. Quería confirmar si se había equivocado sobre su impresión acerca de cómo la había mirado Alex en Ivan's, porque era la primera vez que tenía la certeza de que quería que él la invitara a salir.

En el incómodo silencio que se formó a continuación, Alex pareció malinterpretar lo que ella estaba pensando.

—No importa. Olvídalo.

—¡Sí! —soltó ella, sosteniéndole la mirada—. Me encantaría cenar contigo. Pero con una condición.

—¿Cuál?

—Has hecho tantas cosas por mí que en esta ocasión me gustaría hacer algo por ti. ¿Qué tal si preparo yo la cena? En mi casa.

Él sonrió, aliviado.

—Me parece genial.

15

*E*l sábado, Katie se despertó tarde, como de costumbre. Se había pasado los últimos días comprando frenéticamente y decorando la casa —unos nuevos visillos de encaje para la ventana del comedor, unos vinilos decorativos y baratos para adornar las paredes, varias alfombras para marcar las distintas partes de la casa y unos manteles individuales y copas para la cena—. El viernes por la noche trabajó hasta después de medianoche, rellenando las nuevas fundas de cojín y dándole a la casa un último retoque para que quedara impecable. A pesar del sol que se filtraba por la ventana y dibujaba cenefas en su cama, solo se despertó cuando oyó el rítmico sonido de unos martillazos. Echó un vistazo al despertador y vio que ya eran más de las nueve.

Se levantó todavía medio dormida, bostezó y luego enfiló hacia la cocina para preparar la cafetera antes de salir al porche, achicando los ojos ante el intenso brillo del sol matutino. Jo estaba en el porche, sosteniendo un martillo con su mano alzada, cuando vio a Katie.

Jo bajó el martillo.

—No te habré despertado con el ruido, ¿no?

—Sí, pero no pasa nada. De todos modos, tenía que levantarme. ¿Qué haces?

—Estoy intentando hacer un apaño con la contraventana para que no se acabe de caer. Anoche, cuando llegué a casa, vi que estaba colgando, y pensé que seguramente se acabaría de romper a medianoche. No he pegado ojo pensando que el estruendo de la madera contra el suelo me iba a despertar en cualquier momento.

—¿Necesitas ayuda?

—No, ya casi he acabado.

—¿Te apetece un café?

—Eso sí. Dame unos minutos para que termine con esto.

Katie se dirigió a su habitación, se quitó el pijama y se puso unos pantalones cortos y una camiseta. Se cepilló los dientes y el cabello, solo lo justo para quitarse los enredos. A través de la ventana, vio que Jo se acercaba a su casa y se apresuró a abrirle la puerta.

Katie preparó dos tazas de café y le pasó una a Jo tan pronto como su amiga entró en la cocina.

—¡Oye! ¡Qué bonita que tienes la casa! Me gustan las alfombras y los cuadros.

Katie se encogió de hombros modestamente.

—Sí, bueno…, supongo que empiezo a sentir que Southport es mi hogar, así que he pensado que debería imprimirle a esta casa un aire más permanente.

—Increíble. Es como si por fin hubieras decidido echar raíces.

—¿Y qué tal tu casa?

—Ah, mucho mejor. Te invitaré cuando esté lista, ¿vale?

—¿Dónde has estado? Hacía días que no te veía.

Jo ondeó la mano con apatía.

—La semana pasada estuve fuera unos días por trabajo, y el fin de semana fui a visitar a unos amigos, y después he estado toda la semana hasta las cejas de trabajo.

—A mí también me ha tocado trabajar mucho. Últimamente he hecho un montón de turnos.

—¿Y esta noche también trabajas?

Katie tomó un sorbo de café.

—No, esta noche tengo un invitado a cenar.

A Jo se le iluminaron los ojos.

—¿A ver si adivino de quién se trata?

—Ya sabes quién es. —Katie intentó contener el rubor que notaba que se le expandía por el cuello.

—¡Lo sabía! —exclamó Jo—. Me alegro. ¿Has decidido qué te vas a poner?

—Todavía no.

—Bueno, no importa, seguro que estarás guapísima. ¿Y piensas cocinar?

—Lo creas o no, se me da bien la cocina.

—¿Qué vas a preparar?

Cuando Katie se lo dijo, Jo enarcó las cejas.

—Parece delicioso. Qué bien. Me alegro por ti, de veras. Bueno, por los dos. ¿Estás nerviosa?

—Solo es una cena…

—Interpretaré tu respuesta como un sí. —Le guiñó el ojo—. Qué pena que esta tarde tenga un compromiso fuera del pueblo; no podré espiaros. Me gustaría tanto ver cómo va la romántica velada… ¡Pero qué le vamos a hacer!

—Sí, qué pena que no estés aquí —dijo Katie burlonamente. Jo rio.

—Para que lo sepas, el sarcasmo no te sienta nada bien. Pero no te escaparás de esta tan fácilmente. Cuando regrese me pasaré a verte para que me lo cuentes todo, todito, todo.

—Solo es una cena —repitió Katie.

—Lo que significa que no tendrás ningún problema para darme todos los detalles.

—Será mejor que te busques otro pasatiempo.

—Es probable —convino Jo—. Pero de momento estoy disfrutando como una enana siguiendo tus peripecias, dado que mi vida sentimental es, digamos, inexistente. Una chica siempre necesita poder soñar, ¿no te parece?

La primera parada de Katie fue en la peluquería. Allí, una jovencita llamada Brittany le arregló el corte de pelo y la peinó, sin dejar de cotorrear durante todo el rato. Al otro lado de la calle estaba la única *boutique* de Southport, que Katie visitó a continuación. A pesar de que había pasado por delante de la tienda en bicicleta en varias ocasiones, nunca había entrado. Se trataba de uno de esos lugares que jamás habría imaginado que querría o necesitaría visitar, pero cuando empezó a echar un vistazo a los vestidos, se quedó gratamente sorprendida no solo por la selección, sino también con algunos de los precios. Bueno, al menos en la sección de los artículos rebajados, la que Katie examinó con interés.

Ir de compras sola en una tienda de esas características fue una experiencia extraña. Hacía mucho tiempo que no hacía algo así, y mientras se cambiaba en el probador, se sintió más liberada de lo que se había sentido desde hacía muchos años.

Compró un par de prendas rebajadas, incluida una blusa entallada de color tostado adornada discretamente con unas perlitas y unos bordados por la parte frontal, sin exageraciones, solo lo bastante sugerente como para resaltar su silueta. También encontró una preciosa falda veraniega estampada que quedaba perfecta con la blusa. La falda era demasiado larga, pero Katie sabía que eso tenía arreglo. Después de pagar las compras, entró en la única zapatería que sabía que había en el pueblo, situada tan solo dos puertas más abajo de la *boutique*, y se compró un par de sandalias. También estaban de oferta, y a pesar de que normalmente no se habría mostrado tan dispuesta a gastar, las propinas habían sido generosas en los últimos días y había decidido echar la casa por la ventana. Por un buen motivo, por supuesto.

Desde allí, se dirigió primero a la perfumería para comprar varias cosas que necesitaba y luego pedaleó hasta la otra punta del pueblo, hasta la verdulería. Se tomó su tiempo, deambulando tranquilamente por los pasillos, notando cómo los viejos recuerdos, las viejas pesadillas, intentaban apoderarse de sus pensamientos sin lograrlo.

Cuando hubo acabado, volvió a casa en bicicleta y empezó a preparar la cena. Iba a guisar camarones rellenos de carne de cangrejo con salsa de gambas. Tuvo que hacer memoria para recordar la receta, pero la había preparado docenas de veces durante tantos años que confiaba en que no se olvidaría de ningún detalle. De acompañamiento había decidido preparar pimientos rellenos y pan con harina de maíz, y para empezar, a modo de aperitivo, queso brie envuelto con panceta ahumada y salsa de frambuesa.

Hacía mucho tiempo que no preparaba una cena tan elaborada, pero siempre le había gustado recortar recetas de las revistas, incluso desde jovencita. Cocinar había sido una de las pocas experiencias maravillosas que había tenido la oportunidad de compartir con su madre.

Katie se pasó el resto de la tarde sin parar ni un segundo. Preparó la masa del pan y la horneó, luego preparó los ingredientes para los pimientos rellenos. Los guardó en la nevera, junto con el brie envuelto con panceta ahumada. Cuando el pan estuvo listo, lo sacó del horno y lo puso sobre la encimera para que se enfriara y preparó la salsa de frambuesas, a base de azúcar, frambuesas y agua. No preparó mucha cantidad, pero cuando acabó, la cocina olía a gloria. También guardó la salsa en la nevera. El resto podía esperar hasta más tarde.

En su habitación, se acortó la falda justo por encima de las rodillas, luego echó un último vistazo a la casa para confirmar que todo estaba impecable. Al final, empezó a desvestirse.

Al entrar en la ducha, se puso a pensar en Alex. Visualizó su sonrisa franca y sus movimientos ágiles, y aquellas imágenes le provocaron un agradable calor en el vientre. Aunque no quería, se preguntó si él también se estaría duchando en ese preciso instante. Había algo erótico en aquella noción, la promesa de una velada excitante. Se recordó a sí misma por enésima vez que solo se trataba de una cena, pero, aun así, sabía que no estaba siendo completamente sincera consigo misma.

Había otra cuestión importante en juego, algo que Katie había intentado negar. Se sentía más atraída por él que lo que quería admitir, y mientras salía de la ducha se dijo que tenía que ir con cuidado. Él era la clase de hombre del que sabía que podría enamorarse perdidamente y la idea le daba miedo. No estaba lista para un compromiso. Al menos, todavía no.

127

Pero una vocecita en su interior le susurró que quizá sí que lo estaba.

Después de secarse con la toalla, se aplicó una loción corporal que desprendía una ligera fragancia, luego se puso la ropa que se había comprado y las sandalias nuevas, y a continuación se dio unos retoques con los productos de cosmética que había adquirido en la perfumería. No era cuestión de exagerar, solo un poco de barra de labios, rímel y unos toques de sombra en los párpados. Se cepilló el pelo y se puso unos pendientes largos que había comprado en un arrebato. Cuando terminó, se alejó unos pasos del espejo.

«Ya está —pensó—, esto es lo que hay.»

Se giró primero hacia un lado y luego hacia el otro, alisándose la blusa antes de esbozar una sonrisa de satisfacción. Hacía mucho tiempo que no estaba tan atractiva.

Aunque el sol se había ido alejando hacia la línea del horizonte, la casa todavía conservaba la calidez del día. Katie abrió la ventana de la cocina. Mientras disponía la mesa, la suave brisa aportaba una sensación de frescor a la estancia. Unos días antes, en el colmado, Alex le había dicho que traería una botella de vino, así que Katie puso un par de copas sobre los manteles individuales. En el centro de la mesa colocó una vela, y justo cuando daba un paso hacia atrás para admirar el efecto, oyó el motor de un coche que se acercaba. Miró el reloj y vio que Alex era puntual.

Aspiró aire hondo, intentando calmar los nervios. Después de atravesar la estancia y abrir la puerta, salió al porche. Alex estaba de pie junto a la puerta del conductor, inclinado un poco hacia el interior del vehículo, obviamente para coger alguna cosa. Iba vestido con pantalones vaqueros y una camisa azul con las mangas arremangadas hasta los codos. Su pelo aún estaba un poco húmedo cerca del cuello de la camisa.

Alex sacó dos botellas de vino y se dio la vuelta. Al verla, se quedó paralizado, con una expresión de puro asombro, fascinado. Ella permanecía de pie rodeada por los últimos rayos del mortecino sol, esplendorosa. Por un momento, Alex fue incapaz de reaccionar.

128

Su sorpresa era obvia, y Katie se sintió adulada. ¡Cómo le gustaría que ese sentimiento durara eternamente!

—La has encontrado —le dijo ella, refiriéndose a la casa.

El sonido de su voz sirvió de detonante para romper el hechizo, pero Alex continuó mirándola sin parpadear. Sabía que tenía que decir algo ingenioso, algo sugestivo para romper la tensión, pero solo acertó a pensar: «Me parece que esto se está complicando».

No sabía cuándo había sucedido, cuándo había nacido ese sentimiento. Quizás había sido la mañana que vio a Kristen abrazada a Katie después de que Josh se cayera al río, o aquella tarde lluviosa que acompañó a Katie en coche, o quizás el día que pasaron juntos en la playa. Lo único que sabía —y con absoluta certeza— era que, justo en ese momento y en ese lugar, se estaba quedando prendado de aquella mujer, y solo rezaba por que ella sintiera lo mismo por él.

Al cabo de un rato, Alex fue capaz de articular unas palabras.

—Sí, la he encontrado.

16

*E*l cielo en aquellas primeras horas del atardecer era un prisma de colores mientras Katie guiaba a Alex a través del pequeño comedor hacia la cocina.

—No sé tú, pero a mí no me vendría nada mal una copa de vino —sugirió ella.

—Buena idea —convino él—. No sabía qué íbamos a cenar, así que he traído un Sauvignon blanco y un Zinfandel tinto. ¿Alguna preferencia?

—Elige tú —lo invitó ella.

Ya en la cocina, Katie se apoyó en la encimera y cruzó una pierna por encima de la otra mientras Alex descorchaba la botella. Por una vez, él parecía más nervioso que ella. Con una serie de movimientos rápidos, abrió la botella de Sauvignon blanco. Katie puso dos copas sobre la encimera junto a él, consciente de lo cerca que se hallaban el uno del otro.

—Sé que debería habértelo dicho al llegar, pero estás muy guapa.

—Gracias —contestó ella.

Alex sirvió el vino, luego dejó la botella a un lado y le pasó una de las copas a Katie. Mientras ella la aceptaba, él pudo oler la loción corporal con fragancia a coco que ella se había aplicado previamente.

—Creo que este vino te gustará. Bueno, espero que te guste.

—Seguro que sí —comentó Katie, alzando la copa—. Salud —brindó, acercando su copa a la de Alex.

Katie tomó un sorbo, sintiéndose extrañamente satisfecha con todo: su propio aspecto y su estado de ánimo, el gusto del vino, el embriagador aroma de la salsa de frambuesas, la forma en que Alex seguía mirándola mientras intentaba no ser tan descarado.

—¿Te apetece que nos sentemos en el porche? —sugirió ella.

Alex asintió. Fuera, cada uno se sentó en una de las mecedoras. Bajo el agradable aire fresco del atardecer, los grillos empezaron su coro, dando la bienvenida a la noche que se acercaba.

Katie paladeó el vino, disfrutando del sabor afrutado que dejaba en la boca.

—¿Cómo están Kristen y Josh?

—Muy bien. —Alex se encogió de hombros—. Hoy los he llevado al cine.

—Pero si hacía un día espléndido.

—Lo sé. Pero dado que el lunes es fiesta porque es el Día de los Caídos, he pensado que todavía nos quedan un par de días para disfrutar del aire libre.

—¿Abrirás la tienda el lunes?

—Sí, claro. Es uno de los días con más trabajo del año, ya que todo el mundo quiere pasar ese día festivo en el río. Probablemente tendré que trabajar hasta la una del mediodía, más o menos.

—Te diría que lo siento, pero a mí también me toca trabajar.

—Quizá pasemos a verte un rato, para molestarte otra vez.

—No me molestasteis en absoluto. —Lo observó por encima del borde de la copa—. Bueno, por lo menos los niños no. Sin embargo, tú te quejaste de la calidad del servicio.

—Es lo que solemos hacer los de la vieja escuela —replicó él en un tono burlón.

Katie rio antes de empezar a mecerse hacia delante y hacia atrás.

—Cuando no estoy trabajando, me gusta sentarme aquí a leer. Hay tanto silencio... A veces me siento como si fuera la única persona en varios kilómetros a la redonda.

—Es que eres la única persona en varios kilómetros a la redonda. Vives en el quinto pino.

Katie le propinó un cariñoso cachete en el hombro.

—Para que lo sepas, me gusta mucho mi casita.

—No me extraña. Está en mejor estado de lo que pensaba. Además, es acogedora.

—Poco a poco va tomando forma. Es un proyecto lento. Y lo mejor de todo es que es «mi proyecto», mi casa, y nadie puede arrebatármela.

Alex la miró con curiosidad. Ella mantenía la vista fija en la pradera que se extendía más allá del sendero de gravilla.

—¿Estás bien? —le preguntó él.

Katie tardó unos segundos en contestar.

—Solo estaba pensando que me alegro de que hayas venido, a pesar de que aún no nos conozcamos bien.

—Pues yo tengo la impresión de que sí que te conozco.

Katie no hizo ningún comentario al respecto. Alex la observó mientras ella bajaba la mirada.

—Crees que me conoces —dijo ella en un susurro—, pero no es cierto.

Alex notó su miedo a añadir algo más. En el silencio, oyó cómo crujían las maderas del suelo del porche mientras Katie se balanceaba hacia delante y hacia atrás.

—¿Qué tal si te digo lo que creo que sé, y tú me dices si he acertado o estoy equivocado? ¿Te parece bien?

Ella asintió, con los labios fruncidos. Cuando Alex continuó, lo hizo con una voz conciliadora.

—Creo que eres una persona inteligente y encantadora, y que tienes un gran corazón. Sé que cuando te lo propones, puedes estar más guapa que ninguna otra mujer que haya conocido. Eres independiente, tienes un buen sentido del humor, y muestras una sorprendente paciencia con los niños. Es cierto que no conozco los detalles específicos de tu pasado, pero no sabré si son relevantes a menos que tú decidas contármelos. Todos tenemos un pasado, pero solo se trata de eso, de unas vivencias de otro tiempo. Puedes aprender de ellas, pero no puedes cambiarlas. Además, no sé quién es esa persona. La persona a la que he conocido ahora es a la que deseo conocer mejor.

Cuando acabó, Katie sonrió levemente.

—Dicho así, suena tan simple…

—Es que puede ser simple.

Ella jugueteó con la copa, ponderando sus palabras.

—Pero ¿y si el pasado es todavía presente? ¿Y si todavía está vivo?

Alex continuó mirándola fijamente, sosteniéndole la mirada.

—¿Quieres decir… si él te encuentra?

Katie tragó saliva.

—¿Qué has dicho?

—Ya me has oído —respondió Alex, con un tono sereno, como de conversación relajada, una técnica que había aprendido en el C. I. D.—. Deduzco que estabas casada… y que quizá tu marido está intentando encontrarte.

Katie se quedó helada, con los ojos desmesuradamente abiertos. De repente notó que le costaba respirar y se levantó de la mecedora, derramando el contenido de su copa. Retrocedió un paso, un poco incómoda, notando una creciente tensión.

—¿Cómo lo sabes? ¿Quién te lo ha contado? —lo interrogó al tiempo que su mente procesaba la información a gran velocidad, intentando encajar las piezas del rompecabezas. No había forma de que él supiera su secreto. No era posible. Katie no se lo había dicho a nadie.

Excepto a Jo.

La constatación fue tan impactante que la dejó sin aliento. Instintivamente, desvió la vista hacia la casa aledaña. Su vecina la había traicionado. Su amiga la había traicionado…

La mente de Alex también se puso en funcionamiento con la misma celeridad que la de Katie. Podía ver el miedo reflejado en su expresión, pero ya lo había visto antes. Demasiadas veces. Y supo que había llegado el momento de dejar de jugar a las adivinanzas y mover ficha.

—No me lo ha dicho nadie —le aseguró—. Pero tu reacción confirma que tengo razón. Sin embargo, esa no es la cuestión. No conozco a esa persona, Katie. Si quieres hablarme de tu pasado, adelante, deseo escucharte y ayudarte de la forma en que esté en mis manos, pero no pienso interrogarte acerca de ello. Y si no quieres contármelo, no pasa nada, porque, te lo repito, no conozco a esa persona. Debes tener buenos motivos para mantener el secreto, y eso significa que tampoco pienso contárselo a nadie. No importa lo que pase o deje de pasar entre nosotros. Si quieres, puedes inventarte tu pasado por completo, y yo me lo creeré todo y no discutiré nada. En ese sentido, puedes confiar en mí.

Katie lo miraba sin pestañear mientras él hablaba. Se sentía confundida, asustada y enojada, pero intentando absorber cada palabra.

—Pero…. ¿cómo…?

—Aprendí a detectar detalles en los que la gente no suele fijarse —prosiguió Alex—. Hubo una época de mi vida en que eso era lo único que hacía. Y no eres la primera mujer a la que conozco que está pasando por una cosa así.

Ella seguía mirándolo sin mover un dedo, mientras su mente continuaba procesando la información a gran velocidad.

—Cuando estabas en el Ejército —concluyó Katie.

Él asintió, sosteniéndole la mirada. Entonces se levantó de la mecedora y dio un paso hacia ella, con cautela.

—¿Te puedo servir otra copa de vino?

Todavía desconcertada, Katie no acertó a contestar, pero cuando él tomó su copa, ella la soltó. La puerta del porche se abrió con un crujido y se cerró tras él. Katie se quedó sola.

Recorrió la barandilla arriba y abajo, mientras sus pensamientos rodaban vertiginosamente. Procuró frenar su instinto que la empujaba a guardar sus pocas pertenencias en una bolsa y agarrar su lata de café llena de dinero y abandonar el pueblo tan pronto como pudiera.

Pero, entonces, ¿qué? Si Alex había sido capaz de deducir la verdad simplemente observándola unos días, eso quería decir que cualquier persona podría llegar a esa misma conclusión. Y quizá, solo quizá, esa persona no sería como Alex.

Detrás de ella, oyó la puerta que se abría otra vez con un crujido. Alex salió al porche y se colocó a su lado junto a la barandilla. Puso la copa delante de ella.

—¿Ya has decidido lo que vas a hacer?

—¿A qué te refieres?

—A si te marcharás del pueblo tan pronto como puedas, hacia un paradero desconocido.

Katie se giró hacia él. Su cara reflejaba su consternación.

Alex abrió los brazos, con las palmas de las manos enfocadas hacia arriba.

133

—¿En qué más ibas a estar pensando? Pero, para que lo sepas, solo quiero saberlo porque empiezo a tener hambre. Y siento curiosidad por si pensabas irte antes de cenar.

Katie necesitó un momento para darse cuenta de que él estaba bromeando, y a pesar de que no habría creído que eso fuera posible teniendo en cuenta los últimos minutos, sonrió aliviada.

—Cenaremos —anunció ella.

—¿Y mañana?

En vez de contestar, Katie tomó la copa de vino.

—Quiero saber cómo lo has sabido.

—No ha sido por un único motivo. —Acto seguido, mencionó varios detalles en los que se había fijado antes de que ella acabara sacudiendo la cabeza con incredulidad—. La mayoría de la gente no se habría fijado en todo eso.

Katie estudió las profundidades de su copa.

—Pero tú sí.

—No he podido evitarlo. Es deformación profesional.

Ella consideró su respuesta.

—Eso significa que hace tiempo que lo sabías. O que, por lo menos, tenías sospechas.

—Sí —admitió Alex.

—Y por eso nunca me has hecho ninguna pregunta acerca de mi pasado.

—Sí —repitió él.

—Y aun así, ¿querías salir conmigo?

La expresión de Alex era seria.

—Desde el primer momento en que te vi quise pedirte que salieras conmigo. Pero he tenido que esperar hasta que estuvieras lista.

Con los últimos rayos del sol languideciendo en el horizonte, la luz natural se empezó a extinguir; el cielo despejado, sin una sola nube, adoptó unas tonalidades violeta pálido. Permanecieron apoyados en la barandilla. Alex se fijó en cómo la suave brisa jugueteaba con malicia con los mechones de su melenita. Su piel había adoptado un brillo ambarino; Alex vio cómo su pecho subía y bajaba sutilmente, mientras respiraba. Katie seguía con la vista perdida en el horizonte, con una expresión inescrutable, y él notó un nudo en la garganta al preguntarse en qué debía de estar pensando ella. Finalmente él rompió el silencio:

—No has contestado a mi pregunta.

Katie permaneció callada un momento antes de esbozar una sonrisa apocada.

—Creo que me quedaré en Southport una temporada, si eso era lo que querías saber —contestó.

Alex aspiró hondo y volvió a notar su fragancia a coco.

—Confía en mí.

Ella se inclinó hacia él, sintiendo su fuerza varonil mientras Alex la rodeaba con su brazo.

—Supongo que no me queda otro remedio, ¿no?

Unos minutos más tarde, volvieron a entrar en la cocina. Katie dejó su copa de vino a un lado y a continuación sacó el aperitivo y los pimientos rellenos y los metió en el horno. Todavía sorprendida por la alusión tan acertada que Alex había hecho acerca de su pasado, se sintió aliviada al tener una labor de la que ocuparse. Le costaba creer que él todavía tuviera ganas de cenar con ella. Y lo más importante, que ella todavía sintiera ganas de cenar con él. En el fondo de su corazón, no estaba segura de si merecía ser feliz, ni tampoco creía que fuera digna de alguien que parecía… normal.

Aquel era el desagradable secreto asociado a su pasado. No que hubiera sufrido malos tratos, sino que creía que se lo merecía porque había permitido que sucediera. Incluso ahora se sentía avergonzada, y a veces se sentía tremendamente fea, como si las cicatrices que le habían quedado fueran visibles.

No obstante, tenía que admitir que, en cierto modo, en aquel momento, la cuestión la incomodaba menos que en el pasado, porque tenía la impresión de que Alex había comprendido su vergüenza. Y que la había aceptado.

Sacó de la nevera la salsa de frambuesas que había preparado antes y empezó a verterla en una pequeña sartén para recalentarla. No tardó mucho, y después de apartarla del fogón, sacó el brie envuelto en panceta ahumada, le echó un poco de la salsa por encima y lo llevó a la mesa. Luego tomó la copa de vino de la encimera y se sentó con Alex a la mesa.

135

—Esto es solo para empezar —explicó—. Los pimientos tardarán un poco más en estar listos.

Él se inclinó hacia la bandeja.

—Huele que alimenta.

Sin poderse resistir, cortó un trozo de brie, se lo sirvió en su plato y tomó un bocado.

—¡Caramba!

Katie sonrió, encantada.

—Es bueno, ¿eh?

—Delicioso. ¿Dónde has aprendido a hacerlo?

—Hace años tenía un amigo que era chef. Me dijo que esta receta nunca dejaba indiferente a nadie.

Alex cortó otro trozo con el tenedor.

—Me alegro de que hayas decidido quedarte en Southport. No me cuesta nada imaginarme comiendo este manjar a menudo, aunque para conseguirlo tenga que realizar trueques con los productos de mi tienda.

—La receta no es complicada.

—No me has visto cocinar. Me defiendo bastante bien con la comida infantil, pero más allá de eso, mi habilidad degenera rápidamente.

Alex agarró su copa y tomó un sorbo de vino.

—Creo que al queso le va mejor el tinto. ¿Te importa si abro la otra botella?

—No, en absoluto.

Se puso de pie, se acercó a la encimera y descorchó en Zinfandel, mientras Katie enfilaba hacia el armario y sacaba dos copas más. Alex sirvió el vino y le pasó una copa. Estaban de pie lo bastante cerca el uno del otro como para rozarse. Alex tuvo que refrenar la necesidad de rodearla con sus brazos. En vez de eso, carraspeó nervioso.

—Deseo decirte una cosa, pero no quiero que me malinterpretes.

Ella dudó.

—¿Por qué tengo la impresión de que no me va a gustar?

—Solo deseaba decirte que tenía muchas ganas de que llegara esta noche. Quiero decir… Llevo toda la semana pensando en esta cena.

—¿Y por qué no me iba a gustar ese comentario?

—No lo sé. ¿Porque eres una mujer? ¿Porque hace que parezca que estoy desesperado y a las mujeres no os gustan los hombres desesperados?

Por primera vez aquella noche, Katie rio abiertamente.

—No creo que estés desesperado. Tengo la impresión de que a veces te sientes desbordado por la tienda y los niños, pero tampoco es que me hayas estado llamando día y noche.

—Eso es porque no tienes teléfono. De todos modos, quería que supieras que esta cena significa mucho para mí. No tengo una gran experiencia en esta clase de situaciones.

—¿Te refieres a las cenas?

—A salir con una mujer. Hacía mucho tiempo que no tenía una cita.

«Bienvenido al club», pensó ella. Pero su franqueza la hizo sentirse más cómoda.

—Será mejor que comamos. Está más rico cuando está caliente —comentó, señalando hacia el aperitivo.

Cuando hubieron dado buena cuenta del contenido de la bandeja, Katie se levantó de la mesa y se acercó al horno. Echó un vistazo a los pimientos antes de enjuagar la sartén que había utilizado previamente. Sacó todos los ingredientes para la salsa de gambas y se puso a prepararla; después empezó a saltear los camarones. Cuando la salsa y los camarones estuvieron listos, los sirvió en los dos platos junto con un pimiento. Después, tras bajar la intensidad de la luz con los interruptores regulables, encendió la vela que había colocado en el centro de la mesa. El aroma a mantequilla y a ajo y la luz titilante de la vela contra la pared conferían a la vieja cocina un aspecto acogedor.

Comieron y departieron animadamente mientras, fuera, las estrellas empezaban a salir de su escondite para coronar el cielo. Alex ensalzó la cena una vez más, alegando que nunca había probado nada tan excepcional. Mientras la vela se consumía y la botella de vino se vaciaba, Katie reveló pinceladas de su infancia en Altoona. Así como con Jo se había contenido y no le había contado toda la verdad referente a sus padres, a Alex le refirió la versión sin maquillar: sus constantes cambios de casa, el alcoholismo de sus padres, el hecho de que había estado sola desde el día que cumplió dieciocho años. Alex permaneció en silencio durante todo el rato, escuchando sin emitir ningún

137

juicio. Aun así, ella no estaba segura de lo que él pensaba acerca de su pasado. Cuando se calló, Katie se preguntó si había hablado más de la cuenta. Pero entonces él pasó el brazo por encima de la mesa para agarrarle la mano cariñosamente. Aunque Katie no se atrevía a mirarlo a los ojos, continuaron con las manos entrelazadas sobre la mesa, sin que ninguno de los dos mostrara intención de soltarlas, como si fueran las únicas dos personas que quedaran en el mundo.

—Será mejor que empiece a despejar la cocina —dijo Katie finalmente, rompiendo el hechizo. Se echó hacia atrás.

Alex oyó cómo la silla emitía un chirrido sobre el suelo, consciente de que la magia se había perdido y deseando fervientemente poder recuperar ese momento.

—Quiero que sepas que esta noche lo he pasado fenomenal —empezó a decir él.

—Alex…, yo…

Él sacudió la cabeza.

—No tienes que decir nada…

Katie no lo dejó acabar.

—Pero quiero hacerlo, ¿sabes? —Se aproximó a la mesa, con los ojos brillantes a causa de una emoción desconocida—. Yo también lo he pasado fenomenal. Pero sé adónde conduce esto, y no quiero hacerte daño. —Exhaló, procurando calmarse antes de pronunciar las siguientes palabras—. No puedo comprometerme a nada. No puedo decirte dónde estaré mañana, ni mucho menos de aquí a un año. La primera vez que hui, pensé que sería capaz de hacer borrón y cuenta nueva, de empezar de cero, ¿sabes? Que viviría mi vida fingiendo que nada de eso había sucedido. Pero ¿cómo puedo hacerlo? Crees que me conoces, pero ni tan solo yo estoy segura de saber quién soy. Y por más que creas que me conoces, hay muchas cosas que no sabes de mí.

Alex sintió que algo se derrumbaba en su interior.

—¿Me estás diciendo que no quieres volver a verme?

—¡No! —Katie sacudió la cabeza con vehemencia—. Me estoy sincerando contigo porque quiero verte, y eso me da miedo, porque sé que en el fondo de mi corazón mereces a alguien mejor. Mereces a alguien en quien puedas confiar. Alguien en quien tus hijos puedan confiar. Y tal como te he dicho, hay muchas cosas que no sabes de mí.

—Pero eso no importa —insistió él.

—¿Cómo puedes estar tan seguro?

En el incómodo silencio que se formó a continuación, Alex podía oír el runrún de la nevera. A través de la ventana, la luna se había alzado y quedaba suspendida sobre las copas de los árboles.

—Porque me conozco bien —confesó al final, dándose cuenta de que estaba enamorado de ella. Amaba a la Katie que había conocido y a la Katie que nunca había tenido la oportunidad de conocer. Se puso de pie y se le acercó.

—Alex…, esto no puede…

—Katie —susurró él, y por un momento, ninguno de los dos se movió.

Finalmente apoyó una mano en su cadera y la atrajo hacia sí. Ella exhaló, como si estuviera soltando un lastre muy pesado que la había asfixiado durante mucho tiempo, y cuando alzó la vista para mirarlo, de repente tuvo la impresión de que todos sus temores eran infundados, que él era la clase de hombre que la amaba y la amaría para siempre, incondicionalmente, sin importar lo que ella le contara.

Y fue entonces cuando ella también se dio cuenta de que lo amaba.

Al darse cuenta, Katie se acercó más a él. Notó sus cuerpos unidos mientras Alex alzaba una mano para acariciarle el pelo. La tocaba con suavidad y gentileza, de una forma totalmente desconocida para ella. Katie observó, maravillada, cómo él entornaba los ojos. Alex ladeó la cabeza. Sus caras se acercaron aún más.

Cuando sus labios se unieron, ella pudo notar el gusto a vino en su aliento. Katie se entregó sin reservas, permitiendo que Alex le besara la mejilla y el cuello, y se echó hacia atrás, solazándose en aquella maravillosa sensación. Podía notar la humedad en los labios de Alex cuando le rozó la piel. Katie deslizó los brazos alrededor de su cuello.

«Esto es lo que se siente cuando uno está realmente enamorado, y cuando el sentimiento es correspondido», pensó ella, y notó que las lágrimas se le empezaban a formar en los ojos. Pestañeó con fuerza, intentando contenerlas, pero de repente le fue imposible dominarlas. Ella lo amaba y lo quería, pero más que eso, deseaba que él la amara de verdad, con sus defectos y secretos. Quería que él supiera toda la verdad.

Se besaron durante un buen rato en la cocina, con los cuerpos pegados, mientras él le acariciaba la espalda y el pelo con suavidad. Katie se estremeció ante las cosquillas que le provocaba la barba de tres días sin afeitar en las mejillas. Cuando Alex deslizó un dedo lentamente por encima de la piel de su brazo, ella notó un intenso calor líquido que se extendió con rapidez por todo su cuerpo.

—Quiero estar contigo, pero no puedo —susurró al fin ella, esperando que él no se enfadara ante aquella confesión.

—Lo entiendo —susurró él—. De todos modos, es imposible que esta noche pudiera ser más especial de lo que ya ha sido.

—Pero estás decepcionado.

Alex le apartó un mechón de la cara.

—Tú no puedes decepcionarme. Eso es imposible.

Katie tragó saliva, intentando controlar las lágrimas.

—Hay algo que deberías saber de mí —susurró angustiada.

—Sea lo que sea, estoy seguro de que podré soportarlo.

Ella se inclinó hacia él otra vez.

—No puedo estar contigo esta noche —susurró—, por la misma razón por la que nunca podría casarme contigo. —Suspiró—. Estoy casada.

—Lo sé —susurró él.

—¿Y no te importa?

—No es la situación ideal, pero, créeme, yo tampoco soy perfecto, así que quizá será mejor que nos tomemos esta relación con calma y vayamos despacio. Y cuando estés lista, si es que algún día estás lista, te estaré esperando. —Le acarició la mejilla con un dedo—. Te amo, Katie. Probablemente aún no estés preparada para decir esas palabras, o quizá nunca serás capaz de decirlas, pero eso no cambia mis sentimientos por ti.

—Alex...

—No tienes que decirlo —concluyó él.

—¿Me dejas que te lo explique? —le suplicó, rompiendo finalmente el abrazo.

Alex no intentó ocultar su curiosidad.

—Quiero contarte una historia —anunció ella—. Quiero hablarte de mí.

17

A principios de enero, tres días antes de que Katie se marchara de Nueva Inglaterra, los copos de nieve que caían del cielo se congelaban al instante a causa de un fuerte viento polar, y ella tuvo que agachar la cabeza para protegerse mientras caminaba hacia la peluquería. El viento agitaba su larga melena rubia. Katie notaba las agujas de hielo que se le clavaban en las mejillas. No llevaba botas, sino zapatos de tacón, y tenía los pies helados. A su espalda, Kevin permanecía sentado en el coche, observándola con atención. A pesar de que Katie no se dio la vuelta ni una sola vez, oía el ruido del motor e imaginaba el rictus en aquella boca agriada, formando una línea recta y rígida.

El hervidero de gente que había atestado la calle comercial durante las Navidades ya había desaparecido. Las tiendas estaban dispuestas en fila; a un lado de la peluquería había una pajarería; al otro, una tienda de la cadena Radio Shack en la que vendían toda clase de artículos electrónicos. Los dos comercios estaban vacíos; nadie quería salir a la calle con aquel mal tiempo. Cuando Katie empujó la puerta, esta se abrió bruscamente debido a la fuerza del viento; tuvo que hacer un esfuerzo para retenerla y cerrarla. El aire frío se coló detrás de ella en la peluquería. Katie vio que tenía los hombros cubiertos por una fina capa de nieve. Se quitó los guantes y el abrigo, y mientras lo hacía se dio la vuelta. Se despidió de Kevin con la mano y sonrió. A él le gustaba que ella le sonriera.

A las dos tenía hora con una peluquera llamada Rachel. La mayoría de los sillones estaban ocupados. Katie no sabía dónde sentarse. Era la primera vez que estaba allí, y se sentía incómoda.

Ninguna de las peluqueras parecía tener más de treinta años, y la mayoría exhibía unas melenas leoninas teñidas de rojo y de azul. Al cabo de un momento, se le acercó una jovencita que no debía de tener más de veinticinco años, bronceada y con *piercings* y un tatuaje en el cuello.

—¿Eres tú mi clienta de las dos? ¿Baño de color y repasar el corte? —preguntó.

Katie asintió.

—Soy Rachel. Sígueme.

La peluquera echó un vistazo por encima del hombro.

—Qué frío, ¿eh? Casi me muero desde el aparcamiento hasta aquí —comentó—. Nos hacen aparcar en la punta más alejada del aparcamiento. Me da una rabia... Pero ¿qué le vamos a hacer?

—Sí, sí que hace frío —convino Katie.

Rachel la guio hasta un sillón lila de vinilo cerca de la esquina; el suelo estaba revestido con baldosas negras. «Un lugar para gente joven», pensó Katie, para chicas sin compromiso que querían llamar la atención con cortes exagerados y colores estridentes. No para mujeres casadas con el pelo rubio. Katie se revolvió inquieta en el sillón mientras Rachel le ponía una bata. Sacudió los pies, intentando calentar los dedos medio helados.

—¿Vives por aquí cerca? —se interesó Rachel.

—No, en Dorchester —contestó Katie.

—Pues eso queda bastante lejos. ¿Te ha hablado de nosotras alguna clienta?

Katie había pasado por delante de la peluquería dos semanas antes, cuando Kevin la había llevado a hacer la compra, pero ella no le dio esa explicación, sino que se limitó a sacudir la cabeza.

—Entonces supongo que tengo suerte de haber contestado al teléfono —sonrió Rachel—. ¿Qué color quieres?

Katie detestaba mirarse al espejo, pero no le quedaba otra opción. Tenía que hacerlo. Sí, cuanto antes acabara, mejor. En el espejo que tenía delante había una foto pegada de un chico que Katie supuso que debía de ser el novio de Rachel. Él tenía más *piercings* que ella y además llevaba tupé. Entrelazó los dedos crispados por debajo de la bata.

—Quiero que se vea natural; quizás unos reflejos, para darle más brillo en invierno, y también hazme la raíz, para que el color se vea más homogéneo.

Rachel asintió mirándola a través del espejo.

—¿Tu color, más o menos, o un poco más oscuro? ¿O más claro? No los reflejos, ¿eh?

—Más o menos igual.

—¿Te va bien que te haga los reflejos con papel de aluminio?

—Sí —contestó Katie.

—¡Pues manos a la obra! —exclamó Rachel—. Solo dame un par de minutos para preparar el color, ¿vale?

Katie asintió. A su lado había una mujer con la cabeza inclinada hacia atrás sobre el lavacabezas, con otra peluquera detrás de ella. Pudo oír el jaleo proveniente de otros sillones y el ruido del agua cuando la peluquera abrió el grifo a su lado. La música sonaba suavemente a través de unos altavoces.

Rachel regresó con el papel de aluminio y un cuenco de plástico, sin dejar de remover la mezcla de color para asegurarse de que la consistencia fuera correcta.

143

—¿Hace mucho que vives en Dorchester?

—Cuatro años.

—¿Y de dónde eres?

—De Pensilvania —contestó Katie—. Antes de venir aquí vivía en Atlantic City.

—¿Ese que te ha acompañado en coche es tu marido?

—Sí.

—Tiene un coche guay. Me he fijado mientras te despedías de él. ¿Qué es? ¿Un Mustang?

Katie asintió de nuevo, pero no dijo nada. Rachel se centró en su trabajo y durante un rato no soltó palabra, concentrándose en aplicar el color. Luego empezó a envolver cada mechón con un trocito de papel de aluminio.

—¿Cuánto tiempo llevas casada? —preguntó Rachel mientras cubría un mechón particularmente crespo con la mezcla y luego lo envolvía con el papel de aluminio.

—Cuatro años.

—Por eso vinisteis a Dorchester, ¿eh?

—Sí.

Rachel continuó con su interrogatorio particular.

—¿Y tú a qué te dedicas?

Katie miró a la peluquera directamente a los ojos a través del espejo, intentando no verse a sí misma. Deseaba estar en cualquier otro lugar. Tenía que estar allí una hora y media antes de que Kevin regresara, y rezó por que él no se adelantara.

—No trabajo —contestó Katie.

—¡Huy! ¡Yo me volvería loca si no trabajara! Aunque no digo que siempre sea fácil, claro. ¿Qué hacías antes de casarte?

—Era camarera en un bar nocturno.

—¿En uno de los casinos?

Katie asintió.

—¿Y allí conociste a tu marido?

—Sí —dijo Katie.

—¿Y qué hace él mientras tanto? Quiero decir, mientras tú estás aquí, en la pelu.

«Probablemente esté empinando el codo», pensó Katie, pero contestó:

—No lo sé.

—¿Y por qué no has venido tú sola en coche, conduciendo? Lo digo porque vivís bastante lejos de aquí.

—No tengo carné de conducir. Mi marido me lleva a los sitios cuando lo necesito.

—¡Huy! ¡Yo no sé lo que haría sin mi coche! No es que sea gran cosa, pero así puedo ir a todas partes. No soportaría tener que depender de alguien para que me llevara a todos los sitios.

Katie podía oler el aroma a perfume en el aire. El radiador debajo de la repisa había empezado a hacer «clic».

—No tengo carné —repitió.

Rachel se encogió de hombros mientras envolvía otro mechón con el papel de aluminio.

—No es tan difícil. Solo tienes que practicar un poco, aprobar el examen, y ya está.

Katie miró fijamente a Rachel a través del espejo. Esta parecía saber lo que hacía, pero era joven y con poco experiencia. Katie deseó que fuera mayor y con más experiencia, lo cual resultaba extraño, pues ella apenas tendría un par de años más que Rachel. Quizás incluso menos. Pero Katie se sentía mayor.

—¿Tenéis hijos?

144

—No.

Tal vez Rachel se dio cuenta de que había dicho algo indebido, porque continuó trabajando en silencio durante los siguientes minutos, envolviendo el pelo de Katie con trocitos de papel de aluminio. Empezaba a tener aspecto de una extraterrestre con antenas, hasta que Rachel finalmente la guio hasta otro sillón, donde había una lámpara de calor que encendió. Katie se acomodó.

—Volveré dentro de unos minutos para echarle un vistazo, ¿vale?

La chica se alejó con paso tranquilo hacia otra peluquera. Se pusieron a hablar, pero Katie no podía oírlas a causa del bullicio en el local. Echó un vistazo al reloj. Kevin regresaría dentro de menos de una hora. El tiempo pasaba deprisa, muy deprisa.

Rachel regresó y examinó su pelo.

—Todavía le falta unos minutos más —gorjeó, y reanudó la conversación con su compañera, gesticulando con las manos. Animada. Joven y sin preocupaciones. Feliz.

Pasaron otros minutos más. Katie intentaba no mirar el reloj. Por fin estuvo lista. Rachel le quitó todos los trocitos de papel de aluminio antes de guiarla hasta el lavacabezas. Katie se sentó y se inclinó hacia atrás, apoyando el cuello sobre la toalla. La peluquera abrió el grifo y ella sintió el chorro de agua cálida en la mejilla. Rachel le aplicó champú y le dio un masaje en el pelo y en el cuero cabelludo y luego se lo aclaró; después añadió un poco de crema suavizante y volvió a aclararle el pelo.

—Vale, y ahora, a repasar el corte.

Sentada de nuevo en su sillón, Katie pensó que su pelo tenía buen aspecto, pero no era fácil saberlo cuando todavía estaba húmedo. Tenía que quedar perfecto; de lo contrario Kevin se enfadaría. Rachel le desenredó la melena y no paró hasta que el pelo estuvo completamente liso. Le quedaban cuarenta minutos.

Rachel miró el reflejo de Katie en el espejo.

—¿Cuánto quieres que te corte?

—No demasiado —precisó Katie—. Solo lo justo para sanear las puntas. A mi marido le gusta largo.

—¿Y cómo quieres que te lo peine? Tengo una revista de peinados, por si quieres echarle un vistazo.

—Tal como lo llevaba cuando he llegado.

—Vale —asintió Rachel.

Katie observó cómo Rachel usaba un peine, le apresaba el pelo con precisión entre dos dedos y cortaba las puntas con unas tijeras. Primero por detrás, luego por los lados. Al final, por la parte superior. Rachel había encontrado un chicle en algún sitio y lo mascaba con ganas, moviendo la mandíbula hacia arriba y hacia abajo exageradamente mientras trabajaba.

—¿Te parece bien así?

—Sí, creo que ya es suficiente.

Rachel agarró un secador y un cepillo redondo. Pasó el cepillo poco a poco por el pelo de Katie. Junto a su oreja, el secador hacía un sonido ensordecedor.

—¿Con qué frecuencia vas a la pelu? —inquirió Rachel, con ganas de entablar una conversación distendida.

—Una vez al mes —contestó Katie—. Pero a veces me lo corto más.

—Tienes un pelo muy bonito, ¿sabes?

—Gracias.

146

Rachel continuó trabajando. Katie le pidió que le marcara las puntas para que quedaran un poco onduladas y la chica trajo la plancha para rizar el pelo. Tardó un par de minutos en calentarse. Todavía le quedaban veinte minutos.

Rachel se afanó con la plancha hasta que quedó satisfecha con el resultado y estudió a Katie a través del espejo.

—¿Qué tal?

Katie examinó el color y el peinado.

—Perfecto.

—Deja que te lo enseñe por detrás —comentó Rachel.

Hizo rodar el sillón de Katie hasta noventa grados y le pasó un espejo de mano. Katie contempló el reflejo doble y asintió.

—Ya estás lista —concluyó Rachel.

—Perfecto. ¿Cuánto te debo?

Rachel le dijo el precio y Katie hurgó en su monedero. Sacó el dinero que necesitaba, incluida la propina.

—¿Me puedes dar el recibo?

—Claro. Acompáñame hasta el mostrador —dijo Rachel.

La joven garabateó varios conceptos y varios números en un trozo de papel. Kevin examinaría el recibo detenidamente y le pediría que le devolviera el cambio cuando ella se montara en el coche, así que se aseguró de que Rachel incluía la propina en el recibo. Echó un vistazo al reloj. Doce minutos.

Kevin todavía no había vuelto. El corazón de Katie empezó a latir desbocadamente mientras se ponía el abrigo y los guantes. Salió de la peluquería, a pesar de que Rachel todavía estaba hablando con ella. Entró en Radio Shack, la tienda contigua, y pidió al dependiente un teléfono móvil y una tarjeta de prepago. Se sintió asustada cuando pronunció las palabras, sabiendo que después de eso ya no habría vuelta atrás.

El dependiente sacó un teléfono de debajo del mostrador y empezó a explicarle cómo funcionaba. Ella disponía de dinero extra en el monedero, oculto en una cajita de tampones, porque sabía que a Kevin jamás se le ocurriría mirar allí. Sacó los billetes arrugados y los puso sobre el mostrador. Los minutos pasaban. Katie volvió a mirar hacia el aparcamiento. Empezaba a sentir náuseas y tenía la boca completamente seca.

El dependiente iba muy lento. A pesar de que ella pagaba en efectivo, le pidió su nombre, dirección y código postal. Absurdo. Ridículo. Ella solo quería pagar y salir de la tienda pitando. Contó hasta diez y el vendedor seguía introduciendo sus datos en el ordenador. En la carretera, la luz del semáforo se puso roja. Los coches esperaban. Se preguntó si Kevin estaría a punto de entrar en el aparcamiento. Se preguntó si la pillaría saliendo de la tienda. De nuevo le costaba horrores respirar.

147

Intentó abrir el envoltorio de plástico, pero le fue imposible; estaba tan rígido como el acero. Demasiado grande para ocultarlo en su pequeño bolso, demasiado grande para su bolsillo. Le pidió al dependiente unas tijeras y este necesitó un interminable minuto para encontrarlas. Katie quería ponerse a chillar, gritarle que se diera prisa porque su marido iba a llegar de un momento a otro. En vez de gritar, sin embargo, se giró hacia la ventana y apretó los puños.

Cuando pudo deshacerse del dichoso envoltorio, se guardó el teléfono y la tarjeta de prepago en el bolsillo del abrigo atropelladamente. El dependiente le preguntó si quería una bolsa, pero ella ya había salido por la puerta sin contestar. Notaba el tremendo peso del teléfono en el bolsillo, como una barra de plomo. Por culpa de la nieve y del hielo le costaba mantener el equilibrio.

Abrió la puerta de la peluquería y volvió a entrar. Se quitó el abrigo y los guantes y aguardó en el mostrador. Treinta segundos más tarde, vio el coche de Kevin, entrando en el aparcamiento, con la parte delantera de cara hacia la peluquería.

Tenía un poco de nieve en el abrigo. Se la sacudió mientras Rachel se le acercaba. Le entró el pánico al pensar que Kevin podría haberla descubierto. Se concentró, procurando no perder el control y actuar con naturalidad.

—¿Has olvidado algo? —le preguntó Rachel.

Katie suspiró.

—Iba a esperar fuera, pero hace mucho frío —se excusó—. Y entonces me he dado cuenta de que no me he llevado tu tarjeta para concertar otra cita.

A la peluquera se le iluminó la cara.

—¡Anda, es verdad! Espera un segundo —dijo. Avanzó hasta una estantería y tomó un puñado de tarjetas.

Katie sabía que Kevin la estaba observando desde el coche, pero fingió no darse cuenta.

Rachel regresó con una tarjeta y se la entregó.

—No suelo trabajar los sábados ni los domingos —matizó.

Katie asintió.

—Te llamaré.

A su espalda, oyó que se abría la puerta y vio a Kevin de pie en el umbral. Normalmente la esperaba fuera, por eso a Katie le dio un vuelco el corazón. Se colocó el abrigo, intentando controlar el temblor de las manos. Luego se volvió y sonrió.

148

$\mathcal{N}$evaba más violentamente cuando Kevin Tierney aparcó el coche junto al garaje de su casa. En el asiento trasero había varias bolsas de comida. Asió tres antes de enfilar hacia la puerta. No había pronunciado ni una palabra en todo el trayecto desde la peluquería, y apenas había hablado con Katie en la frutería. En vez de eso, se había dedicado a caminar a su lado mientras ella examinaba las estanterías en busca de ofertas e intentando no pensar en el teléfono que llevaba en el bolsillo. Iban justos de dinero, y Kevin se enfadaría si gastaba demasiado. La mitad del sueldo se iba en pagar la hipoteca, y las facturas de su tarjeta de crédito se comían otra porción de sus ingresos. Casi nunca salían a cenar fuera, pero a él le gustaba la comida tipo restaurante: un plato principal con guarnición acompañado a veces por una ensalada. Se negaba a comer restos del día de antes, y por eso a Katie le resultaba muy difícil alargar el presupuesto. Tenía que planear el menú concienzudamente, y recortaba cupones del periódico. Cuando Kevin pagó la compra, ella le pasó el cambio de la peluquería y el recibo. Él contó el dinero para asegurarse de que era correcto.

En casa, Katie se frotó los brazos para entrar en calor. La casa era vieja. El aire helado se colaba por el resquicio de las ventanas y de la puerta principal. El suelo del cuarto de baño estaba tan frío que a Katie siempre le dolían los pies cuando se descalzaba para entrar en la ducha, pero Kevin se quejaba del elevado coste de la calefacción y nunca le permitía ajustar el termostato. Cuando él se marchaba a trabajar, ella se arropaba con una sudadera y se ponía unas zapatillas, pero cuando él volvía, quería verla sexy.

Kevin puso las bolsas de comida en la mesa de la cocina. Abrió la nevera y sacó una botella de vodka y un par de cubitos. Echó estos en un vaso y se sirvió un buen chorro de vodka, hasta llenar prácticamente el vaso. Salió de la cocina en dirección al comedor. Sola en la cocina, Katie oyó que él encendía el televisor y a continuación el sonido del canal televisivo ESPN especializado en deportes. El comentarista estaba hablando de los Patriots, los *play-offs* y las posibilidades de que ganaran otra Super Bowl. El año anterior, Kevin había asistido a uno de los partidos de los Patriots; desde que era pequeño era un incondicional de aquel equipo de fútbol americano.

Katie se quitó el abrigo y hundió la mano en el bolsillo. Calculó que disponía de un par de minutos: serían suficientes. Después de volver a echar un rápido vistazo al comedor, se acercó sigilosamente a la pila. En el armario, justo debajo, había una caja llena de trapos para limpiar. Escondió el teléfono móvil en el fondo de la caja y lo cubrió con un montón de trapos hasta el borde de la caja. Cerró el armario silenciosamente antes de agarrar su abrigo, esperando poder controlar el rubor de su cara para no delatar el miedo que sentía, rezando para que él no se fijara en ella en ese momento. Suspiró hondo en un intento de mantener la calma, se colgó el abrigo en el brazo y atravesó el comedor en dirección al armario del vestíbulo. Su impresión era que la sala se alargaba a medida que la atravesaba, como una habitación vista a través de uno de esos espejos que deformaban la imagen que se podían encontrar en los parques de atracciones, pero intentó ignorar la sensación. Sabía que él era capaz de desenmascararla, que podía leerle el pensamiento y saber lo que acababa de hacer, pero por suerte Kevin no apartó los ojos del televisor. A Katie solo se le calmó la respiración acelerada cuando regresó a la cocina.

Empezó a sacar la comida de las bolsas. Todavía se sentía mareada, pero sabía que tenía que actuar con normalidad. A Kevin le gustaba que la casa estuviera limpia y ordenada, en especial la cocina y los cuartos de baño. Guardó los huevos y el queso en sus respectivos compartimientos en la nevera. Sacó las verduras que ya había en el cajón y lo limpió antes de colocar en el fondo las recién compradas. Agarró un puñado de judías verdes y eligió una docena de patatas rojas de una cesta que había en el suelo de la despensa. Puso un pepino sobre la encimera, junto con una lechuga iceberg y un tomate para la ensalada. Pensaba preparar tiras de bistec marinadas.

Había puesto la carne a macerar un día antes: vino tinto, zumo de naranja, zumo de pomelo, sal y pimienta. La acidez de los jugos la reblandecía y le aportaba un sabor extra. La tenía en una cazuela, en la estantería inferior de la nevera.

Guardó el resto de las verduras, colocando las menos frescas en la parte delantera del cajón, luego dobló las bolsas y las guardó debajo de la pila. Sacó un cuchillo de un cajón; la tabla de cortar estaba debajo de la tostadora, y la colocó cerca de uno de los fogones. Cortó las patatas por la mitad, solo las necesarias para ellos dos. Echó aceite en una sartén, encendió el horno y sazonó las patatas con perejil, sal, pimienta y ajo. Las metería en el horno antes que los bistecs, y luego tendría que recalentarlas. Pensaba gratinar la carne.

A Kevin le gustaba que todos los ingredientes de la ensalada estuvieran cortados en forma de dados pequeños, con queso azul desmenuzado y picatostes, y todo condimentado con salsa vinagreta. Cortó el tomate por la mitad y un cuarto del pepino antes de envolver el resto con plástico transparente y volverlo a guardar en la nevera. Cuando abrió la puerta, se dio cuenta de que Kevin estaba en la cocina, detrás de ella, apoyado en el umbral de la puerta que daba al comedor. Él tomó un buen sorbo, apurando el vodka de su vaso, y siguió observándola. Su presencia llenaba toda la estancia.

151

Katie se recordó a sí misma que él no sabía que había salido de la peluquería. No sabía que había comprado un teléfono móvil. Habría dicho algo. Habría hecho algo.

—¿Esta noche toca bistec? —preguntó él al final.

Ella cerró la puerta de la nevera y siguió moviéndose, procurando parecer ocupada, alejando los temores de su mente.

—Sí —dijo—. Acabo de encender el horno, así que aún tardará unos minutos. Primero he de poner las patatas.

Kevin la miraba sin parpadear.

—Te queda muy bien el pelo —dijo.

—Gracias. La peluquera tenía buenas manos.

Katie volvió a centrar la atención en la tabla de cortar. Empezó a cortar el tomate, una rodaja larga.

—No tan grande —le ordenó él, señalando con la cabeza hacia el tomate.

—Lo sé —respondió ella. Sonrió mientras él se acercaba de nuevo a la nevera. Katie oyó el tintineo de los cubitos de hielo en el vaso.

—¿De qué hablabas con la peluquera?

—Oh, de cosas sin importancia. Lo típico. Ya sabes cómo son las peluqueras. Hablan por los codos.

Kevin agitó el vaso. Katie podía oír de nuevo el tintineo de los cubitos contra el cristal.

—¿Has hablado de mí?

—No —contestó ella.

Sabía que a él no le habría hecho gracia, y Kevin asintió. Sacó la botella de vodka de la nevera y la dejó junto al vaso sobre la encimera antes de acercarse a ella. Permaneció de pie a su lado, observando por encima del hombro de Katie mientras ella troceaba los tomates. A daditos, no más grandes que un guisante. Podía notar su aliento en el cuello e intentó no dar un respingo cuando le colocó ambas manos sobre las caderas. Sabía lo que tenía que hacer. Dejó el cuchillo y se dio la vuelta hacia él, luego lo rodeó por el cuello con los brazos. Lo besó con la puntita de la lengua, pues sabía que así era como le gustaba a él. No vio venir la bofetada hasta que sintió el intenso dolor en la mejilla. Le quemaba, caliente y roja. Contundente. Como el ataque incisivo de una abeja.

—¡Me has hecho perder toda la tarde! —le gritó Kevin. La agarró por las muñecas y se las oprimió violentamente. Su boca estaba retorcida en una grotesca mueca, sus ojos inyectados en sangre. Katie podía oler el alcohol en su aliento—. ¡Mi único día libre y tú decides que quieres ir a la peluquería! ¡Y encima a una peluquería que está en el quinto pino! ¡Y después a hacer la compra de la semana!

Ella trastabilló violentamente, intentando apartarse de él, hasta que al final Kevin la soltó. Él sacudió la cabeza, con la mandíbula desencajada.

—¿No se te ha ocurrido que quizás a mí me apetecía relajarme? ¿Que quizá quería descansar en mi único día libre?

—Lo siento —dijo ella, cubriéndose la mejilla con la palma de la mano.

No dijo que le había preguntado dos veces antes, durante la semana, si a él le iba bien, o que era él quien la obligaba a cambiar de peluquería constantemente porque no quería que ella entablara amistad con nadie. Porque no quería que nadie supiera nada de los maltratos.

—Lo siento —la imitó él, con otra mueca grotesca. La miró antes de volver a sacudir la cabeza—. Por Dios, ¿de verdad te cuesta tanto pensar en alguien más que en ti misma?

Kevin hizo amago de abalanzarse sobre ella. Intentó agarrarla, y Katie se dio la vuelta e intentó huir. Él había decidido lastimarla, y ella no tenía escapatoria. La golpeó con saña, con un puño veloz como una bala, directamente en la parte inferior de la espalda. Katie jadeó y perdió por un momento la visión lateral, sintiendo como si la acabaran de apuñalar. Cayó al suelo. Le ardía la zona del riñón, y el dolor se extendía hacia la pierna y la columna. El mundo daba vueltas vertiginosamente a su alrededor. Cuando intentó ponerse de pie, la sensación de mareo solo se acrecentó.

153

—¡Eres una maldita egoísta! ¡Siempre lo has sido! —gritó él, colocándose sobre ella.

Katie no dijo nada. No podía decir nada. No podía respirar. Se mordió el labio para evitar ponerse a chillar y se preguntó si al día siguiente orinaría sangre. El dolor era como una cuchilla, le destrozaba los nervios, pero no podía llorar porque sabía que con ello solo conseguiría sulfurar más a Kevin.

Él seguía inmóvil, encima de ella, entonces resopló con asco. Se levantó, agarró el vaso vacío y la botella de vodka de camino a la puerta de la cocina.

Necesitó casi un minuto para aunar fuerzas y ponerse de pie. Cuando empezó a trocear de nuevo el tomate, le temblaban las manos. En la cocina hacía frío y el dolor en la espalda era intenso, con unas punzadas que parecían seguir el ritmo de los latidos de su corazón. La semana previa la había golpeado con tanta fuerza en el estómago que Katie se pasó el resto de la noche vomitando. Se había caído al suelo y él la había agarrado por la muñeca para obligarla a ponerse de pie. El morado en la muñeca tenía la forma de sus dedos: unas garras del infierno.

Las lágrimas empañaban sus mejillas. Katie tuvo que alternar el peso de una pierna a otra para no sucumbir al dolor mientras acababa de trocear el tomate. A continuación cortó el pepino. A daditos. También la lechuga, bien desmenuzada. De la forma que él quería. Se secó las lágrimas con el reverso de la mano y se dirigió despacio hacia la nevera. Sacó un trozo de queso azul antes de sacar los picatostes del armario.

En el comedor, él había subido el volumen de la tele.

El horno estaba listo. Metió una bandeja para hornear y activó el temporizador. Cuando el horno estuvo lo bastante caliente, se dio cuenta de que todavía le escocía la piel, pero dudaba que Kevin le hubiera dejado marca. Él sabía exactamente con qué contundencia tenía que golpearla; se preguntó dónde lo había aprendido, si acaso era algo que todos los hombres sabían o si existían clases secretas con instructores cuya especialidad era enseñar esas barbaridades. O si solo se trataba de Kevin.

El dolor en la espalda había empezado a disiparse, hasta que al final solo sintió unas leves punzadas. De nuevo podía respirar con normalidad. El viento soplaba a través de los visillos de la ventana y el cielo se había vuelto de un color gris plomizo. La nieve azotaba el cristal con suavidad. Katie miró disimuladamente hacia el comedor, vio a Kevin sentado en el sofá y se apoyó en la encimera. Se quitó una zapatilla y se frotó los dedos, intentando activar el flujo sanguíneo, intentando calentarse los pies. Hizo lo mismo con el otro pie antes de volverse a calzar.

Lavó y cortó las judías verdes y puso un chorrito de aceite de oliva en la sartén. Tenía que empezar a preparar las judías mientras los bistecs se gratinaban. De nuevo intentó no pensar en el teléfono escondido debajo de la pila.

Estaba sacando la bandeja del horno cuando Kevin entró en la cocina. Sostenía su vaso medio vacío. Tenía los ojos vidriosos. Probablemente se había tomado cuatro o cinco vasos. Katie no estaba segura. Colocó la bandeja sobre el fogón.

—Solo unos minutos más —comentó ella, con un tono neutro, como si no hubiera pasado nada. Había aprendido que si reaccionaba mostrándose contrariada o herida, él se enfadaba aún más—. Solo tengo que acabar con los bistecs y la cena estará lista.

—Lo siento —dijo él, balanceándose levemente hacia un lado y hacia el otro.

Ella sonrió.

—Lo sé. No pasa nada. Han sido unas semanas muy tensas para ti. Estás agobiado de trabajo.

—¿Esos pantalones vaqueros son nuevos? —Kevin arrastraba las palabras con dificultad.

—No, pero hace tiempo que no me los ponía.

—Te sientan bien.

—Gracias.

Él dio un paso hacia ella.

—Eres muy guapa. Sabes que te quiero, ¿verdad?

—Sí, lo sé.

—No me gusta golpearte. Lo que pasa es que a veces no piensas antes de actuar, y por eso me enojo.

Ella asintió, desviando la vista, intentando pensar en algo que pudiera hacer, sintiendo la necesidad de estar ocupada. Entonces recordó que tenía que poner la mesa. Se dirigió hacia el cajón que había cerca de la pila.

Kevin la siguió mientras ella sacaba los platos, y al darse la vuelta, quedó inevitablemente muy cerca de él. Aspiró aire antes de ofrecer un suspiro relajado, porque sabía que él quería que ella emitiera esa clase de sonidos.

—Se supone que tú también tienes que decir que me quieres —susurró Kevin. Le besó la mejilla y ella le rodeó el cuello con los brazos.

Katie podía notar el cuerpo de él pegado al suyo. Sabía lo que deseaba.

—Te quiero —le dijo, sumisa.

Kevin deslizó la mano hasta su pecho. Katie esperó a que se lo estrujara, pero no lo hizo. En vez de eso, se lo acarició suavemente. A pesar del malestar que sentía, su pezón se puso erecto; Katie odiaba que su cuerpo reaccionara de ese modo, pero no podía hacer nada por evitarlo. Kevin respiraba acaloradamente. Borracho.

—Por Dios, qué guapa eres. Siempre has sido muy guapa, desde el primer día que te vi. —Se pegó más a ella. Katie pudo notar su erección—. ¿Por qué no esperas con los bistecs? La cena puede esperar un poquito.

—Pensaba que tenías hambre. —Katie recurrió a un tono como si bromeara.

—Ahora mismo tengo otra clase de hambre —susurró él.

Le desabrochó la blusa y se la abrió por completo antes de deslizar la mano hasta el botón de los pantalones vaqueros.

—Aquí no —sugirió ella, echando la cabeza hacia atrás, permitiendo que él continuara besándola—. En la habitación, ¿vale?

—¿Qué te parece la mesa? ¿O sobre la encimera?

—Por favor, cariño —murmuró ella, manteniendo la cabeza hacia atrás mientras él le besaba el cuello—. No me parece nada romántico.

—Pero es erótico —apuntó él.

—¿Y si alguien nos ve a través de la ventana?

—Mira que eres sosa.

—Por favor. Hazlo por mí. Ya sabes cómo me excitas en la cama.

156

Kevin la besó una vez más, al tiempo que deslizaba las manos hasta el sujetador. Se lo desabrochó por delante; no le gustaban los sujetadores que se desabrochaban por detrás. Katie notó el aire frío en la cocina sobre sus pechos; vio la lujuria reflejada en la cara de su marido mientras la devoraba con los ojos. Él se lamió los labios antes de guiarla hasta la habitación.

Kevin estaba excitadísimo cuando llegaron al dormitorio. Le desabrochó y le bajó los pantalones hasta las rodillas rápidamente. Le estrujó los pechos y ella se mordió el labio para no echarse a llorar antes de acabar tumbados en la cama. Katie jadeó, suspiró y dijo su nombre, porque sabía que él quería que se comportara de ese modo, porque no quería darle motivos para enfadarse, porque no quería que volviera a abofetearla o a golpearla o a darle un puntapié, porque no quería que él se enterase de lo del teléfono móvil. Todavía le dolía el riñón, y trocó los gritos de dolor en fingidos jadeos de placer, diciendo cosas que él quería oír de su boca, excitándolo hasta que su cuerpo empezó a convulsionarse. Cuando acabaron, ella se levantó de la cama, se vistió y lo besó. Luego regresó a la cocina y acabó de preparar la cena.

Kevin regresó al comedor y bebió más vodka antes de sentarse a la mesa. Le contó cómo le iba el trabajo y luego volvió a sentarse delante del televisor mientras ella limpiaba la cocina. Después le pidió que se sentara a su lado para ver la tele juntos; ella obedeció, hasta que llegó la hora de irse a dormir.

Al cabo de diez minutos, Kevin ya estaba roncando en la cama. No sabía nada de las silenciosas lágrimas de Katie; del odio que ella sentía por él y por sí misma; del dinero que ella había ido sustrayéndole durante casi un año entero; del tinte para el pelo que había metido atropelladamente en el carro de la compra un mes antes y que había escondido en el armario ropero; del teléfono móvil oculto en el cajón debajo de la pila en la cocina; del hecho de que, al cabo de tan solo unos pocos días, si todo salía como ella esperaba, se iría y no la volvería a ver ni a tratar con crueldad nunca más.

157

19

*K*atie se hallaba sentada junto a Alex en el porche. El cielo encima de ellos era un manto negro salpicado de lucecitas titilantes. Durante meses, había intentado reprimir aquel océano de recuerdos para centrarse solo en el miedo que había dejado atrás. No quería recordar a Kevin, no quería pensar en él. Quería eliminarlo de sus pensamientos, simular que jamás había existido. Pero él siempre estaría allí.

Alex había permanecido callado durante todo el relato, con la silla orientada hacia la de Katie. Ella le había hablado entre lágrimas, aunque él dudaba que ella fuera consciente de estar llorando. Se lo había contado todo sin emoción, casi como en un estado de trance, como si aquellos hechos le hubieran sucedido a otra persona. Alex sentía náuseas cuando ella acabó el relato.

Katie no podía mirarlo mientras se desahogaba. Él había oído versiones de la misma historia antes, pero esta vez era diferente. No era simplemente una víctima, era su amiga, la mujer de la que se había enamorado. Le puso un mechón de pelo detrás de la oreja.

Al notar su tacto, Katie dio un respingo antes de relajarse. La oyó suspirar, cansada ahora. Cansada de hablar. Cansada del pasado.

—Hiciste lo correcto al marcharte —adujo él, con un tono suave. Comprensivo.

Katie necesitó un momento para hacer acopio de fuerzas y responder:

—Lo sé.

—Tú no tienes la culpa de nada.

Ella clavó la vista en un punto lejano en la oscuridad.

—Sí que la tengo; me lo busqué. Yo elegí a mi marido, ¿recuerdas? Me casé con él. Dejé que pasara una vez, y luego otra, y después ya fue demasiado tarde. Seguí cocinando para él y limpiando la casa para él. Me acostaba con él cada vez que él quería. Incluso procuré hacerle creer que me encantaba acostarme con él.

—Hiciste lo necesario para sobrevivir —la reconfortó Alex, con una voz serena.

Ella volvió a quedarse callada. Los grillos cantaban en el bosque.

—Jamás pensé que me pudiera pasar algo así, ¿sabes? Mi padre era un alcohólico, pero no era violento. Yo me sentía tan… desamparada. No sé por qué dejé que pasara.

La voz de Alex era suave.

—Porque una vez lo amaste. Porque creíste en él cuando te prometió que no volvería a pasar. Porque él gradualmente se fue volviendo más violento y controlador, tan poco a poco como para que tú confiaras en que cambiaría, hasta que al final te diste cuenta de que eso nunca iba a suceder.

Katie escuchó sus palabras; inspiró hondo y bajó la cabeza mientras sus hombros subían y bajaban a causa de los sollozos. Su angustia era tan patente y desgarradora que a Alex se le cerró la garganta con rabia al pensar en todo lo que ella había tenido que soportar y con tristeza al ver que aún seguía atrapada en aquella pesadilla. Quería estrecharla entre sus brazos, pero sabía que en ese momento estaba haciendo precisamente lo que ella le pedía: que la escuchara. La veía tan frágil, tan vulnerable…

Pasaron varios minutos antes de que se calmara y dejara de llorar. Tenía los ojos rojos e hinchados.

—Siento haberte contado todo esto —se disculpó ella, con la voz entrecortada—. No debería haberlo hecho.

—Me alegro de que lo hayas hecho.

—La única razón por la que he decido hacerlo es porque ya lo sabías.

—Lo sé.

—Pero no necesitabas saber los detalles de lo que me he visto obligada a hacer.

—No pasa nada.

—Lo odio —soltó ella—. Pero también me odio a mí misma. Por eso he intentado decirte que es mejor que no iniciemos una relación. No soy la persona que creías. No soy la mujer que crees que conoces.

Estaba a punto de romper a llorar de nuevo. Alex decidió ponerse de pie. Le ofreció la mano, invitándola a levantarse también. Katie lo hizo, pero sin atreverse a mirarlo a los ojos. Él contuvo la rabia que sentía hacia aquel individuo desalmado y habló con una voz suave:

—Escúchame, Katie. No hay nada que puedas decirme que cambie lo que siento por ti. Nada. —Con el dedo índice le alzó la barbilla. Ella al principio se resistió, pero acabó por ceder y lo miró a la cara. Él continuó—: Porque tú no tienes la culpa de nada. Absolutamente de nada. Tú eres la mujer que he conocido. La mujer que quiero.

Katie lo estudió, deseando creerlo, con la certeza de que él le estaba diciendo la verdad, y sintió cierto alivio en su interior. Sin embargo...

160

—Pero...

—No hay peros que valgan —la atajó él—. Porque no hay ningún pero. Tú te ves a ti misma como alguien que no podía escapar. Yo veo a la mujer valiente que escapó. Tú te ves como alguien que debería avergonzarse o sentirse culpable por haber permitido que su esposo la maltratara. Yo veo a una mujer con un gran corazón que debería sentirse orgullosa por haber evitado que él volviera a maltratarla. No hay muchas mujeres que tengan la valentía para hacer lo que tú has hecho. Eso es lo que veo ahora, y eso es lo que siempre veo cuando te miro.

Katie sonrió.

—Me parece que no te iría mal ir al oculista.

—No permitas que mis canas te engañen, bonita. Tengo una vista de lince. —Se acercó a ella, asegurándose de que Katie no se sintiera incómoda con aquella excesiva proximidad, antes de inclinarse hacia delante para besarla suavemente. Con amor—. Siento tanto que hayas tenido que vivir esta pesadilla...

—Todavía no se ha acabado.

—¿Porque crees que él te está buscando?

—Sé que me está buscando. Y nunca dejará de hacerlo. —Hizo una pausa—. No está bien de la cabeza. Está… loco.

Alex reflexionó unos instantes.

—Sé que no debería preguntártelo, pero ¿nunca se te ocurrió llamar a la Policía?

Los hombros de Katie se derrumbaron levemente.

—Sí. Llamé una vez.

—¿Y no hicieron nada?

—Vinieron a casa y hablaron conmigo. Me convencieron para que no lo denunciara.

Alex se quedó atónito.

—No tiene sentido.

—Para mí sí. —Se encogió de hombros—. Kevin me avisó de que de nada me serviría llamar a la Policía.

—¿Y cómo podía estar tan seguro?

Katie suspiró, pensando que lo más conveniente era explicárselo todo.

—Porque él es inspector de Policía —confesó. Levantó los ojos hacia Alex—. En el Departamento de Policía de Boston. Y él no me llamaba Katie. —Sus ojos dejaron ver su desesperación—. Me llamaba Erin.

20

*E*l Día de los Caídos, a cientos de kilómetros al norte, Kevin Tierney se hallaba de pie en el patio trasero de una casa en Dorchester, con pantalones cortos y una camisa con un estampado hawaiano que había comprado cuando él y Erin habían ido a Oahu de luna de miel.

—Erin está otra vez en Manchester —dijo.

Bill Robinson, el comisario jefe, volteó las hamburguesas en la parrilla.

—¿Otra vez?

—Ya te dije que su amiga tiene cáncer, ¿no? Por eso quiere estar a su lado, para compartir los duros momentos con ella.

—Eso del cáncer es mala cosa —comentó Bill—. ¿Cómo está Erin, anímicamente?

—Bien. Aunque cansada. Es muy duro pasar una temporada de aquí para allá.

—Lo entiendo —apuntó Bill—. Emily también hizo lo mismo cuando su hermana tuvo lupus. Se pasó dos meses en Burlington, ya sabes, en el norte, en pleno invierno, encerrada en un piso diminuto, las dos solas. Acabaron histéricas. Al final, la hermana le hizo las maletas a Em, se las plantó en la puerta y le dijo que estaba mucho mejor sola. No es que la culpe, claro…

Kevin tomó un sorbo de cerveza, y puesto que eso era lo que se esperaba de él, sonrió. Emily era la esposa de Bill; llevaban casi treinta años casados. Le gustaba contarle a la gente que habían sido los seis años más felices de su vida. Todo el mundo en el departamento había oído la broma unas cincuenta veces en los últimos ocho años, y un buen número de esos inspectores y oficiales se hallaban en ese preciso momento allí. Bill organizaba una barbacoa en su casa cada año el Día de los Caídos a la que asistían prácticamente todos los agentes que no estaban de servicio, no solo por obligación, sino porque el hermano de Bill era distribuidor de cerveza, de la que una considerable cantidad acababa allí. Esposas, maridos, novias, novios y niños se arracimaban por doquier, algunos en la cocina, otros en el patio. Cuatro oficiales estaban jugando al lanzamiento de herradura y las nubes de arena se elevaban por encima de las estacas.

—Cuando Erin vuelva a la ciudad, ¿por qué no venís un día a cenar? —sugirió Bill—. Em tiene ganas de verla. A menos, claro, que queráis recuperar las horas perdidas. —Le guiñó el ojo.

Kevin se preguntó si la invitación era genuina. En días como ese, a Bill le gustaba comportarse como si fuera uno más de sus chicos en vez del comisario jefe. Era muy perspicaz. Muy astuto. Parecía más un político que un policía.

—Se lo diré.

—¿Cuándo se ha marchado?

—Esta mañana, a primera hora. Ya debe de estar allí.

Las hamburguesas chisporroteaban en la parrilla, y el jugo que goteaba de ellas avivaba las llamas danzarinas.

Bill aplastó una de las hamburguesas, exprimiendo todo el jugo, dejándola completamente seca. Kevin pensó que aquel tipo no sabía nada de barbacoas. Sin el jugo quedarían tan duras e insípidas como una piedra. Incomibles.

—¿Qué sabes del caso de Ashley Henderson? —inquirió Bill, cambiando de tema—. Espero que al final puedan procesar al acusado. Has hecho un magnífico trabajo.

—Ya era hora —comentó Kevin—. Creía que el caso ya estaba listo para sentencia.

—Y yo también. Pero, por lo visto, los de investigación fiscal no están de acuerdo. —Bill aplastó otra hamburguesa, echándola a perder—. También quería hablar contigo respecto a Terry.

Terry Canton había sido el compañero de Kevin durante los últimos tres años, pero en diciembre había sufrido un ataque de corazón y desde entonces estaba de baja. Kevin llevaba todos esos meses trabajando solo.

—¿Qué le pasa?

—No volverá. Me he enterado esta mañana. Los médicos le han recomendado que se retire, y él ha decidido que tienen razón. Considera que ya es suficiente con haber dedicado veinte años al Cuerpo de Policía, y su plan de pensiones lo está esperando.

—¿Y eso cómo me afecta a mí?

Bill se encogió de hombros.

—Te asignaremos un nuevo compañero, pero de momento no podemos hacerlo, con el presupuesto del consistorio congelado. Quizá, cuando se apruebe el nuevo presupuesto...

—¿Quizá o probablemente?

—Tendrás un compañero. Pero es probable que no sea hasta julio. Lo siento. Sé que eso significa más trabajo para ti, pero no puedo hacer nada. Procuraré que no te carguen demasiado de trabajo.

—Gracias.

Un grupo de niños atravesó el patio corriendo, con las caritas sucias. Dos mujeres salieron de la casa portando varios cuencos llenos de patatas, probablemente chismorreando. Kevin odiaba los cotilleos. Bill señaló con su espátula hacia la barandilla cercana.

—Pásame esa bandeja de ahí, por favor. Me parece que estas ya están casi listas.

Kevin agarró la bandeja. Era la misma que había usado para llevar las hamburguesas desde la nevera hasta la parrilla, y se fijó que todavía contenía restos de grasa y trocitos de carne cruda. Kevin dejó la bandeja junto a la parrilla.

—Necesito otra cerveza —comentó Kevin, al tiempo que alzaba la botella—. ¿Quieres una?

Bill sacudió la cabeza y echó a perder otra hamburguesa.

—Todavía no he acabado la mía. Pero gracias.

Kevin enfiló hacia la casa, sintiendo la grasa de la bandeja en la punta de los dedos. Grasientos.

—¡Kevin! —gritó Bill a su espalda.

Él se dio la vuelta.

—La nevera está allí, ¿recuerdas? —Bill señaló hacia un extremo del patio.

—Lo sé, pero quiero lavarme las manos antes de comer.

—Pues no te entretengas demasiado. Cuando pase la bandeja, seguro que las hamburguesas volarán en un abrir y cerrar de ojos.

Kevin se detuvo en la puerta trasera para limpiarse los zapatos en la alfombrilla antes de entrar. En la cocina, pasó por delante de un grupo de esposas que cotorreaban y se dirigió a la pila. Se enjuagó las manos dos veces, ambas con bastante jabón. A través de la ventana vio que Bill dejaba la bandeja de perritos calientes y hamburguesas sobre la mesa del patio, cerca de los condimentos y de los cuencos de patatas. Casi inmediatamente las moscas percibieron el aroma y se cebaron con el festín, revoloteando sobre la comida y posándose sobre las hamburguesas. A los congregados eso no parecía importarles lo más mínimo, mientras formaban una línea de todo menos recta. Lo único que hacían era espantar las moscas y llenarse el plato, como si los insectos fueran un mal menor.

Hamburguesas echadas a perder y un enjambre de moscas.

Él y Erin lo habrían hecho de forma diferente. Él no habría aplastado las hamburguesas con la espátula, y Erin habría colocado los condimentos, las patatas y el resto de la comida en la cocina para que la gente pudiera servirse allí dentro, donde todo estaba limpio. Las moscas eran asquerosas y las hamburguesas estaban tan duras como una piedra, y él no pensaba comer esa bazofia, porque con solo pensarlo le entraban arcadas.

Kevin esperó hasta que la bandeja de hamburguesas estuvo vacía antes de salir otra vez al patio. Dio un rodeo a la mesa, fingiendo decepción.

—Ya te dije que te dieras prisa —le sonrió Bill jovialmente—. Pero no te preocupes, Emily tiene otra bandeja en la nevera, así que la segunda ronda no tardará. ¿Te importa traerme otra cerveza mientras voy a buscar la bandeja?

—Claro —respondió Kevin.

Cuando la siguiente tanda de hamburguesas estuvo lista, Kevin se sirvió la comida en un plato, y alabó a Bill: le dijo que todo tenía un aspecto fantástico. Las moscas seguían revoloteando y las hamburguesas estaban secas; cuando Bill se dio la vuelta, Kevin tiró la comida en el contenedor de basura metálico situado en uno de los flancos de la casa. Luego le dijo que la hamburguesa estaba deliciosa.

165

Se quedó un par de horas más. Habló con Coffey y
Ramirez. Eran inspectores como él, excepto que ellos sí que
comían esas hamburguesas asquerosas y no parecía importarles el enjambre de moscas. Kevin no quería ser el primero en
marcharse, ni tampoco el segundo, porque el comisario quería
fingir que era uno más de los chicos, y él no quería ofender a
su jefe. No le gustaban ni Coffey ni Ramirez. A veces, cuando
estaba cerca, los dos se callaban, y Kevin sabía que hablaban de
él a sus espaldas, que lo criticaban.

Sin embargo, Kevin era un buen inspector y lo sabía. Igual
que Bill, Coffey y Ramirez. Trabajaba en Homicidios y sabía
cómo interrogar a los testigos y a los sospechosos. Sabía cuándo tenía que preguntar y cuándo era mejor escuchar; sabía
cuándo la gente mentía, y encerraba a asesinos entre rejas porque la Biblia decía: «No matarás», y él creía en Dios y cumplía
los designios del Señor encerrando a los culpables en la cárcel.

De vuelta en casa, Kevin atravesó el comedor. Resistió la
tentación de llamar a Erin. Si ella hubiera estado allí, el mantel
habría estado impecable y las revistas bien apiladas en una
punta de la mesa, y no habría una botella vacía de vodka en el
sofá. Si hubiera estado allí, no habría platos sucios, sino que
estarían guardados en su sitio, y la cena, lista en la mesa, y ella
le habría sonreído y le habría preguntado que qué tal el día.
Más tarde habrían hecho el amor porque él la amaba y ella lo
amaba.

En la habitación en el piso superior, Kevin se quedó de pie
frente al armario ropero. Todavía se notaba una leve fragancia
del perfume que ella usaba, el que le había regalado por
Navidad. Un día la había visto levantar una solapa de un anun-
cio en una de sus revistas y sonreír al oler la muestra del perfume. Cuando Katie se fue a dormir, él rasgó la página de la
revista y se la guardó en el billetero para saber exactamente
qué perfume tenía que comprar. Recordaba con qué gentileza
ella se había aplicado unas gotitas detrás de cada oreja y en las
muñecas antes de salir los dos a cenar en Nochevieja, y lo
guapa que estaba con aquel traje de noche. En el restaurante,
Kevin se había fijado cómo otros hombres, incluso algunos con
pareja, la repasaban de arriba abajo al pasar por delante de ellos
en dirección a la mesa. Después, cuando habían regresado a

casa, habían hecho el amor mientras el reloj anunciaba la entrada del Año Nuevo.

El vestido seguía allí, colgado en la misma percha, evocándole aquellos recuerdos. Una semana antes, lo había descolgado de la percha y lo había estrechado entre sus brazos mientras permanecía sentado en la punta de la cama, llorando.

Del exterior llegaba el canto apacible de los grillos, pero Kevin no conseguía relajarse. A pesar de que se suponía que había sido un día tranquilo, estaba cansado. No quería ir a la barbacoa, tener que contestar preguntas acerca de Erin, mentir. No porque le molestara mentir, sino porque le costaba fingir que Erin no lo había dejado. Había inventado una historia y la había mantenido durante meses: que Erin lo llamaba cada noche, que había estado en casa los últimos días, pero que había vuelto a marcharse a New Hampshire, que a su amiga la habían sometido a un tratamiento de quimioterapia y necesitaba su ayuda. Sabía que no podría mantener esa patraña eternamente, que pronto la excusa de «la amiga que va a ayudar a la amiga» empezaría a sonar a bulo y que la gente empezaría a preguntarse por qué Erin no aparecía por la iglesia o por el supermercado o incluso por el vecindario, o que se plantearían cuánto tiempo pensaba continuar ayudando a su amiga. Lo criticarían a sus espaldas y dirían cosas como: «Seguro que Erin lo ha abandonado, supongo que su matrimonio no era tan perfecto como parecía». Aquel pensamiento le revolvió el estómago, y entonces recordó que no había comido.

En la nevera no había gran cosa. Erin siempre tenía un buen trozo de pavo asado o una paletilla de jamón cocido y mostaza de Dijon y pan de centeno del día, comprado en la panadería. En ese momento, en cambio, su única opción era recalentar la ternera de Mongolia que había comprado en el restaurante chino un par de días antes. En el estante inferior vio manchas de comida y de nuevo le entraron ganas de llorar, porque recordó los gritos de Erin y cómo había sonado su cabeza al golpearse contra el canto de la mesa después de que él la empujara violentamente aquel día, antes de molerla a palos porque había manchas de comida en la nevera. Ahora se preguntaba por qué se había enfadado tanto por aquella cosa de tan poca importancia.

Kevin se fue a la cama y se tumbó. Cuando quiso darse cuenta, ya era medianoche, y el vecindario que se extendía al otro lado de la ventana estaba completamente en silencio. Vio luz en casa de los Feldman. No le gustaba esa familia. A diferencia de otros vecinos, Larry Feldman jamás lo saludaba con la mano cuando coincidían cada uno en su patio, y si su esposa, Gladys, lo veía, daba media vuelta y se metía en casa. Tenían unos sesenta años, y era la clase de gente que salía disparada por la puerta para ladrar a cualquier niño al que se le ocurría entrar en su patio para recuperar un *frisbee* o un balón de béisbol. Y a pesar de que eran judíos, decoraban su casa por Navidad con luces navideñas además de con la menorá que ponían en la ventana en la fiesta judía de Hanuka. Con ellos se sentía confundido, y no creía que fueran buenos vecinos.

Regresó a la cama, pero le resultó imposible conciliar el sueño. Por la mañana, con los primeros rayos de luz filtrándose por la ventana, pensó que en el mundo todo seguía igual. Solo su vida era diferente. Su hermano, Michael, y su esposa, Nadine, estarían preparándose para llevar a los niños a la escuela antes de dirigirse a sus respectivos trabajos en la Universidad de Boston, y su madre y su padre probablemente estarían leyendo el diario *Globe* mientras tomaban su café matutino. Seguro que se habían cometido asesinatos durante la noche, y que habría testigos a los que interrogar. Coffey y Ramirez lo estarían criticando.

Se duchó y desayunó una tostada con vodka. Durante su turno de trabajo, recibió una llamada para investigar un asesinato. Habían hallado el cadáver de una mujer de veintitantos años, casi seguro una prostituta, apuñalada. Habían lanzado su cuerpo a un contenedor de basura. Se pasó la mañana interrogando a los transeúntes curiosos mientras barría la zona en busca de pruebas. Cuando acabó los interrogatorios, fue a la comisaría para redactar el informe en ese momento que todavía tenía toda la información fresca en la cabeza. Era un buen inspector.

Después de tres días de fiesta, la actividad era frenética en la comisaría. Los inspectores hablaban por teléfono, tomaban notas, hablaban con testigos y escuchaban mientras las víctimas les referían sus denuncias. Había mucho ruido. La gente entraba y salía. Los teléfonos no paraban de sonar. Kevin se dirigió a su mesa, una de las cuatro que estaban distribuidas por la estancia. A través de la puerta abierta, Bill lo saludó, pero se quedó en su despacho. Ramirez y Coffey ocupaban sus mesas, sentados justo delante de él.

—¿Estás bien? —preguntó Coffey. Tenía más de cuarenta años, sobrepeso y era calvo—. ¡Qué mal aspecto tienes!

—No he dormido bien —se excusó Kevin.

—Yo tampoco duermo bien cuando no está Janet. ¿Cuándo regresa Erin?

Kevin mantuvo la expresión impasible.

—El próximo fin de semana. Me quedan un par de días de fiesta y hemos decidido ir a Cape Fear. Hace años que no vamos por allí.

—¡No me digas! Mi madre vive allí. ¿Adónde iréis exactamente?

—A Provincetown.

—¡Anda! ¡Pues allí vive mi madre! Voy a verla a menudo, ¿sabes? ¿Dónde os alojaréis?

Kevin se preguntó por qué Coffey le estaba haciendo tantas preguntas.

—Todavía no lo sé. Erin se encarga de organizarlo todo.

Kevin avanzó hasta la cafetera y se sirvió una taza, a pesar de que no le apetecía. Tenía que encontrar el nombre de un hotel y de un par de restaurantes. Así, si Coffey le preguntaba, sabría qué decirle.

Sus días seguían la misma rutina. Trabajaba e interrogaba a los testigos hasta que finalmente llegaba la hora de irse a casa. Su trabajo resultaba estresante y por eso quería relajarse al final de la jornada, pero ahora todo era diferente en casa, y, por su parte, el trabajo seguía estresándolo. Al principio creyó que llegaría el día en que se acostumbraría a ver víctimas asesinadas, pero sus caras grises, inánimes, se le quedaban grabadas en la memoria, y a veces las víctimas lo acosaban en sueños.

No le gustaba ir a casa. Cuando acababa su turno, no había una bella esposa esperándolo en la puerta. Erin se había marchado en enero. Ahora, la casa estaba sucia y desordenada y tenía que hacer él mismo la colada. Antes no sabía ni cómo funcionaba la lavadora, y la primera vez que lo intentó puso demasiado detergente y las prendas salieron acartonadas. No había comida casera cocinada con amor ni velas románticas en la mesa. En vez de eso, compraba algún plato precocinado de camino a casa y comía en el sofá. A veces, encendía la tele. A Erin le gustaba HGTV, el canal de decoración y paisajismo por cable, así que a menudo él también lo miraba; cuando lo hacía, el vacío que sentía en su interior era casi insoportable.

Después del trabajo ya no se preocupaba ni de guardar la pistola en la caja que tenía en el armario de su habitación. En aquella caja guardaba otra Glock para uso personal. A Erin le daban miedo las pistolas, incluso antes de que él la apuntara en la cabeza con la Glock y amenazara con matarla si intentaba huir de nuevo. Ella había gritado y llorado, y él le había jurado que mataría a su amante, a cualquier hombre con el que confraternizara. Había sido tan estúpida, y él se había sulfurado tanto con ella por intentar huir que le exigió el nombre del hombre que la había ayudado, para matarlo. Pero Erin gritó y lloró y le imploró que no la matara y le juró que no había nin-

gún hombre más en su vida; él la creyó, porque era su esposa. Habían hecho sus votos ante Dios y la familia, y la Biblia decía: «No cometerás adulterio». Incluso entonces, él no había creído que Erin le hubiera sido infiel. Jamás había creído que tuviera un amante. Y mientras estuvieran casados, Kevin se aseguraría de que así fuera. La llamaba por teléfono varias veces al día sin avisar, y nunca la dejaba salir a comprar ni ir a la peluquería ni a la biblioteca sola. Erin no tenía coche, ni siquiera carné de conducir. Él pasaba por delante de la casa en coche cuando le tocaba patrullar por la zona, solo para confirmar que Erin estaba allí. Ella no había huido porque deseara irse con otro hombre. Había huido porque estaba harta de que él la golpeara, la maltratara y la empujara por las escaleras de la bodega. Kevin sabía que no debería haber actuado de ese modo y siempre se sentía culpable y le pedía disculpas, pero de nada había servido.

No debería haber huido. Le partía el corazón, pues la amaba más que a su propia vida; siempre se había ocupado de ella. Le había comprado una casa, una nevera, un lavavajillas, una secadora y mobiliario nuevo. La casa siempre había estado limpia, pero ahora en la pila se amontonaban los platos, y la cesta de la ropa sucia estaba llena a rebosar.

Sabía que debería limpiar la casa, pero no tenía energía para hacerlo. En vez de eso, fue a la cocina y sacó una botella de vodka del congelador. Le quedaban cuatro; una semana antes, había doce. Sabía que estaba bebiendo demasiado. Debería alimentarse mejor y dejar de beber, pero lo único que le apetecía era agarrar la botella, sentarse en el sofá y beber. El vodka tenía la ventaja de que luego el aliento no olía a alcohol, y por las mañanas nadie se daba cuenta de su resaca.

Se sirvió un vaso, lo apuró y se puso otro antes de atravesar la casa vacía. Le dolía el pecho porque Erin no estaba allí, y se decía que si de repente ella apareciera por la puerta, él le pediría perdón por haberla maltratado, que harían las paces y que luego harían el amor en la habitación. Quería estrecharla entre sus brazos y susurrarle que la adoraba, pero sabía que ella no iba a volver, y aunque la amaba con locura, a veces lo sacaba de sus casillas. Una esposa no abandonaba el hogar conyugal, no abandonaba a su esposo. Quería golpearla, patearla, abofetearla y tirarle del pelo por ser tan estúpida, por ser tan abominablemente egoísta. Quería mostrarle que de nada servía huir.

Bebió un tercer y un cuarto vaso de vodka.

Todo era muy confuso. La casa era una ruina. Había un cartón vacío de pizza tirado por el suelo del comedor y el revestimiento que cubría la puerta del cuarto de baño estaba resquebrajado y astillado. La puerta no cerraba bien. Se había ensañado con aquella puerta, a patadas, el día que Erin se encerró dentro del cuarto de baño, intentando escapar de sus garras. Él la había agarrado por el pelo mientras la golpeaba en la cocina, y ella se había zafado de él y había corrido hacia el cuarto de baño, y él la había perseguido por toda la casa y luego se había liado a patadas con la puerta. Pero ahora no recordaba el motivo por el que se habían peleado.

No recordaba casi nada acerca de aquella noche. No recordaba cómo le había roto los dos dedos de la mano, a pesar de que era obvio que lo había hecho. Pero no le permitió que fuera al hospital durante una semana, no hasta que los morados de la cara se pudieron disimular con maquillaje y Erin tuvo que seguir cocinando y limpiando la casa con una sola mano. Le llevó flores, le pidió perdón, le dijo que la quería y le prometió que

171

nunca más volvería a suceder, y cuando le quitaron el vendaje, la llevó a cenar a Petroni's, un restaurante caro y muy conocido de Boston. Él le sonrió durante toda la cena desde el otro lado de la mesa. Luego fueron al cine y recordó que, de camino a casa, pensó que la amaba mucho y que era muy afortunado de tener a un mujer como ella por esposa.

$\mathcal{A}$lex se quedó con Katie hasta medianoche, escuchándola mientras ella le refería la historia de su trágica vida. Cuando quedó completamente exhausta de tanto hablar, él la rodeó con sus brazos y se despidió de ella con un beso. De camino a casa, pensó que jamás había conocido a una persona tan valiente ni tan fuerte ni con tanta voluntad.

Pasaron la mayor parte de las siguientes dos semanas juntos... o, por lo menos, tanto tiempo como pudieron. Entre las horas que él trabajaba en la tienda y los turnos de Katie en Ivan's, normalmente no les quedaba más que unas pocas horas al día, pero él se entregaba a aquellos encuentros en casa de Katie con una ilusión que no había sentido desde hacía muchos años. A veces, Kristen y Josh iban con él. En otras ocasiones, Joyce lo echaba de la tienda con un guiño, animándolo a disfrutar de unas horas amenas antes de volver a la carga de sus obligaciones.

Casi nunca quedaban en casa de Alex y, cuando lo hacían, permanecían allí muy poco rato. Alex quería creer que lo hacía por sus hijos, que deseaba que esa relación fuera despacio, pero también se daba cuenta de que su decisión tenía que ver con Carly. Aunque sabía que amaba a Katie —y cada día que pasaba lo tenía más claro— no estaba seguro de si estaba listo para iniciar una relación de pareja. Al parecer, Katie comprendía su reticencia y no parecía importarle, porque además era más cómodo encontrarse en su casa, donde podían estar solos.

De todos modos, todavía no habían hecho el amor. A pesar de que a menudo Alex imaginaba lo maravillosa que sería la experiencia, especialmente en los momentos antes de quedarse dormido, sabía que Katie no estaba preparada. Ambos parecían ser conscientes de que aquello marcaría un cambio en su relación, que le conferiría un esperanzador estado de continuidad. De momento le bastaba con besarla, con sentir los brazos de Katie alrededor de su cuello. Le gustaba el aroma a champú de jazmín en su pelo y la forma en que sus manos encajaban perfectamente, y le encantaba cómo cada caricia o roce lo cargaba de una nueva ilusión, como si se estuvieran reservando solo el uno para el otro. Alex no se había acostado con nadie desde que su esposa había muerto, y ahora sentía que, en cierto modo y sin saberlo, había estado esperando a Katie.

Disfrutaba enseñándole el pueblo. Caminaban por el paseo marítimo, admiraban las antiguas casas señoriales, examinaban la arquitectura, y un fin de semana la llevó a los jardines Orton Plantation Gardens, donde pasearon plácidamente entre cientos de parterres de rosas. Después, fueron a comer a un pequeño restaurante junto al océano en Caswell Beach, donde permanecieron todo el rato con las manos entrelazadas sobre la mesa, como un par de tortolitos.

174

Desde aquella cena en su casa, Katie no había vuelto a mencionar su trágico pasado, y él no sacaba el tema a colación. Alex sabía que ella todavía tenía muchas cuestiones por resolver consigo misma: si se sentía cómoda con la parte de la historia que le había contado y con cuantas cosas le quedaban todavía por contar; si podía confiar o no en él; cómo afectaba a su relación el hecho de que ella todavía estuviera casada y qué sucedería si algún día Kevin lograba dar con ella en Southport. Cuando tenía la percepción de que Katie se sumía en un visible aislamiento porque se ponía a pensar en aquellas cuestiones, le recordaba con mucho tacto que, pasara lo que pasase, mantendría su secreto a toda costa. No se lo contaría a nadie.

Cuando la observaba, a veces lo invadía una furia incontenible hacia Kevin Tierney. No podía comprender cómo podía haberla tratado así y, más que nada, quería venganza, justicia. Quería que Kevin experimentara la angustia y el terror de Katie, la pesadilla constante del brutal dolor físico. Cuando estuvo en el ejército, mató a un hombre, un soldado enganchado a las metanfetaminas que estaba amenazando a un rehén con una pistola. El sujeto era peligroso y estaba totalmente fuera de control, y cuando surgió la oportunidad, Alex apretó el gatillo sin vacilar. Aquella muerte le dio a su trabajo un nuevo sentido, pero en su corazón sabía que había momentos en que la violencia era necesaria para salvar vidas. Sabía que si algún día Kevin aparecía por el pueblo, Alex protegería a Katie, a toda costa. En el ejército, poco a poco había llegado a la conclusión de que había gente que aportaba bondad al mundo y gente que vivía para ensuciarlo y destruirlo. Para él, proteger a una mujer inocente como Katie de un psicópata como Kevin era algo que debía hacer, sin duda. Así de simple.

La mayoría de los días, el espectro de la vida anterior de Katie no se entrometía en su relación, y pasaban las horas juntos en un estado de relajación y de creciente intimidad. Las tardes con los niños eran particularmente especiales para él. Katie mostraba una naturalidad innata con los niños, ya fuera ayudando a Kristen a dar de comer a los patos en el estanque o jugando al pilla-pilla con Josh; siempre parecía encajar sin ningún esfuerzo en el ritmo infantil, a veces animada, a veces ofreciéndoles su apoyo, o gastándoles bromas, o bien manteniéndose al margen. En ese sentido se parecía mucho a Carly. En cierto modo, Alex tenía la certeza de que Katie era la clase de mujer de la que su esposa le había hablado una vez.

175

En las últimas semanas de vida de Carly, él no se había separado ni un segundo de su cama. A pesar de que su esposa pasaba casi todo el tiempo dormida, temía perder algunos momentos trascendentales cuando ella estaba consciente, aunque esos instantes fueran fugaces. Por entonces, tenía prácticamente paralizada la parte izquierda de su cuerpo y le costaba mucho hablar. Pero una noche, durante un breve periodo de lucidez, una hora antes de que amaneciera, pudo hablarle con claridad.

—Quiero que me hagas un favor —le dijo con un gran esfuerzo, lamiéndose los labios agrietados. Su voz sonaba rota y difusa.

—Lo que quieras.

—Quiero que seas… feliz.

Alex avistó la huella de su antigua sonrisa, aquella sonrisa abierta y confiada que lo había cautivado el día que la conoció.

—Soy feliz.

Carly sacudió débilmente la cabeza.

—En el futuro. —Sus ojos brillaban con la intensidad de un par de tizones encendidos en su cara consumida—. Los dos sabemos a qué me refiero.

—Yo no.

Ella ignoró su respuesta.

—Casarme contigo…, estar contigo cada día y haber tenido dos hijos contigo… es lo mejor que he hecho en la vida. Eres el hombre más excepcional que jamás haya conocido.

A Alex se le cerró la garganta.

—Yo también siento lo mismo por ti.

—Lo sé —dijo ella—. Y por eso esta situación me resulta tan dura. Porque sé que te he fallado…

—No me has fallado —la interrumpió él.

Carly lo miró con tristeza.

—Te quiero, Alex, y quiero a nuestros hijos —susurró—. Y me rompería el corazón pensar que nunca más volverás a ser completamente feliz.

—Carly…

—Quiero que conozcas a otra mujer. —Aspiró aire con dificultad. Su frágil caja torácica subía y bajaba frenéticamente a causa del esfuerzo—. Quiero que sea inteligente y con un buen corazón…, y quiero que te enamores de ella, porque no es justo que pases el resto de tu vida solo.

Alex no podía hablar, apenas podía verla a través de las lágrimas.

—Los niños necesitan una mamá. —A Alex le pareció una súplica—. Alguien que los ame tanto como yo, alguien que los trate como si fueran sus propios hijos.

—¿Por qué me hablas de esto? —le preguntó él, con la voz entrecortada.

—Porque —dijo ella— he de creer que eso es posible. —Sus dedos descarnados se aferraron a su brazo con una desesperada intensidad—. Es lo único que me queda.

En ese momento, mientras veía a Katie correr detrás de Josh y Kristen en la pequeña ladera cubierta de hierba junto al estanque de los patos, sintió una punzada agridulce al pensar que quizá Carly finalmente vería cumplida su última voluntad.

Y

Estaba demasiado enamorada de él. Katie sabía que se estaba metiendo en un terreno peligroso. Aquel día, contarle la historia de su pasado le había parecido la cosa más correcta del mundo, y al desahogarse se había quitado de encima la asfixiante carga de su secreto. Pero la mañana después de su primera cena, se sintió paralizada de ansiedad por lo que había hecho. Alex había sido inspector, después de todo, lo que probablemente significaba que podría realizar una llamada telefónica o dos, a pesar de que le hubiera prometido máxima confidencialidad. Podía hablar con alguien, y este alguien podía hablar con alguien más, hasta que al final Kevin se enteraría. No le había dicho que Kevin tenía una espeluznante habilidad para establecer vínculos ante una información aparentemente inconexa; no le había mencionado que cuando un sospechoso huía, casi siempre su marido sabía dónde encontrarlo. Solo con pensar lo que ella había hecho, se le revolvía el estómago.

Sin embargo, poco a poco, a lo largo de las siguientes dos semanas, sus miedos empezaron a desvanecerse. En vez de hacerle más preguntas cuando estaban solos, Alex actuaba como si sus revelaciones no tuvieran importancia en sus vidas en Southport. Los días pasaban con una maravillosa espontaneidad, sin estar afectados por ninguna sombra de su previa vida trágica. Katie no podía evitarlo: confiaba en él. Y cuando se besaban, lo cual sucedía con una sorprendente frecuencia, había veces en que le temblaban las rodillas y tenía que realizar un enorme esfuerzo por controlar sus ganas de agarrarle la mano y arrastrarlo hasta la habitación.

El sábado, dos semanas después de su primera cita, se hallaban de pie en el porche de la casa de Katie. Alex la estrechaba entre sus brazos y mantenía los labios pegados a su mejilla. Josh y Kristen estaban en una fiesta de final de curso que ofrecía un niño de la clase de Josh. Más tarde, Alex y Katie planeaban llevarlos a la playa para disfrutar de una barbacoa nocturna, pero durante las siguientes horas, iban a estar solos.

Cuando finalmente se separaron, Katie suspiró.

—Tienes que parar de hacer eso.

—¿Hacer el qué?

—Sabes exactamente a qué me refiero.

—Lo siento, no puedo evitarlo.

«Entiendo tus sentimientos», pensó Katie, pero en vez de soltar ese comentario, le dijo:

—¿Sabes lo que me gusta de ti?

—¿Mi cuerpo?

—Sí, eso también. —Ella rio—. Pero también me gusta que me haces sentir especial.

—Es que eres especial.

—Hablo en serio —replicó ella—, pero me pregunto por qué nunca antes habías encontrado a otra mujer. Desde que tu esposa falleció, quiero decir.

—No la he estado buscando. Pero aunque hubiera alguien más, la habría abandonado para poder estar contigo.

—¡Eso que has dicho es muy cruel! —Le propinó un puñetazo cariñoso en las costillas.

—Pero es verdad. Lo creas o no, soy difícil de contentar.

—Ya, difícil de contentar. Si solo sales con mujeres hundidas emocionalmente.

—Tú no estás hundida emocionalmente. Eres fuerte. Eres una superviviente nata. La verdad es que eso me parece la mar de sexy.

—Creo que solo me estás camelando con la esperanza de que me quite la ropa.

—¿Y funciona?

—Mmm… Te estás acercando —tuvo que admitir ella, y el sonido de la carcajada de Alex le recordó de nuevo cuánto la quería.

—Me alegro de que acabaras en Southport —dijo Alex.

—Huy, huy, huuuuuyyyy… —Por un instante Katie pareció incómoda, turbada.

—¿Qué pasa? —Alex escrutó su cara, de repente alerta.

Katie sacudió la cabeza.

—Esta vez casi lo has logrado. —Suspiró y, acto seguido, se rodeó a sí misma por la cintura con ambos brazos—. He estado a punto de sucumbir a tus encantos.

22

*U*na fina capa de nieve cubría los patios de Dorchester, formando un brillante manto sobre el mundo que se extendía más allá de su ventana. El cielo de enero, que el día anterior había sido gris, se había trocado en un cielo azul claro, aunque la temperatura seguía por debajo de los cero grados.

Era domingo por la mañana, el día después de la peluquería. Examinó en el retrete por si había rastros de sangre, segura de que vería un poco después de orinar. Todavía sentía punzadas en el riñón, que irradiaba el dolor desde los omóplatos a la parte lateral de las piernas. Ese dolor la había mantenido despierta durante horas mientras Kevin roncaba a su lado, pero, afortunadamente, las consecuencias no eran tan serias como podrían haber sido. Después de cerrar la puerta de la habitación tras ella, avanzó cojeando hasta la cocina, recordándose a sí misma que dentro de un par de días todo se habría acabado. Pero tenía que ir con sumo cuidado para no despertar las sospechas de Kevin, no cometer ningún fallo. Si no pensaba en la paliza que él le había propinado la noche previa, él sospecharía. Si exageraba, él también sospecharía. Después de cuatro años en aquel infierno, había aprendido las reglas.

Kevin tenía que ir a trabajar después de comer, a pesar de que era domingo, y ella sabía que no tardaría en levantarse de la cama. La casa estaba fría y se puso una sudadera sobre el pijama; a Kevin no le importaba que se pusiera aquello por las mañanas, normalmente porque la resaca no le dejaba pensar en nada. Encendió la cafetera y puso la leche y el azúcar en la mesa, junto con la mantequilla y la jalea de uva. Colocó los

179

cubiertos en su sitio y una taza de agua helada junto al tenedor. Después, metió dos rebanadas de pan en la tostadora, aunque sabía que todavía no debía tostarlas. Sacó tres huevos y los dejó sobre la encimera, para poder disponer de ellos rápidamente cuando los necesitara. Cuando todo estuvo listo, empezó a freír media docena de tiras de panceta. Chisporroteaban y saltaban en la sartén cuando Kevin entró anadeando en la cocina. Tomó asiento en la mesa vacía y bebió el vaso de agua, y ella le sirvió una taza de café.

—¡Uf! Anoche estaba exhausto —comentó—. ¿A qué hora nos fuimos a dormir?

—¿A eso de las diez? —respondió ella, insegura. Colocó la cafetera junto al vaso vacío de Kevin—. No era tan tarde. Pero has estado trabajando mucho y sé que estás muy cansado.

Kevin tenía los ojos inyectados en sangre.

—Siento lo de anoche. No quería hacerlo. Lo que pasa es que últimamente acumulo mucha tensión. Desde que Terry sufrió el ataque al corazón, he tenido que realizar el trabajo de los dos, y el caso Preston empieza la semana que viene.

—No pasa nada —contestó ella. Todavía podía oler el alcohol en su aliento—. El desayuno estará listo dentro de un par de minutos.

Frente al fogón, volteó la panceta con un tenedor y la grasa le salpicó y le quemó el brazo, cosa que hizo que, por unos momentos, se olvidara del dolor en la espalda.

Cuando la panceta estuvo crujiente, sirvió cuatro trozos en el plato de Kevin y dos en el suyo. Echo la grasa sobrante en una lata de sopa, limpió la sartén con una servilleta de papel, y volvió a untarla con aceite en espray. Tenía que prepararlo todo con celeridad, para que la panceta no se enfriara. Puso la tostadora en marcha y rompió la cáscara de los huevos. A Kevin le gustaba que los suyos no estuvieran ni muy ni poco hechos, con la yema intacta, y ella se había acostumbrado a realizar el proceso de forma mecánica. La sartén todavía estaba caliente y los huevos se freían con rapidez. Les dio la vuelta una vez antes de servir dos en el plato de Kevin y uno en el suyo. El pan saltó en la tostadora, y ella puso ambas tostadas en el plato de Kevin.

Se sentó delante de él a la mesa, pues a él le gustaba que desayunaran juntos. Kevin untó una tostada con mantequilla y añadió jalea de uva antes de romper los huevos con el tenedor. La yema se desparramó por el plato como un charco de sangre amarilla y él mojó la tostada.

—¿Qué vas a hacer hoy? —le preguntó Kevin. Usó el tenedor para cortar otro trozo de huevo. Masticó.

—Pensaba limpiar las ventanas y hacer la colada —respondió ella.

—Probablemente también tendrías que cambiar las sábanas, ¿no te parece, después de nuestra juerga anoche? —comentó él, con un exagerado aleteo de pestañas. Su pelo apuntaba en todas direcciones y en la comisura de la boca tenía pegado un trozo de huevo.

Katie intentó no mostrar su revulsión. En vez de eso, cambió de tema.

—¿Crees que habrá condena en el caso Preston? —le preguntó.

Kevin se acomodó en la silla y relajó los hombros con unos movimientos rotatorios antes de precipitarse de nuevo sobre su plato.

—Eso depende de los de inspección fiscal. Higgins es bueno, pero nunca se sabe. Preston tiene un abogado muy poco honrado que seguro que intentará darle la vuelta a los hechos.

—Estoy segura de que lo harás muy bien. Eres más listo que él.

—Ya veremos. Lo único que me da rabia es que sea en Marlborough. Higgins quiere prepararme el martes por la noche, después de que acabe la sesión del juicio de ese día.

Erin ya lo sabía y asintió con la cabeza. El caso Preston había suscitado una gran expectación y el juicio iba a empezar el lunes en Marlborough, y no en Boston. Lorraine Preston había contratado, supuestamente, a un hombre para matar a su marido. Douglas Preston no solo era un millonario que se dedicaba a los fondos de inversión libre, sino que además su esposa provenía de una familia muy distinguida, y siempre estaba implicada en obras caritativas que abarcaban desde fundaciones de arte a numerosas escuelas en las zonas con más riesgo de exclusión social de la ciudad. La publicidad del caso había sido extraordinaria; en las últimas semanas no había pasado ni un solo día sin que aparecieran uno o dos titulares en la portada de los periódicos y una crónica destacada en el telediario de la noche. Cifras millonarias, sexo duro, drogas, traición, infidelidad, asesinato y un hijo ilegítimo. Debido a la gran expectación, se había decidido que, finalmente, la instrucción de la causa se celebraría en Marlborough. Kevin había sido uno de los numerosos inspectores asignados a la investigación y todos ellos tenían que testificar el miércoles. Al igual que el resto de los mortales, Erin había seguido las noticias con interés, pero además le había ido preguntando a Kevin cuestiones sobre el caso.

—¿Sabes lo que te convendría cuando acabe este juicio? Que salgamos una noche a cenar a un buen restaurante —sugirió ella—. El viernes no trabajas, ¿verdad?

—Pero si ya salimos en Nochevieja —refunfuñó Kevin, mojando más pan en la yema del huevo. Tenía restos de jalea en los dedos.

—Si no te apetece que salgamos, puedo prepararte algo especial aquí. Lo que quieras. Con una botella de vino, y quizá podríamos encender el fuego en la chimenea, y yo podría ponerme algo sexy... para que sea una noche romántica. —Él alzó la vista del plato y ella continuó—: La cuestión es que quiero que sepas que estoy abierta a cualquier propuesta. —Puso morritos de gatita—. Y tú necesitas evadirte un poco del trabajo. No me gusta ver que trabajas tanto. Es como si ellos esperaran que resolvieras todos los casos habidos y por haber.

Kevin propinó unos rítmicos golpecitos con el tenedor en el plato mientras la estudiaba con detenimiento.

—¿Por qué te muestras tan cariñosa? ¿Qué pasa?

Katie se recordó a sí misma que tenía que seguir con la farsa. Se retiró la silla de la mesa con porte irascible.

—Olvídalo, ¿vale? —Agarró su plato y sin querer derribó el tenedor, que cayó sobre la mesa y luego al suelo—. Solo intentaba mostrarte mi apoyo, ya que tienes que salir de viaje, pero si no te gusta, no pasa nada. Mira, te propongo una idea: tú piensas lo que quieres hacer y cuando lo sepas me lo dices, ¿de acuerdo?

Se dirigió a la pila con paso airado y abrió el grifo violentamente. Sabía que con aquella reacción iba a sorprenderlo, y pudo notar cómo él vacilaba entre la rabia y la confusión. Puso las manos debajo del chorro de agua y luego se las llevó a la cara. Jadeó exageradamente, ocultando la cara, y lanzó un largo suspiro. Sacudió un poco los hombros.

—¿Estás llorando? —le preguntó Kevin. Ella oyó cómo él apartaba la silla de la mesa—. ¿Se puede saber por qué diantre estás llorando?

Ella habló con la voz entrecortada, esforzándose por bordar el papel que estaba representando.

—Ya no sé qué hacer. No sé qué quieres. Sé lo importante que es este caso y la fuerte presión a la que te ves sometido…

Apenas pudo pronunciar las últimas palabras, al darse cuenta de que él se aproximaba. Cuando sintió que la tocaba, se estremeció.

—Tranquila, bonita —carraspeó Kevin—. No llores.

Ella se giró hacia él, frunciendo los ojos con fuerza para no abrirlos, y hundió la cara en su pecho.

—Solo quiero hacerte feliz —masculló. Se secó la cara en su camisa.

—Ya se nos ocurrirá algo, ¿de acuerdo? Pasaremos un buen fin de semana. Te lo prometo. Como pago por lo de anoche.

Ella lo rodeó con los brazos, pegándose más a él, sin dejar de sollozar. Soltó otro suspiro entrecortado.

—Lo siento. Sé que no necesitabas este numerito hoy, que me ponga tan pánfila por nada. Ya tienes suficientes quebraderos de cabeza en los que pensar.

—No es para tanto —dijo él.

Ladeó la cabeza y Katie alzó la suya para besarlo, con los ojos todavía cerrados. Cuando se apartó de él, se secó la cara con los dedos y volvió a pegarse a su cuerpo. Con aquel roce tan íntimo, enseguida notó cómo él se excitaba. Sabía que su vulnerabilidad lo ponía a cien.

—Me queda un poco de tiempo antes de ir a trabajar —dijo Kevin.

—Primero debería limpiar la cocina.

—Ya lo harás luego —sentenció él.

Unos minutos más tarde, mientras Kevin se movía encima de Katie, ella hizo los sonidos que él quería mientras mantenía la vista fija en la ventana de la habitación y pensaba en otras cosas.

183

Había acabado por odiar el invierno, con su sempiterno frío y la mitad del patio enterrado bajo la nieve, porque no podía salir afuera. A Kevin no le gustaba que paseara por el vecindario, pero la dejaba salir al jardín situado en la parte trasera porque con la valla elevada nadie podía verla. En primavera, siempre plantaba flores en macetas y hortalizas en un pequeño parterre cerca de la puerta del garaje, un espacio que quedaba completamente expuesto al fuerte e implacable sol, lejos de la sombra de los enormes arces. En otoño, se ponía una sudadera y leía libros de la biblioteca mientras el patio se iba llenando de las hojas marrones y arrugadas que caían de los árboles.

Pero el invierno, tan frío y gris, la convertía en una prisionera. Era horroroso. La mayoría de los días no pisaba la calle, pues jamás sabía cuándo se dejaría caer Kevin de forma inesperada. Solo conocía a un par de vecinos, los Feldman, que vivían al otro lado de la calle. En su primer año de matrimonio, Kevin casi nunca la maltrataba y a veces salía a pasear sola. A los Feldman, una pareja de ancianos, les encantaba trajinar en su jardín, y en su primer año en el vecindario, a menudo se detenía a charlar un rato con ellos. Pero Kevin intentó poner freno a esas visitas amistosas de forma gradual. Ahora solo veía a los Feldman cuando sabía que Kevin estaba ocupado en el trabajo, cuando sabía que no la podía llamar. Se aseguraba de que ningún otro vecino la viera antes de atravesar la calle como una bala hasta la puerta de los Feldman. Cuando los visitaba, se sentía como una espía. Ellos le enseñaban fotos de sus hijas. Una había muerto y la otra ya no vivía en la ciudad, y Katie tenía la impresión de que la pareja estaba tan sola como ella. Durante el verano, les preparaba tartas de arándanos y se pasaba el resto de la tarde fregando el suelo de la cocina para que Kevin no lo supiera.

Cuando él se marchó a trabajar, limpió las ventanas y cambió las sábanas de la cama. Pasó la aspiradora, quitó el polvo y limpió la cocina. Mientras tanto, se dedicó a ensayar un monólogo con un tono de voz muy bajo, para parecerse a un hombre. Intentaba no pensar en el teléfono móvil que había cargado durante la noche y que luego había vuelto a guardar debajo de la pila. A pesar de que sabía que jamás dispondría de una oportunidad como aquella, estaba aterrorizada porque todavía quedaban muchas cosas que podían salir mal.

El lunes le preparó el desayuno, como de costumbre: cuatro tiras de panceta frita, huevos ni muy ni poco hechos y un par de tostadas. Él estaba gruñón y un poco absorto, y leyó el periódico sin apenas hablar con ella. Cuando estaba a punto de marcharse, mientras se ponía el abrigo sobre el traje, Katie le dijo que iba a meterse en la ducha.

—Tiene que ser agradable —refunfuñó él—, despertarse cada día sabiendo que puedes hacer lo que te dé la gana y cuando te dé la gana.

—¿Esta noche quieres algo en particular para cenar? —le preguntó, fingiendo no haberlo oído.

Él consideró la propuesta.

—Lasaña y pan de ajo. Y una ensalada.

Cuando se marchó, ella permaneció junto a la ventana, observando cómo el coche se alejaba hasta doblar la esquina. Cuando lo perdió de vista, fue a por el teléfono, mareada ante el pensamiento de lo que iba a hacer a continuación.

Cuando llamó a la compañía telefónica, pidió que la pasaran con el Departamento de Atención al Cliente. Transcurrieron cinco minutos, luego seis. Kevin tardaba veinte minutos en llegar a la oficina, y sin ninguna duda la llamaría tan pronto como llegara. Katie todavía tenía tiempo. Finalmente, la atendió uno de los agentes de la compañía que le preguntó su nombre y la dirección de la factura del teléfono y, por cuestiones de identificación, el nombre de soltera de la madre de Kevin. La cuenta estaba a nombre de él, así que Katie habló con una voz gutural mientras recitaba la información con el tono que había estado ensayando. No se parecía a la de Kevin, quizá ni tan solo parecía una voz masculina, pero el agente no se fijó en aquel detalle.

—¿Es posible desviar las llamadas a otro teléfono? —preguntó ella.

—Tiene un coste añadido, pero con ese servicio también se beneficiará de los servicios llamada en espera y buzón de voz. Solo le costará…

—Está bien, lo acepto. ¿Pueden darme de alta hoy mismo?

—Sí.

Katie oyó que el hombre empezaba a teclear algo en el ordenador. Tardó bastante rato antes de volver a hablar. Le dijo que el importe extra se le cargaría en la factura que le enviarían la siguiente semana, pero que esa factura todavía reflejaría la cifra mensual completa, aunque ella hubiera activado el servicio ese día. Katie le dijo que le parecía bien. Él anotó más información y luego le dijo que ya tenía todo lo que necesitaba y que a partir de ese momento ya disponía del servicio. Katie colgó y miró el reloj. Había tardado dieciocho minutos en realizar toda la gestión.

Tres minutos más tarde, Kevin telefoneó desde la oficina.

Tan pronto como acabó de hablar con su marido por teléfono, Katie llamó a Super Shuttle, una compañía de furgonetas que se encargaba de llevar a la gente al aeropuerto y a la estación de autobuses. Hizo una reserva para el día siguiente. Luego, después de sacar el teléfono móvil, se decidió a activarlo. Llamó a un cine de la localidad, uno que sabía que tenía un contestador automático. A continuación, activó el servicio de desvío de llamadas, enviando las llamadas entrantes al número de teléfono del cine de la localidad. A modo de prueba, marcó el número de teléfono de casa desde el teléfono móvil. El corazón le latía desbocadamente mientras oía los timbres de llamada. Tras el segundo timbre, saltó el mensaje del contestador automático del cine. Notó como un desgarro en su interior y le empezaron a temblar las manos mientras apagaba el teléfono móvil y volvía a guardarlo en la caja llena de trapos debajo de la pila. Acto seguido, configuró de nuevo la línea de teléfono tal como estaba antes.

Kevin llamó otra vez cuarenta minutos más tarde.

Katie se pasó el resto de la tarde en un estado de vértigo, trabajando sin parar para evitar pensar en lo que estaba a punto de hacer. Planchó dos camisas de Kevin y fue al garaje a buscar la funda guardatrajes y la maleta. Sacó un par de calcetines limpios y lustró el otro par de zapatos negros. Pasó un cepillo quitapelusa por el traje de color negro que Kevin llevaría durante el juicio, y sacó tres corbatas. Fregó el cuarto de baño a conciencia hasta que el suelo quedó reluciente, y frotó la bañera y el lavamanos con vinagre. Quitó el polvo a todos los objetos de cerámica de la vitrina y después empezó a preparar la lasaña. Hirvió la pasta, preparó una salsa con carne y fue preparando capas que iba espolvoreando con queso. Untó cuatro rebanadas de pan casero, hecho con masa madre, con mantequilla, ajo y orégano, y troceó todos los ingredientes de la ensalada a daditos. Se duchó, se vistió sexy y, a las cinco, puso la lasaña en el horno.

Cuando Kevin regresó, la cena estaba lista. Él devoró la lasaña y le habló de cómo le había ido el día. Cuando pidió otra ración, Katie se levantó de la mesa y volvió a servirlo. Después de cenar, Kevin bebió vodka mientras veían reposiciones de la serie *Seinfeld* y de *El rey de Queens*. Después, los Celtics jugaban contra los Timberwolves, y ella apoyó la cabeza en su hombro y miró el partido de baloncesto. Kevin se quedó dormido delante del televisor y ella deambuló por la habitación. Se tumbó en la cama, mirando hacia el techo, hasta que Kevin se despertó, y entró en la habitación y se dejó caer pesadamente sobre el colchón. Se quedó dormido de inmediato, tras rodearla con un brazo. Sus ronquidos sonaban amenazadores, como una advertencia.

El martes por la mañana, le preparó el desayuno. Kevin guardó la ropa y los accesorios del aseo en la maleta, y finalmente estuvo listo para marcharse a Marlborough. Cargó sus pertenencias en el coche, luego regresó a la puerta principal, donde ella se hallaba de pie, y la besó.

—Volveré mañana por la noche —le dijo Kevin.

—Te echaré de menos —comentó ella, inclinándose hacia él, rodeándolo por el cuello con los brazos.

—Llegaré a eso de las ocho.

—Prepararé algo que se pueda recalentar —sugirió ella—. ¿Te parece bien chile con carne?

—Probablemente comeré algo por el camino.

—¿Estás seguro? ¿De veras quieres comer mal en un bar? No te conviene.

—Ya veremos.

—Bueno, de todos modos lo prepararé, por si acaso.

Kevin la besó y ella se inclinó nuevamente hacia él.

—Te llamaré —le dijo él, deslizando las manos por su espalda, acariciándola.

—Lo sé —contestó ella.

Y

En el cuarto de baño, Katie se desvistió y depositó la ropa sobre la tapa del retrete, luego enrolló la alfombrilla. Había colocado una bolsa de basura en el lavamanos, y se observó con detenimiento en el espejo, desnuda. Se pasó un dedo por los morados en las costillas y en la muñeca. Las costillas se le marcaban excesivamente, y las oscuras ojeras debajo de los ojos le conferían una imagen fantasmagórica. La embargó una furia incontenible mezclada con una profunda tristeza mientras imaginaba la forma en que él la buscaría cuando regresara a casa después del viaje. La llamaría y entraría en la cocina. La buscaría en la habitación. Echaría un vistazo al garaje, al porche trasero y a la bodega.

«¿Dónde estás? —gritaría—. ¿Qué hay para cenar?»

Se lio a tijeretazos salvajes con su pelo. Diez centímetros de cabello rubio fueron a parar a la bolsa de basura. Agarró varios mechones de pelo, usando los dedos para tensarlos y nivelarlos, diciéndose a sí misma que intentara calcular bien, y cortó con decisión. La opresión que sentía en el pecho era insoportable.

—¡Te odio! —siseó, con voz temblorosa—. ¡Humillándome todo el tiempo! —Agarró más mechones, con los ojos inundados de lágrimas de pura rabia—. ¡Pegarme porque tenía que hacer la compra! —Cortó más mechones. Intentó ir más despacio, concentrándose para nivelar las puntas—. ¡Obligarme a robar dinero de tu billetero, y patearme porque estabas borracho!

Ahora estaba temblando, las manos no le respondían. A sus pies había mechones de pelo, unos más largos que otros.

—¡Obligarme a esconderme de ti! ¡Golpearme tan fuerte hasta hacerme vomitar!

Arremetió bruscamente con las tijeras contra el lavamanos.

—¡Yo te quería! —sollozó—. ¡Me prometiste que nunca más me volverías a hacer daño y yo te creí! ¡Te creí!

Siguió cortando y llorando, y cuando tuvo el pelo a la misma medida, sacó el tinte de su escondite detrás del lavamanos. Castaño oscuro. Luego se metió en la ducha y se humedeció el pelo. Inclinó el frasco y empezó a aplicarse el tinte en el pelo con un masaje. Salió de la ducha, se quedó de pie delante del espejo y sollozó incontrolablemente mientras esperaba a que el tinte actuara. Pasados quince minutos, volvió a meterse en la ducha y se aclaró el pelo. Se puso champú y crema suavizante y volvió a colocarse de pie frente al espejo. Con sumo cuidado, se aplicó rímel negro en las pestaña. Se untó la piel con crema bronceadora para oscurecerla. Se vistió con unos pantalones vaqueros y un jersey, y volvió a contemplar su imagen en el espejo.

Una chica desconocida y morena, con el pelo corto, la miraba desde el espejo.

Limpió el cuarto de baño escrupulosamente, asegurándose de que no quedaran pelos en la ducha ni en el suelo. Todos los mechones cortados fueron a parar a la bolsa de basura, junto con la caja del tinte. Limpió el lavamanos y la encimera, y ató la bolsa de la basura. Por último, se puso colirio para borrar cualquier rastro de que había llorado.

No tenía tiempo que perder. Metió sus cosas en una bolsa de lona. Tres pares de pantalones vaqueros, dos camisetas, varias camisas. Bragas y sujetadores. Calcetines. Cepillo y pasta de dientes. Un peine. Rímel. Las pocas joyas que tenía. Queso, galletas saladas y frutos secos. Un tenedor y un cuchillo. Salió al porche trasero y desenterró el dinero de debajo de la maceta. Sacó el teléfono móvil de la cocina. Y finalmente, la identificación que necesitaba para empezar una nueva vida, una identificación que les había robado a unas personas que confiaban en ella. Se detestaba a sí misma por robar y sabía que estaba mal hecho, pero no había tenido otra opción y había rogado a Dios que la perdonara. Ahora era demasiado tarde para echarse atrás.

En su mente, había ensayado la escena un millón de veces, y actuó con rapidez. La mayoría de los vecinos estaban en sus respectivos trabajos: se había dedicado a observarlos por las mañanas y conocía sus rutinas. No quería que nadie la viera marchar, no quería que nadie la reconociera.

Se cubrió con un sombrero y una chaqueta, junto con una bufanda y los guantes. Hizo un bulto con la bolsa de lona y se la embutió debajo del jersey, moldeándola hasta que adoptó una forma redondeada, hasta que consiguió parecer una mujer embarazada. Se puso un abrigo largo, uno que era tan ancho como para cubrir el bulto en la barriga.

189

Se examinó por última vez en el espejo. Bajita, pelo oscuro. Con la piel de color cobrizo. Embarazada. Se puso unas gafas de sol. De camino a la puerta, activó el teléfono móvil y el servicio de desviación de llamada. Abandonó la casa a través de la puertecita lateral del patio. Recorrió la valla entre su casa y la de los vecinos, y depositó la bolsa de basura en su contenedor. Sabía que ambos estaban trabajando, que no había nadie en aquella casa. Y tampoco había nadie en la casa que colindaba con la suya por la parte trasera. Atravesó el patio de los vecinos y siguió caminando, pegada al flanco del edificio, hasta que finalmente emergió a un callejón con el suelo resbaladizo a causa del hielo.

Había empezado a nevar de nuevo. Sabía que al día siguiente no habría ni rastro de sus pisadas.

Tenía que recorrer seis manzanas, pero lo conseguiría. Caminó cabizbaja, intentando ignorar las dentelladas del viento glacial. Se sentía mareada, libre y aterrorizada, todo a la vez. Sabía que al día siguiente, por la noche, Kevin entraría en casa y la llamaría. No la encontraría, porque ella no estaría allí. Y esa misma noche, él iniciaría su búsqueda.

190

Los copos de nieve caían sin cesar mientras Katie se hallaba de pie en la intersección, junto a la puerta de un restaurante. A lo lejos vio que la furgoneta azul de la compañía Super Shuttle giraba la esquina. El corazón empezó a latirle desbocadamente. Justo en ese instante, sonó el teléfono móvil.

Palideció. Los coches pasaban rugiendo a su lado; las ruedas hacían un ruido fragoso sobre la nieve medio derretida. A lo lejos, la furgoneta cambió de carril para colocarse en el lado de la carretera donde ella se hallaba de pie. Tenía que contestar; no le quedaba más remedio. Pero la furgoneta se acercaba y había mucho ruido en la calle. Si contestaba en ese momento, él oiría el ruido y sabría que no estaba en casa.

El teléfono sonó por tercera vez. El semáforo se puso en rojo y la furgoneta azul se detuvo. A una manzana de distancia.

Katie dio media vuelta y entró apresuradamente en el restaurante. Allí los sonidos quedaban amortiguados aunque aún eran audibles: una sinfonía de choques de platos y tenedores y de gente hablando. Justo delante de ella estaba el mostrador de recepción, donde un hombre pedía una mesa. Sintió ganas de vomitar. Cubrió el teléfono con ambas manos y se giró hacia la ventana, rezando para que él no oyera la algazara del local. Las piernas le temblaban como un flan. Pulsó el botón y contestó.

—¿Por qué has tardado tanto en contestar? —quiso saber él.

—Estaba en la ducha. ¿Qué tal? ¿Cómo estás?

—Bien. Hace unos diez minutos que he llegado. ¿Y tú?

—Ah, estoy bien —dijo ella.

Kevin vaciló.

—Te oigo mal. ¿Pasa algo con el teléfono?

Más arriba, en la calle, el semáforo cambió a verde. La furgoneta Super Suttle puso el intermitente para indicar que se iba a detener. Katie rezó para que la esperase. A su espalda, la gente en el bar se había quedado increíblemente callada.

—Ah, pues no sé, yo te oigo bien; quizás haya algún problema con la línea. ¿Qué tal el viaje?

—Cuando he conseguido salir de la ciudad, bien. Pero todavía hay placas de hielo.

—Ten cuidado.

—Tranquila, conduciré despacio —dijo él.

—Lo sé —contestó ella. La furgoneta se había subido en la acera, y el conductor asomaba la cabeza por la ventana, buscándola—. Lo siento, cariño, pero ¿puedo llamarte dentro de unos minutos? Todavía tengo la crema suavizante en el pelo y quiero aclarármelo.

—Vale —rezongó él—. Te llamaré dentro de un rato.

—Te quiero —se despidió ella.

—Yo también.

Dejó que fuera él quien colgara antes de pulsar el botón en su teléfono. Luego salió disparada del bar y aceleró el paso hacia la furgoneta.

En la terminal de autobuses, compró un billete para ir a Filadelfia. No le gustó nada el modo en que el tipo que vendía los billetes intentó entablar conversación con ella.

En vez de esperar en la terminal, atravesó la calle para desayunar. El precio del viaje hasta la terminal y el billete de autobús se habían comido la mitad del dinero que Katie había ido ahorrando durante un año, pero tenía hambre y pidió dos pan-

191

queques, una salchicha y un vaso de leche. En la mesa del bar, alguien había dejado un periódico y se obligó a leerlo. Kevin llamó mientras estaba comiendo, y cuando le repitió que su voz sonaba rara en el teléfono, ella sugirió que quizás había problemas en la línea a causa de la tormenta.

Veinte minutos más tarde, subió al autobús. Una anciana señaló hacia su abultada barriga mientras Katie se abría paso hacia el fondo del vehículo.

—¿Cuánto te falta? —le preguntó la mujer.

—Otro mes.

—¿Es el primero?

—Sí —contestó, pero tenía la boca tan seca que le costaba hablar.

Reemprendió la marcha y tomó asiento en una de las últimas filas. Varias personas ocupaban los asientos justo delante y detrás de ella. Al otro lado del pasillo había una pareja joven. Adolescentes, apretujados el uno contra el otro, escuchando música y siguiendo el ritmo con las cabezas.

Katie clavó la vista en la ventana mientras el autobús se alejaba de la estación, sintiéndose como en un sueño. En la autopista, la ciudad de Boston, gris y fría, empezó a quedar pequeñita a lo lejos. Le dolía la parte inferior de la espalda. El autobús seguía su ruta, alejándola de su casa. Seguía nevando sin parar; los vehículos salpicaban los flancos del autobús con nieve derretida cuando lo adelantaban.

Deseaba poder hablar con alguien. Quería contarles que había decidido huir porque su marido la maltrataba y que no podía llamar a la Policía porque él era policía. Quería decirles que no disponía de mucho dinero y que jamás podría volver a usar su verdadero nombre. Si lo hacía, él la encontraría y la llevaría otra vez a casa y le volvería a pegar, solo que esta vez posiblemente la apalearía hasta matarla. Quería decirles que estaba aterrorizada porque no sabía dónde iba a dormir aquella noche ni cómo iba a apañárselas para comer cuando se le acabara el dinero.

Podía notar el aire frío en la ventana del autobús, mientras iban dejando atrás pueblos y ciudades. El tráfico en la autopista era más fluido, pero en las carreteras volvieron a encontrar retenciones. Katie no sabía qué iba a hacer. Todos sus planes se acababan en el autobús y no tenía a nadie a quien pedir ayuda. Estaba sola y no tenía nada, excepto las pertenencias que llevaba encima.

Cuando faltaba una hora para llegar a Filadelfia, volvió a sonar el teléfono. Cubrió el aparato con la mano y habló con él. Antes de que Kevin colgara, él le prometió que la llamaría antes de irse a dormir.

Llegó a Filadelfia a última hora de la tarde. Hacía frío, pero no nevaba. Aguardó a que todos los pasajeros se apearan del autobús. En el lavabo, se quitó la bolsa de lona de la barriga. A continuación se dirigió a la sala de espera, donde se acomodó en un banco. Le rugía el estómago, y cortó una pequeña porción de queso y se lo comió con un par de galletas saladas. Sabía que tenía que intentar alargar al máximo la comida que llevaba, por lo que guardó el resto, a pesar de que seguía hambrienta. Finalmente, tras comprar un plano de la ciudad, salió a la calle.

La terminal no estaba situada en una mala zona de la ciudad; avistó el centro de convenciones y el histórico teatro Trocadero, lo que le infundió cierta seguridad, pero eso también significaba que no podría alojarse en ningún hotel de la zona porque todos serían muy caros. El mapa indicaba que se hallaba cerca de Chinatown; a falta de otra alternativa mejor, se encaminó hacia aquel barrio.

Tres horas más tarde, encontró un lugar donde dormir. Estaba sucio y apestaba a tabaco; en la diminuta habitación que había alquilado apenas cabía nada más que la pequeña cama entrada con calzador. No había ninguna lámpara, sino una simple bombilla pelada colgada del techo, y el cuarto de baño comunitario estaba al final del pasillo. Las paredes eran grises y estaban manchadas de humedad, y la ventana tenía rejas. Podía oír voces provenientes de las habitaciones contiguas a ambos lados de la suya, voces de personas que hablaban una lengua desconocida. Sin embargo, era el único sitio que podía permitirse. Disponía de suficiente dinero como para pasar tres noches, cuatro si era capaz de sobrevivir con la escasa comida que se había llevado de casa.

Se sentó en la punta de la cama, temblando, sintiendo

193

miedo de aquel sitio, miedo del futuro. La mente le daba vueltas como una centrifugadora. Tenía que orinar, pero no se atrevía a salir de la habitación. Intentó convencerse a sí misma de que se trataba de una aventura y de que todo saldría bien. Aunque pareciera una locura, de repente se preguntó si no había cometido un grave error al huir; intentó no pensar en su cocina y su habitación y en todas las cosas que había dejado atrás. Sabía que podía comprar un billete de vuelta a Boston y regresar a casa antes de que Kevin ni siquiera se diera cuenta de que había huido. Pero ahora llevaba el pelo corto y oscuro, y de ningún modo podía explicar ese cambio de imagen.

Fuera, el sol ya casi se había puesto, pero unos débiles rayos de luz aún se filtraban a través de la mugrienta ventana. Katie oyó bocinas de coches y miró hacia la calle. Todos los carteles estaban en chino y todavía había algunos comercios abiertos. Podía escuchar cómo las conversaciones subían de tono en la oscuridad, y se fijó en las bolsas de plástico llenas de basura, apiladas en la acera. Se hallaba en una ciudad totalmente desconocida, llena de gente desconocida. Se dijo a sí misma que no sobreviviría. No era lo bastante fuerte. Al cabo de tres días no tendría dónde alojarse, a menos que encontrara trabajo. Si vendía sus joyas, quizá podría costearse otro día más, pero… ¿y luego, qué?

Estaba exhausta y le dolía mucho la espalda. Se tumbó en la cama y sucumbió a un profundo sueño casi de inmediato. Kevin llamó más tarde. El timbre del teléfono móvil la despertó. Tuvo que aunar fuerzas para poder hablar con voz serena, para no traicionarse a sí misma, pero parecía tan cansada como verdaderamente lo estaba, y supo que Kevin creía que ya se había metido en la cama. Cuando él colgó, volvió a quedarse dormida en cuestión de minutos.

Por la mañana, oyó pasos por el pasillo, en dirección al cuarto de baño. Dos mujeres chinas estaban de pie junto a los dos lavamanos; había moho en las paredes y un rollo de papel higiénico mojado en el suelo. La puerta del retrete no cerraba bien y tuvo que aguantarla con la mano para mantenerla cerrada.

En su habitación, desayunó un poco de queso y galletas saladas. Quería ducharse, pero cayó en la cuenta de que se había olvidado el champú y el jabón en casa, así que no tenía sentido meterse en la ducha. Se cambió de ropa y se cepilló los dientes y el pelo. Volvió a guardar sus parcas pertenencias en la bolsa de lona; no quería dejar la bolsa en la habitación mientras estaba fuera, así que se la colgó del hombro y bajó hasta la calle. En la recepción estaba el mismo individuo que le había entregado la llave la tarde previa. Katie se preguntó si jamás abandonaba su puesto de centinela. Le pagó otra noche por adelantado y le pidió que le reservara la habitación.

Fuera, el cielo era azul y las calles estaban secas. Se dio cuenta de que el dolor en la espalda no había disminuido. Hacía frío, pero no tanto como en Boston, y a pesar de sus temores, sonrió. Se recordó a sí misma que lo había conseguido. Había huido. Kevin estaba a cientos de kilómetros de distancia y no sabía cuál era su paradero. Ni tan solo sabía que ella lo había abandonado, todavía. Probablemente la llamaría un par de veces más, luego Katie tiraría el teléfono móvil y nunca más volvería a hablar con él.

Permaneció con la espalda bien erguida y aspiró el aire fresco. El día se le antojaba como un papel en blanco, sin estrenar, con un sinfín de posibilidades. Se dijo a sí misma que ese día iba a encontrar trabajo. Decidió que ese día iba a empezar a vivir el resto de su vida.

195

Había huido dos veces previamente y quería pensar que había aprendido de sus errores. La primera vez fue cuando aún no hacía ni un año que estaba casada, después de que Kevin la moliera a palos mientras ella permanecía acurrucada en una esquina de la habitación. Habían llegado las facturas y él estaba furioso porque ella había subido el termostato para que la casa no estuviera tan fría. Cuando finalmente dejó de golpearla, agarró las llaves del coche y se marchó a comprar más licor. Sin pensarlo dos veces, Katie se puso la chaqueta y salió a la calle, cojeando. Unas horas más tarde, con el aguanieve que caía y sin ningún lugar adonde ir, lo llamó por teléfono y Kevin fue a buscarla.

La siguiente vez, consiguió llegar a Atlantic City antes de que él la encontrara. Le había quitado dinero del billetero y había comprado un billete de autobús, pero él la encontró cuando ni tan solo hacía una hora que había llegado a la ciudad. Kevin había conducido temerariamente, sabiendo que ella intentaría ir al único lugar donde todavía podía encontrar algún amigo. Katie se pasó todo el trayecto de vuelta en la parte de atrás del coche, esposada. Kevin solo se detuvo una vez, cuando aparcó el coche junto a un edificio abandonado y le propinó una paliza; más tarde, aquella noche, sucedió el espeluznante episodio de la pistola.

Después de aquella intentona, él se ocupó de ponérselo más difícil para que no pudiera volver a escapar. Solía guardar el dinero bajo llave y empezó a seguir todos sus movimientos de forma obsesiva. Katie sabía que Kevin era capaz de ir hasta el fin del mundo con tal de encontrarla. Estaba totalmente desquiciado, pero además era persistente, diligente y no le solían fallar los instintos. Acabaría por descubrir su paradero. Katie lo sabía. Seguiría su rastro hasta Filadelfia. Sin embargo, sabía que, de momento, había tenido suerte, pero sin dinero para empezar una nueva vida, lo único que podía hacer era no bajar la guardia y permanecer siempre alerta. Sabía que no podría quedarse en Filadelfia mucho tiempo.

196

Al tercer día en la ciudad, encontró un trabajo de camarera en un bar de copas. Se inventó un nombre y un número de la seguridad social. Tarde o temprano averiguarían que era falso, pero por entonces ya estaría lejos. Encontró otra habitación de alquiler en la otra punta de Chinatown. Trabajó durante dos semanas, viviendo de las propinas mientras buscaba y encontraba otro trabajo, que abandonó pronto y sin dilación, sin siquiera recoger el cheque de la paga. ¿Para qué iba a recogerlo? Sin identificación original, no podría ingresarlo. Trabajó otras tres semanas en un pequeño restaurante y finalmente se marchó de Chinatown para instalarse en un destartalado motel donde pagó el alquiler de una semana por adelantado. A pesar de que se hallaba en una sección pobre de la ciudad, la habitación era un poco más cara, pero por lo menos disponía de su propio cuarto de baño con ducha y le salía a cuenta, aunque solo fuera porque podía gozar de cierta intimidad y de un lugar donde dejar sus pertenencias. Había ahorrado unos cuantos cientos de dólares, más que lo que tenía cuando se marchó de Dorchester, aunque no lo bastante como para empezar de cero.

Nuevamente, se marchó sin recoger el cheque de la paga, sin siquiera pasar por el restaurante para informarlos de que abandonaba el puesto. Unos días más tarde encontró otro trabajo en otro restaurante. En el nuevo local, le dijo al encargado que se llamaba Erica.

A pesar de los constantes cambios de trabajo y de alojamiento, no bajaba la guardia, y fue allí, solo cuatro días después de empezar a trabajar, cuando una mañana, al girar la esquina de camino al restaurante, vio un coche aparcado que, sin saber por qué, le pareció fuera de lugar. Se detuvo en seco.

Incluso ahora no estaba segura de cómo se había dado cuenta, a no ser por el hecho de que la carrocería era lo bastante brillante como para reflejar la temprana luz matinal. Mientras escrutaba el coche sin pestañear, divisó cierto movimiento en el asiento del conductor. El motor estaba parado y le pareció raro que alguien fuera capaz de permanecer sentado en un coche sin calefacción en una mañana tan fría. Sabía que solo actuaban de ese modo los que estaban esperando a alguien.

O siguiendo a alguien.

Kevin.

Supo que era él, lo supo con una certeza que la sorprendió, e instintivamente retrocedió y se escondió tras la esquina, rezando para que él no la hubiera visto a través del espejo retrovisor. Empezó a desandar con paso acelerado el trayecto que acababa de realizar. Tan pronto como el coche quedó fuera del alcance de su vista, emprendió la carrera hacia el motel, con el corazón desbocado. Hacía años que no corría tan deprisa, pero de tanto caminar durante las últimas semanas se le habían endurecido las piernas y pudo correr sin dificultad. Una manzana. Dos. Tres. Miraba todo el rato por encima del hombro, pero Kevin no la seguía.

No importaba. Él sabía que ella estaba allí. Sabía dónde trabajaba. Si ella no aparecía por el trabajo, Kevin se enteraría. Al cabo de unas horas, descubriría dónde se alojaba.

En su habitación, guardó atropelladamente sus pocas pertenencias en la bolsa de lona y salió disparada por la puerta sin perder ni un segundo. Su primer impulso fue dirigirse a la estación de autobuses, pero pensó que tardaría demasiado. Una hora, quizá más, para llegar a la estación andando, y no tenía tiempo que perder. Aquel sería el primer lugar que Kevin inspeccionaría cuando se diera cuenta de que ella había desaparecido. Dio media vuelta, regresó al motel y le pidió al conserje que le llamara un taxi. El vehículo llegó diez minutos más tarde. Fueron los diez minutos más largos de su vida.

En la estación de autobuses, consultó frenéticamente el horario de salidas y seleccionó un autobús a Nueva York que tenía su salida prevista al cabo de media hora. Se escondió en el lavabo de señoras hasta que llegó la hora de partir. Cuando se montó en el autobús, se acurrucó como un ovillo en el asiento para esconderse. No tardó mucho en llegar a Nueva York. De nuevo, consultó el horario de salidas y compró un billete que la llevaría tan lejos como hasta Omaha.

Ya de noche, se apeó del autobús en algún lugar de Ohio. Durmió en la estación, y a la mañana siguiente caminó hasta un aparcamiento donde había varios camiones estacionados. Allí conoció a un hombre que tenía que entregar una mercancía en Wilmington, en Carolina del Norte.

Unos días más tarde, después de vender sus joyas, llegó andando a Southport y encontró la cabaña. Tras pagar el primer mes de alquiler, se quedó sin dinero para comprar comida.

23

*E*staban a mitad de junio. Katie se disponía a salir del trabajo después del ajetreado turno de la cena cuando divisó una figura familiar de pie junto a la salida.

—¡Hola, vecina! —la saludó Jo, apoyada en la farola donde Katie había atado su bicicleta.

—¿Qué haces aquí? —preguntó Katie, al tiempo que se inclinaba para darle un abrazo. Hasta ese momento, nunca había coincidido con Jo en el pueblo, y al verla fuera de contexto se sintió un poco desconcertada.

—He venido a verte. ¿Dónde has estado, viajera?

—Podría hacerte la misma pregunta.

—He estado en casa el tiempo suficiente como para saber que llevas varias semanas saliendo con Alex. —Jo le guiñó el ojo—. Pero no soy de esa clase de amigas a las que les guste entrometerse. He pensado que seguramente necesitabais tiempo para estar solos.

Katie intentó controlar el rubor, pero no lo consiguió.

—¿Cómo sabías que estaba aquí?

—No lo sabía. En tu casa no había luz y se me ha ocurrido pasar por aquí, a ver si te encontraba. —Jo se encogió de hombros—. ¿Tienes planes para esta noche? ¿Quieres que vayamos a tomar algo juntas, antes de volver a casa? —Cuando vio que Katie vacilaba, prosiguió—: Sé que es tarde. Una sola copa, te lo prometo. Luego te dejaré irte a dormir.

—Una copa —convino Katie.

Unos pocos minutos más tarde, entraron en un bar, uno de los más populares de la localidad, con los paneles de madera oscura que forraban el interior completamente ajados a causa de tantas décadas de uso, y con un largo espejo detrás de la barra. Aquella noche el local estaba poco concurrido; solo había unas pocas mesas ocupadas. Las dos amigas tomaron asiento en una esquina al fondo del local. Puesto que ningún camarero se acercó a su mesa, Katie decidió ir a la barra y pedir dos copas de vino que ella misma llevó a la mesa.

—Gracias —dijo Jo, al tiempo que aceptaba la copa—. A la próxima ronda invito yo. —Se recostó en la silla—. Así que sales con Alex, ¿eh?

—¡No me digas que por eso has venido a buscarme! ¿Para hablar sobre eso? —preguntó Katie.

—Bueno, puesto que mi vida amorosa es un verdadero desastre, tengo que vivir de las ilusiones ajenas. Parece que os va bien, ¿eh? Él estuvo en tu casa… A ver, déjame pensar…, ¿dos o tres veces la semana pasada? ¿Igual que la semana anterior?

«De hecho, más veces», pensó Katie, pero contestó:

—Más o menos.

Jo jugueteó con la copa.

—No está mal.

—¿Qué quieres decir con eso de que no está mal?

—Parece que lo vuestro va en serio, ¿no? —Jo enarcó una ceja.

—Todavía nos estamos conociendo —se excusó Katie, sin saber adónde pretendía llegar Jo con aquel interrogatorio.

—Así empiezan todas las relaciones. A él le gustas, a ti te gusta él. Entonces los dos decidís unir vuestros caminos.

—¿Por eso has venido? ¿Para que te cuente todos los detalles? —Katie intentó controlar la exasperación de su tono.

—No todos los detalles. Solo los más jugosos.

Katie esbozó una mueca de fastidio.

—¿Y qué te parece si en vez de eso nos dedicamos a hablar de tu vida amorosa?

—¿Por qué? ¿Tienes ganas de deprimirte?

—A ver, ¿cuándo fue la última vez que saliste con un chico?

—¿Te refieres a salir en serio? ¿O solo a salir un día?

—En serio.

Jo vaciló.

—¡Uf! Eso fue…, como mínimo…, hace un par de años.

—¿Qué sucedió?

Jo hundió un dedo en el vino, luego deslizó el dedo mojado por el borde de la copa, produciendo una música cadenciosa. Al cabo de unos segundos, alzó la vista.

—Cuesta mucho encontrar un hombre bueno —advirtió con melancolía—. No todas tenemos la misma suerte que tú.

Katie no sabía realmente cómo contestar a tal comentario, así que en lugar de hacerlo le acarició la mano a su amiga. Luego le preguntó con ternura:

—¿Qué pasa? ¿Por qué querías hablar conmigo?

Jo echó un vistazo al bar vacío como si intentara buscar inspiración en el espacio que la rodeaba.

—¿Alguna vez has pensado sobre el significado de la vida? ¿Si aquí se acaba todo o si hay algo más grande ahí fuera? ¿O si estás destinada a algo mejor?

—Creo que eso es algo que todos hacemos —contestó Katie, mientras se incrementaba su curiosidad.

—Cuando era pequeña, a menudo creía que era una princesa. De las buenas, quiero decir. Alguien que siempre actúa de la forma correcta y que tiene el poder de hacer que la vida de los demás sea mejor, para que, al final, vivan felices y coman perdices.

Katie asintió. Podía recordarse a sí misma en el mismo papel, pero todavía no estaba segura de adónde quería ir a parar Jo, así que se quedó callada.

—Creo que por eso me dedico a mi profesión. Cuando empecé, solo pretendía ayudar. Veía a personas que sufrían a causa de la pérdida de algún ser querido (un padre, un hijo, un amigo), y mi corazón se llenaba de compasión. Intentaba hacer todo lo que estaba en mis manos para aliviarles la existencia. Pero a medida que pasaba el tiempo, me fui dando cuenta de que no podía hacer gran cosa por ellos, que al final la gente que sufre tiene que «querer» seguir adelante, que el primer paso, esa chispa de motivación, tiene que salir de ellos. Y cuando lo hace, abre la puerta a lo inesperado.

Katie inhaló aire poco a poco, intentando comprender las divagaciones de Jo.

—No sé qué intentas decirme.

Jo agitó el vino, estudiando el pequeño remolino que se ha-

201

bía formado en la copa. Por primera vez, adoptó un tono completamente serio.

—Estoy hablando de ti y de Alex.

Katie no pudo ocultar su sorpresa.

—¿De Alex y de mí?

—Sí —asintió—. Él te ha contado lo de la muerte de su esposa, ¿verdad? Lo duro que fue para él (para toda la familia) pasar ese mal trago, ¿no?

Katie fijó la vista en un punto al otro lado de la mesa, sintiéndose súbitamente incómoda.

—Sí… —empezó a decir.

—Entonces ten cuidado con él —concluyó Jo, con el mismo tono serio—. Con todos ellos. No les rompas el corazón.

En el incómodo silencio que se formó a continuación, a Katie le vino a la cabeza la primera conversación que había mantenido con Jo acerca de Alex.

Recordó que le había preguntado: «¿Habías salido con él?», y que Jo le había contestado: «Sí, pero quizá no de la forma que crees. Y solo para que te quede claro: eso pasó hace mucho tiempo, y cada uno ha seguido su camino».

Aquel día, Katie había pensado que eso significaba que Jo y Alex habían salido juntos hacía años, pero ahora…

Se quedó perpleja ante la obviedad de la conclusión. La terapeuta que Alex había mencionado, que había mantenido varias sesiones con los niños y con él después de la muerte de Carly… Tenía que ser Jo. Katie se sentó con la espalda completamente erguida.

—Hiciste terapia con Alex y sus hijos, ¿no es cierto? Quiero decir, después de que Carly muriera.

—Prefiero no hablar de ello —contestó Jo. Su tono era sereno y medido. Como el de un terapeuta—. Puedo decir que los tres… significan mucho para mí. Y si no tienes serias intenciones respecto a un posible futuro con ellos, creo que deberías romper el lazo con Alex ahora. Antes de que sea demasiado tarde.

Katie notó que se le encendían las mejillas; parecía inapropiado, incluso presuntuoso, que Jo le estuviera hablando de ese modo.

—No creo que sea de tu incumbencia —replicó, con la voz tensa.

Jo asintió de mala gana.

—Tienes razón. No es de mi incumbencia. Pero realmente creo que ya han sufrido bastante. Y lo último que les deseo es que se encariñen de alguien que no tiene intención de quedarse en Southport. Quizá lo que me preocupa es que el pasado vuelva a atormentarte y decidas marcharte, sin importar la inmensa tristeza que dejes detrás de ti.

Katie se quedó sin habla. Aquella conversación era tan inesperada, tan incómoda… Las palabras de Jo le habían revuelto peligrosamente las emociones.

Si ella se dio cuenta de la incomodidad de Katie, no lo demostró, ya que siguió insistiendo.

—El amor no lo es todo si uno no está dispuesto a adoptar un compromiso, y tienes que pensar no solo en lo que quieres tú, sino en lo que desea él. No solo ahora, también en el futuro. —Continuó mirando a Katie fijamente desde el otro lado de la mesa; sus ojos castaños apenas parpadeaban—. ¿Estás lista para ser la esposa de Alex y la madre de sus hijos? Porque eso es lo que quiere Alex. Quizá no de momento, pero lo querrá en el futuro. Y si no estás dispuesta a adoptar ese compromiso, si solo vas a jugar con sus sentimientos y con los de sus hijos, entonces no eres la persona que él necesita en su vida.

Antes de que Katie pudiera decir nada, Jo se levantó de la mesa mientras seguía hablando:

—Quizá no debería habértelo dicho, y tal vez a partir de ahora ya no me consideres tu amiga, pero no me sentiría cómoda conmigo misma si no te hubiera hablado tan claro. Tal y como te he dicho desde el primer día, es un buen hombre, un ejemplar casi único. Ama profundamente y para siempre. —Pronunció la última frase despacio, antes de que la expresión de su rostro se suavizara de repente—. Me parece que tú eres igual, pero quería recordarte que si de verdad te importa Alex, entonces has de estar dispuesta a adoptar un compromiso con él. No importa lo que os depare el futuro. No importa lo traumatizada que estés.

Con aquel último alegato, dio media vuelta y salió del bar, dejando a Katie sentada a la mesa, en silencio, estupefacta. Solo cuando se puso de pie para marcharse se dio cuenta de que Jo no había tocado su copa.

$\mathcal{K}$evin Tierney no fue a Provincetown el fin de semana que le había dicho a Coffey y a Ramirez que lo haría. En vez de eso, se quedó en casa con las cortinas cerradas, rabiando por lo cerca que había estado de encontrarla en Filadelfia.

No habría conseguido seguirle el rastro hasta tan lejos si no fuera porque Erin había cometido el error de ir a la estación de autobuses. Kevin sabía que era el único medio de transporte que podía haber tomado. Los billetes eran baratos y no hacía falta identificarse, y a pesar de que no estaba seguro de cuánto dinero le había robado, sabía que no podía ser mucho. Desde el primer día de casados, él había controlado el dinero. Siempre la obligaba a entregarle los recibos y a darle el cambio, pero después de que ella intentara huir por segunda vez, también había extremado las medidas guardando cada noche el billetero en el armario, en la caja donde guardaba las pistolas, antes de acostarse. A veces, sin embargo, se quedaba dormido en el sofá, y ahora podía imaginar a Erin sustrayéndole el billetero sigilosamente y robándole dinero. La imaginaba riéndose de él en silencio mientras lo hacía, y cómo, por la mañana, le preparaba el desayuno y fingía que no había hecho nada malo. Le sonreía y lo besaba, pero por dentro se estaba riendo de él. Se reía de él. Erin le había robado dinero. Kevin sabía que eso no estaba bien, pues la Biblia decía: «No robarás».

En la oscuridad, Kevin se mordió los labios, pensando en cómo al principio había esperado que ella regresara. Nevaba, así que Erin no podía ir muy lejos; la primera vez que había huido también lo había hecho en una noche de perros, y al cabo de unas horas lo había llamado y le había pedido que fuera a buscarla porque no tenía adónde ir. Ya de vuelta en casa, le pidió perdón por lo que había hecho y él le preparó una taza de chocolate caliente mientras ella permanecía sentada, tiritando en el sofá. Kevin le llevó una manta y la observó mientras ella se cubría, intentando entrar en calor. Le sonrió y él le devolvió la sonrisa, pero cuando dejó de temblar, se acercó y la pegó hasta hacerla llorar. A la mañana siguiente, cuando se levantó para ir a trabajar, Erin ya había limpiado el chocolate derramado por el suelo, pero en la alfombra todavía quedaba una mancha que no había conseguido quitar. A veces Kevin se enfurecía solo con ver esa mancha.

Aquella noche de enero, cuando se dio cuenta de que ella se había marchado, bebió dos vasos de vodka mientras esperaba a que regresara, pero el teléfono no sonaba y la puerta principal seguía cerrada. Pensaba que no podía hacer mucho rato que se había ido; no había pasado ni una hora desde la última vez que había hablado con ella por teléfono. Le había dicho que estaba preparando la cena. Pero no había ni rastro de cena en el horno. Ni rastro de ella en la casa ni en la bodega ni en el garaje. Se quedó un rato en el porche y buscó pisadas sobre la nieve, pero era obvio que Erin no había salido por la puerta principal. Sin embargo, la nieve en el patio trasero estaba igualmente intacta, así que eso quería decir que tampoco había salido por allí. Era como si se hubiera largado volando o se hubiera esfumado en el aire. Parecía que Erin todavía tenía que estar en casa…, pero no.

205

En la siguiente media hora, se bebió otros dos vasos de vodka. Por entonces, estaba tan rabioso que de un puñetazo abrió un boquete en la puerta de la habitación. Salió hecho una furia y se puso a aporrear las puertas de los vecinos. Les preguntó si la habían visto salir, pero nadie supo decirle nada. Se metió en el coche y empezó a barrer las calles del vecindario, intentando averiguar cómo había sido capaz de salir de casa sin dejar rastro. Pensaba que Erin le sacaba dos horas de ventaja, pero ella iba andando, y con aquel tiempo no podría llegar muy lejos. A menos que alguien la hubiera recogido en coche. Alguien con quien ella tuviera relación. Un hombre.

Golpeó con violencia el volante, con la cara distorsionada a causa de la ira. A seis manzanas estaba el barrio comercial.

Entró en todos los locales de la zona, mostrando una fotografía de Erin tamaño de billetera y preguntando si alguien la había visto. Nadie la reconoció. Les dijo que quizá fuera acompañada de un hombre, pero todos siguieron negando con la cabeza. Los hombres a los que preguntó no se cortaron ni un pelo: «¿Una muñeca rubia como esa? Le aseguro que me habría fijado en ella, en especial en una noche como esta».

Recorrió cada calle en un radio de ocho kilómetros a la redonda desde su casa durante un par de veces más antes de regresar finalmente a casa. Eran las tres de la madrugada y la casa estaba vacía. Después de otro vodka, Kevin rompió a llorar hasta que se quedó dormido.

Por la mañana, tan pronto como se despertó, volvió a ponerse furioso, y con un martillo destrozó las macetas que Erin tenía en el patio trasero. Respirando agitadamente, llamó por el teléfono móvil a la oficina para decirles que no iría a trabajar porque estaba enfermo, luego se sentó en el sofá e intentó comprender cómo se había escapado. Alguien tenía que haberla recogido en coche; alguien tenía que haberla llevado hasta algún sitio. Alguien que ella conocía. ¿Un amigo de Atlantic City? ¿Altoona? Pensó que era posible, excepto que cada mes revisaba las facturas telefónicas. Erin nunca realizaba llamadas a larga distancia. Debía de tratarse de alguien de la localidad. Pero ¿quién? Erin nunca iba a ninguna parte, nunca hablaba con nadie. Se había asegurado de ello.

Fue a la cocina. Se estaba sirviendo otro vaso de vodka cuando oyó que sonaba el teléfono. Corrió a contestar, esperando que fuera Erin. Sin embargo, sucedió una cosa extraña: el teléfono solo sonó una vez, y cuando cogió el auricular, oyó un tono de marcado. Se quedó mirando fijamente el aparato, intentando comprender qué sucedía antes de colgar.

¿Cómo había conseguido huir? Había algo que no encajaba. Aunque alguien de la localidad la hubiera recogido en coche, ¿cómo había conseguido salir hasta la carretera sin dejar pisadas sobre la nieve? Examinó la calle a través de la ventana, intentando poner las piezas en el orden correcto. Algo no encajaba, aunque no sabía qué. Se apartó de la ventana y volvió a centrarse en el teléfono. Entonces, de repente, las piezas empezaron a encajar en el rompecabezas. Kevin volvió a sacar su teléfono móvil. Marcó el número de casa y oyó cómo el teléfono sonaba una vez en casa, solo una vez. En cambio, su teléfono móvil seguía llamando. Kevin comprendió al instante lo que sucedía: Erin había desviado las llamadas a un teléfono móvil. Lo que quería decir que ya no estaba en casa cuando la había llamado la noche anterior. Aquello también explicaba por qué el timbre de voz de Erin le había parecido extraño cuando había hablado con ella. Y, por supuesto, eso también explicaba la falta de pisadas sobre la nieve. Erin se había marchado el martes por la mañana.

En la estación de autobuses, Erin había cometido un error, a pesar de que no lo había podido evitar. Debería haber comprado el billete a una taquillera. Los hombres siempre recuerdan a las mujeres guapas. No importaba si llevan el pelo largo y rubio, o corto y oscuro. Ni tampoco si fingen estar embarazadas.

Kevin se dirigió a la estación de autobuses. Mostró su placa y una foto de Erin. Las primeras dos veces que se pasó por la estación, ninguno de los taquilleros la reconoció. La tercera vez, sin embargo, uno de ellos dudó y dijo que quizá podía ser ella, excepto que llevaba el pelo corto y castaño y que estaba embarazada. Sin embargo, el taquillero no recordaba qué destino había tomado. De vuelta a casa, Kevin encontró una foto de Erin en el ordenador y usó Photoshop para cambiarle el pelo de rubio a castaño y luego acortárselo. El viernes volvió a llamar al trabajo diciendo que seguía enfermo. «Es ella», le confirmó el taquillero. Kevin sintió un subidón de adrenalina. Ella pensaba que era más lista que él, pero era estúpida y descuidada, y había cometido un fallo. A la semana siguiente, se tomó un par de días de vacaciones y continuó pululando por la estación de autobuses, mostrando la nueva fotografía a los conductores. Llegaba por la mañana y se marchaba tarde, ya que los conductores iban y venían durante todo el día. Tenía dos botellas en el coche, y se echaba el vodka en un vaso térmico de poliestireno y lo sorbía con una cañita.

El sábado, once días después de que Erin lo hubiera abandonado, Kevin encontró al conductor. El conductor que la había llevado a Filadelfia. La recordaba porque era guapa, estaba embarazada y viajaba sin equipaje.

207

Y

Filadelfia. Posiblemente, una vez que estuvo en Filadelfia, Erin habría optado por marcharse a otro sitio, pero era la única pista que tenía. Además, sabía que ella no tenía mucho dinero.

Preparó una bolsa con cuatro cosas, se montó en el coche y condujo hasta allí. Aparcó en la estación de autobuses e intentó pensar como ella. Kevin era un buen inspector y sabía que si conseguía ponerse en su piel, sería capaz de encontrarla. Había aprendido que la gente era predecible.

El autobús llegó unos minutos antes de las cuatro de la tarde. Kevin se quedó de pie en la estación, mirando hacia una dirección y luego la otra. Pensó que ella había estado allí de pie unos días antes. Se preguntó cómo habría reaccionado en una ciudad desconocida, sin dinero, sin amigos y sin un lugar adónde ir. Con billetes de un dólar y monedas de veinticinco y diez céntimos no podía ir muy lejos, especialmente después de comprar un billete de autobús.

Cuando Erin llegó a Filadelfia hacía frío, y ya faltaría poco para que oscureciera. Era probable que no hubiera querido caminar mucho y necesitaría alojarse en algún sitio. Un lugar donde aceptaran dinero en metálico. Pero ¿dónde? En aquella zona no, eso seguro. Demasiado cara. ¿Adónde podía haber ido? No se arriesgaría a perderse o a meterse en un lugar peligroso, lo que significaba que probablemente había consultado el listín telefónico. Regresó al edificio de la terminal de autobuses y se puso a buscar en la sección de hoteles del listín telefónico. Descubrió que aquel apartado ocupaba demasiadas páginas. A lo mejor había seleccionado un hotel, pero, entonces, ¿qué? Tendría que caminar desde allí. Lo que significaba que Erin había necesitado un plano.

Enfiló hacia el quiosco de la estación y compró un plano de la ciudad. Le mostró al dependiente la foto, pero este sacudió la cabeza mientras se excusaba alegando que ese martes no había trabajado. Pero Kevin no se desanimó. Estaba seguro de que eso era lo que Erin había hecho. Desdobló el plano y situó la estación de autobuses. Estaba cerca de Chinatown. Supuso que Erin había ido en esa dirección.

Se montó de nuevo en el coche y barrió las calles de Chinatown. De nuevo tuvo la impresión de que iba tras la pista correcta. Bebió más vodka y recorrió las calles a pie. Empezó a mostrar la foto de Erin por los locales más cercanos a la estación de autobuses. Nadie sabía nada, pero Kevin tenía la impresión de que algunos de ellos mentían. Buscó en lugares donde alquilaban habitaciones por un precio módico, sitios a los que él jamás se habría atrevido a llevarla, lugares asquerosos con sábanas sucias, regentados por individuos que apenas hablaban inglés y que solo aceptaban el pago en metálico. Kevin alegaba que la mujer en cuestión corría un grave peligro si él no la encontraba. Al final, encontró el primer lugar donde se había alojado, pero el propietario no sabía adónde había ido la chica después. Kevin lo encañonó con la pistola, pero a pesar de que el hombre lloró, le juró que no sabía nada más.

Tuvo que volver al trabajo el lunes, furioso al pensar que ella le había dado esquinazo. Pero el siguiente fin de semana regresó a Filadelfia. Y el fin de semana siguiente. Amplió su búsqueda, pero había demasiados lugares. Además, tenía que hacer el rastreo él solo, sin ayuda, y nadie se fiaba de un poli de otra ciudad.

Pero Kevin era paciente y diligente. No pensaba tirar la toalla. Se tomó varios días a cuenta de sus vacaciones. Pasó otro fin de semana. Amplió más el radio de búsqueda, consciente de que ella necesitaba dinero. Se pasó por bares y restaurantes. Pensaba interrogar a todos los habitantes de la ciudad si era necesario. Finalmente, una semana después del Día de San Valentín, conoció a una camarera, Tracy, que le dijo que Erin trabajaba en aquel restaurante, pero que se hacía llamar Erica. Le tocaba trabajar al día siguiente. La camarera se fio de él porque era inspector, e incluso se atrevió a flirtear un poco y le dio su número de teléfono.

Kevin alquiló un coche. A la mañana siguiente lo estacionó en poco más arriba en la misma calle del restaurante, antes de que amaneciera. Los trabajadores entraban a través de una puerta lateral en el callejón colindante. Sentado en el asiento del conductor, se dedicó a sorber el vodka de su vaso térmico mientras esperaba. Al cabo de un rato, vio que el propietario, Tracy y otra mujer se dirigían al callejón. Pero su mujer no apareció. Tampoco lo hizo al día siguiente. Además, nadie sabía dónde vivía. Tampoco se presentó a recoger el cheque de la paga.

Kevin descubrió dónde se alojaba unas horas más tarde. Se trataba de un hotelucho que no estaba demasiado lejos del restaurante. El dueño, que solo aceptaba dinero en efectivo, dijo no saber nada, excepto que Erin se había marchado el día antes y que luego había regresado y se había vuelto a marchar precipitadamente. Inspeccionó su habitación, pero no encontró nada. En la estación de autobuses, solo encontró taquilleras (no taquilleros), y ninguna de ellas recordaba haberla visto. Los autobuses en las últimas dos horas se dirigían a un sinfín de destinos al norte, al sur, al este y al oeste.

Erin había vuelto a esfumarse. En el coche, Kevin gritó y golpeó violentamente el volante hasta que se le amorataron e hincharon los puños.

En los meses que habían transcurrido desde que Erin se había marchado, el dolor que Kevin sentía había ido acrecentándose de forma venenosa e incontrolable, parecía expandirse como un cáncer cada nuevo día que pasaba. Había regresado a Filadelfia y se había dedicado a interrogar a los conductores de autobuses durante varias semanas seguidas, pero no había conseguido mucha información. Al final averiguó que Erin había ido a Nueva York, pero a partir de allí, el rastro se perdía. Demasiados autobuses, demasiados conductores, demasiados pasajeros; además, ya habían pasado demasiados días. Demasiadas opciones. Erin podía estar en cualquier sitio. La idea de haberla perdido para siempre le atormentaba. Lo asaltaban unos ataques de violencia pura incontrolables y se liaba a destrozar objetos; después lloraba hasta quedarse dormido. Estaba completamente desesperado y a veces tenía la impresión de que iba a enloquecer.

No era justo. La había amado desde la primera vez que la vio en Atlantic City. Y habían sido felices, ¿no? Al principio de estar casados, ella solía canturrear mientras se maquillaba. Él la llevaba a la biblioteca y ella sacaba ocho o diez libros. A veces le leía fragmentos en voz alta, y él escuchaba su voz y la contemplaba embelesado y se decía a sí mismo que era la mujer más bella del mundo.

Había sido un buen esposo. Le había comprado la casa que

ella quería; las cortinas y los muebles que ella deseaba, a pesar de que casi no podía permitírselo. Después de casados, la llevaba flores que compraba en algún puesto ambulante de camino a casa. Erin las ponía en un jarrón sobre la mesa, junto a las velas, y los dos disfrutaban de cenas románticas. A veces, acababan haciendo el amor en la cocina, ella con la espalda apoyada en la encimera.

Jamás la obligó a trabajar. Erin no se daba cuenta de lo afortunada que era. No comprendía los sacrificios que él hacía por ella. Era una niña mimada y egoísta. Eso lo sacaba de sus casillas, porque Erin no comprendía que llevaba una vida regalada gracias a él. Solo tenía que encargarse de limpiar la casa y de preparar la cena, y se podía pasar el resto del día leyendo libros estúpidos que sacaba de la biblioteca y mirando la tele y durmiendo la siesta, sin tener que preocuparse por las facturas ni por pagar la hipoteca ni por la gente que hablaba mal de él a sus espaldas. Ella jamás tenía que ver las caras de los cadáveres asesinados. Kevin no se lo contaba porque la quería, pero, por lo visto, todo eso no le había bastado a esa niña egoísta y mimada. Jamás le contaba nada sobre los niños que habían sufrido quemaduras con planchas ni los que habían sido arrojados al vacío desde el tejado de algún edificio, ni nada sobre los cadáveres de mujeres acuchilladas que aparecían en algún callejón o en algún contenedor de basura. Jamás le había contado que a veces tenía que limpiarse las manchas de sangre de los zapatos antes de regresar a casa, ni que, cuando miraba a un asesino a los ojos, sabía que estaba cara a cara con el diablo, pues la Biblia lo decía bien claro: «Matar a una persona es matar a un ser humano creado a imagen y semejanza de Dios».

Él la amaba y ella lo amaba. Tenía que volver a casa por sí misma. Él no podía encontrarla. Ella podría gozar de su vida feliz de nuevo; si entraba en ese mismo momento por la puerta, él no la pegaría ni la golpearía, ni le daría patadas ni la maltrataría de ninguna otra forma nunca más, porque siempre había sido un buen esposo. Se amaban el uno al otro. Se acordó de que, el día que le pidió que se casara con él, ella le recordó la noche que se habían conocido a la salida del casino, cuando unos hombres empezaron a seguirla. Unos hombres peligrosos. Él había

211

evitado que le hicieran daño aquella noche. A la mañana siguiente quedaron para dar un paseo y la invitó a un café. Ella le dijo que, por supuesto, se casaría con él. Lo amaba. Hacía que se sintiera a salvo.

A salvo. Aquella era la expresión que había usado. A salvo.

25

$\mathcal{L}$a tercera semana de junio hizo un tiempo fantástico y absolutamente estival. La temperatura iba ascendiendo a medida que pasaban las horas, hasta que por la tarde el ambiente se cargaba de tanta humedad como para que el aire se condensara y apareciera una calina en el horizonte. Unos nubarrones amenazadores se formaban entonces como por arte de magia, para descargar en forma de violentas tormentas eléctricas. Sin embargo, los aguaceros duraban poco, y dejaban tras ellos solo hojas empapadas por unas gruesas gotas y una bruma a ras del suelo.

Katie continuaba trabajando sin parar en el restaurante, aceptando tantos turnos como podía. Cuando llegaba a casa por la noche, en bicicleta, estaba realmente cansada, y por la mañana le dolían las piernas y los pies. Guardaba la mitad de lo que ganaba en propinas en la lata de café, y había conseguido llenarla casi hasta el borde. Tenía más dinero del que habría imaginado que sería capaz de ahorrar, más del que precisaba para huir en el caso de que se viera obligada a hacerlo. Por primera vez, se preguntó si era necesario seguir ahorrando.

Mientras disfrutaba de los últimos bocados del desayuno, miró a través de la ventana hacia la casa de Jo. No había vuelto a hablar con ella desde su último encuentro, y la noche previa, cuando acabó su último turno de trabajo y regresó a casa, vio las luces encendidas en la cocina y en el comedor. Un poco antes, por la mañana, había oído el motor de su coche y el ruido de las ruedas sobre la gravilla mientras se alejaba. No sabía qué decirle, ni tan solo sabía si quería hablar con ella. Tampoco

213

había decidido si todavía seguía enfadada o no. Jo se interesaba por Alex y los niños, estaba preocupada por ellos y le había expresado sus temores. Resultaba difícil encontrar malicia en aquella acción.

Ella sabía que Alex pasaría a verla más tarde. Sus visitas habían pasado a ser una suerte de costumbre; cuando estaban juntos, Katie no podía evitar pensar en todos los motivos por los que se había enamorado de él en primer lugar. Alex aceptaba sus silencios y sus repentinos cambios de humor, y la trataba con una gentileza que la maravillaba y la emocionaba. Pero desde aquella conversación con Jo, Katie se preguntaba si estaba siendo completamente sincera con él. ¿Qué pasaría si un día aparecía Kevin por el pueblo? ¿Cómo reaccionarían Alex y los niños si ella desaparecía, si nunca más regresaba? ¿Estaba dispuesta a apartarlos de su vida para siempre y no volver a verlos nunca más?

Detestaba las preguntas que Jo había sacado a colación, pero no estaba lista para enfrentarse a ellas. «No tienes ni idea de lo que he sufrido», le habría gustado contestarle después de haber tenido tiempo para pensar sobre ello. «No tienes ni idea de cómo es mi esposo.» Pero, aun así, sabía que con esa respuesta seguía eludiendo la cuestión.

Apiló los platos sucios del desayuno en la pila y deambuló por la casa, pensando en cómo había cambiado de aspecto ese pequeño espacio en los últimos meses. Prácticamente no tenía nada de su propiedad, pero en cambio se sentía más afortunada que nunca. Por primera vez en muchos años, se sentía amada. Jamás había sido madre, pero cuando menos lo esperaba se ponía a pensar en Kristen y en Josh. Sabía que no podía predecir el futuro; sin embargo, se le encogía el corazón al pensar que no concebía la posibilidad de abandonar aquella nueva existencia.

¿Qué le había dicho Jo?

«Solo me limito a decir a la gente lo que ya sabe, pero que le da miedo admitir.»

Reflexionando sobre aquellas palabras, Katie supo exactamente lo que tenía que hacer.

Υ

—De acuerdo —convino Alex, después de que ella le pidiera el favor. Katie podía ver la sorpresa reflejada en su rostro, pero él también parecía animado—. ¿Cuándo quieres que empecemos?

—¿Qué te parece hoy? —sugirió ella—. Si tienes tiempo, por supuesto.

Él echó un vistazo a la tienda. Solo había una persona sentada en una de las mesas del bar. Roger estaba con los codos apoyados en el mostrador, charlando con el cliente.

—Oye, Roger, ¿te importaría echar un vistazo a la tienda durante una hora?

—Claro que no, jefe —contestó él. Se quedó donde estaba; Alex sabía que no se acercaría a la caja registradora a menos que fuera necesario. Pero en aquella mañana de un día cualquiera laborable, después del desfile inicial de algunos clientes a primera hora, no esperaba que entrara mucha gente, así que a Alex no le importaba. Rodeó el mostrador para colocarse junto a Katie.

—¿Estás preparada?

—La verdad es que no. —Se encogió de hombros con nerviosismo—. Pero es una asignatura pendiente.

Abandonaron la tienda y caminaron hacia el todoterreno. Al subir en el vehículo, Katie notó el peso de la mirada de Alex.

—¿Se puede saber por qué te ha entrado esa repentina prisa por aprender a conducir? —le preguntó—. ¿No te basta con la bici? —bromeó.

—En realidad la bici es todo lo que necesito, pero quiero obtener el carné de conducir.

Alex sacó las llaves del bolsillo y luego se quedó un momento quieto. Volvió a girarse hacia ella. Katie pudo ver cómo asomaba el viejo investigador que llevaba dentro. Parecía tenso. Ella notó su precaución.

—Aprender a conducir es solo una parte del proceso. Para obtener el carné, el estado requiere identificación. Certificado de nacimiento original, tarjeta de seguridad social…, ya sabes.

—Lo sé —contestó ella.

Alex eligió las palabras con sumo cuidado.

—Alguien podría seguir tu rastro a partir de esa información —señaló—. Si obtienes el carné, podrían dar contigo.

215

—Ya estoy utilizando un número de la seguridad social —contestó Katie—. Si Kevin lo supiera, ya me habría seguido hasta aquí. Y si pienso quedarme en Southport, necesito aprender a conducir.

Alex sacudió la cabeza.

—Katie…

Ella se inclinó hacia él y lo besó en la mejilla.

—No pasará nada. No me llamo Katie, ¿recuerdas?

Él deslizó un dedo por la curva de su mejilla.

—Para mí, siempre serás Katie.

Ella sonrió.

—¿Quieres saber un secreto? En realidad no soy castaña. Soy rubia.

Alex irguió la espalda, procesando aquella nueva información.

—¿Estás segura de que quieres contarme todo esto?

—Supongo que, de todos modos, tarde o temprano lo averiguarás. ¡Quién sabe! Quizás algún día deje de teñirme y vuelva a mi color natural.

—¿A qué viene todo esto? Primero quieres aprender a conducir, ahora me ofreces información de forma voluntaria…

—Me dijiste que podía confiar en ti. —Katie se encogió de hombros—. Y quiero demostrarte que confío en ti, a ciegas.

—¿Así, sin más?

—Sí. Siento que puedo hacerlo.

Alex estudió sus manos, entrelazadas con las de Katie por encima del espacio que quedaba entre los dos asientos, antes de mirarla a la cara.

—Entonces iré directamente al grano. ¿Estás segura de que tus documentos no te delatarán? No pueden ser fotocopias; han de ser originales.

—Lo sé —dijo ella.

Alex supo que era mejor no preguntar nada más. Volvió a deslizar la mano hasta las llaves del coche, pero no lo puso en marcha.

—¿Qué pasa? —preguntó ella.

—Puesto que quieres aprender a conducir, podemos empezar las clases ahora mismo. —Abrió la puerta y se apeó—. Vamos, siéntate al volante.

Intercambiaron sus posiciones. Tan pronto como Katie se halló en el asiento del conductor, Alex le explicó lo más básico: los pedales para acelerar y frenar, cómo cambiar de marcha, los intermitentes, cómo accionar las luces y el limpiaparabrisas, la información básica del salpicadero. Siempre era mejor empezar por el principio.

—¿Estás lista?

—Creo que sí —respondió ella, con el semblante concentrado.

—Puesto que no es un vehículo con cambio manual, has de utilizar solo un pie, o bien para acelerar, o bien para frenar, ¿entendido?

—Entendido —convino Katie. Movió el pie izquierdo cerca de la puerta.

—Ahora, el freno, y luego pon en marcha. Cuando estés lista, no sueltes el freno mientras pones la marcha atrás. No aprietes el acelerador, y ve soltando lentamente el freno. Luego gira el volante para ir hacia atrás, sin dejar de ejercer una ligera presión con el pie sobre el freno.

Katie hizo lo que le había ordenado Alex y consiguió que el vehículo arrancara hacia atrás con mucha cautela antes de que él la guiara para salir del aparcamiento. Por primera vez, ella hizo una pausa.

—¿Estás seguro de que no es una imprudencia que conduzca por la carretera principal?

—Si hubiera mucho tráfico, no te dejaría hacerlo. Si tuvieras dieciséis años, no te dejaría hacerlo. Pero creo que no supones un grave peligro, y estoy a tu lado para ayudarte. ¿Estás lista? Ahora girarás a la derecha y seguiremos recto hasta la próxima curva. Entonces girarás otra vez a la derecha. Quiero que te vayas acostumbrando al tacto del volante.

Se pasaron la siguiente hora conduciendo por carreteras rurales. Como casi todos los principiantes, le costaba controlar el grado de giro del volante y a veces invadía el carril contrario, y también le costó un poco habituarse a aparcar, pero aparte de eso, lo hizo mejor de lo que probablemente los dos esperaban. Para acabar la clase, Alex le pidió que aparcara cerca de la calle comercial.

—¿Adónde vamos?

217

Él señaló hacia una pequeña cafetería.

—Supongo que tendrás ganas de celebrarlo. Lo has hecho muy bien.

—No lo sé. No tenía la impresión de saber lo que hacía.

—Eso se consigue con la práctica. Cuanto más conduzcas, más natural te parecerá.

—¿Mañana podré volver a conducir? —le preguntó.

—Pues claro. Pero ¿podemos practicar por la mañana? Ahora que Josh está de vacaciones, los he apuntado tanto a él como a Kristen a un cursillo por las mañanas durante un par de semanas, y no vuelven a casa hasta el mediodía.

—¿Por las mañanas? Perfecto —aseveró Katie—. ¿De veras crees que lo he hecho bien?

—Probablemente con un par de días más de práctica estarás lista para pasar el examen de conducir. Pero además has de aprobar el examen teórico, y para eso necesitarás más tiempo.

Sin pensarlo dos veces, Katie lo abrazó espontáneamente.

—Gracias.

Él le correspondió el abrazo.

—Estoy encantado de poder ayudarte. Aunque no tengas coche, tal vez no te vaya mal tener el carné. ¿Por qué no has aprendido antes a…?

—¿A conducir? ¿Cuando era más joven? —Se encogió de hombros—. En casa solo teníamos un coche y mi padre lo usaba siempre. Aunque me hubiera sacado el carné, no habría tenido la posibilidad de conducir, así que nunca me pareció trascendental. Después, cuando me fui a vivir sola, no podía permitirme un coche, así que, de nuevo, no me preocupé. Y luego, cuando me casé, Kevin no quería que tuviera coche. —Se giró hacia él—. Y aquí estoy: condenada a ser ciclista a los veintisiete años.

—¿Tienes veintisiete años?

—Ya lo sabías.

—No, no lo sabía.

—¿Y?

—Pareces mayor. Pensaba que pasabas de los treinta.

Ella le propinó un puñetazo cariñoso en el brazo.

—Por ese insulto, tendrás que invitarme también a un cruasán.

—De acuerdo. Y puesto que parece que tienes ganas de sincerarte por completo, me gustaría saber cómo lograste escapar finalmente.

Katie vaciló solo un instante.

—De acuerdo.

Sentada en una de las mesas de la cafetería, Katie le relató la odisea de su huida: la desviación de llamadas al teléfono móvil, el viaje a Filadelfia, el constante cambio de trabajo y los cochambrosos lugares donde se vio obligada a alojarse, y finalmente el viaje hasta Southport. A diferencia de la primera vez, en aquella ocasión fue capaz de describir su experiencia con calma, como si estuviera hablando de otra persona. Cuando acabó, Alex sacudió la cabeza lentamente.

—¿Qué?

—Solo intentaba imaginar cómo debiste de sentirte al colgar el teléfono la última vez que hablaste con Kevin. Cuando él todavía creía que estabas en casa. Supongo que te sentiste liberada.

—Así es. Pero también estaba aterrorizada. Y en ese momento, todavía no tenía trabajo y no sabía qué iba a hacer.

—Pero lo has conseguido.

—Sí —admitió ella—. Lo he conseguido. —Katie mantenía la vista fija en un punto lejano—. Aunque no es la clase de vida que había imaginado.

—No estoy seguro de que nadie acabe viviendo como había imaginado. Lo único que podemos hacer es intentar sacar el máximo partido de la vida. Aún cuando eso parezca imposible.

Katie sabía que Alex estaba hablando tanto por él como por ella. Durante un largo momento, ninguno de los dos dijo nada.

—Te quiero —finalmente susurró él.

Katie se inclinó hacia delante y le acarició la mejilla.

—Lo sé. Yo también te quiero.

219

26

A finales de junio, en Dorchester, los parques que en primavera habían resplandecido con sus flores multicolores empezaban a languidecer, los capullos se marchitaban y sus pétalos se enroscaban como dedos artríticos. La humedad había empezado ser más acusada y los callejones en pleno centro de Boston comenzaban a oler a comida podrida, a orines y a decadencia. Kevin les contó a Coffey y a Ramirez que él y Erin iban a pasar el fin de semana en casa, viendo películas y trajinando un poco en el jardín. Coffey le había preguntado por Provincetown y él le había mentido nombrando un hotel en el que supuestamente se habían alojado y algunos restaurantes donde habían comido. Coffey le dijo que él había estado en todos esos locales y le preguntó a si habían pedido las famosas tortas de cangrejo en uno de ellos. Kevin dijo que no, pero que la próxima vez lo haría.

Erin había desaparecido, pero él seguía buscándola por todas partes. No podía evitarlo. Mientras patrullaba por las calles de Boston, el corazón le daba un vuelco cada vez que veía a una mujer con la melena rubia. Buscaba su nariz delicada, sus ojos verdes y su elegante forma de andar. A veces se quedaba de pie en la puerta de la panadería, fingiendo que la estaba esperando.

Debería haber sido capaz de encontrarla, aunque ella se hubiera marchado de Filadelfia. La gente dejaba rastro, por ejemplo a través de los documentos identificativos. En Filadelfia, Erin había usado un nombre y un número de seguridad social falsos, pero no podía seguir recurriendo a la misma estratagema toda la vida, a menos que estuviera dispuesta a seguir viviendo en hoteluchos baratos y cambiando de trabajo cada dos por tres. Hasta ese momento, sin embargo, Erin no había utilizado su propio número de la seguridad social. Un oficial de otra comisaría que tenía numerosos contactos se encargaba de realizar el seguimiento. Ese tipo era la única persona que sabía que Erin había desaparecido, pero no se iría de la lengua, pues Kevin sabía que mantenía relaciones sexuales con la niñera de sus hijos, una chica que aún era menor de edad. Sentía asco cuando tenía que hablar con él porque ese sujeto era un pervertido y debería estar entre rejas, ya que la Biblia decía: «Fornicación y toda inmundicia, o avaricia, ni aun se nombre entre vosotros». Pero, en esos momentos, necesitaba la ayuda de ese pervertido para encontrar a Erin y llevarla de vuelta a casa. Se suponía que un marido y una mujer debían estar juntos, pues habían hecho sus votos ante Dios y la familia.

Primero había esperado dar con ella a mediados de marzo; luego pensó que la encontraría en abril. Estaba seguro de que aparecería en mayo, pero ahora, en junio, la casa continuaba vacía. A veces se desesperaba y lo único que podía hacer era ponerse a repasar nuevamente todos los pasos que había dado. Le costaba concentrarse, y el vodka no parecía ayudarle. Tenía que mentirles a Coffey y Ramirez, aun sabiendo que cuando se alejaba lo criticaban a sus espaldas.

En ese momento lo único que sabía era que ella ya no huía. Erin no podía pasarse la vida cambiando constantemente de alojamiento ni de trabajo. No era propio de ella. Le gustaba estar rodeada de cosas bonitas, lo que significaba que tenía que estar utilizando la identidad de otra persona. A menos que deseara pasarse la vida huyendo, necesitaba un certificado de nacimiento y la tarjeta de la seguridad social originales. En cualquier trabajo, a los empleados se les exigía una identificación, pero ¿cómo y dónde había obtenido la identidad de otra mujer? Kevin sabía que la forma más común era encontrar a alguien de una edad similar que hubiera muerto recientemente, y entonces adoptar la identidad del difunto. La primera parte de aquel plan era plausible, aunque solo fuera por las visitas frecuentes de Erin a la biblioteca. Podía imaginarla examinando los obituarios en una microficha, buscando un nombre que suplantar. Erin maquinaba y planeaba en la biblioteca mientras fingía examinar con atención las estanterías, y lo había estado haciendo mientras él dedicaba parte de su horario tan apretado a llevarla hasta allí. Kevin se desvivía por ella, y ella se lo había pagado con aquella traición. Se sulfuraba al pensar en cómo debía de haberse reído de él mientras lo hacía. Se enfurecía tanto al pensar en eso que un día destrozó con un martillo todas las figuras de porcelana que les habían regalado el día de su boda. Le sentó bien descargarse de aquella tensión, porque luego fue capaz de concentrarse en lo que tenía que hacer. A lo largo de marzo y abril, Kevin se pasó muchas horas en la biblioteca, tal como ella había hecho, intentando descubrir su nueva identidad. Pero aunque Erin hubiera encontrado un nombre, ¿cómo se las había apañado para conseguir los documentos originales? ¿Dónde se hallaba ahora? ¿Y por qué no había vuelto a casa?

Aquellas preguntas le atormentaban. A veces, todo le resultaba tan confuso que no podía parar de llorar. La echaba de menos y quería que volviera a casa. Detestaba estar solo. Sin embargo, otras veces, solo con pensar que Erin lo había abandonado le invadía la rabia. Erin era tan egoísta que lo único que deseaba era matarla.

El mes de julio pasó como el aliento de un dragón: caliente y húmedo, mientras en el horizonte se perfilaba una fina capa de vapor que temblaba como un espejismo cuando se observaba a cierta distancia. El fin de semana festivo pasó y empezó otra semana. El aire acondicionado se había estropeado en su casa, pero no había llamado a nadie para que viniera a repararlo. Cada mañana iba al trabajo con dolor de cabeza. Había comprobado que el vodka funcionaba mejor que el paracetamol, pero el dolor no remitía y le martilleaba las sienes sin piedad. Había dejado de ir a la biblioteca, y de nuevo Coffey y Ramirez habían empezado a preguntarle por su mujer. Él les decía que estaba bien, pero no añadía nada más y cambiaba de tema. Le asignaron un nuevo compañero, Todd Vannerty, que acababa de ser ascendido. Todd no mostraba ningún reparo en que Kevin se encargara prácticamente de todos los interrogatorios cuando tenían que hablar con testigos y víctimas, así que él también se sentía cómodo.

Le había dicho que, casi siempre, la víctima conocía al asesino. Pero no siempre de una forma obvia. Al final de su primera semana juntos, recibieron una llamada para ir hasta un piso que estaba a menos de tres manzanas de la comisaría, donde encontraron a un niño de diez años que había muerto a causa de las heridas provocadas por una bala. El sujeto que había disparado el arma era un emigrante que hacía poco había llegado de Grecia; mientras celebraba la victoria de la selección griega de fútbol, se le ocurrió realizar un disparo con su pistola apuntando hacia el suelo. La bala atravesó el techo del piso inferior y mató al niño al instante, mientras estaba comiendo una pizza. La bala le entró por la parte superior de la cabeza. El crío pequeño cayó fulminado sobre su plato. Cuando Kevin y Todd lo vieron, este tenía la frente cubierta de queso y salsa de tomate. Su madre se había pasado dos horas chillando y había intentado atacar al griego cuando lo bajaron esposado. La pobre mujer acabó rodando por las escaleras y tuvieron que llamar a una ambulancia.

Después de acabar su turno aquel día, Kevin y Todd fueron a un bar. Todd intentó fingir que podía olvidar lo que había visto, pero se bebió tres cervezas en menos de quince minutos. Le contó a su nuevo compañero que había suspendido el examen de promoción a inspector una vez, pero que, al final, lo había aprobado. Kevin bebió vodka, aunque como estaba acompañado, le pidió al camarero que añadiera un chorrito de zumo de arándanos.

Estaban en un bar frecuentado por polis. Un local con muchos agentes, consumiciones baratas, poco iluminado y lleno de mujeres a las que les gustaba salir con policías. El camarero dejaba que la clientela fumara, a pesar de que eso iba contra la ley, ya que la mayoría de los que fumaban eran polis. Todd no estaba casado e iba a ese bar a menudo. Kevin era la primera vez que pisaba el local y no estaba seguro de si se sentía cómodo, pero tampoco deseaba ir a casa.

Todd fue al baño y, cuando regresó, se inclinó hacia Kevin para susurrarle:

—Ese par de tías del final de la barra no nos quitan el ojo de encima.

Kevin se giró. Al igual que él, las dos mujeres parecían tener unos treinta años. La morena le sostuvo unos momentos la mirada antes de girarse hacia su amiga pelirroja.

223

—Qué pena que estés casado, ¿eh? Son guapas.

Kevin pensó que tenían aspecto marchito. No como Erin, que tenía la piel fresca y olía a limón y a menta, y al perfume que le había comprado en Navidad.

—Ve y habla con ellas si quieres —sugirió Kevin.

—Creo que lo haré —contestó Todd, que pidió otra cerveza, enfiló hacia el final de la barra y sonrió.

Probablemente dijo algo estúpido, pero bastó para que las mujeres se echaran a reír. Kevin pidió un vodka doble, sin zumo de arándanos, y vio el reflejo de Todd y de las mujeres en el espejo situado tras la barra. La morena buscó su mirada a través del espejo, pero él no se giró. Diez minutos más tarde, ella se acercó y tomó asiento en el taburete que Todd había dejado vacante.

—¿No tienes ganas de charlar esta noche? —le preguntó la morena.

—No se me da bien conversar con desconocidos.

La morena pareció considerar su comentario.

—Me llamo Amber.

—Kevin —se presentó él y, de nuevo, no supo qué decir. Tomó un trago y pensó que el vodka tenía gusto a agua.

La morena se inclinó hacia él. Olía a almizcle, no a limón ni a menta.

—Todd dice que los dos trabajáis en Homicidios.

—Así es.

—¿Es duro?

—A veces —respondió. Apuró el vaso y lo alzó hacia el camarero. El camarero le sirvió otra copa—. ¿A qué te dedicas?

—Me encargo de la panadería de mi hermano. Hace panecillos y otros productos para restaurantes.

—Suena interesante.

Amber le regaló una sonrisa cínica.

—No, no lo es, pero me sirve para pagar las facturas. —Sus dientes blancos relucieron en la penumbra del local—. No te había visto antes por aquí.

—Me ha traído Todd.

Ella señaló con la cabeza hacia Todd.

—A él sí que lo tengo visto. Va siempre detrás de cualquier cosa que lleve faldas y respire. Y creo que lo de respirar es opcional. A mi amiga le encanta este bar, pero a mí no me gusta nada. Me obliga a venir ella.

Kevin asintió y cambió de postura en el taburete. Se preguntó si Coffey y Ramirez iban alguna vez por aquel local.

—¿Te aburro? —le preguntó Amber—. Puedo dejarte solo, si lo prefieres.

—No me aburres.

Ella se pasó la mano por el pelo. Kevin pensó que era más bonita que lo que le había parecido de entrada.

—¿Qué tal si me invitas a una copa? —sugirió ella.

—¿Qué quieres tomar?

—Un cosmopolitan —contestó Amber.

Kevin hizo señas al camarero. Al cabo de unos segundos, el camarero sirvió el cóctel.

—No me siento muy cómodo en estas situaciones —admitió él.

—¿En qué situaciones?

—En estas.

—Solo estamos hablando, nada más.

—Estoy casado.

Ella sonrió.

—Lo sé. He visto el anillo.

—¿Y te molesta?

—Ya te lo he dicho: solo estamos hablando.

Amber deslizó un dedo por la copa. Kevin clavó la vista en la punta de aquel dedo, impregnada de humedad.

—¿Sabe tu esposa que estás aquí? —inquirió ella.

—Está de viaje —contestó él—. Una amiga suya está enferma y ha ido a echarle una mano.

—¿Y por eso has decidido salir a tomar una copa? ¿Para conocer a alguna mujer?

—No soy así —replicó Kevin con una visible tensión—. Amo a mi esposa.

—Es lo correcto. Quiero decir, ya que te has casado con ella.

Kevin quería otro vodka doble, pero no se atrevía a pedirlo delante de ella, pues ya se había tomado uno. Como si le leyera el pensamiento, Amber hizo una señal al camarero y este le sirvió otra copa. Kevin se afanó por tomar un buen trago y volvió a pensar que tenía gusto a agua.

—¿No te importa que haya tomado la iniciativa? —le preguntó ella.

—No, está bien —contestó él.

Amber se lo quedó mirando fijamente, con una expresión ceñuda.

—Yo de ti no le diría a tu mujer que has estado aquí.

—¿Por qué no?

—Porque eres demasiado apuesto para estar en un lugar como este. No me extrañaría que alguna mujer se te acercara para intentar ligar contigo.

—¿Estás intentando ligar conmigo?

Amber se tomó un momento para contestar.

—¿Te ofenderías si te dijera que sí?

Kevin jugueteó nervioso con el vaso sobre la barra.

—No, no me ofendería.

Después de beber y de flirtear otras dos horas, acabaron en el piso de ella. Amber comprendió que él quería ser discreto y le pasó su dirección. Después de que Amber y su amiga abandonaran el local, Kevin se quedó en el bar con Todd durante otra media hora antes de decirle a su compañero que debía irse porque tenía que llamar a Erin.

Mientras conducía, notaba que la visión se le nublaba ocasionalmente. La cabeza le daba vueltas y era consciente de que estaba conduciendo de forma temeraria, pero era un buen inspector. Aunque le ordenaran que se parara, no lo arrestarían, pues los polis no arrestan a otros polis. ¿Y qué si había tomado unas copas de más?

Amber vivía en un piso a escasas manzanas del bar. Kevin llamó a la puerta. Cuando ella abrió vio que no llevaba nada más que la sábana con la que había envuelto su cuerpo. La besó y la llevó a la habitación. Sintió que unos dedos desconocidos le desabrochaban la camisa. Kevin la tumbó sobre la cama y acabó de desnudarse. Apagó la luz, pues no quería recordar que estaba siendo infiel a su esposa. El adulterio era pecado. No quería acostarse con aquella mujer, pero había bebido más de la cuenta y la habitación daba vueltas, y ella no llevaba nada más que aquella sábana. Todo era muy confuso.

Amber no era como Erin. Su cuerpo, sus curvas y su fragancia eran diferentes. Amber desprendía un aroma fuerte, una esencia primitiva, casi animal. Sus manos se movían demasiado. Con ella todo era nuevo, y a él no le gustaba, pero tampoco podía parar. Kevin la oyó decir su nombre y luego algo picante. Quería gritarle que se callara para poder pensar en Erin, pero le costaba concentrarse. Todo era muy confuso.

La apresó por los brazos con brusquedad y oyó que ella jadeaba y le decía: «No tan fuerte». Él relajó las manos, pero entonces volvió a ejercer presión porque quería hacerlo. Esta vez ella no dijo nada. Kevin pensó en Erin. Se preguntó adónde habría ido, si estaría bien. Pensó de nuevo en lo mucho que la echaba de menos.

No debería haber pegado a Erin. Era dulce, amable y buena. No se merecía que la agredieran. Se había ido por su culpa. La había apartado de él, a pesar de que la quería. La había buscado y no había sido capaz de encontrarla; había ido a Filadelfia y ahora estaba con una mujer que se llamaba Amber que no sabía qué hacer con sus manos y hacía ruidos extraños. Kevin tenía la impresión de que no estaba obrando bien.

227

Cuando hubieron acabado, no quiso quedarse. En vez de eso, se levantó de la cama y empezó a vestirse. Ella encendió la luz y se sentó en el lecho. Al verla, Kevin recordó que no era Erin. De repente le entraron ganas de vomitar. La Biblia decía: «El que comete adulterio es falto de entendimiento; corrompe su alma el que tal hace».

Tenía que huir de Amber. No sabía por qué había ido a su piso. Mientras la miraba fijamente, sintió cómo se le comprimía el estómago.

—¿Estás bien? —le preguntó ella.

—No debería estar aquí. No debería haber venido.

—Ahora ya es un poco tarde.

—Tengo que irme.

—¿Así, sin más?

—Estoy casado —volvió a repetir.

—Lo sé. —Le regaló una sonrisa cínica—. No pasa nada.

—Sí, sí que pasa —replicó él.

Después de vestirse, salió disparado del piso y bajó corriendo las escaleras. De un salto se metió en el coche. Condujo veloz pero no de forma temeraria, pues el sentimiento de culpa actuaba como un tónico afilado para sus sentidos. Cuando llegó, vio luz en casa de los Feldman. Supo que lo estarían espiando a través de la ventana, mientras él aparcaba el coche junto al garaje. Los Feldman no eran buenos vecinos. Nunca lo saludaban. Siempre estaban dispuestos a ladrar a cualquier niño que osara acercarse a su jardín. Seguramente sabían lo que acababa de hacer porque eran unas malas personas y él había hecho algo malo y Dios los cría y ellos se juntan.

Cuando entró en el comedor sintió la necesidad de tomar una copa, pero al pensar en el vodka le entraron ganas de vomitar otra vez. La mente empezó a darle vueltas como un torbellino. Había engañado a su esposa. La Biblia decía: «El hombre no puede borrar la culpa». Había infringido uno de los mandamientos del Señor y había roto su voto con Erin. Sabía que tarde o temprano se sabría la verdad. Amber lo sabía; Todd lo sabía; los Feldman lo sabían. Y se lo contarían a alguien, y este alguien a alguien más, y Erin se enteraría de lo que había hecho. Deambuló nervioso por el comedor, con la respiración acelerada porque sabía que no sería capaz de explicárselo a Erin de una forma que ella pudiera comprenderlo. Ella era su esposa y jamás se lo perdonaría. Se enfadaría con él y lo regañaría, y le diría que durmiera en el sofá y por la mañana lo miraría con desprecio porque era un pecador y ella ya nunca volvería a confiar en él. Kevin se estremeció, sintiendo de nuevo unas incontrolables arcadas. Se había acostado con otra mujer y la Biblia decía: «Considerad los miembros de vuestro cuerpo terrenal como muertos a la fornicación, la impureza, las pasiones y los malos deseos». Todo era tan confuso. Quería dejar de pensar en aquello, pero no podía. Quería beber, pero no podía. Tenía el presentimiento de que Erin aparecería en el umbral de la puerta de un momento a otro.

La casa estaba desordenada y sucia. Ella averiguaría lo que había hecho. Le costaba pensar como era debido. Y él sabía que todo estaba conectado. Se puso a deambular de nuevo por el comedor con paso frenético. La suciedad y la infidelidad estaban conectadas porque el adulterio era algo sucio, y Erin sabría que él la había engañado porque la casa estaba sucia, y las dos cosas estaban conectadas. De repente, se encaminó a grandes zancadas hacia la cocina y sacó una bolsa de basura de debajo de la pila. En el comedor, se puso de rodillas y empezó a recorrer la sala a cuatro patas, llenando la bolsa con embalajes vacíos de comida, revistas, cubiertos de plástico, botellas vacías de vodka y cartones de pizza. Ya era más de medianoche y a la mañana siguiente no tenía que ir a trabajar, así que se quedó despierto limpiando la casa, lavando los platos y pasando el aspirador que había comprado para Erin. Lo limpió todo para que ella no sospechara nada, porque sabía que la infidelidad y la suciedad estaban conectadas. Metió una carga de ropa sucia en la lavadora. Cuando se acabó el programa de centrifugado, la puso en la secadora. Luego la dobló mientras metía otra carga en la lavadora. Amaneció. Kevin apartó los cojines del sofá y aspiró hasta que no quedó ni una sola miga. Desvió la vista hacia la ventana, pensando que Erin regresaría en cualquier momento. Frotó a conciencia el retrete; limpió las manchas de comida de la nevera; fregó el suelo de linóleo. El amanecer dio paso a la mañana y las horas siguieron su curso hasta alcanzar el mediodía. Lavó las sábanas; abrió las cortinas y sacó el polvo del marco que contenía la fotografía del día de su boda. Cortó el césped y vació la máquina cortacésped en el contenedor de basura; cuando acabó, salió a hacer la compra: pavo, jamón cocido, mostaza de Dijon y pan de centeno del día. Compró flores y puso la mesa. Añadió un par de velas. Cuando hubo acabado, respiraba con dificultad. Se sirvió un vaso de vodka helado hasta arriba y se sentó en la mesa de la cocina y esperó a Erin. Se sentía feliz porque había limpiado la casa, y eso significaba que Erin nunca sabría lo que había hecho y tendrían la clase de matrimonio que él siempre había querido. Confiarían el uno en el otro y serían felices; se querrían para siempre. Nunca le volvería a ser infiel, porque... ¿por qué diantre iba a cometer un pecado tan abominable como el adulterio?

229

$\mathcal{K}$atie obtuvo el carné de conducir la segunda semana de julio. En los días anteriores al examen, Alex la había llevado a hacer prácticas con regularidad, y a pesar de algunos pequeños fallos, aprobó el examen casi con una nota de excelente. Al cabo de unos días recibió el carné por correo. Cuando abrió el sobre, sintió un leve mareo. Había una fotografía junto a un nombre que jamás habría imaginado que utilizaría en un documento original, pero según el estado de Carolina del Norte, ahora ella era tan real como cualquier otro residente del estado.

Aquella noche, Alex la invitó a cenar en Wilmington. Después, pasearon por el centro de la ciudad cogidos de la mano, contemplando los escaparates. De vez en cuando, Katie veía que Alex la miraba con insistencia. Al final no se pudo contener y le preguntó:

—¿Qué pasa?

—Solo estaba pensando que no tienes cara de llamarte Erin. Tienes más cara de Katie.

—Pues será mejor que tenga cara de Katie, porque ese es mi nombre ahora, y lo puedo probar gracias a mi carné de conducir.

—Lo sé. Ahora lo único que te hace falta es un coche.

—¿Y por qué iba a necesitar un coche? —Katie se encogió de hombros—. Vivo en una pequeña localidad y tengo una bici. Y cuando llueve, siempre hay un chico que está dispuesto a llevarme en coche a cualquier sitio que necesite. Es casi como disponer de chófer.

—¿De veras?

—Sí. Y estoy segura de que si se lo pidiera, incluso me dejaría su coche. Lo tengo completamente en el bote.

Alex enarcó una ceja.

—No parece un tipo con demasiado carácter.

—Oh, no está mal —bromeó ella—. Al principio parecía un poco desesperado y no paraba de hacerme regalitos, pero ya me he acostumbrado.

—Tienes un corazón de oro.

—Ya lo sé. No abundan las chicas como yo.

Alex se echó a reír.

—Me parece que finalmente has decidido salir de tu cascarón y ahora empiezo a ver tu verdadero yo.

Katie dio unos pasos en silencio.

—Ya conoces mi verdadero yo —dijo, al tiempo que se detenía para mirarlo a los ojos—. Más que nadie en este mundo.

—Lo sé —admitió Alex, estrechándola entre sus brazos—. Y por eso creo que estábamos destinados a encontrarnos el uno al otro.

231

A pesar de que la tienda estaba tan concurrida como de costumbre, Alex se tomó unos días libres. Eran sus primeras vacaciones desde hacía mucho tiempo. Se dedicó a pasar la mayoría de las tardes con Katie y los niños, disfrutando de los ociosos días de verano como no había hecho desde que era pequeño. Salía a pescar con Josh y construía casitas para muñecas con Kristen; llevó a Katie a un festival de jazz en Myrtle Beach. Cuando las luciérnagas inundaron el espacio, cazaron docenas de ellas con una red y luego las metieron en un frasco de cristal; más tarde, aquella misma noche, contemplaron el resplandor espectral con una fascinante admiración antes de que finalmente Alex abriera la tapa.

Salían de excursión en bici e iban al cine, y cuando Katie no tenía que trabajar por la tarde, Alex preparaba una barbacoa. Los niños cenaban y luego iban a nadar al arroyo hasta que oscurecía. Después, los pequeños se duchaban y se acostaban, y Alex se sentaba junto a Katie en el pequeño embarcadero justo detrás de su casa, con las piernas colgando sobre el agua, mientras la luna atravesaba el cielo lentamente. Tomaban vino y hablaban sobre cosas irrelevantes. Alex aprendió a saborear aquellos momentos de relax junto a ella.

A Kristen le encantaba estar con Katie. Cuando los cuatro salían a dar un paseo, solía coger a Katie de la mano; cuando se caía en el parque, iba corriendo a contárselo a ella. A pesar de que a Alex le reconfortaba ver aquellas reacciones, no podía evitar sentir cierta tristeza, ya que en esos momentos se daba cuenta de que él nunca podría ocupar el puesto de la madre que su hija necesitaba, por más que lo intentara. Sin embargo, cuando Kristen se le acercó un día corriendo para rogarle que le pidiera a Katie que la llevara de compras, Alex no pudo negarse. A pesar de que siempre llevaba a su hija de compras una o dos veces al año, solía interpretar esas salidas como un deber parental, en vez de una oportunidad para divertirse juntos. En cambio, Katie parecía encantada con la idea. Después de darle dinero, Alex le entregó las llaves del todoterreno y las acompañó al aparcamiento, donde se despidió de ellas con la mano mientras se alejaban.

Así como era evidente que Kristen se alegraba de contar con Katie, los sentimientos de Josh no eran tan obvios. El día antes, lo había recogido en una fiesta que los padres de un amigo de Josh habían organizado en la playa, y el niño no les dijo nada ni a Katie ni a Alex durante el resto de la tarde.

Al día siguiente, en la playa, seguía mostrándose taciturno. Alex sabía que su hijo estaba preocupado por algo y le sugirió que salieran a pescar, justo cuando empezaba a oscurecer. Las sombras habían comenzado a expandirse por encima de las oscuras aguas y el arroyo estaba totalmente en calma, como un espejo oscuro que reflejaba el lento desplazamiento de las nubes.

Lanzaron las cañas y se quedaron allí una hora, mientras el cielo adoptaba una tonalidad violeta, luego añil. Los cebos dibujaban círculos concéntricos al salpicar la superficie del agua. Josh estaba insólitamente callado. En otras circunstancias, a Alex aquel silencio le habría parecido armonioso, pero en ese momento tenía el extraño presentimiento de que algo iba mal. Justo cuando se proponía preguntarle a qué le pasaba, su hijo se giró hacia él.

—¿Papá?

—¿Sí?

—¿Algunas veces piensas en mamá?

—Todo el tiempo —contestó Alex.

Josh asintió.

—Yo también pienso en ella.

—Eso está bien. Ella te quería mucho. ¿Y en qué piensas?

—Recuerdo cuando nos preparaba galletas. Me dejaba que las decorara con azúcar de colores.

—Lo recuerdo. Tenías azúcar de color rosa por toda la cara. Ella te hizo una foto. Todavía está colgada en la puerta de la nevera.

—Creo que por eso lo recuerdo. —Apoyó el carrete en su regazo—. ¿La echas de menos?

—Por supuesto. La quería mucho —confesó Alex, sin dejar de mirar a Josh directamente a los ojos—. ¿Qué te pasa?

—En la fiesta, ayer… —Josh se frotó la nariz, vacilando.

—¿Qué pasó?

—La mayoría de las mamás se quedaron todo el rato. Hablando y riendo.

—Yo me habría quedado si me lo hubieras pedido.

Josh bajó los ojos. En su silencio, Alex comprendió de repente lo que su hijo no había expresado en voz alta.

—Esperabas que me quedara, ¿no? Para ti era importante. —Su tono era más una afirmación que una pregunta—. Pero no querías decírmelo porque yo habría sido el único papá entre el grupo de mamás, ¿no es cierto?

Josh asintió, con cara contrita.

—No te enfades conmigo.

Alex rodeó a su hijo con un brazo.

—¿Por qué iba a enfadarme?

—¿Estás seguro?

—Claro que sí. No podría enfadarme contigo.

—¿Crees que mamá se habría quedado, si todavía estuviera aquí?

—Por supuesto que sí. No se lo habría perdido por nada en el mundo.

En la punta más apartada del arroyo, un salmonete saltó por encima de la superficie cristalina y las pequeñas ondas concéntricas empezaron a moverse hacia ellos.

233

—¿Qué haces cuando vas a visitar a la señorita Katie? —le preguntó Josh.

Alex cambió de postura levemente.

—Más o menos lo mismo que hemos hecho hoy en la playa. Comemos y hablamos, y algunas veces salimos a dar un paseo.

—Últimamente pasas mucho tiempo con ella.

—Sí.

Josh consideró la respuesta.

—¿De qué habláis?

—De las cosas que nos pasan. —Alex ladeó la cabeza—. Y también hablamos de ti y de tu hermana.

—¿Qué decís?

—Hablamos de cómo nos divertimos cuando estamos los cuatro juntos, y de las buenas notas que has sacado este año, o de que estoy muy orgulloso de ti porque siempre tienes tu habitación ordenada.

—¿Le contarás lo que te dicho sobre que esperaba que te quedaras en la fiesta conmigo?

—¿Quieres que se lo cuente?

—No.

—Entonces no le diré nada.

—¿Me lo prometes? Porque no quiero que ella se enfade conmigo.

Alex alzó los dedos.

—¡Palabra de *scout*! Pero, para que lo sepas, ella no se enfadaría contigo aunque se lo dijera. Cree que eres un chico estupendo.

Josh se sentó con la espalda más erguida y empezó a recoger el hilo del carrete.

—Me alegro —dijo—, porque yo también creo que es estupenda.

La conversación con Josh mantuvo a Alex desvelado aquella noche. Movido por un impulso, se puso a estudiar el retrato de Carly en su habitación mientras sorbía su tercera cerveza de la noche.

Kristen y Katie habían regresado a casa. Llenas de energía y eufóricas, le enseñaron todas las prendas que habían comprado. Sorprendentemente, Katie le había devuelto casi la mitad del dinero, alegando que se le daba muy bien encontrar gangas. Alex se sentó en el sofá mientras Kristen paseaba por delante de él como una modelo para enseñarle una de sus nuevas adquisiciones, solo para desaparecer con rapidez en su cuarto antes de regresar luciendo algo completamente distinto. Incluso Josh, quien normalmente no habría mostrado ni el mínimo interés en el desfile, dejó a un lado su Nintendo. Cuando Kristen abandonó la habitación, se acercó a Katie.

—¿Me llevarás de compras a mí también? —preguntó, con una vocecita apenas audible—. Porque necesito camisas nuevas y otras cosas.

Un poco más tarde, Alex encargó comida china a domicilio y se sentaron alrededor de la mesa, comiendo y riendo. En un momento dado de la cena, Katie sacó una muñequera de piel de su monedero y se giró hacia Josh.

—Me ha parecido guay —dijo al tiempo que se la pasaba al niño.

Su carita sorprendida se trocó rápidamente en una mueca de satisfacción mientras se la probaba. Alex se fijó en cómo Josh se pasó el resto de la noche desviando los ojos hacia Katie.

Irónicamente, era en momentos como aquellos cuando Alex más echaba de menos a Carly. A pesar de que ella jamás había podido disfrutar de noches similares en familia —los niños eran demasiado pequeños cuando falleció—, no le costaba nada imaginarla sentada a la mesa.

Quizá por eso no conseguía conciliar el sueño aquella noche, mucho después de que Katie se hubiera marchado y de que Kristen y Josh se hubieran quedado dormidos. Apartó la sábana y se dirigió al armario. Abrió la caja fuerte que había instalado unos años antes. Contenía documentos importantes sobre cuestiones financieras y su seguro de vida, apilados junto a algunos objetos que para él tenían cierto valor sentimental. Había cosas que Carly guardaba de recuerdo: fotos de su luna de miel, un trébol de cuatro hojas que habían encontrado durante unas vacaciones en Vancouver, el ramo de peonías y lirios cala que ella había lucido el día de su boda, ecografías de Josh y Kristen cuando aún estaban en el útero materno, junto con la ropita que cada uno de ellos había lucido el día que ha-

235

bían abandonado el hospital después de nacer. Negativos y discos de fotos que conformaban la crónica de todos los años que habían estado juntos. Eran unos objetos cargados de significado y de recuerdos. Desde la muerte de Carly, no había añadido nada más a la caja fuerte, excepto las cartas que le había escrito Carly. Una iba dirigida a él. La segunda, en cambio, no tenía destinatario, y permanecía cerrada. No podía abrirla; después de todo, una promesa era una promesa.

Sacó la carta que había leído cientos de veces y dejó la otra en la caja fuerte. No tuvo constancia de la existencia de dichas cartas hasta que Carly se las entregó personalmente unos días antes de morir. En ese momento, estaba postrada en la cama y solo podía ingerir alimentos líquidos. Cuando él la llevaba al cuarto de baño, Carly era ligera como una pluma, como si se hubiera vaciado por dentro. Alex pasaba las pocas horas que ella estaba despierta sentado en silencio a su lado. Normalmente, Carly se dormía de nuevo en cuestión de minutos, y Alex se quedaba mirándola, temeroso de alejarse de ella por si lo necesitaba y temeroso de quedarse por si no la dejaba descansar. El día que le entregó los sobres, Alex vio que los había mantenido ocultos entre las mantas. Los sacó de allí como por arte de magia. Solo más tarde supo que había escrito ambas cartas dos meses antes y que su madre se había encargado de custodiarlas hasta ese momento.

Aquella noche, Alex abrió de nuevo el sobre y sacó la carta que tantas veces había sostenido entre sus manos. Estaba escrita en un papel de color amarillo. Se la acercó a la nariz y todavía pudo notar el leve aroma a la loción que usaba Carly. Recordó su sorpresa y cómo ella le pidió comprensión con los ojos.

Se acordó de que le había preguntado si quería que leyera primero la carta con su nombre escrito en el sobre, y cómo ella asintió levemente con los ojos. Mientras Alex abría el sobre, Carly se relajó y hundió la cabeza en la almohada.

> Querido Alex:
>
> Hay sueños que nos visitan y nos dejan satisfechos al despertar, son sueños que hacen que la vida merezca la pena. Tú, mi querido esposo, eres mi sueño, y me entristece tener que declararte lo que siento por ti solo con palabras.

En el momento en que te escribo esta carta, todavía tengo fuerzas para valerme por mí misma; sin embargo, no estoy segura de cómo expresar lo que quiero decir. No soy escritora, y las palabras parecen tan inadecuadas en este momento... ¿Cómo describirte lo mucho que te quiero? ¿Es posible describir tanto amor? No lo sé, pero mientras estoy aquí sentada, con el bolígrafo en la mano, sé que tengo que intentarlo.

Sé que te gusta contar la historia de lo mucho que te costó conquistarme, pero cuando pienso en aquella noche en que nos conocimos, creo que incluso en ese momento me di cuenta de que estábamos hechos el uno para el otro. Recuerdo aquella noche como si fuera ahora, del mismo modo que puedo recordar la sensación exacta de tu mano sobre la mía, y cada detalle de aquella tarde nublada en la playa cuando te arrodillaste ante mí y me pediste que me casara contigo. Hasta que apareciste en mi vida, no supe todas las experiencias maravillosas que me había perdido. Nunca imaginé que una caricia pudiera estar tan llena de significado o que una expresión pudiera ser tan elocuente; nunca imaginé que un beso pudiera dejarme literalmente sin aliento. Eres, y siempre lo has sido, todo lo que he deseado en un esposo. Eres bueno, fuerte, cariñoso e inteligente; llenas mi alma y eres mejor padre de lo que crees. Tienes un don especial con los niños, una forma de hacer que confíen plenamente en ti. No puedo expresar la inmensa alegría que me ha provocado ver a nuestros hijos dormidos entre tus brazos.

237

Mi vida es infinitamente mejor por el hecho de tenerte a mi lado. Y por eso me resultan tan duros estos momentos; por eso me cuesta tanto encontrar las palabras adecuadas. Me asusta pensar que mi vida pronto se apagará. Y no solo estoy asustada por mí, también lo estoy por ti y por nuestros hijos. Me parte el corazón pensar que voy a causarte un insoportable dolor, pero no sé qué puedo hacer, excepto recordarte las razones por las que me enamoré de ti y expresarte mi pesar por hacerte daño a ti y a nuestros adorables hijos. Me duele tanto pensar que tu amor por mí será también el motivo de tanta angustia...

Pero de verdad creo que aunque el amor puede hacer daño, también puede guarecer... Y por eso he añadido la otra carta.

Por favor, no la leas. No está dedicada a ti, ni a nuestras familias, ni tan solo a nuestros amigos. Realmente no creo que ninguno de los dos conozca a la mujer a la que se la entregarás. Ya ves, esta carta va dirigida a la mujer que al final conseguirá guarecerte, la que te ayudará a sentirte nuevamente pleno.

En estos momentos, sé que no puedes imaginar algo así. Quizá tardes meses, incluso años, pero algún día entregarás esta carta a otra mujer. Confía en tu instinto, del mismo modo que hice yo la noche que te acercaste a mí por primera vez. Sabrás cómo y cuándo hacerlo, del mismo modo que sabrás qué mujer es la elegida. Y cuando lo hagas, confía en mí cuando te digo que desde algún lugar, de algún modo, yo os estaré contemplando y sonriendo.

Te quiero,

CARLY

Después de leer la carta de nuevo, Alex la guardó en el sobre y volvió a meterla en la caja fuerte. Al otro lado de la ventana, el cielo estaba salpicado de nubes bañadas por la luz de la luna, que brillaba con una fantasmagórica incandescencia. Alzó los ojos, pensando en Carly y en Katie. Carly le había dicho que se fiara de sus instintos, que él sabría qué hacer con la carta.

Y de repente se dio cuenta de que Carly había acertado de lleno; bueno, por lo menos, en la mitad. Alex sabía que quería entregarle la carta a Katie. No obstante, no estaba seguro de si ella estaba preparada para recibirla.

28

—*O*ye, Kevin, ¿puedes venir un momento a mi despacho? —le dijo Bill, invitándolo a pasar con un gesto de la mano.

Kevin estaba a punto de sentarse en su silla. Coffey y Ramirez lo siguieron con la vista. Su nuevo compañero, Todd, ya estaba en su mesa y le ofreció una débil sonrisa fugaz antes de darle la espalda.

A Kevin le dolía la cabeza y no quería hablar con Bill a primera hora de la mañana, pero no estaba preocupado. Era bueno con los testigos y las víctimas; sabía cuándo un criminal mentía; llevaba a cabo un montón de arrestos; y a los criminales a los que arrestaba normalmente los condenaban.

Bill le hizo una señal para que se sentara en la silla; a pesar de que Kevin no quería, tomó asiento y se preguntó por qué diantre le estaba pidiendo que se sentara; normalmente se quedaba de pie cuando hablaba con su jefe. El dolor en las sienes era tan intenso como si le estuvieran clavando la punta de un lápiz afilado. Bill lo miró con intensidad durante un instante. Al cabo de unos segundos, el comisario se puso de pie y cerró la puerta antes de apoyarse en la punta de la mesa.

—¿Cómo estás, Kevin?

—Bien —contestó. Quería cerrar los ojos para aliviar el dolor, pero podía ver que Bill lo escrutaba fieramente—. ¿Qué pasa?

Bill se cruzó de brazos.

—Te he llamado para decirte que hemos recibido una queja.

—¿Una queja?

—Sí, y muy seria, Kevin. De parte de Asuntos Internos. De

momento quedas suspendido de tus funciones, pendiente de una investigación.

Las palabras se le mezclaban en la cabeza. Aquello no tenía sentido, al menos no al principio. Se fijó en la expresión de Bill y deseó no haberse despertado con ese horroroso dolor de cabeza y no haber recurrido a tanto vodka.

—¿De qué estás hablando?

Bill alzó varias hojas de su mesa.

—El asesinato Gates —dijo—. El pequeño que murió por un disparo que pasó a través del suelo, a principios de este mes.

—Lo recuerdo. Tenía salsa de pizza en la frente.

—¿Qué?

Kevin parpadeó incómodo.

—El chico. Así es como lo encontramos. Fue horrible. A Todd le afectó mucho.

Bill frunció el ceño.

—Llamasteis a una ambulancia —prosiguió el comisario.

Kevin aspiró aire hondo y lo soltó poco a poco. Concentrándose.

—Era para la madre —explicó Kevin—. Estaba fuera de sí, obviamente, y se abalanzó sobre el tipo griego que había disparado. Forcejearon y ella cayó rodando por las escaleras. Llamamos a la ambulancia de inmediato… Por lo que sé, se la llevaron al hospital.

Bill continuaba mirándolo fijamente, hasta que al final dejó las hojas a un lado.

—Tú hablaste con ella antes, ¿no es cierto?

—Lo intenté…, pero estaba realmente histérica. Intenté calmarla, pero enloqueció. ¿Qué más puedo decir? Todo está en el informe que redacté.

Bill volvió a coger las hojas de su mesa.

—Ya he leído tu informe. Pero la mujer alega que tú la incitaste a empujar a aquel tipo por las escaleras.

—¿Qué?

Bill leyó un párrafo de una de las hojas.

—Declara que tú te pusiste a hablarle de Dios y que le dijiste que ese hombre era un pecador y que merecía ser castigado porque la Biblia decía: «No matarás». Según la mujer, también le comentaste que ese tipo obtendría sin lugar a dudas la liber-

240

tad condicional, a pesar de haber matado a su hijo, y que debía ser ella la que se tomara la justicia por su mano, porque los que cometen delitos merecen ser castigados. ¿Te suena?

Kevin podía notar un intenso ardor en las mejillas.

—Eso es ridículo. Sabes que esa mujer miente, ¿verdad?

Esperaba que Bill le mostrara su apoyo incondicional, que le dijera que los de Asuntos Internos no iban a procesarlo. Pero no lo hizo. En vez de eso, su jefe se inclinó hacia delante.

—¿Qué le dijiste exactamente? Palabra por palabra.

—¡Yo no dije nada! Le pregunté qué había sucedido. Ella me lo contó. Al ver el agujero en el techo, subí al piso superior y arresté al vecino, después de que él admitiera que había disparado un arma. Lo esposé y empecé a bajar las escaleras con él; después, la mujer se abalanzó sobre aquel tipo.

Bill permanecía en silencio, con la vista fija en Kevin.

—¿Nunca citaste a Dios?

—No.

El comisario alzó de nuevo la hoja de la que previamente había releído el párrafo.

—¿Nunca dijiste: «Mía es la venganza, yo haré justicia, dice el Señor»?

—No.

—¿No te suena todo esto?

Kevin sintió que la rabia se apoderaba de él, pero procuró controlarla.

—Nada. Todo eso es mentira. Ya sabes cómo es la gente. Lo más probable es que esa mujer quiera denunciarme para obtener una indemnización.

A Bill se le tensó visiblemente la mandíbula inferior, pero tardó un momento en responder.

—¿Habías estado bebiendo antes de hablar con esa mujer?

—No sé a qué viene todo esto. No, no es mi estilo. No bebo mientras estoy de servicio. Sabes que mi historial es intachable. Soy un buen inspector. —Kevin alzó las manos, casi ciego a causa del horroroso dolor de cabeza—. Vamos, Bill, hace años que trabajamos juntos.

—Por eso estoy hablando contigo en vez de expulsarte. Porque en los últimos meses tu comportamiento ha sido muy extraño. Y he oído rumores.

—¿Qué rumores?

—Que cada mañana llegas borracho a la oficina.

—No es verdad.

—Así que si te hiciera la prueba de alcoholemia ahora mismo, saldría negativa, ¿no es cierto?

Kevin creyó que el corazón se le iba a salir por la boca. Sabía mentir, se le daba bien, pero tuvo que realizar un gran esfuerzo por mantener un tono neutro.

—Anoche salí a tomar unas copas con un amigo. Quizá todavía se detectaría cierto nivel de alcohol en mi organismo, pero no estoy borracho y no he tomado alcohol antes de venir a trabajar esta mañana. Ni ayer. Ni anteayer.

Bill lo miraba sin parpadear.

—Dime qué es lo que pasa con Erin —le exigió.

—Ya te lo he dicho. Está ayudando a una amiga en Manchester. Hace unas semanas nos fuimos los dos juntos a pasar unos días en Cape Fear.

—Le dijiste a Coffey que fuiste a un restaurante en Provincetown con Erin, pero hace seis meses que ese restaurante está cerrado. Mencionaste que os habíais alojado en un hotel, pero nos han confirmado que no tienen ninguna reserva a vuestro nombre. Y nadie ha visto a Erin durante los últimos meses.

Kevin sintió que la cabeza le iba a estallar de tanta presión.

—¿Me has estado siguiendo?

—Has estado borracho mientras estabas de servicio y me has mentido.

—Yo no…

—¡Deja de mentir! —gritó el comisario de repente, sin poderse controlar—. ¡Puedo oler tu apestoso aliento desde aquí! —Sus ojos refulgían con indignación—. A partir de este momento, quedas suspendido de tus funciones. Será mejor que llames a un abogado antes de hablar con los de Asuntos Internos. Deja la pistola y la placa sobre mi mesa y vete a casa.

—¿Por cuánto tiempo? —Kevin acertó a preguntar, balbuceando.

—De momento, lo que menos debería preocuparte debería ser tu suspensión.

—Para que lo sepas, yo no le dije nada a esa mujer.

242

—¡Te oyeron! —gritó Bill—. Tu compañero, el médico forense, los investigadores que había en la escena del crimen. —Hizo una pausa, intentando recuperar la calma—. Todos te oyeron —concluyó.

De repente, Kevin sintió que el mundo se desmoronaba a sus pies y que todo era culpa de Erin.

243

29

*E*l mes de agosto pasó, y aunque Alex y Katie estaban disfrutando de los calurosos y perezosos días de verano juntos, los niños empezaban a aburrirse. Con ganas de hacer algo distinto, Alex llevó los llevó a ver un rodeo de monos en Wilmington. A pesar de que Katie no podía creerlo, se trataba exactamente de eso: un espectáculo con monos, ataviados con ropa vaquera, montados sobre perros y reses durante casi una hora; para finalizar, un castillo de fuegos artificiales que no tenía nada que envidiar al que organizaban cada año el día de la fiesta nacional. Cuando abandonaron el recinto, Katie se giró hacia él con una sonrisa.

—Es la cosa más surrealista que he visto en mi vida —comentó, sacudiendo la cabeza.

—Y probablemente pensabas que en el Sur no teníamos imaginación, ¿eh?

Katie se echó a reír.

—¿Cómo es posible que se le ocurra a alguien una idea tan absurda?

—No lo sé. Pero había oído hablar de este espectáculo y sentía curiosidad. Solo estarán en la ciudad un par de días. —Barrió el aparcamiento con la vista en busca de su todoterreno.

—Sí, cuesta imaginar lo incompleta que habría sido mi vida de no haber visto a esos monos encaramados a lomos de perros.

—¡A los niños les ha encantado! —protestó Alex.

—A los niños les ha encantado —convino Katie—, pero no estoy segura de que los monos también lo hayan pasado bien.

No me ha dado la impresión de que esos pobres animales estuvieran muy contentos.

Alex achicó los ojos hasta que fueron un par de rendijas.

—Pues te aseguro que yo no me considero capaz de discernir si un mono es feliz o no.

—A eso me refiero precisamente —opinó ella.

—Oye, no es culpa mía que todavía quede un mes para empezar la escuela, y que por eso tenga que estrujarme la mollera buscando nuevas actividades con las que entretener a los niños.

—No necesitan hacer algo especial cada día.

—Lo sé. Y no lo hacen. Pero tampoco deseo que se pasen el día mirando la tele.

—Tus hijos no pasan muchas horas delante de la tele.

—Eso es porque los llevo a ver espectáculos de monos.

—¿Y la próxima semana?

—Eso es fácil. Serán las fiestas locales, y habrá una de esas ferias ambulantes.

Katie sonrió.

—Ya, con esa clase de atracciones en las que siempre me mareo.

—Y que tanto les gustan a los niños. Y ahora que lo pienso, ¿el próximo sábado trabajas?

—No estoy segura. ¿Por qué?

—Porque esperaba que pudieras venir a la feria con nosotros.

—¿De verdad quieres que me maree?

—No tienes que montarte en las atracciones, si no quieres. Pero me gustaría pedirte un favor.

—Dime.

—¿Podrías quedarte con los niños esa noche? Joyce me ha pedido si puedo llevarla hasta el aeropuerto de Raleigh a recoger a su hija. A Joyce no le gusta conducir de noche.

—Por supuesto. Cuenta con ello.

—Tendrá que ser en mi casa, para que puedan acostarse a una hora razonable.

Katie lo miró con curiosidad.

—¿En tu casa? Hasta ahora nunca he pasado mucho rato allí.

—Ya…

Alex parecía no saber qué más decir a continuación y ella sonrió.

—No te preocupes, me parece bien. Podríamos ver una película los tres juntos y comer palomitas de maíz.

Alex caminó en silencio unos pasos antes de preguntar:

—¿Alguna vez te has planteado si quieres tener hijos?

Katie vaciló.

—No estoy segura —respondió al final—, la verdad es que no he pensado seriamente en ello.

—¿Jamás?

Ella sacudió la cabeza.

—En Atlantic City era demasiado joven, con Kevin pensé que ni loca, y en los últimos meses no estaba para darle vueltas a esos temas.

—Pero… ¿y ahora? —insistió él.

—Todavía no lo sé. Supongo que dependería de muchas cosas.

—¿Como qué?

—Como del hecho de estar casada o no, eso para empezar. Y como bien sabes, no puedo casarme.

—Erin no puede casarse, pero Katie probablemente sí —argumentó Alex—. Ahora tiene carné de conducir.

Katie avanzó unos pasos en silencio.

—Quizás ella sí que podría, pero no lo hará hasta que encuentre al chico ideal.

Él se echó a reír y deslizó un brazo alrededor de sus hombros.

—Sé que trabajar en Ivan's era lo que más te convenía en el momento en que aceptaste el trabajo, pero ¿alguna vez has pensado en hacer algo distinto?

—¿Como qué?

—No sé. Estudiar en la universidad, obtener una licenciatura, encontrar un trabajo que realmente te guste.

—¿Por qué piensas que no me gusta servir mesas?

—No lo sé. —Él se encogió de hombros—. Solo siento curiosidad por lo que te gustaría hacer.

Katie reflexionó unos instantes.

—De pequeña, como todas las niñas que conocía, me encantaban los animales y quería ser veterinaria. Pero ahora no me

UN LUGAR DONDE REFUGIARSE

apetece en absoluto pasarme tantos años estudiando en la universidad para conseguirlo.

—Existen otras formas de trabajar con animales. Podrías adiestrar monos y montar un rodeo, por ejemplo.

—No lo creo. Todavía no he decidido si a los monos les gusta la experiencia o no.

—Ya veo que sientes predilección por los monos, ¿eh?

—¿Y quién no? Quiero decir, para empezar: ¿a quién se le ha podido ocurrir una idea tan descabellada?

—Corrígeme si me equivoco, pero me parece que te he visto reír durante el espectáculo.

—No quería que el resto del grupo se sintiera mal.

Alex volvió a reír y la abrazó cariñosamente. Un poco más adelante, Josh y Kristen ya habían alcanzado el todoterreno y se habían dejado caer pesadamente en la parte trasera. Katie pensó que se quedarían dormidos antes de llegar a Southport.

—No has contestado a mi pregunta —le recordó Alex—, sobre qué quieres hacer con tu vida.

—Quizá mis sueños no sean tan complicados. Tal vez crea que un trabajo solo es un trabajo.

—¿Y eso qué significa?

—Quizá no quiera que lo que hago me defina. Puede que prefiera que me definan por lo que soy.

Alex ponderó la respuesta.

—Vale, entonces, ¿qué quieres ser?

—¿De veras quieres saberlo?

—Claro, si no, no te lo preguntaría.

Katie se detuvo y lo miró a los ojos.

—Me gustaría ser esposa y madre —declaró finalmente.

Él frunció el ceño.

—Creía que habías dicho que no estabas segura de si querías tener hijos.

Katie ladeó la cabeza. Alex pensó que estaba más guapa que nunca.

—¿Y eso qué tiene que ver?

Los niños se quedaron dormidos antes de llegar a la autopista. El trayecto de vuelta no fue muy largo, quizá de una media hora, pero ni Alex ni Katie querían arriesgarse a despertar a los pequeños con su conversación. En vez de eso, parecían satisfechos con conducir en silencio, cogidos de la mano.

Cuando llegaron a Southport y Alex se detuvo delante de la cabaña, Katie avistó a Jo sentada en los peldaños de su porche, como si la estuviera esperando. En la oscuridad, no estaba segura de si Alex la había reconocido, pero en ese momento Kristen se desperezó y él se giró hacia su hija para asegurarse de que continuara durmiendo. Katie se inclinó hacia él y le dio un beso.

—Será mejor que hable con ella —susurró Katie.

—¿Con quién? ¿Con Kristen?

—No, con mi vecina. —Katie sonrió, señalando por encima del hombro—. Creo que quiere conversar conmigo.

—Ah, de acuerdo. —Asintió Alex. Miró hacia el porche de Jo y luego otra vez a Katie—. Lo he pasado muy bien.

—Yo también.

La besó antes de que ella abriera la puerta. Cuando Alex se alejó por la carretera, Katie enfiló directamente hacia la casa de Jo. Su vecina sonrió y la saludó con la mano, y Katie se sintió un poco más relajada. No habían hablado desde aquella noche en el bar. Cuando estuvo más cerca, Jo se puso de pie y se acercó a la barandilla.

—Antes que nada, quiero pedirte perdón por la forma en que te hablé el otro día —dijo sin ningún preámbulo—. Me metí en un asunto que no me incumbía. Me equivoqué, y quiero decirte que no volverá a suceder.

Katie subió los peldaños y se sentó, luego le hizo una señal amistosa a Jo para que se acercara y se sentara a su lado.

—Tranquila, no me enfadé.

—De todos modos, todavía me siento fatal por lo que pasó —continuó Jo, con un claro remordimiento—. No sé qué se apoderó de mí.

—Yo sí —aseveró Katie—. Es obvio. Te preocupas por ellos. Y quieres que no les pase nada malo.

—De todos modos, no debería haberte hablado de ese modo. Por eso no me has visto por aquí últimamente. Me sentía avergonzada y pensaba que jamás me perdonarías.

Katie le estrujó el brazo con afecto.

—Gracias por tus disculpas, pero no son necesarias. De hecho, conseguiste que recapacitara sobre cosas importantes referentes a mí misma.

—¿De veras?

Katie asintió.

—Y para que lo sepas, creo que me quedaré en Southport una buena temporada.

—El otro día te vi conduciendo.

—Cuesta creerlo, ¿verdad? Aún no me siento cómoda detrás del volante.

—Ya te acostumbrarás. Y es mejor que la bici.

—Todavía me sigo desplazando en bici a todas partes. No tengo dinero para comprarme un coche.

—Te diría que usaras el mío, pero vuelve a estar en el taller. El mismo problema de siempre con los frenos. Creo que me amargaría menos la vida con una bici.

—Cuidado con tus deseos.

—Ya vuelves a hablar como una terapeuta. —Jo señaló hacia la carretera—. Me alegro por ti y por Alex. Y por los niños. Eres una buena influencia para ellos.

—¿Cómo puedes estar tan segura?

—Porque puedo ver cómo él te mira. Y cómo tú los miras.

—Estos últimos meses hemos pasado muchas horas juntos, y me siento cómoda con ellos —replicó Katie.

Jo sacudió la cabeza.

—Es algo más que eso. Parece que Alex y tú estáis enamorados. —Escrutó a Katie, que había bajado la vista y se había sonrojado—. De acuerdo, lo admito. Aunque tú no me hayas visto, digamos que yo sí que he visto cómo os besáis cuando os despedís.

—¿Nos has estado espiando? —Katie fingió estar ofendida.

—Por supuesto que sí —se defendió Jo—. ¿De qué otro modo se supone que he de ocupar mis horas? No hay nada en este lugar que me llame la atención. —Hizo una pausa—. Lo amas, ¿verdad?

Katie asintió.

—Y también amo a esos dos niños.

—Me alegro. —Jo entrelazó las manos, como si se dispusiera a rezar.

Katie la miró con curiosidad.

—¿Conociste a su esposa?

—Sí —respondió Jo.

Katie desvió la vista hacia la carretera.

—¿Cómo era? Quiero decir, Alex me ha hablado de ella, y más o menos puedo hacerme una idea, pero...

Jo no la dejó acabar.

—Por lo que he visto, se parecía mucho a ti. Y lo digo en el buen sentido. Ella amaba a Alex y a los niños. Eran lo más importante en su vida. Creo que eso es todo lo que necesitas saber sobre ella.

—¿Crees que yo le habría gustado?

—Sí —afirmó Jo—. Estoy segura de que le habrías gustado.

30

*E*n agosto, el calor de Boston resultaba abrasador.

Kevin recordaba vagamente la ambulancia en la puerta de los Feldman, pero no le había dado demasiadas vueltas al asunto, pues eran unos malos vecinos y le importaba un pito lo que les pasara. Ahora se acababa de enterar de que Gladys Feldman había muerto y que por eso había varios coches aparcados a ambos lados de la calle. Llevaba dos semanas suspendido de sus funciones y no le gustaba ver coches aparcados delante de su casa, pero la gente había venido por el funeral y a él le faltaba la energía necesaria para exigirles que aparcaran sus malditos coches en otro sitio.

Apenas había salido de casa desde que le habían retirado la placa. En esos momentos se hallaba sentado en el porche, bebiendo directamente de la botella, observando a la gente que entraba y salía de casa de los Feldman. Sabía que el funeral se oficiaría por la tarde. Todos se irían de allí hasta la iglesia. En los funerales, la gente se arracimaba como el ganado.

No había hablado ni con Bill, ni con Coffey, ni con Ramirez, ni con Todd, ni con Amber, ni tan siquiera con sus padres. Ya no había cartones de pizza desperdigados por el suelo del comedor ni restos de comida china en la nevera, porque no tenía hambre. Con el vodka le bastaba, y bebió hasta que empezó a ver borrosa la casa de los Feldman. Al otro lado de la calle, divisó una mujer que salía de la casa para fumar un cigarrillo. Iba vestida de negro riguroso. Kevin se preguntó si ella sabía que los Feldman ladraban a los niños del vecindario.

Se fijó en la mujer porque no quería meterse en casa a ver

el canal de decoración y paisajismo en la tele. Erin solía ver ese canal, pero ella había huido a Filadelfia y se había hecho pasar por Erica, y luego había desaparecido y a él le habían retirado la placa. Sin embargo, antes de todo eso había sido un buen inspector.

La mujer de negro apuró el cigarrillo, lo lanzó sobre la hierba y luego lo pisoteó. Examinó la calle y vio a Kevin sentado en el porche. Vaciló antes de atravesar la calle para enfilar directamente hacia él. Kevin no la conocía; no la había visto nunca antes.

Él no sabía qué quería la desconocida, pero dejó la botella en el suelo y bajó los peldaños del porche. Ella se detuvo justo en la acera.

—¿Es usted Kevin Tierney? —inquirió ella.

—Sí —respondió él, y su voz le sonó extraña porque llevaba días sin hablar.

—Soy Karen Feldman. Mis padres viven al otro lado de la calle. Larry y Gladys Feldman. —Hizo una pausa pero Kevin no dijo nada y ella prosiguió—. Me estaba preguntando si Erin pensaba asistir al funeral.

Kevin se la quedó mirando fijamente.

—¿Erin? —repitió él, al cabo de unos segundos.

—Sí. A mi madre y a mi padre les encantaba cuando ella iba a visitarlos. Solía prepararles pasteles, y a veces les ayudaba a limpiar la casa, sobre todo cuando mi madre cayó enferma. Cáncer de pulmón. Ha sido horroroso. —Sacudió la cabeza—. ¿Está Erin en casa? Tenía la esperanza de verla. El funeral será las dos.

—No, no está. Se ha ido a Manchester, a ayudar a una amiga que está enferma.

—Ah…, bueno. Lo siento. Y siento haberlo molestado.

A Kevin se le empezaba a esclarecer la mente. Entonces se dio cuenta de que la desconocida se disponía a alejarse.

—Siento mucho la muerte de tu madre. Se lo conté a Erin y se lamentó de no poder estar aquí. ¿Han llegado las flores que envió?

—Oh, probablemente sí. No me he fijado. La casa está llena de ramos y coronas.

—No pasa nada. Siento que Erin no pueda asistir al funeral.

—Yo también. Siempre he tenido ganas de conocerla. Mi madre me decía que le recordaba a Katie.

—¿Katie?

—Mi hermana menor. Murió hace seis años.

—Lo siento mucho.

—Yo también. Todos la echamos de menos, sobre todo mi madre. Por eso se llevaba tan bien con Erin. Se parecían mucho físicamente. Incluso tenían la misma edad. —Si Karen se fijó en la expresión cambiante de Kevin, no lo demostró—. Mi madre solía enseñarle a Erin el álbum de fotos de Katie... Erin siempre mostró una gran paciencia con ella. Es una mujer encantadora. Es usted muy afortunado de tenerla por esposa.

Kevin se esforzó por sonreír.

—Lo sé.

Uno podía ser un buen inspector, pero, a veces, topar con las respuestas adecuadas era más bien una cuestión de suerte. Una nueva pista que afloraba a la superficie por casualidad, un testigo desconocido que aparecía repentinamente, una cámara situada en plena calle que fotografiaba una matrícula de un coche... En su caso, la pista se la había aportado una mujer vestida de negro que se llamaba Karen Feldman, que había atravesado la calle una mañana cualquiera en que él había estado bebiendo y que le había contado la historia de su difunta hermana.

A pesar de que todavía le dolía la cabeza, tomó otro trago de vodka directamente de la botella y se puso a pensar en Erin y en los Feldman. Ella los conocía e iba a visitarlos de vez en cuando, a pesar de que jamás se lo había mencionado. Él la llamaba por teléfono a menudo y se pasaba por casa sin avisar, y ella siempre estaba en casa; sin embargo, no sabía que Erin visitara a los Feldman. Jamás se lo había contado. Además, cuando él se quejaba de que eran malos vecinos, ella nunca decía nada.

Erin tenía un secreto.

Ahora sentía la cabeza mucho más despejada que en los últimos meses. Se metió en la ducha y luego se vistió con un traje negro. Se preparó un bocadillo con lonchas de jamón cocido, con pavo y mostaza de Dijon y se lo comió; luego se preparó otro y también lo devoró. La calle estaba abarrotada de coches y se fijó en la gente que seguía entrando y saliendo de la casa. Karen salió a fumar otro cigarrillo. Mientras Kevin esperaba, se guardó una libretita y un bolígrafo en el bolsillo.

Por la tarde, los que habían acudido a presentar sus respetos a la difunta empezaron a dirigirse hacia los coches aparcados. Oyó cómo ponían en marcha los motores; uno a uno, los automóviles empezaron a circular y a alejarse. Era la una y media, y todos iban a asistir a la misa. Después de quince minutos, no quedaba nadie. Vio que Karen ayudaba a Larry Feldman a subir a un coche. La mujer ocupó el asiento del conductor y se alejó. Por fin no había coche alguno en la calle o delante del garaje de los Feldman.

Esperó diez minutos más, asegurándose de que no quedaba nadie antes de salir por la puerta principal de su casa. Atravesó el jardín y se detuvo en la calle, antes de enfilar hacia la casa de los Feldman. No lo hizo ni con paso rápido ni tampoco intentó esconderse. Sabía que muchos vecinos habían ido al funeral, y que los que no lo habían hecho simplemente recordarían a un allegado vestido de luto. Se dirigió hacia la puerta principal, pero estaba cerrada. Recordó la gran cantidad de gente que había estado entrando y saliendo, y rodeó la casa hasta el patio trasero. Allí encontró otra puerta que no estaba cerrada con llave y entró en la vivienda.

Todo estaba en silencio. Se detuvo un momento para aguzar el oído, por si detectaba ruido de voces o de pasos, pero no oyó nada. Había tazas de plástico sobre la repisa y bandejas de comida en la mesa. Se paseó por la casa. Tenía tiempo, aunque no sabía cuánto, y decidió empezar por el comedor. Abrió las vitrinas y los cajones de los armarios, y volvió a cerrarlos, dejándolo todo tal y como lo había encontrado. Buscó en la cocina y en la habitación; finalmente fue al despacho. Había libros en las estanterías, un sillón reclinable y un televisor. En una esquina, vio un pequeño archivador.

Avanzó hasta el archivador y lo abrió. Echó un rápido vistazo a las etiquetas. Encontró una carpeta con la etiqueta KATIE. La sacó, la abrió y examinó su contenido. Había un artículo de prensa —por lo visto, la joven se había ahogado cuando la capa

de hielo que había sobre un estanque se partió bajo sus pies—
y fotos de ella de su época de estudiante. En la foto del día de
su graduación, se parecía mucho a Erin. Al final de la carpeta
encontró un sobre. Lo abrió y encontró una hoja arrugada en la
que había escrito un número de seguridad social. Sacó la libreta y el bolígrafo del bolsillo y anotó el número. No encontró la
tarjeta de seguridad social original, pero al menos tenía el
número. El certificado de nacimiento tampoco era original, sino
una vieja fotocopia muy arrugada; parecía que alguien hubiera
arrugado la hoja y luego la hubiera intentado volver a alisar.

Tenía lo que necesitaba y se marchó de la casa de los
Feldman. Tan pronto como llegó a su casa, llamó al oficial de la
otra comisaría, el que se acostaba con la niñera de sus hijos. Al
día siguiente, recibió su respuesta.

Katie Feldman se había sacado recientemente el carné de
conducir, con una dirección de un domicilio en Southport, en
Carolina del Norte.

Kevin colgó el teléfono sin pronunciar palabra. La había
encontrado.

Su Erin.

31

*E*l paso de una tormenta tropical se dejó notar en Southport.
No había cesado de llover en toda la tarde, y ahora que empezaba a anochecer, seguía lloviendo. A Katie le había tocado trabajar durante el turno del mediodía, pero debido al mal tiempo
el restaurante solo estaba medio lleno, así que Ivan había dejado que se marchara más temprano. Había tomado prestado el
todoterreno de Alex y, después de pasar una hora en la biblioteca, se pasó por la tienda. Un rato más tarde, cuando Alex la
llevó de vuelta a casa, ella lo invitó a ir un poco más tarde a
cenar, con los niños.

Katie estuvo muy inquieta durante el resto de la tarde.
Quería creer que se debía al mal tiempo, pero mientras permanecía de pie junto a la ventana de la cocina, contemplando las
ramas que se doblaban a causa de la fuerza del viento y la tupi-
da cortina de lluvia, supo que su estado anímico tenía más que
ver con la sensación de que, últimamente, todo en su vida era
casi perfecto. Su relación con Alex y las tardes que pasaba con
los críos llenaban un vacío en su interior del que ella no había
sido consciente, pero mucho tiempo atrás había aprendido que
los momentos maravillosos no duran para siempre. La felicidad
era un estado tan efímero como una estrella fugaz que cruzaba
el cielo, lista para desparecer en cualquier momento.

Un poco antes, aquel mismo día, en la biblioteca, había oje-
ado la versión electrónica del periódico *Boston Globe* en uno de
los ordenadores y había visto el obituario de Gladys Feldman.
Sabía que estaba enferma, se había enterado de su diagnóstico
de cáncer terminal antes de huir. A pesar de que había estado

examinando las esquelas con regularidad, la breve descripción de la vida de Gladys fue un golpe inesperado y muy duro.

Katie no había querido robar el documento de identificación del archivador de los Feldman, ni siquiera había considerado la posibilidad hasta que un día Gladys sacó la carpeta para enseñarle la foto de graduación de Katie. Había visto el certificado de nacimiento y la tarjeta de la seguridad social junto con la foto, y reconoció la oportunidad que representaban esos documentos originales. La siguiente vez que fue a visitarlos, pidió permiso para ir al lavabo, y en vez de eso fue directamente hacia el archivador. Más tarde, mientras degustaba un trozo de tarta de arándanos con ellos en la cocina, notó que los documentos le quemaban en el bolsillo. Una semana después, tras realizar una fotocopia del certificado de nacimiento en la biblioteca y doblarla y arrugarla para que no pareciera nueva, la guardó en el archivador y se quedó con el original. Habría hecho lo mismo con la tarjeta de seguridad social, pero no consiguió una fotocopia de buena calidad, así que decidió escribir el número en un papel, que dejó en el archivador, y guardarse la tarjeta original; si algún día los Feldman se daban cuenta de que había desaparecido, tal vez creyeran que la habían guardado en otro sitio.

257

Se recordó a sí misma que Kevin jamás sabría lo que había hecho. A él no le gustaban los Feldman y el sentimiento era mutuo. Katie sospechaba que ellos sabían que él la maltrataba. Lo podía ver en sus ojos mientras la veían atravesar la calle corriendo cada vez que iba a visitarlos, en cómo fingían no fijarse en los morados de sus brazos, en cómo se les tensaban las facciones cuando ella mencionaba a Kevin. Katie quería creer que no les habría importado que hubiera sustraído esos documentos, que en realidad querían que se los llevara, porque sabían que los necesitaba y querían ayudarla a huir.

Los Feldman eran las únicas personas que Katie echaba de menos de Dorchester; se preguntó cómo estaría Larry. Habían sido sus amigos cuando no tenía a nadie más, y quería decirle que sentía mucho la muerte de Gladys. Quería llorar con él, hablar de Gladys y decirle que gracias a ellos su vida era ahora mejor. Quería contarle que había conocido a un hombre que la amaba, que por primera vez desde hacía muchos años era feliz.

Pero no podía hacerlo. En lugar de eso, simplemente salió al porche y, con los ojos empañados de lágrimas, contempló cómo la tormenta fustigaba las hojas de los árboles.

—Has estado muy callada toda la noche —comentó Alex—. ¿Va todo bien?

Katie había preparado una cacerola de atún para cenar. En esos momentos, Alex la estaba ayudando a fregar los platos. En el comedor, los niños jugaban con sus Nintendo; Katie podía oír los zumbidos y pitidos por encima del sonido del agua que manaba del grifo.

—Me he enterado de que ha muerto una amiga —adujo mientras le pasaba un plato a Alex para que lo secara—. Sabía que estaba enferma, pero de todos modos me ha afectado mucho.

—Es normal, son cosas tristes —convino él—. Lo siento. —Sabía que era mejor no pedirle que ampliara los detalles. En vez de eso, esperó a ver si ella deseaba explayarse más, pero Katie lavó otro vaso y cambió de tema.

—¿Cuánto rato crees que durará la tormenta? —se interesó ella.

—No mucho. ¿Por qué?

—Me pregunto si mañana cancelarán la feria ambulante. O si cancelarán el vuelo de la hija de Joyce.

Alex echó un vistazo por la ventana.

—No lo creo. La tormenta ha perdido fuerza. Estoy seguro de que se está alejando.

—Justo a tiempo —remarcó Katie.

—Por supuesto. Este mal tiempo no se atreverá a empañar los preparativos que el comité ha organizado para la fiesta local. Ni tampoco la alegría de Joyce.

Ella sonrió.

—¿Cuánto rato estarás fuera para recogerla?

—Unas cuatro o cinco horas. No es fácil llegar a Raleigh desde aquí.

—¿Por qué no ha elegido el aeropuerto de Wilmington? ¿O simplemente alquilar un coche?

—No lo sé. No se lo he preguntado a Joyce, pero supongo que lo ha hecho para ahorrarse un poco de dinero.

—Estás haciendo una buena acción, ¿lo sabías? Me refiero a eso de ayudar a Joyce.

Alex se encogió de hombros con indolencia, como para indicar que no hacía nada del otro mundo.

—Mañana te divertirás.

—¿En la feria o con los niños?

—Las dos cosas. Y si me lo pides como es debido, te compraré un helado frito como premio.

—¿Helado frito? ¡Puaj! ¡Qué asco!

—Lo creas o no, está muy rico.

—¿Es que en el Sur solo sabéis hacer las cosas fritas?

—Si algo se puede comer frito, créeme, alguien no tardará en descubrirlo. El año pasado se hizo famosa una tienda porque se puso a vender mantequilla frita.

Katie se estremeció con un escalofrío.

—Bromeas, ¿no?

—No. Ya sé que suena fatal, pero había cola para comprarla. Seguro que la misma gente sería capaz de firmar a favor de sufrir un ataque de corazón con tal de seguir con esa clase de dieta aliada del colesterol.

Katie acabó de enjuagar el último par de tazas y se las pasó.

—¿Crees que a los niños les ha gustado la cena? Kristen no ha comido mucho.

—Kristen nunca come mucho. Y lo que es más importante es que a mí sí que me ha gustado. Estaba delicioso.

Ella sacudió la cabeza.

—Entonces, a quién le importan los niños, ¿no? Mientras tú estés contento…

—Lo siento. Soy un narcisista, no puedo evitarlo.

Katie pasó el estropajo enjabonado por encima de un plato y lo aclaró con agua.

—Tengo ganas de pasar unas horas en tu casa.

—¿Por qué?

—Porque siempre estamos aquí, y no allí. No me malinterpretes, entiendo que hasta ahora ha sido lo mejor para los niños. —«Y sobre todo por respeto a Carly», pensó—. Así tendré la oportunidad de ver cómo vives.

Alex agarró el plato.

—Ya has estado antes en mi casa.

259

—Sí, pero solo unos minutos, y solo en la cocina y en el comedor. No he tenido ocasión de echar un vistazo a tu habitación ni hurgar en tu botiquín para ver qué medicinas tomas.

—No serás capaz de hacerlo. —Alex fingió estar ofendido.

—Quizá si tuviera la oportunidad, lo haría.

Él secó el plato y lo guardó en el armario.

—No me importa. Puedes fisgonear todo lo que quieras en mi cuarto.

Katie se echó a reír.

—¡Siempre tan caballeroso!

—Solo digo que no me importa. Y también puedes fisgonear en mi botiquín. No tengo secretos.

—Eso decimos todos —bromeó ella—. Pero estás hablando con una persona que solo tiene secretos.

—No para mí.

—No —admitió ella, con la cara seria—. Para ti no.

Katie lavó dos platos más y se los pasó, sintiéndose invadida por un agradable bienestar mientras contemplaba cómo Alex secaba los platos y los guardaba.

Alex carraspeó antes de volver a hablar.

—¿Te puedo hacer una pregunta? No quiero que te ofendas, pero siento curiosidad.

—Adelante.

Él se pasó el trapo de cocina por los brazos, secándose algunas gotas despacio, intentando ganar tiempo.

—Me preguntaba si has pensado más en lo que te dije el fin de semana pasado. En el aparcamiento, después de ver el rodeo de los monos.

—Dijiste muchas cosas —contestó ella con cautela.

—¿No te acuerdas? Me dijiste que Erin no podía casarse, pero que en cambio Katie probablemente sí que podría.

Katie se puso nerviosa, no tanto por la cuestión en sí, sino por el tono solemne que Alex estaba usando. Sabía exactamente adónde quería llegar.

—Lo recuerdo —dijo con una jovialidad forzada—. Creo que te contesté que primero debería encontrar al chico ideal.

Al escuchar aquellas palabras, a Alex se le tensaron los labios hasta formar una fina línea, como si se estuviera debatiendo entre continuar o no.

—Solo quería saber si le has dado más vueltas al asunto. A la posibilidad de casarte conmigo, me refiero.

El agua todavía estaba caliente cuando Katie empezó a enjuagar los cubiertos.

—Primero me lo tendrías que pedir como es debido.

—¿Y si lo hiciera?

Katie encontró un tenedor y lo frotó con el estropajo.

—Supongo que te contestaría que te quiero.

—¿Dirías que sí?

Ella se quedó en silencio unos momentos.

—No quiero volverme a casar.

—¿No quieres, o crees que no puedes?

—¿Qué diferencia hay? —soltó, con una expresión porfiada, inescrutable—. Sabes que todavía estoy casada. La bigamia es ilegal.

—Pero ya no eres Erin. Eres Katie. Tal y como tú misma dijiste, tu carné de conducir lo demuestra.

—¡Pero tampoco soy Katie! —espetó antes de girarse hacia él—. ¿No lo entiendes? ¡Usurpé ese nombre de una gente a la que quería y respetaba! ¡Una gente que confiaba en mí! —Lo miró fijamente a los ojos, sintiendo cómo rebrotaba la tensión que la había invadido antes, recordando con una fresca intensidad con qué gentileza la había tratado Gladys, su fuga y la constante pesadilla de todos los años compartidos con Kevin—. ¿Por qué no puedes ser feliz tal y como estamos ahora? ¿Por qué tienes que presionarme para que me convierta en la persona que tú quieres que sea en lugar de la persona que realmente soy?

Alex parpadeó varias veces seguidas, desconcertado.

—Yo te amo tal como eres.

—¡Ya, pero quieres que esta situación sea solo temporal!

—¡No es cierto!

—¡Sí que lo es! —insistió ella. Katie sabía que estaba alzando la voz, pero no parecía ser capaz de controlarse—. ¡Tienes esa maldita idea de lo que quieres en la vida y estás intentando encajarme a mí en tus planes!

—No es verdad —protestó Alex—. Yo solo te he hecho una pregunta.

—¡Pero me pides una respuesta en concreto! Tú quieres la respuesta correcta, y si no la obtienes, intentarás convencerme para que te la dé. ¡Quieres que haga lo que tú quieres! ¡Que haga todo lo que tú quieres!

Por primera vez desde que se conocían, Alex la miró enfadado.

—No lo hagas.

—¿Que no haga el qué? ¿Decirte cómo me siento? ¿Por qué? ¿Qué piensas hacer? ¿Pegarme? ¡Vamos! ¡Adelante! ¡A ver si te atreves!

Alex retrocedió un paso, como si ella lo acabara de abofetear. Katie sabía que sus palabras habían sido excesivamente duras; en vez de enfadarse, Alex dejó el trapo de cocina en la encimera y retrocedió otro paso.

—No sé qué te pasa, pero te pido perdón si he hecho que te sientas insultada. No pretendía ponerte entre la espada y la pared, ni tampoco intentar convencerte de nada. Solo pretendía entablar una conversación contigo.

Alex se quedó callado, como si esperase a que ella dijera algo, pero Katie también permaneció en silencio. Él se dirigió hacia la puerta de la cocina sacudiendo la cabeza, pero se detuvo antes de atravesar el umbral.

—Gracias por la cena —susurró.

En el comedor, ella lo oyó decirles a los niños que se estaba haciendo tarde y el chirrido de la puerta principal al abrirse. Alex la cerró suavemente y la casa quedó de repente en silencio. Katie se quedó sola con sus pensamientos.

32

Kevin tenía serios problemas para no salirse de las dos líneas del carril que ocupaba en la autopista. Su intención había sido mantener la mente completamente despejada, pero le había empezado a doler de nuevo la cabeza como si le fuera a estallar y le habían entrado ganas de vomitar, así que había detenido el coche en una licorería y había comprado una botella de vodka. El licor le adormecía el dolor, y mientras lo sorbía con una cañita, no podía dejar de pensar en Erin y en cómo había cambiado su nombre por el de Katie.

263

Veía la autopista desenfocada. Los faros de los coches que se aproximaban en dirección opuesta eran como dos enormes luceros mal enfocados que emitían un intenso resplandor blanco y rosa, y que desaparecían al pasar por su lado. Uno tras otro. Miles. La gente se desplazaba de un lugar a otro con distintas finalidades. Kevin conducía hacia Carolina del Norte, dirigiéndose hacia el sur para encontrar a su esposa. Dejando atrás Massachusetts, conduciendo a través de Rhode Island y Connecticut. Nueva York y Nueva Jersey. La luna se elevaba, naranja, antes de volverse blanca, y atravesaba el cielo oscurecido que se extendía sobre su cabeza. Las estrellas brillaban.

Un viento cálido soplaba a través de la ventana abierta. Kevin agarraba el volante con firmeza. Sus pensamientos eran una especie de rompecabezas con las piezas mal colocadas. Esa puta lo había abandonado. Había roto el matrimonio y lo había dejado pudrirse porque creía que era más lista que él. Pero la había encontrado. Karen Feldman había cruzado la calle y él se había enterado de que Erin tenía un secreto. Pero ahora ya no lo tenía. Él sabía dónde vivía, sabía dónde se escondía. Había garabateado su dirección en un trozo de papel que ahora reposaba en el asiento a su lado, inmóvil gracias al peso de la Glock que se había llevado de casa. En parte de atrás había una bolsa de lona con ropa, un par de esposas y cinta aislante. Cuando había salido de la ciudad, se había detenido en un cajero automático y había sacado varios cientos de dólares. Quería destrozarle la cara a Erin a puñetazos tan pronto como la viera, matar a esa mala bruja. Quería besarla, abrazarla y rogarle que volviera a casa. Llenó el depósito de gasolina cerca de Filadelfia y recordó cómo la había seguido hasta allí unos meses antes.

Ella se había reído de él, ocultándole un gran secreto que él jamás habría podido imaginar. Sus visitas a los Feldman, en las que se ofrecía a cocinar para ellos y a limpiarles la casa mientras fraguaba un plan y mentía. ¿En qué más había mentido? ¿Quizás ocultándole la existencia de un hombre en su vida? Tal vez no en aquel entonces, pero quizá sí que ahora había otro hombre en su vida, que la besaba, que la acariciaba, que la desnudaba, que se reía de él. Probablemente en esos precisos instantes estaban en la cama retozando juntos. Ella y aquel hombre. Los dos riéndose de él a sus espaldas. «Cómo me lo saqué de encima, ¿eh? —decía ella mientras reía cínicamente—. Kevin ni se lo esperaba.»

Y se sulfuraba con solo pensarlo. Le hervía la sangre. Llevaba varias horas detrás del volante, pero no tenía intención de detenerse a descansar. Iba sorbiendo el vodka con la cañita y parpadeaba sin parar para intentar ver mejor. No aceleraba, no quería que lo parasen. No con la pistola en el asiento a su lado. Erin tenía miedo de las pistolas y siempre le rogaba que la guardara en el armario cuando él acababa su turno, y él obedecía.

Sin embargo, por lo visto, ella no tenía bastante. Podía comprarle una casa, muebles, ropa bonita, llevarla a la biblioteca y a la peluquería, pero todo eso no le bastaba. ¿Cómo era posible? ¿Tanto costaba limpiar la casa y preparar la cena? Su intención nunca había sido maltratarla; solo lo hacía cuando no le dejaba otra alternativa. Cuando ella cometía alguna estupidez o reaccionaba de forma egoísta. ¡Era ella la que lo provocaba!

El motor rugía y el ruido monótono resonaba en sus oídos. Ahora Erin tenía carné de conducir y trabajaba de camarera en un restaurante llamado Ivan's. Antes de salir de Dorchester, se había pasado varias horas navegando por Internet y había realizado unas cuantas llamadas. No le había costado nada seguirle el rastro, pues el pueblo era pequeño. Al cabo de menos de veinte minutos ya sabía dónde trabajaba: había bastado con marcar un número de teléfono y preguntar si estaba Katie. La cuarta vez que llamó, alguien le contestó que sí. Él colgó sin decir ni una palabra. Erin pensaba que podía esconderse toda la vida, pero él era un buen inspector y la había encontrado.

«Voy a por ti —se dijo, satisfecho—. Sé dónde vives y dónde trabajas. Esta vez no te escaparás.»

Dejó atrás vallas publicitarias y salidas de autopistas. En Delaware se puso a llover. Subió la ventana y notó que el viento comenzaba a zarandear el coche por ambos lados. Un camión delante de él culeó bruscamente, y las ruedas del tráiler pisaron las líneas del carril. Accionó el limpiaparabrisas para recuperar la visión. La lluvia empezaba a arreciar. Se inclinó encima del volante y achicó los ojos para contrarrestar los relucientes faros de los coches que venían de frente y lo deslumbraban. El vaho de su aliento empañó el cristal, así que encendió el sistema de refrigeración. Pensaba conducir toda la noche para cazar a Erin al día siguiente. La llevaría de vuelta a casa y empezarían de nuevo. Marido y mujer, juntos bajo un mismo techo, tal y como tenía que ser. Y serían felices.

Habían sido felices. Solían divertirse juntos. Kevin recordó que, después de casados, dedicaron varios fines de semana a ver casas. Ella estaba entusiasmada con la idea de comprar una y él la escuchaba mientras hablaba con los agentes de la inmobiliaria, alborozada, y su voz era una música alegre que resonaba entre las cuatro paredes de las casas vacías que visitaban. A Erin le encantaba tomarse su tiempo para deambular por las estancias, imaginando dónde pondría los muebles. Cuando encontraron la casa de Dorchester, Kevin supo que era la que ella quería, por el modo en que le brillaron los ojos. Aquella noche, tumbados en la cama, Erin se puso a dibujar pequeños círculos en su pecho mientras le rogaba que llamara a los de la inmobiliaria. Todavía podía recordar que había pensado que haría cualquier cosa que ella quisiera, porque la amaba.

265

Excepto tener hijos. Erin le había dicho que quería tener hijos, que quería formar una familia. Durante el primer año de matrimonio, no había cesado de hablar del tema. Kevin intentaba no prestarle atención; no pensaba decirle que no quería que se pusiera gorda y fofa, que las mujeres embarazadas eran feas, que no quería oírla gimoteando todo el tiempo por lo cansada que estaba o porque tenía los pies hinchados. No quería oír a un bebé berreando cuando regresara a casa después del trabajo, no quería ver juguetes esparcidos por la casa. No quería que ella se volviera desaliñada ni dejada, ni que empezara a preguntarle si se le estaba poniendo el trasero más grande que un campo de fútbol. Se había casado con ella porque quería una esposa, no una madre. Pero ella seguía insistiendo, atosigándolo día tras día, hasta que el final Kevin no lo soportó más, la abofeteó y le dijo que se callara. Después de ese altercado, no volvió a hablar del tema nunca más, pero ahora se preguntaba si no debería haberle dado lo que ella tanto ansiaba. Erin no lo habría abandonado si hubiera tenido un hijo, no habría sido capaz de huir. De todos modos, ahora ya nunca podría volver a escapar.

266

Tendrían un hijo, decidió Kevin. Vivirían en Dorchester y él recuperaría su trabajo de inspector. Por las tardes, llegaría a casa y su bella esposa lo estaría esperando, y la gente los vería de nuevo juntos en la frutería, y todos comentarían maravillados: «Son la típica familia feliz».

Se preguntó si Erin llevaba de nuevo el pelo rubio. Esperaba que lo tuviera largo y rubio, para poder deslizar los dedos por él. A ella le encantaba cuando él hacía eso. Siempre le susurraba palabras que a Kevin le gustaban, que lo excitaban. Pero por lo visto nada de eso había sido verdad; no era posible, si ella había estado planeando abandonarlo, si no había vuelto a su lado. Le había mentido, todo el tiempo. Durante semanas. Incluso meses. Les había robado los documentos a los Feldman, había adquirido un teléfono móvil, le había robado dinero del billetero. Siempre planeando y tramando, y él no tenía ni idea de nada, y ahora otro hombre se acostaba con ella. Le pasaba los dedos por la melena, escuchaba sus jadeos de excitación, gozaba con sus caricias. Kevin se mordió el labio y notó gusto a sangre. La odiaba, quería molerla a palos, quería empujarla por las escaleras. Tomó otro sorbo de la botella que tenía a su lado, y de nuevo notó el gusto metálico en la boca.

Erin se había burlado de él porque era hermosa. Todo lo referente a ella era bello. Sus pechos, sus labios, incluso la graciosa curva en la parte inferior de su espalda. En el casino, en Atlantic City, cuando la vio por primera vez, pensó que era la mujer más bella que jamás había visto, y en sus cuatro años de matrimonio, nada había cambiado. Ella sabía que él la deseaba, y ella sabía sacar partido de esa atracción. Se vestía sexy. Iba a la peluquería para estar guapa para él. Llevaba lencería de encaje. Siempre conseguía que Kevin bajara la guardia, haciéndole creer que lo amaba.

Pero no lo amaba. Ni tan solo sentía nada por él. Le importaban un comino las macetas rotas y las figuras de porcelana hechas añicos; no le importaba que a él le hubieran retirado la placa, no le importaba que se hubiera pasado meses enteros llorando desconsoladamente. No le importaba que su vida se estuviera desmoronando. Ella solo pensaba en sí misma; siempre había sido una egoísta, y ahora se estaba riendo de él. Llevaba meses burlándose de él, solo pensando en sí misma. Él la amaba y la odiaba; no conseguía aclarar sus sentimientos. Notó que las lágrimas empezaban a formarse en sus ojos y parpadeó violentamente para no llorar.

Delaware. Maryland. Los confines de Washington D. C. Virginia. Horas perdidas en aquella noche interminable. Al principio con una lluvia torrencial, luego, de forma gradual, dejó de llover. Al amanecer, Kevin se detuvo cerca de Richmond para desayunar. Dos huevos, cuatro trozos de panceta frita, una tostada. Bebió tres tazas de café. Volvió a llenar el depósito de gasolina y nuevamente se metió en la autopista. Atravesó Carolina del Norte bajo un cielo completamente azul. El parabrisas estaba asqueroso, con tantos bichos aplastados, y le empezaba a doler la espalda. Tuvo que ponerse las gafas de sol para no tener que achicar los ojos como un par de rendijas. Le comenzaba a picar la barba de un día.

«Casi ya te tengo, Erin —pensó—. Pronto te encontraré.»

33

*K*atie se despertó exhausta. Se había pasado parte de la noche en vela, sin pegar ojo, sin poder borrar de la mente las cosas horribles que le había dicho a Alex. No sabía qué le había pasado. Sí, estaba triste por los Feldman, pero la verdad era que no recordaba cómo habían empezado a pelearse. O más bien dicho, sí que lo recordaba, pero no le encontraba el sentido. Sabía que él no había intentado presionarla, ni que tampoco la había intentado forzar a hacer nada que ella no estuviera preparada. Sabía que él no se parecía en absoluto a Kevin, pero ¿qué le había dicho?

268

«¿Qué piensas hacer? ¿Pegarme? ¡Vamos! ¡Adelante! ¡A ver si te atreves!»

¿Por qué había dicho semejante majadería?

Al final logró quedarse dormida hacia las dos de la madrugada, cuando el viento y la lluvia empezaban a disminuir de intensidad. El día amaneció con el cielo totalmente despejado, y los pájaros encaramados en los árboles llenaron el espacio con su canto. De pie en el porche, Katie se fijó en los desperfectos causados por la tormenta: ramas partidas por doquier y un manto de piñas esparcidas por el patio y por el sendero de gravilla. El aire ya estaba saturado de humedad. Iba a ser un día bochornoso, quizás el de más calor de todo el verano. Se dijo a sí misma que le recordaría a Alex que no dejara a los niños demasiado rato fuera expuestos al sol, pero quizás él ya no querría que se quedara con los críos. Tal vez seguía enfadado con ella.

«No quizá, seguro —se corrigió a sí misma—. Y además, herido; ni siquiera dejó que los niños se despidieran de mí anoche…»

Se sentó en los peldaños y se giró hacia la casa de Jo, preguntándose si ya estaría despierta. Era temprano, probablemente demasiado temprano como para llamar a su puerta. No sabía ni qué le diría Jo ni si le serviría de ayuda. No podía confesarle lo que le había dicho a Alex —era un recuerdo que prefería borrar por completo—, pero quizá su amiga la ayudaría a comprender la ansiedad que se había apoderado de ella. Incluso cuando Alex se marchó, Katie siguió notando la tensión en los hombros. Por primera vez desde hacía muchas semanas, se durmió con la luz encendida.

Su intuición le decía que algo iba mal, pero no acertaba a comprender de qué se trataba. Quizá fuera que no podía dejar de pensar en los Feldman. En Gladys. En los inevitables cambios en la casa después de su muerte. ¿Qué pasaría si alguien se daba cuenta de que faltaban unos documentos de Katie? Solo con pensarlo se le oprimía el estómago.

—Todo saldrá bien. —Oyó de repente.

Al girarse se encontró con Jo, de pie, cerca de ella, con zapatillas de deporte, las mejillas encendidas y la camiseta empapada de sudor.

269

—¿De dónde vienes?

—Ah, he salido a correr un rato —contestó su vecina—. Estaba intentando espantar el calor, pero obviamente no lo he conseguido. Hay tanta humedad que apenas podía respirar, y por un momento he temido caer al suelo fulminada a causa de un ataque de corazón. De todos modos, me parece que estoy en mejor forma que tú. Te veo muy abatida, chica.

Jo señaló hacia los peldaños y Katie asintió con la cabeza. Su amiga se sentó a su lado.

—Anoche Alex y yo nos peleamos.

—¿Y?

—Le dije cosas terribles.

—¿Le has pedido perdón?

—No —contestó Katie—. Se marchó antes de que pudiera hacerlo. Debería haberlo hecho, pero no lo hice. Y ahora…

—¿Ahora qué? ¿Crees que es demasiado tarde? —le estrujó la rodilla cariñosamente—. Nunca es tarde para enmendar errores. Ve a verlo y habla con él.

Katie vaciló. Su ansiedad era evidente.

—¿Y si no me perdona?

—Entonces no es la persona que creías que era.

Katie se abrazó las rodillas y hundió la barbilla entre ellas. Jo se apartó un poco la camiseta del cuerpo, intentando abanicarse antes de proseguir.

—Ya lo verás, te perdonará. Y tú lo sabes, ¿verdad? Es posible que esté enfadado y que hayas herido sus sentimientos, pero es un buen hombre. —Sonrió—. Además, todas las parejas necesitan pelearse de vez en cuando. Solo para demostrar que su relación es lo bastante consistente como para sobrevivir a los malos tragos.

—Ya vuelves a hablar como una terapeuta.

—Es cierto, pero es la verdad. Las parejas que llevan mucho tiempo juntas, las relaciones que realmente merecen la pena, han tenido que superar muchos altibajos. Supongo que tú todavía opinas que esta relación vale la pena, ¿no?

—Sí —asintió Katie—. Lo creo. Y tienes razón. Gracias.

Jo le propinó unas palmaditas en la pierna y le guiñó el ojo mientras se ponía de pie.

—¿Para qué están las amigas?

Katie alzó la vista y achicó los ojos para mirarla a contraluz.

—¿Te apetece una taza de café? Iba a preparar una cafetera.

—No, gracias, esta mañana no. Hace demasiado calor. Lo que necesito es un buen vaso de agua helada y una ducha fresquita. Me siento como si me estuviera derritiendo.

—¿Irás a la feria hoy?

—A lo mejor. Todavía no lo he decidido. Pero si voy, te buscaré, ¿de acuerdo? —prometió—. Y ahora ve a verlo antes de que cambies de opinión.

Katie permaneció sentada en los peldaños unos minutos más antes de entrar en casa. Se duchó y se preparó una taza de café. Jo tenía razón, hacía demasiado calor para beber café caliente. Sin apurar la taza, se puso unos pantalones cortos, unas sandalias y se dirigió a la parte trasera de la casa en busca de la bicicleta.

A pesar del reciente chaparrón, el sendero de gravilla ya estaba seco, así que pudo pedalear sin malgastar energía. Eso la reconfortó. No tenía ni idea de cómo Jo había sido capaz de salir

a correr con ese calor, aunque fuera a primera hora de la mañana. Por lo visto, todo bicho viviente estaba intentando escapar
de aquel sofocante bochorno. Normalmente había ardillas o
pájaros, pero cuando se metió en la carretera principal no vio ni
un solo movimiento.

En la carretera apenas había tráfico. Un par de coches la
adelantaron a gran velocidad, dejando una estela de humo a su
paso. Katie pedaleó con fuerza y al doblar la esquina vio la tienda de Alex. A pesar de que todavía era temprano, ya había
media docena de coches aparcados delante. Clientes que iban a
desayunar pastelitos y galletas.

Pensó que la conversación con Jo había sido gratificante,
aunque fuera un poco. Todavía se sentía nerviosa, aunque ahora
su estado de ánimo tenía menos que ver con los Feldman o con
cualquier otro recuerdo que la incomodara que con lo que iba a
decirle a Alex. O mejor dicho, con el modo en que él iba a reaccionar.

Se detuvo delante de la tienda. De camino hacia la puerta,
pasó por delante del banco, ocupado por un par de ancianos que
se abanicaban sin parar. Detrás del mostrador, Joyce estaba preparando la cuenta a un cliente. Al verla, le sonrió.

—Buenos días, Katie.

Katie barrió rápidamente la tienda con la mirada.

—¿Está Alex?

—Sí, arriba, con los niños. Ya sabes el camino, ¿verdad?
¿Por las escaleras, al fondo?

Katie salió de la tienda y rodeó el edificio hasta la parte trasera. En el embarcadero había una fila de barcas que hacían
cola, esperando su turno para llenar el depósito de gasolina.

Ella subió las escaleras y vaciló unos instantes en la puerta
antes de decidirse finalmente a llamar. En el interior oyó los pasos de alguien que se acercaba. Cuando la puerta se abrió, apareció Alex delante de ella.

Katie le ofreció una sonrisa tentativa.

—Hola —lo saludó.

Alex asintió con la cabeza, con una expresión inescrutable.
Katie carraspeó, nerviosa.

—Quería decirte que siento mucho lo que te dije. Fue un
error.

Alex mantuvo la expresión neutra y respondió:

—De acuerdo. Gracias por disculparte.

Durante un larguísimo momento, ninguno de los dos dijo nada, y de repente Katie se arrepintió de haber ido a verlo.

—Será mejor que me vaya. Pero antes quería saber si todavía me necesitas para que me quede con los niños esta noche.

De nuevo, no respondió nada. En aquel silencio abrumador, Katie sacudió la cabeza. Cuando se dio la vuelta para marcharse, oyó que él se le acercaba.

—Katie…, espera —dijo. Miró de soslayo por encima del hombro hacia sus hijos antes de cerrar la puerta a su espalda.

—Lo que dijiste anoche… —empezó, pero se calló, visiblemente indeciso.

—No pensaba lo que decía —se adelantó a decir ella, con un tono sereno y accesible—. No sé por qué lo hice. Supongo que estaba tensa y me desahogué contigo.

—Lo admito, tu reacción me preocupó. No tanto por lo que dijiste, sino por el hecho de que me imaginaras capaz de… eso.

—Te aseguro que no —aclaró Katie—, nunca he pensado que fueras capaz.

Alex pareció considerar su respuesta, pero ella sabía que él tenía más cosas por decir.

—Quiero que sepas que valoro mucho nuestra situación actual, y más que nada, quiero que te sientas cómoda. De verdad. Siento mucho haberte incitado a pensar que te estaba obligando a tomar una decisión. No era mi intención.

—Sí que lo era. —Ella le regaló una sonrisa serena—. Bueno, al menos un poco. Pero no pasa nada. Quiero decir, ¿quién sabe lo que nos deparará el futuro? Como, por ejemplo, esta noche.

—¿Por qué? ¿Qué pasa esta noche?

Katie se inclinó hacia la jamba de la puerta.

—Bueno, cuando los niños ya estén dormidos, y según a qué hora regreses, quizá será un poco tarde para que yo me marche a casa en bici. Quizá me encontrarás en tu cama…

Cuando Alex se dio cuenta de que no bromeaba, se llevó una mano a la barbilla con aire teatral, como si reflexionara.

—¡Menudo dilema!

—Pero…, claro, igual no encontráis mucho tráfico y regresas temprano y puedes llevarme a casa…

—Suelo ser un conductor prudente. Como norma, no me gusta conducir deprisa.

Katie se inclinó hacia él y le susurró al oído:

—Me gusta que seas prudente.

—Lo intento —susurró él, antes de que sus labios se fundieran en un beso. Cuando Alex se apartó, se dio cuenta de que había media docena de curiosos que los estaban observando desde las embarcaciones. No le importaba—. ¿Cuánto tiempo has necesitado para ensayar este discurso?

—No lo he ensayado. Simplemente… me ha salido del alma.

Alex todavía podía notar el dulce gusto de aquel beso.

—¿Has desayunado?

—No.

—¿Te apetece un bol de cereales, con los niños? ¿Antes de ir a la feria?

—Me encantaría.

273

34

*C*arolina del Norte era un lugar muy feo, un trozo de carretera largo y angosto confinado entre inacabables hileras de pinos y colinas ovaladas. Junto a la autopista vio grupos de casas prefabricadas y ranchos, y graneros abandonados cubiertos de maleza. Salía de una carretera para meterse en otra, hasta que viró en dirección a Wilmington. Entonces bebió un poco más de vodka para paliar el aburrimiento.

274

Mientras avanzaba por el paisaje monótono, se puso a pensar en Erin. Pensó qué iba a hacer cuando la encontrara. Esperaba que estuviera en casa cuando llegara, pero aunque estuviera trabajando, solo sería cuestión de esperar unas horas a que regresara.

La carretera atravesaba poblaciones insulsas con nombres irrelevantes. A las diez llegó a Wilmington. Atravesó la ciudad y viró para tomar una pequeña autovía rural, en dirección al sur, mientras el sol caía implacable por el flanco de la ventana del conductor. Se puso la pistola en el regazo y siguió conduciendo.

Hasta que finalmente llegó a Southport. La población donde ella vivía. Su Erin.

Atravesó el pueblo sin prisa, barriendo con la mirada cada calle lentamente, para familiarizarse con el lugar, consultando de vez en cuando las direcciones que había impreso del ordenador antes de marcharse. Sacó una camisa de la bolsa de lona y se la colocó encima del regazo para ocultar la pistola.

Southport era un pueblecito con casitas coquetas y bien conservadas. Algunas parecían las típicas casas del Sur, con amplios porches e imponentes magnolios y banderas norteamericanas ondeando en un palo frente a la fachada principal; otras le recordaban las casas al estilo de Nueva Inglaterra. El paseo marítimo estaba salpicado de impresionantes mansiones. Los rayos del sol conferían al agua un brillo luminoso y el calor era insoportable. Como en una sauna.

Unos minutos más tarde, Kevin encontró la carretera que llevaba a la casa donde ella vivía. A la izquierda, un poco más arriba, vio un colmado y se detuvo para llenar el depósito y comprar una lata de Red Bull. Aguardó pacientemente para pagar, detrás de un hombre que había adquirido un saco de carbón para barbacoa y una lata de líquido inflamable. Cuando llegó su turno, la anciana de detrás del mostrador le sonrió y comentó con el típico descaro de las mujeres mayores que no lo había visto antes por el pueblo. Él le contestó que había venido para asistir a las fiestas locales.

De vuelta en la carretera, se le aceleró el pulso al pensar que faltaba poco para lograr su objetivo. Tomó una curva y aminoró la marcha. A lo lejos, avistó un sendero de gravilla. Según las direcciones que había impreso, se suponía que tenía que detenerse, pero no paró el motor. Si Erin estaba en casa, reconocería el coche inmediatamente, y no era eso lo que Kevin quería. No hasta que todo estuviera listo.

Dio media vuelta y se puso a buscar un lugar apartado de la carretera para aparcar. No había muchos sitios. El aparcamiento del colmado, quizá, pero ¿y si alguien se fijaba en que estacionaba allí? Volvió a pasar por delante de la tienda, observando la zona con atención. Los árboles a ambos lados de la carretera quizá podrían ofrecerle cobijo… o quizá no. No quería correr el riesgo de que un coche abandonado en medio del bosque pudiera levantar sospechas.

Empezaba a sentirse alterado e inquieto por la cafeína. Agarró la botella de vodka para calmar los nervios. Al ver que no encontraba ningún sitio apropiado para estacionar el coche, lo invadió una gran frustración. ¿Qué clase de lugar era ese pueblucho? Volvió a dar otra vuelta por la zona, esta vez con una incontrolable irritación. No esperaba que le costara tanto aparcar; quizá debería haber alquilado un vehículo, pero no lo había hecho, y ahora no encontraba el modo de acercarse lo bastante a Erin sin que ella se diera cuenta.

El colmado era la única opción. Volvió a entrar en el aparcamiento y se detuvo al lado del edificio. La casa de Erin debía de quedar más o menos a un par de kilómetros andando, pero no se le ocurría otra opción. Refunfuñó en voz alta antes de apagar el motor. Cuando abrió la puerta, sufrió la estocada del insoportable calor. Kevin vació la bolsa de lona, desperdigando la ropa por el asiento trasero. En la bolsa guardó la pistola, la soga, las esposas y la cinta aislante, y una botella de vodka. Se la colgó en el hombro y echó un vistazo a su alrededor. Ningún testigo. Pensó que podría dejar el coche aparcado allí, por lo menos, una hora o dos antes de levantar sospechas.

Abandonó el aparcamiento, y mientras caminaba por el arcén de la carretera le empezó a doler la cabeza. El calor era asfixiante. Parecía que de verdad estuviera en el infierno. Recorrió la carretera, fijándose en los conductores de los coches que lo adelantaban. No vio a Erin, ni tampoco a ninguna mujer con el pelo castaño.

Llegó al sendero de gravilla y se adentró en él. El camino, polvoriento y lleno de baches parecía no conducir a ninguna parte, hasta que al final avistó un par de cabañas a unos ochocientos metros más abajo. El corazón le empezó a latir desbocadamente. Erin vivía en una de esas dos edificaciones. Se apartó del camino y avanzó pegado a los árboles para que nadie pudiera verlo. Buscaba las sombras de los árboles, pero el sol estaba muy alto y el calor era abrasador. Llevaba la camisa empapada. Un reguero de sudor le caía por las mejillas y le aplastaba el pelo en el cráneo. Le dolía mucho la cabeza y se detuvo para tomar un trago, directamente de la botella.

Desde lejos no distinguió ningún movimiento en las cabañas. Maldición, ni tan siquiera parecían habitadas. No se parecían en absoluto a su casa en Dorchester, con las ventanas acicaladas con sus bonitas ménsulas y sus visillos, y la puerta principal de color rojo. En la cabaña más cercana, la pintura se estaba pelando y los extremos de las tablas de madera estaban podridos. Se acercó más y fijó la vista en las ventanas, esperando percibir alguna señal de movimiento. Nada.

No sabía qué cabaña era la de Erin. Se detuvo para observarlas. Ambas estaban en mal estado, pero una parecía prácticamente abandonada. Se acercó a la que tenía más buen aspecto, manteniéndose alejado del ángulo de visión de la ventana.

Había tardado treinta minutos en llegar allí desde la tienda. Cuando sorprendiera a Erin, seguro que ella intentaría huir. No querría irse con él. Intentaría escapar, incluso quizás ofrecería resistencia; la esposaría y le taparía la boca con cinta para que no pudiera gritar y luego iría a por el coche. Cuando regresara, la metería en el maletero hasta que estuvieran muy lejos de aquel pueblo.

Se colocó junto a uno de los flancos de la casa y se pegó a la pared, procurando mantenerse alejado de la ventana. Aguzó el oído por si detectaba algún movimiento, el sonido de una puerta o de un grifo abierto o el traqueteo de platos, pero no oyó nada.

Le seguía doliendo la cabeza y se moría de sed. El sol caía inclemente y tenía la camisa bañada de sudor. Su respiración era agitada… Estaba tan cerca de Erin… De nuevo recordó cómo ella lo había abandonado, sin importarle que él se hubiera pasado tanto tiempo llorando desconsoladamente. Se había reído de él a sus espaldas. Ella y su amante, quienquiera que fuera. Kevin sabía que tenía uno. No podría haber sobrevivido sola.

Echó un vistazo furtivo a la parte posterior de la casa y no vio movimiento alguno. Avanzó sigilosamente, alerta. Un poco más lejos, avistó una pequeña ventana y aprovechó para mirar a través de ella. No había ninguna luz encendida, pero el espacio estaba limpio y ordenado, con un trapo de cocina doblado junto a la pila. Tal y como Erin solía hacer. Se acercó con sigilo a la puerta y giró el tirador. No estaba cerrada con llave.

Conteniendo la respiración, abrió la puerta y entró. Se detuvo en el umbral para escuchar, pero no oyó nada. Atravesó la cocina y accedió al comedor, luego a la habitación y al cuarto de baño. Renegó a viva voz porque Erin no estaba en casa.

Eso suponiendo que no se hubiera equivocado de casa, claro. En la habitación, se volvió hacia la cómoda y abrió el cajón superior. Encontró un puñado de bragas y las examinó con atención, palpándolas con el dedo pulgar y el dedo índice, pero

277

había pasado tanto tiempo que no estaba seguro de si eran las que Erin tenía en casa. No reconoció las otras prendas, pero correspondían a su talla.

Reconoció el champú y la crema suavizante, así como la marca de la pasta dentífrica. En la cocina, hurgó en los cajones. Los abrió uno a uno hasta que encontró una factura del gas. Estaba a nombre de Katie Feldman. Kevin se apoyó en el armario, con la vista fija en el nombre y un sentimiento de plena victoria.

El único problema era que ella no estaba en casa, y no sabía cuándo regresaría. No podía dejar el coche en el aparcamiento de la tienda indefinidamente; sin embargo, de repente, se sintió completamente exhausto. Quería dormir, lo necesitaba. Se había pasado toda la noche conduciendo y la cabeza le dolía horrores. Instintivamente, avanzó arrastrando los pies hasta la habitación. Ella había hecho la cama. Cuando él apartó la colcha, olió su fragancia en las sábanas. Notó que las lágrimas inundaban sus ojos, por lo mucho que la había echado de menos, por cómo la quería y por lo felices que habrían sido juntos si ella no hubiera sido tan egoísta.

No se tenía en pie. Se dijo a sí mismo que solo echaría una cabezadita. No muy larga. Solo una cabezadita para que cuando ella regresara más tarde, por la noche, él estuviera completamente despierto y no cometiera ningún error. Y luego él y Erin volverían a ser marido y mujer.

35

$\mathcal{A}$lex, Katie y los niños decidieron ir hasta la feria en bicicleta, pues intentar aparcar el coche en pleno centro del pueblo sería una verdadera odisea. Y probablemente, volver a casa más tarde, cuando todos los vehículos empezaran a abandonar la zona en tropel, sería incluso peor.

A ambos lados de la calle principal había puestos ambulantes en los que exhibían objetos hechos a mano, y el aire estaba enrareciendo con el olor a perritos calientes y hamburguesas, palomitas de maíz y algodón de azúcar. En el escenario principal, una banda local entonaba la canción *Little deuce coupe*, de los Beach Boys. Había carreras de sacos y una pancarta que anunciaba que por la tarde iba a tener lugar un concurso para ver quién era capaz de comer más trozos de sandía. También había paraditas con diversos juegos: lanzamiento de dardos a globos, acertar arandelas por el cuello de unas botellas y encestar el balón para ganar un animal de peluche. En la punta más alejada del parque descollaba la noria, que atraían a las familias como un faro.

Alex se puso a hacer fila para comprar fichas para las atracciones y luego los cuatro se dirigieron hacia los autos de choque y las tazas de té. Había colas para subir en cualquier atracción. Mamás y papás con niños colgados del brazo, y adolescentes arracimados junto a las vallas. El rugido de los generadores y el triquitraque de las atracciones mientras estas daban vueltas y más vueltas llenaban el ambiente.

Por un dólar se podía ver al caballo más grande del mundo. Con otro dólar se podía acceder a la caseta contigua, en la que se exhibía al caballo más pequeño del mundo. Unos ponis daban vueltas en círculos, enganchados por las riendas a un eje, acalorados y cansados, con la cabeza gacha.

Los niños estaban entusiasmados y querían montarse en todas las atracciones, así que Alex se dejó una pequeña fortuna en fichas, que enseguida empezaron a desaparecer, ya que para cada una de las atracciones se requerían tres o cuatro. El precio era una barbaridad, y Alex intentó convencerlos para que no las gastaran todas de golpe, insistiendo en realizar otras actividades alternativas.

Admiraron a un hombre que realizaba juegos malabares con bolos y aplaudieron a un perrito que caminaba por encima de una cuerda tensa. Saborearon unas porciones de pizza en uno de los restaurantes cercanos a la feria, dentro del local, para huir del sofocante calor, y escucharon una banda de músicos que se dedicaban a entretener a su audiencia con un repertorio de canciones *country*. Después presenciaron una carrera de motos acuáticas en el río Cape Fear antes de regresar a la feria. Kristen quería algodón de azúcar y Josh se decantó por una calcomanía.

Y así fueron transcurriendo las horas, en un soporífero estado de calor y de ruido, invadidos por los placeres inherentes a los pueblecito del Sur del país.

Kevin se despertó dos horas más tarde, con el cuerpo pegajoso por el sudor y el estómago agarrotado con calambres. Sus sueños inducidos por el calor habían sido muy vívidos, casi tangibles, y le costó ubicarse. Sentía como si la cabeza se le fuera a partir en dos. Avanzó anadeando hasta la cocina y calmó la sed bebiendo agua directamente del grifo. Se sentía mareado, débil y más cansado que cuando se había acostado dos horas antes.

Pero no podía desfallecer. No debería haber dormido tanto rato. Regresó a la habitación e hizo la cama para que Erin no supiera que había estado allí. Estaba a punto de marcharse cuando recordó la cacerola de atún que había visto en la nevera antes, mientras fisgoneaba por la cocina. Se moría de hambre, y recordó que hacía meses que Erin no le preparaba la cena.

Debían estar a casi cuarenta grados en aquel aire casi irrespirable, y cuando abrió la nevera, se quedó durante un largo minuto expuesto al aire frío que se escapaba por la puerta. Asió la cacerola de atún y hurgó en los cajones hasta que encontró un tenedor. Después de quitar el envoltorio protector de plástico, probó un bocado y luego otro. Comer no le ayudó a paliar el dolor de cabeza, pero enseguida notó una mejoría en el estómago y los calambres empezaron a mitigarse. Podría haberse zampado todo el contenido de la cacerola, pero se obligó a sí mismo a tomar únicamente un bocado más antes de volverla a guardar en la nevera. Erin no se daría cuenta de que él había estado allí.

Lavó el tenedor, lo secó y lo guardó de nuevo en el cajón. Alisó el trapo de cocina y lo dobló, y volvió a echar un vistazo a la cama para asegurarse de que tenía el mismo aspecto que cuando él había llegado.

Satisfecho, abandonó la casa y caminó por el sendero de gravilla, hacia la tienda.

El capó del coche estaba ardiendo. Al abrir la puerta tuvo la impresión de que el interior era un horno. No había nadie en el aparcamiento. Demasiado calor para estar fuera. Era realmente abrasador. Sin una nube en el cielo ni una gota de brisa. ¿Quién diantre querría vivir en un lugar como ese?

En la tienda, cogió una botella de agua y se la bebió mientras permanecía de pie junto a las neveras. Pagó por el casco vacío y la anciana lo tiró a la papelera. Le preguntó si estaba disfrutando de la feria. Kevin le contestó a esa vieja chismosa que sí.

De vuelta en el coche, bebió más vodka, sin importarle que ahora el licor estuviera a la temperatura de una taza de café caliente. Mientras le calmara el dolor… Hacía demasiado calor para pensar, y ya podría estar de camino a Dorchester si hubiera encontrado a Erin en casa. Quizá cuando llevara a Erin de vuelta y Bill viera lo felices que eran los dos juntos, le devolvería la placa. Kevin era un buen inspector. Ellos lo necesitaban.

Mientras bebía, las palpitaciones en las sienes empezaron a calmarse, pero comenzó a ver las cosas dobles. Necesitaba mantener la mente despejada, pero el dolor y el calor le estaban provocando arcadas y no sabía qué hacer.

Puso el coche en marcha y se dirigió a la carretera principal, con la intención de volver al centro del pueblo. Había numerosas calles cerradas al tráfico y tuvo que dar mil vueltas para encontrar un sitio donde aparcar. No había ni una maldita sombra donde cobijarse del inclemente sol y del insoportable y aplastante calor. De nuevo sintió ganas de vomitar.

Pensó en Erin y en dónde diantre debía estar. ¿En Ivan's? ¿En la feria? Debería haber llamado para saber si aquel día le tocaba trabajar, debería haberse parado en un hotel a pasar la noche en vez de conducir de un tirón. No tenía motivos para ir tan deprisa, porque ella no estaba en casa, pero, claro, eso no lo sabía antes. Sintió que su rabia aumentaba al pensar que ella debía de estar riéndose de él por haber cometido aquel fallo tan estúpido. Riéndose sin parar del mientras le era infiel con otro hombre.

Se cambió de camisa y hundió la pistola en la cintura de los pantalones vaqueros y se dirigió hacia el paseo marítimo. Sabía dónde estaba el restaurante Ivan's porque lo había buscado en el ordenador. Si pasaba por allí se arriesgaría considerablemente. Se detuvo y dio media vuelta un par de veces, indeciso, pero tenía que encontrarla, tenía que cerciorarse de que ella todavía era de carne y hueso. Había estado en su casa y había inhalado su fragancia, pero con eso no le bastaba.

Un hervidero de gente inundaba las calles. El ambiente le recordó uno de esos mercadillos ambulantes que aglomeraban a los habitantes de todo un condado, pero sin cerdos ni caballos ni vacas. Se compró un perrito caliente e intentó ingerirlo, pero su estómago se rebeló y lo tiró a la basura casi entero. Serpenteando entre aquel auténtico baño de multitudes, avistó el paseo marítimo a lo lejos, y luego el restaurante Ivan's. Avanzar a través de la concurrencia se le hizo dolorosamente lento. Cuando llegó a la puerta del restaurante, tenía la boca completamente seca.

En Ivan's no cabía ni un alfiler, y había gente esperando fuera, en la entrada, para conseguir una mesa. Debería haberse comprado un sombrero y unas gafas de sol, pero no se le había ocurrido antes. Sabía que ella lo reconocería inmediatamente, pero de todos modos se abrió paso hacia la puerta y entró en el local.

Vio a una camarera, pero no era Erin. Vio a otra, pero tampoco era ella. La encargada era una chica joven que estaba muy atareada intentando decidir en qué mesa iba a colocar al siguiente grupo de clientes. Había mucho jaleo: gente hablando, traqueteo de tenedores y platos, ruido de vasos que los camareros apilaban en la barra. Mucho jaleo y confusión, y su maldito dolor de cabeza le estaba destrozando los nervios. Y encima tenía ardor de estómago.

—Perdona, ¿hoy le toca trabajar a Erin? —le preguntó a la encargada, alzando la voz por encima del bullicio.

Ella lo miró sin comprender.

—¿Quién?

—Katie —rectificó él—. Quería decir Katie. Katie Feldman.

—No —gritó la encargada—. Hoy no le toca. Pero mañana sí. —Con la cabeza señaló hacia las ventanas—. Seguramente está en la feria, como todo el mundo. Me ha parecido verla pasar hace un rato.

Kevin dio media vuelta y abandonó el local, chocando bruscamente con la gente al salir. Pero no se disculpó ni una sola vez. Cuando pisó la calle, fue directamente hacia un puesto ambulante. Compró una gorra de béisbol y un par de gafas baratas. Y entonces se puso a andar.

283

La noria daba vueltas y más vueltas. Alex y Josh estaban sentados en una banqueta, y Kristen y Katie en otra justo delante de ellos, con las caras expuestas al tórrido viento. Katie rodeaba con un brazo a Kristen por los hombros, consciente de que, a pesar de su sonrisa, la pequeña se sentiría nerviosa por la altura. Mientras la cesta que ocupaban ascendía hasta el punto más alto, desvelando una magnífica panorámica del pueblo, Katie se dio cuenta de que, aunque no le entusiasmaba en absoluto la altura, le preocupaba más la noria en sí. Aquella estructura parecía estar formada por una simple tela metálica sostenida por horquillas, a pesar de que se suponía que había pasado la inspección unas horas antes aquella misma mañana.

Se preguntó si Alex le había dicho la verdad sobre la inspección, o si él la había oído expresar en voz alta que esa atracción podía ser peligrosa. Katie suponía que ahora ya era demasiado tarde para lamentarse, así que en vez de eso se dedicó a otear la feria que se abría a sus pies. El espacio se había ido llenando de más gente a medida que transcurría la tarde, pero aparte de salir a navegar, Southport tampoco ofrecía muchas alternativas más para pasar el rato. Se trataba de un pueblecito adormecido. Katie supuso que aquel acontecimiento era probablemente el más destacado del año.

La noria aminoró la marcha hasta que se detuvo; los cuatro quedaron suspendidos en el aire mientras los primeros pasajeros se apeaban y otros ocupaban la cesta que acababa de quedar vacante. La noria rotó un poco. Katie siguió escrutando la multitud desde más cerca. Kristen parecía más relajada y también se dedicaba a observar.

Reconoció a un par de clientes asiduos de Ivan's que se estaban comiendo unos helados de cucurucho, y se preguntó cuántos clientes más habría en la feria. Sus ojos empezaron a desplazarse de un grupo a otro, y por alguna razón recordó que solía hacer lo mismo cuando empezó a trabajar en Ivan's. Cuando siempre estaba alerta por si veía a Kevin.

284

Kevin acababa de dejar atrás los puestos ambulantes situados a ambos lados de la calle principal. Intentaba pensar del mismo modo en que lo haría Erin. Debería haberle preguntado a la encargada si la había visto acompañada de un hombre; sabía que ella no se atrevería a ir a una feria sola. Tenía que recordarse constantemente a sí mismo que quizás ahora Erin llevaba el pelo corto y castaño. Tendría que haberle pedido al pedófilo de la otra comisaría que consiguiera una copia de la foto del carné de conducir, pero en ese momento no se le había ocurrido. De todos modos, ya no importaba: sabía dónde vivía y pensaba volver a su casa a por ella.

Notaba la presión de la pistola en la cintura. Era una sensación incómoda, pues se le clavaba en la piel. Además, la gorra de béisbol le daba calor, especialmente porque se la había incrustado en la cabeza tanto como había podido. Le parecía que la cabeza le fuera a explotar.

Siguió abriéndose paso entre grupos de personas, entre las filas que se formaban frente a cualquier caseta. Manualidades. Piñas decoradas, vidrieras enmarcadas, campanillas de viento orientales. Juguetes antiguos tallados en madera. La gente se llenaba la boca de comida: galletas horneadas de origen alemán, helados, nachos mexicanos, bollos de canela. Kevin vio a bebés en cochecitos y recordó nuevamente que Erin quería un hijo. Decidió que le daría uno. Niña o niño, no importaba, aunque prefería un niño, porque las niñas eran egoístas y no sabrían apreciar la buena vida que él les ofrecería. Las niñas eran así.

La gente hablaba y susurraba a su alrededor, incluso le pareció que algunas personas lo miraban con desdén, como Coffey y Ramirez solían hacer. No les prestó atención, sino que se centró en su búsqueda. Familias. Parejitas de adolescentes. Un tipo estrafalario con un sombrero. Un par de operarios de la feria se hallaban de pie junto a una farola, fumando. Demacrados y cubiertos de tatuajes, con los dientes amarillentos y mal colocados. Probablemente drogadictos, con un largo historial delictivo. Le dieron mala espina. Kevin era un buen inspector y sabía cómo era la gente con tan solo verla, y no se fiaba de ese par, a pesar de que ninguno de los dos hizo nada cuando pasó delante de ellos.

285

Giró a la izquierda y luego a la derecha, abriéndose paso con sangre fría entre la multitud, estudiando las caras de la gente. Se detuvo un instante cuando una pareja con sobrepeso pasó delante de él anadeando, comiendo perritos empanados, con las caras abotargadas y con manchas rojas en la piel. Detestaba a los gordos, pensaba que eran personas débiles de espíritu y que no tenían disciplina, que no hacían más que quejarse de su presión sanguínea, de su diabetes, de sus problemas de corazón, y no paraban de lamentarse por el elevado coste de las medicinas, pero eran incapaces de aunar el suficiente coraje para bajar el tenedor. Erin siempre estaba delgada, pero sus pechos eran generosos y ahora estaba con otro hombre que se los manoseaba por la noche y le hirvió la sangre ante tal pensamiento. La odiaba. Pero también la deseaba. La amaba. Le costaba mucho mantener la cabeza clara. Había estado bebiendo con exceso y hacía un calor insoportable. ¿Cómo se le había ocurrido a Erin ir a vivir a un lugar tan horroroso?

Se paseó por las atracciones de la feria y se fijó en la noria. Se acercó un poco, chocó contra un tipo que llevaba una camiseta sin mangas e ignoró los insultos que este le dedicó. Examinó las banquetas de cada cesta, escrutando las caras de todos los que iban montados. Erin no estaba allí, ni tampoco en la fila.

Siguió avanzando, caminando entre gentuza gorda bajo aquel calor infernal, buscando a su esbelta Erin y al hombre que le manoseaba los pechos por la noche. A cada paso, pensaba en la Glock.

En el tiovivo las sillas colgantes giraban en la dirección de las agujas del reloj. Los niños estaban entusiasmados con aquella atracción. Habían montado dos veces por la mañana, y tras subirse en la noria, Kristen y Josh le suplicaron a Alex que los dejara montar una vez más. Solo les quedaban unas pocas fichas. Alex accedió, pero les dijo que después de aquella atracción se irían a casa. Quería disponer de un rato para ducharse, comer algo y quizá relajarse antes de conducir hasta Raleigh.

A pesar de todos sus esfuerzos, no podía dejar de pensar en el comentario que Katie le había soltado por la mañana. Ella pareció darse cuenta de la dirección de sus pensamientos, porque Alex la pilló mirándolo fijamente bastantes veces, con una disimulada sonrisa provocativa.

Ahora ella estaba junto a él, con la cabeza alzada y sonriendo a los niños. Alex se le acercó más, deslizó un brazo por su cintura y sintió que ella se apoyaba en él. Ninguno de los dos dijo nada; no hacía falta. En vez de eso, Katie ladeó la cabeza y la apoyó en su hombro. Alex se sorprendió pensando que no había nada mejor en el mundo.

Erin no estaba en las tazas de té ni en el laberinto de espejos ni en la casa encantada. Kevin barrió con la mirada la cola junto a la caseta donde vendían las fichas, intentando pasar desapercibido, con la intención de verla antes que ella lo viera a él. Jugaba con ventaja, ya que él sabía que ella estaba allí; en cambio, ella no sabía nada de nada. Sin embargo, veces la gente tenía un golpe de suerte y podían suceder cosas inverosímiles. De repente recordó a Karen Feldman y el día que le reveló el secreto de Erin.

Deseó no haber dejado la botella de vodka en el coche. No había visto ningún sitio para comprar más, ni tan solo un miserable bar. Ni una caseta o puesto ambulante donde vendieran cerveza; no es que le gustara mucho aquella bebida, pero no quedaba más remedio. El olor a comida le provocaba náuseas y hambre a la vez, y podía notar cómo se le pegaba la camisa a las axilas y a la espalda a causa del sudor.

Se paseó por la zona de los juegos de azar, regentados por timadores y farsantes. Una pérdida de dinero, ya que todas las actividades estaban amañadas, pero los imbéciles se apelotonaban alrededor de las casetas. Inspeccionó sus caras. Ni rastro de Erin.

Deambuló por el resto de las atracciones. Había niños montados en los autos de choque, gente que no se estaba quieta en la fila, mientras esperaba su turno para subir. Un poco más lejos había un tiovivo de sillas colgantes, y se dirigió hacia allí. Rodeó a un grupo de gente, en busca de la posición adecuada para gozar de una buena vista.

Las sillas habían empezado a aminorar la marcha, pero Kristen y Josh seguían bien agarrados y con las caritas sonrientes de emoción. Alex ya tenía bastante y quería irse a casa; el calor había dejado a Katie completamente exhausta, y seguro que ella también apreciaría poder descansar un rato a la sombra. Si había que destacar algún aspecto negativo de la cabaña —en realidad Katie pensaba que había más de uno— era la ausencia de aire acondicionado. Katie se había acostumbrado a dormir con las ventanas abiertas por la noche, aunque tampoco sirviera de mucho.

Las sillas colgantes se detuvieron por completo. Josh se desabrochó la cadena y saltó al suelo. Kristen tardó un poco más antes de poder salir, pero un momento más tarde, los dos niños corrían dando saltitos hacia Katie y su papá.

Kevin vio cómo las sillas colgantes se detenían y un montón de niños salían disparados hacia las vallas, pero no centró la atención en aquellos potros desbocados. En lugar de eso, se concentró en examinar a los numerosos adultos repartidos a lo largo del perímetro del tiovivo.

Siguió andando, mientras sus ojos se posaban de una mujer a otra. Rubia o morena, no importaba. Buscaba la figura esbelta de Erin. Desde su posición no alcanzaba a ver las caras de la gente que había justo delante de él, así que cambió de ángulo. Al cabo de unos pocos segundos, cuando los niños alcanzaran la salida, todos se alejarían.

Aceleró el paso. Había una familia delante de él, con varias fichas en la mano, debatiendo sobre en qué atracción se iban a montar a continuación, discutiendo airadamente. Idiotas. Los escrutó de arriba abajo. Alargó el cuello para ver a la gente que estaba más cerca de las sillas colgantes.

No había ninguna mujer delgada, excepto una. Una morena con el cabello corto, de pie, junto a un hombre de pelo gris, que la rodeaba con un brazo por la cintura.

Era inconfundible. Las mismas piernas largas, la misma cara, los mismos brazos bien modelados.

Su Erin.

36

Alex y Katie iban cogidos de la mano mientras caminaban hacia Ivan's con los niños. Habían dejado las bicicletas en el patio trasero del local, que era donde Katie solía aparcar. A la salida, Alex compró una botella de agua para Josh y Kristen antes de emprender el camino de regreso a casa.

—¿Lo habéis pasado bien, chicos? —preguntó Alex, inclinándose por encima de las bicis para abrir los candados.

—¡Ha sido chulísimo, papi! —contestó Kristen, con la cara roja por el intenso calor.

Josh se limpió la boca con el brazo.

—¿Mañana iremos otra vez a la feria?

—A lo mejor —respondió Alex sin concretar.

—¡Porfa! ¡Quiero volver a montar en las sillas colgantes!

Alex acabó de abrir los candados y se colgó las cadenas sobre el hombro.

—Ya veremos —remachó.

El alero situado en la parte posterior del local ofrecía un poco de sombra, pero seguía haciendo calor. Cuando Katie vio la gran cantidad de gente dentro del local a través de la ventana, se sintió aliviada de haberse tomado el día libre, aunque eso supusiera tener que trabajar dos turnos al día siguiente y el lunes. Había valido la pena. Había sido un día muy especial, y ahora tocaba relajarse y luego ver una película con los niños mientras Alex iba a recoger a la hija de Joyce al aeropuerto. Y más tarde, cuando él volviera…

—¿Qué? —le preguntó Alex.

—Nada.

—Me estabas mirando como si fueras a devorarme.

—Pues no creas, por un segundo se me ha pasado la idea por la cabeza. —Ella le guiñó el ojo—. Me parece que me ha dado demasiado el sol en la cabeza.

—Ya. No será que…

—Quiero recordarte que hay cuatro orejitas escuchándonos sin perderse ningún detalle, así que ten cuidado con lo que dices. —Le dio un beso antes de propinarle una palmadita en el pecho.

Ninguno de los dos se fijó en el individuo con gorra de béisbol y gafas de sol que los observaba desde la terraza del restaurante contiguo.

Kevin pensó que se iba a desmayar cuando vio que Erin y el tipo del pelo gris se besaban, que flirteaban. La vio inclinarse hacia la niña y regalarle una sonrisa. La vio revolverle el pelo al niño cariñosamente. Vio cómo el hombre del pelo gris le propinaba una palmadita en el trasero mientras los niños estaban despistados, mirando en otra dirección. Y Erin —su esposa— le seguía el juego. Le gustaba. Lo incitaba a seguir. Le era infiel con aquella nueva familia, como si Kevin y su matrimonio jamás hubieran existido.

Los cuatro se montaron en las bicis y empezaron a pedalear. Rodearon el edificio, alejándose de Kevin. Erin pedaleaba al lado del tipo del pelo gris. Llevaba unos pantalones cortos y sandalias, mostrando buena parte de las piernas, exhibiendo un aspecto sexy para todos aquellos que quisieran mirarla.

Kevin los siguió andando. Ella llevaba el cabello rubio y largo y ondeando al viento…, pero entonces parpadeó varias veces seguidas y su pelo era castaño y corto. Ella fingía no ser Erin y montaba en bicicleta con su nueva familia y besaba a otro hombre sin dejar de sonreír, como si el resto del mundo le importara un comino. Se dijo a sí mismo que lo que veía no era real, que no era más que un sueño. Una pesadilla. Las barcas amarradas en el muelle se balanceaban suavemente cuando los cuatro pasaron pedaleando.

Kevin dobló la esquina. Ellos iban en bicicleta, y él a pie, pero avanzaban despacio para que la niña pudiera seguir el ritmo. Él acortaba distancia. Ahora estaba tan cerca como para oír reír a Erin y ver su cara de felicidad. Hundió la mano en la cintura y sacó la Glock. Disimuladamente se la guardó bajo la camisa, pegada a la piel. Se quitó la gorra de béisbol y la usó para ocultar el bulto de la pistola. No quería que la gente a su alrededor se diera cuenta de que iba armado.

Sus pensamientos rebotaban como las bolitas en el juego del Pachinko, veloces, de un lado a otro, a izquierda y derecha, arriba y abajo. Erin le había mentido y le era infiel. Siempre estaba maquinando y urdiendo planes para huir, para encontrar un amante. Siempre criticándolo y riéndose de él a sus espaldas. Susurrando marranadas al tipo del pelo gris, el que le manoseaba los pechos mientras ella jadeaba excitada. Fingía no estar casada, sin tener en cuenta todo lo que él había hecho por ella y todos sus sacrificios: que él siempre hubiera tenido la decencia de limpiarse la sangre de los zapatos, y que Coffey y Ramirez cuchichearan sobre él, y que hubiera moscas revoloteando cerca de las hamburguesas porque ella había huido, y que él hubiera tenido que ir a la barbacoa solo, y que ella no pudiera decirle a Bill, el comisario jefe, que él no era simplemente uno más de sus chicos.

291

Y allí estaba ella, pedaleando tan tranquila, con el pelo corto y teñido, tan guapa como siempre, sin dedicarle a su esposo ni un solo segundo de sus pensamientos. Sin preocuparse por él. Lo había relegado al olvido, igual que su matrimonio, para poder gozar de una nueva vida con aquel tipo del pelo gris y darle palmaditas en el pecho y besarlo con una expresión romántica. Feliz y serena, sin preocuparse por nada en el puñetero mundo. Paseando el palmito por ferias, montando en bicicleta. Quizás Erin cantara alegremente en la ducha, mientras él se había pasado meses llorando y recordando el perfume que le había comprado en Navidad, y nada de eso importaba porque ella era una maldita egoísta y pensaba que podía dar carpetazo a su matrimonio, tirarlo a la basura, como un cartón vacío de pizza.

Inconscientemente, Kevin aceleró el paso. La multitud los estaba obligando a aminorar la marcha en bicicleta. Podía sacar la pistola y matarla allí mismo. Su dedo se deslizó hasta el gatillo y quitó el seguro porque la Biblia decía: «Honroso sea en todos el matrimonio, y el lecho sin mancilla», y entonces comprendió que eso significaba que también tenía que matar al tipo del pelo gris. Podría matarlo delante de ella. Lo único que tenía que hacer era apretar el gatillo, pero dar en el blanco a un objetivo en movimiento y a cierta distancia era casi imposible con su Glock, y había gente por todas partes. Alguien podría ver la pistola y ponerse a chillar, y entonces seguro que no acertaría, así que apartó el dedo del gatillo.

—¡Deja de interponerte ante tu hermana! —gritó el tipo del pelo gris un poco más adelante, mientras su voz se perdía en la distancia.

Pero sus palabras fueron reales. Kevin imaginó las marranadas que él le debía de susurrar a Erin al oído. Notó que le empezaba a hervir de nuevo la sangre. Entonces, de repente, los niños doblaron la esquina, seguidos por Erin y por el tipo del pelo gris.

Kevin se detuvo, jadeando y sintiéndose desfallecer. Mientras ella doblaba la esquina, su perfil destacó bajo la brillante luz del sol. Pensó de nuevo en lo hermosa que era. Siempre le había hecho pensar en una flor delicada, tan bonita y refinada. Recordó el día que la salvó de ser asaltada por un par de desalmados al salir del casino, y cómo ella solía decirle que con él se sentía a salvo; sin embargo, por lo visto, ni siquiera eso había bastado para que no lo abandonara.

Gradualmente, Kevin empezó a oír las voces de la gente que pasaba junto a él y lo adelantaba. Parloteaban sobre menudencias. No parecían ir a ningún sitio en concreto, pero aquellas voces y movimientos lograron sacarlo de su ensimismamiento. Reemprendió la marcha al trote, intentando llegar hasta el lugar donde los había perdido de vista, sintiéndose como si fuera a vomitar de un momento a otro bajo aquel sol abrasador. Notaba las palmas de las manos pegajosas y sudorosas cerradas sobre la pistola. Llegó a la esquina y observó la calle.

Nadie a la vista, pero dos manzanas más arriba la carretera estaba cortada por la feria. Debían haber virado por la calle anterior. No había otra posibilidad. Supuso que habían girado a la derecha, el único camino para alejarse del centro del pueblo.

Ponderó sus posibilidades. Podía seguirlos a pie y arriesgarse a que lo descubrieran o regresar rápidamente al coche e intentar seguirlos por ese camino. Intentó pensar como Erin y llegó a la conclusión de que seguramente irían a la casa donde vivía el tipo del pelo gris. La casa de Erin era demasiado pequeña, demasiado calurosa para los cuatro, y ella preferiría una casa bonita con muebles caros, porque creía que merecía una vida mejor, en vez de apreciar la que ya tenía en Dorchester.

Tenía que decidirse de una vez: seguirlos a pie o en coche. Permaneció unos instantes inmóvil, parpadeando e intentando pensar, pero el calor le paralizaba las neuronas. Le dolía mucho la cabeza y lo único que podía pensar era que Erin se acostaba con un tipo del pelo gris. Aquello le daba náuseas.

Probablemente ella se ponía lencería de encaje para él y le susurraba palabras para excitarlo. Le rogaba que le permitiera darle placer, para poder vivir en su casa rodeada de objetos caros. Se había convertido en una prostituta, vendiendo su alma por un puñado de lujos. Vendiéndose por perlas y caviar. Probablemente ahora dormía en una mansión, después de que el tipo del pelo gris la llevara a cenar a un restaurante caro.

Se ponía enfermo con tan solo imaginarlo. Herido y traicionado. La furia lo ayudó a aclarar los pensamientos y se dio cuenta de que se había quedado como un pasmarote sin moverse mientras ellos se alejaban cada vez más. Tenía el coche aparcado demasiado lejos, pero dio media vuelta y empezó a correr. En la feria, se abrió paso a empujones, ignorando los insultos y protestas de la gente.

—¡Abrid paso! ¡Abrid paso! —gritaba, y algunos se apartaban y a otros los apartaba él con brusquedad.

Llegó hasta una zona que no estaba abarrotada de gente, pero le costaba respirar y tuvo que pararse para vomitar cerca de una boca de incendio. Un par de adolescentes se rieron de él. Kevin sintió el arrebato de pegarles un tiro allí mismo, pero, después de limpiarse la boca con el brazo, se limitó a sacar el arma y los apuntó. Los dos chicos salieron corriendo despavoridos.

Se tambaleó hacia delante, sintiendo unos espantosos latigazos en la cabeza. Pinchazo y dolor, pinchazo y dolor. Cada maldito paso era como una cuchillada seguida de un intenso dolor. Probablemente, Erin estaba contándole al tipo del pelo gris las marranadas que más tarde harían en la cama. Estaría criticándolo a él, riendo, susurrando: «Kevin nunca fue capaz de darme tanto placer», a pesar de que eso no era verdad.

Tardó una eternidad en llegar hasta el coche. Cuando lo consiguió, el sol le pareció una bola de fuego incandescente. El calor caía a plomo sobre el coche; el volante estaba ardiendo. Un verdadero horno infernal. Erin había elegido vivir en un horno. Puso en marcha el coche y bajó las ventanas, dio marcha atrás y dio un considerable rodeo hasta que llegó a la feria y empezó a dar bocinazos para que la gente se apartara.

Calles cortadas. Desvíos. Quería arrasar las vallas que le bloqueaban el paso, hacerlas volar por los aires, pero incluso allí había policías y seguro que no dudarían en arrestarlo. Una panda de necios, esos policías gordos y gandules. Patéticos payasos. Idiotas. No eran buenos inspectores, pero llevaban un arma y una placa. Kevin condujo por las calles laterales, intentando descubrir hacia dónde se habían dirigido Erin. Ella y su amante. Ese par de adúlteros. La Biblia decía: «El que mira a una mujer deseándola, ya ha cometido adulterio con ella en su corazón».

Había gente por todos lados, cruzando la calle de forma temeraria, obligándolo a detenerse. Se inclinó sobre el volante, intentando aguzar la vista a través del parabrisas. Entonces los vio, cuatro diminutas figuras a lo lejos. Estaban justo al otro lado de una de las vallas y se dirigían hacia la carretera que llevaba a la casa de Erin. En la esquina había otro policía, otro patético payaso.

Aceleró, pero tuvo que frenar en seco porque un hombre apareció de repente delante del coche. Kevin no pudo evitar darle un golpe con el capó. Un palurdo con tupé, calaveras en la camiseta, lleno de tatuajes. Iba con una mujer gorda y unos niños con aspecto pringoso. Seres infectos, todos ellos, sin excepción.

—Pero ¿se puede saber en qué estás pensando? —gritó el palurdo.

En su imaginación, Kevin les disparó à los cuatro: «*bang-bang-bang-bang*», pero se controló para no reaccionar violentamente, pues el policía de la esquina lo estaba mirando con cara de pocos amigos. «*Bang*», se dijo.

Dio marcha atrás apretando el acelerador y se dirigió hacia una de las calles laterales. Giró a la izquierda y volvió a acelerar. Giró otra vez a la izquierda. Más vallas que le bloqueaban

294

el paso. Volvió a dar otro rodeo en forma de U, condujo hacia la derecha, y en la siguiente manzana viró a la izquierda.

Más vallas. Estaba atrapado en un laberinto, como un roedor elegido para un experimento. El pueblo entero conspiraba contra él mientras Erin escapaba. Retrocedió temerariamente y volvió a intentarlo por otra calle aledaña. Por fin encontró la carretera y giró. Condujo a gran velocidad hasta la siguiente intersección. Ya debía de estar cerca. Giró a la izquierda de nuevo, vio la hilera de coches un poco más adelante, que se movía en la misma dirección hacia la que él quería ir. Intentó dar media vuelta, embutiendo el coche entre un par de camionetas.

Quiso acelerar, pero no pudo. Estaba atrapado en medio de una caravana de coches y camionetas, algunos con la bandera confederada en la pegatina del parachoques; otros con un soporte metálico para llevar rifles en las barras del tejadillo. Menuda panda de palurdos. La gente que iba andando por la carretera imposibilitaba que los coches avanzaran. ¡Y caminaban plácidamente! Como si no se dieran cuenta de la existencia de los coches. La gente que iba andando lo adelantaba; se movían más veloces que él. Gordos asquerosos, que no paraban de comer. Probablemente se pasaban todo el santo día comiendo y obstaculizando el tráfico, mientras Erin se iba alejando cada vez más.

295

Pudo avanzar unos metros antes de volver a detenerse. Avanzó un poco más y de nuevo se detuvo. Y así todo el rato. Tenía ganas de gritar, quería aporrear el volante, pero estaba rodeado de gente. Si no se andaba con cuidado, alguien podría chivarse a uno de esos patéticos payasos, y quizá lo arrestaran allí mismo, simplemente por no ser del pueblo.

Avanzar y parar, avanzar y parar, movimientos de centímetros, hasta que alcanzó la esquina. Kevin pensó que el tráfico sería más fluido a partir de ese punto, pero no fue así. Un poco más adelante, Erin y el tipo del pelo gris desaparecieron de vista. Delante de él solo veía una larga hilera de coches y camionetas, en una carretera que no llevaba a ninguna parte y a todas partes al mismo tiempo.

37

*H*abía una docena de coches aparcados frente a la tienda cuando Katie subió con los niños hasta el piso superior. Josh y Kristen se habían pasado prácticamente todo el trayecto de regreso a casa quejándose mientras pedaleaban porque les dolían las piernas, pero Alex no les hacía caso, recordándoles que ya faltaba poco para llegar. Cuando aquella excusa dejó de surtir efecto, simplemente comentó que él también se estaba empezando a cansar, y que no quería oír ni una sola queja más.

Las protestas cesaron cuando llegaron a la tienda. Alex les dejó coger una lata de Pepsi-Cola y otra de Gatorade antes de subir a casa. La explosión de aire fresco cuando abrieron la puerta resultó gratamente refrescante. Alex guio a Katie hasta la cocina. Ella lo observó mientras él se echaba agua fría directamente del grifo por la cara y el cuello. En el comedor, los niños ya se habían repanchigado en el sofá y habían encendido la tele.

—Perdona, pero necesitaba refrescarme —dijo él—, pensaba que me iba a morir.

—Pues no has dicho nada.

—Eso es porque soy un tipo duro —contestó, hinchando el pecho con un ademán exagerado.

Sacó dos vasos del armario y agregó varios cubitos de hielo en cada uno de ellos antes de servir agua fresca de una jarra que había en la nevera.

—En cambio tú has aguantado el calor como una jabata, ¡y eso que hoy era realmente como estar en un horno! —comentó él al tiempo que le pasaba uno de los vasos.

—¡No puedo creer la cantidad de gente que todavía quedaba en la feria! —exclamó Katie, y acto seguido tomó un sorbo de agua.

—Siempre me he preguntado por qué no cambian las fechas. En lugar de organizarla en agosto, lo podía hacer en octubre o en mayo, pero, claro, la gente igualmente acude en manadas, por más calor que haga.

Katie desvió la vista hacia el reloj de pared.

—¿A qué hora tienes que marcharte?

—Dentro de una hora, más o menos. Pero estaré de vuelta antes de las once.

«Cinco horas», pensó ella.

—¿Quieres que les prepare a los niños algo especial para cenar?

—Les encanta la pasta. Kristen la prefiere con mantequilla, y a Josh le gusta a la *marinara*, y hay un bote de esa salsa ya preparada en la nevera. De todos modos, se han pasado todo el día picoteando, así que quizá no tengan apetito.

—¿A qué hora se van a dormir?

—A la que quieran. Siempre es antes de las diez, pero, a veces, a las ocho ya están cansados. Tendrás que guiarte por tu instinto.

Katie se puso el vaso frío por la mejilla y echó un vistazo a la cocina. Hasta ese día no había pasado mucho rato en aquella casa, y se fijó en ciertos toques femeninos. Pequeños detalles, como los adornos hechos con punto de cruz con hilo de color rojo en las cortinas, diversos objetos de porcelana expuestos en una vitrina, unos versos de la Biblia escritos en unas tejas de cerámica pintadas a mano y colgadas cerca del horno. La casa estaba llena de recuerdos de la vida de Alex con su anterior mujer, pero Katie se sorprendió cuando se dio cuenta de que no se sentía ni incómoda ni molesta.

—Voy a darme una ducha —dijo Alex—. Espero que no te importe quedarte unos minutos sola.

—Por supuesto que no —repuso ella—. Mientras tanto, echaré un vistazo por la cocina en busca de lo que necesito para preparar la cena.

—La pasta está en ese armario de ahí arriba —indicó él, señalando con el dedo—. Pero, oye, cuando acabe de ducharme, si quieres puedo llevarte a tu casa para que te duches y te cambies de ropa. O si lo prefieres, puedes ducharte aquí. Lo que más te apetezca.

Katie adoptó una pose seductora.

—¿Es una invitación?

Alex abrió los ojos como un par de naranjas y luego los desvió hacia los niños.

—Estaba bromeando. —Rio ella—. Me ducharé cuando te hayas marchado.

—¿Quieres que nos pasemos antes por tu casa, para recoger ropa limpia? Si no, puedes ponerte un pantalón de chándal y una camiseta, aunque creo que el pantalón te irá un poco holgado; pero puedes ajustártelo por la cintura, con el cordón.

Sin saber por qué, la idea de ponerse ropa de Alex le pareció realmente sexy.

—Vale. No soy tiquismiquis. Además, no tengo que ir a ningún sitio, ¿recuerdas? No pienso moverme de aquí; solo veré una peli con los niños y ya está.

Alex apuró el agua antes de dejar el vaso en la pila. Se inclinó hacia delante para besarla, luego fue a su habitación.

Cuando él abandonó la cocina, Katie se giró hacia la ventana. Examinó la carretera y notó que la invadía una extraña sensación de ansiedad. Se había sentido igual a primera hora de la mañana. Se dijo que tal vez se debía al mal sabor de boca que le había dejado la pelea con Alex, pero súbitamente le vino a la cabeza una imagen de los Feldman. Y de Kevin.

Había pensado en él cuando estaba montada en la noria. Mientras oteaba la concurrencia era consciente de que no buscaba caras conocidas de clientes del restaurante. No. Se había puesto alerta, por si veía a Kevin, como si por una inexplicable razón creyera que él podía estar acechándola entre aquella multitud. Tenía miedo de que pudiera estar allí.

Pero eso únicamente significaba que sus paranoias habían vuelto a aflorar a la superficie. Kevin no podía saber su paradero, ni tampoco su identidad. Se recordó a sí misma que eso era imposible. Él jamás habría establecido el vínculo entre ella y la hija de los Feldman; Kevin no se hablaba con ellos. Así pues, ¿por qué había tenido durante todo el día la impresión de que alguien la seguía? Había sido así incluso cuando habían abandonado la feria.

No tenía poderes sobrenaturales, ni tampoco creía en esos cuentos. Pero sí que creía en la capacidad del subconsciente de encajar ciertas piezas que escapaban a la mente consciente. De pie, en la cocina de Alex, sin embargo, sentía que las piezas todavía seguían sin encajar, sin orden ni concierto. Después de observar con atención una docena de coches que pasaban por la carretera, finalmente se dio la vuelta. Lo más probable era que solo se tratara de sus viejos y horribles temores, que nuevamente mostraban los dientes.

Sacudió la cabeza y se imaginó a Alex en la ducha. Encontraba la idea de unirse a él bajo el chorro de agua caliente ciertamente estimulante. Y sin embargo…

No era tan sencillo, aunque los niños no hubieran estado allí. Por más que Alex la viera como Katie, Erin todavía seguía casada con Kevin. Deseó ser otra mujer, alguien que pudiera dejarse estrechar por los brazos de su amante sin vacilar. Después de todo, había sido Kevin quien había roto las reglas del matrimonio cuando le alzó el puño por primera vez. Si Dios la estaba observando, seguro que no pensaría que estaba cometiendo un pecado. No, seguro que no. ¿No?

Katie suspiró. Alex… No podía pensar en nada más que en él. En lo que pasaría unas horas más tarde. Él la amaba y la deseaba, y ella quería, más que nada en el mundo, demostrarle que sentía lo mismo por él. Quería sentir su cuerpo pegado al suyo, unirse íntimamente a él, mientras se amaban. Por siempre jamás.

Se esforzó para dejar de imaginar aquellas escenas sugestivas con Alex, para no fantasear con lo que se avecinaba. Sacudió la cabeza en un intento de despejarla y enfiló hacia al comedor, donde se acomodó en el sofá al lado de Josh. Estaban mirando un programa en el Disney Channel que Katie no conocía. Al cabo de un rato, desvió la vista hacia el reloj y se dio cuenta de que solo habían transcurrido diez minutos. En cambio tenía la impresión de que había pasado una hora.

Cuando Alex acabó de ducharse, se preparó un bocadillo y se sentó a comerlo junto a Katie. Olía a limpio y todavía tenía las puntas del pelo mojadas; se le pegaban a la piel de una forma tan insinuante que le entraron ganas de seguir la línea húmeda con los labios. Los niños, concentrados como estaban en el programa, no apartaban los ojos de la tele, ni tan solo cuando Alex dejó el plato en la mesilla y empezó a deslizar lentamente un dedo por el muslo de Katie.

—Estás guapísima —le susurró al oído.

—¡Qué va! ¡Tengo un aspecto horrible! —replicó ella, intentando no prestar atención a la línea de fuego abrasador que él iba encendiendo en su muslo—. Todavía no me he duchado.

Cuando llegó la hora de marcharse, Alex dio un beso a sus hijos. Ella lo siguió hasta la puerta; cuando la besó para despedirse, deslizó la mano un poco más abajo de su cintura, sin apartar los suaves labios de los de ella. Era obvio que estaba enamorado, que la deseaba, que quería asegurarse de que ella lo sabía. La estaba excitando, y parecía disfrutar con el juego.

—Te veré dentro de unas horas —le dijo Alex, al tiempo que se apartaba de ella.

—Conduce con cuidado —susurró Katie—. Y no te preocupes por los niños. Estarán bien atendidos.

Cuando ella oyó los pasos de Alex en los peldaños, se apoyó en el marco de la puerta y soltó un suspiro. «Virgen santa», pensó. Con votos o sin ellos, con sentimiento de culpa o sin él, Katie había decidido que, aunque él no estuviera listo, ella sí que lo estaba. Definitivamente.

Volvió a echar un vistazo al reloj, segura de que iban a ser las cinco horas más largas de su vida.

38

—¡*M*aldita sea! —bramó Kevin—. ¡Maldita sea!

Llevaba horas conduciendo. Se había parado a comprar cuatro botellas de vodka en un supermercado. Ya había ingerido la mitad de una. Mientras conducía veía doble, a menos que achicara un ojo como una rendija y mantuviera el otro cerrado.

Buscaba bicicletas. Cuatro bicicletas. Una de ellas tenía una cesta en el manillar. Pero, por lo visto, era como dedicarse a buscar una aguja en un pajar. Subía por una calle y luego bajaba por otra, y mientras tanto la tarde iba dando paso al atardecer. Miraba a derecha y a izquierda, y luego volvía a mirar para asegurarse bien. Sabía dónde vivía Erin, sabía que tarde o temprano ella se dejaría caer por allí. Pero, entre tanto, el tipo del pelo gris estaba con ella, riéndose de él, diciéndole: «Yo le doy mil patadas a Kevin, preciosa».

Lanzó una retahíla de palabrotas al tiempo que golpeaba violentamente el volante. Quitó el seguro de la Glock para tenerla lista para disparar; luego volvió a ponerlo, mientras imaginaba a Erin besando a ese individuo y a él rodeándola con un brazo por la cintura. Recordando la felicidad que había visto reflejada en la cara de Erin, seguramente porque se enorgullecía de estar engañando a su marido. Por el hecho de serle infiel. Se la imaginó jadear y suspirar debajo de su amante mientras él cabalgaba sobre ella.

Kevin lo veía todo borroso, con un solo ojo. Un coche se colocó detrás de él en una de las calles y se le pegó demasiado durante un buen rato, antes de empezar a hacerle señales con las luces. Kevin aminoró la marcha y se hizo a un lado, sin

301

apartar la mano crispada de la pistola. Odiaba a los prepotentes, a los que se creían dueños de la carretera. «*Bang.*»

La oscuridad teñía las calles de sombras laberínticas. Cada vez le costaba más distinguir las sinuosas siluetas de las bicicletas. Cuando pasó por segunda vez por el sendero de gravilla, guiado por un impulso, decidió acercarse a la casa de Erin, por si ella había regresado. Se detuvo en un lugar que quedaba apartado de la vista desde la cabaña y se apeó del coche. Un halcón sobrevolaba el cielo en círculos. Oyó el canto de las cigarras, pero aparte de eso, el lugar parecía desierto. Enfiló hacia la casa, aunque desde lejos ya podía ver que no había ninguna bicicleta aparcada delante de la puerta. Ni tampoco luz alguna encendida, aunque todavía no era completamente de noche. Avanzó sigilosamente hasta la puerta trasera. La abrió sin dificultad, como ya había hecho antes.

Erin no estaba en casa, y no creía que se hubiera pasado por allí desde la mañana. El calor en el interior era insoportable, con todas las ventanas cerradas. Estaba seguro de que Erin habría abierto las ventanas, se habría tomado un vaso de agua, quizás incluso se habría duchado. Nada. Salió por la puerta trasera y se fijó en la casa aledaña. Una casucha. Probablemente abandonada. Bien. El hecho de que Erin no estuviera en casa implicaba que estaba con el tipo del pelo gris, que había ido a su casa, que estaba cometiendo adulterio, fingiendo no estar casada, que se había olvidado de la casa que Kevin había comprado para ella.

Podía notar los rítmicos latidos del corazón en las sientes, como un cuchillo que le asestara puñaladas enérgicamente. *Zas. Zas. Zas.* Le costó mucho concentrarse mientras cerraba la puerta. Por fortuna, fuera no hacía tanto calor. Erin vivía en una sauna donde era imposible no acabar sudando, y encima con un tipo de pelo gris. Seguramente ahora los dos estaban juntos en algún lugar, retozando entre las sábanas, con los cuerpos enredados y sudorosos. Coffey y Ramirez debían de estar riéndose de la situación, propinándose sonoras palmadas en los muslos, disfrutando como enanos a su costa. «Me pregunto si yo también podría acostarme con ella», le decía Coffey a Ramirez, y este le contestaba: «¿No lo sabías? Esa zorra se acostaba con la mitad del departamento mientras Kevin estaba de servicio. Es un secreto a voces». Y Bill se apuntaba a la juerga desde su despacho, mientras sostenía entre las manos el informe de suspensión de servicio de Kevin: «Yo también me la tiraba, cada martes durante un año. Es una viciosa, y le encanta decir guarradas en la cama».

Se dirigió a su coche a trompicones, con el dedo en la pistola. Desgraciados, No eran más que una panda de desgraciados. Los odiaba. Se imaginó a sí mismo entrando en la comisaría mientras quitaba el seguro de su Glock lentamente, delante de todos. Mirándolos fijamente a los ojos. A todos. A Erin también.

Se inclinó hacia delante y vomitó a un lado de la carretera. Sentía el estómago agarrotado, como si un animal se lo estuviera royendo sin piedad. Volvió a vomitar. Cuando intentó erguirse, notó que la cabeza le daba vueltas de forma vertiginosa. El coche estaba cerca y enfiló hacia él con paso tambaleante. Agarró la botella de vodka y bebió. Debía ponerse en la piel de Erin…, pero de repente estaba en la barbacoa sosteniendo una hamburguesa llena de moscas y todo el mundo lo señalaba y se reía de él.

303

Esa puta tenía que estar en algún sitio. Pensaba matar al tipo del pelo gris delante de ella. Pensaba liquidarlos a todos. Para que se pudrieran en el infierno. Sí, todos al infierno. No sin dificultad, logró entrar en el coche y poner en marcha el motor. Chocó por detrás contra un árbol mientras intentaba dar media vuelta; luego, sin dejar de maldecir a viva voz, apretó el acelerador y las ruedas chirriaron sobre la gravilla, levantando una nube de polvo y de cantos rodados.

Pronto caería la noche. Ella había ido en esa dirección, tenía que estar por allí cerca. Los niños pequeños no podían pedalear hasta muy lejos. Cinco o seis kilómetros, como máximo ocho. Había recorrido todas las carreteras en aquella dirección, había mirado en cada casa. No había visto bicicletas. Quizá las habían guardado en un garaje, o aparcado en un jardín vallado. Kevin pensaba esperar, seguro que tarde o temprano ella aparecería. Esa noche. A la mañana siguiente por la mañana, o por la noche. La encañonaría con la pistola en la boca, o apuntaría directamente a su pecho y le exigiría: «¡Dime quién es! Solo quiero hablar con él». Luego encontraría al tipo del pelo gris y le demostraría lo que les sucedía a los desgraciados que se acostaban con las esposas de otros hombres.

Se sentía como si hubiera estado semanas enteras sin dormir y sin comer. No podía comprender por qué era de noche. ¿Cuándo había anochecido? No podía recordar exactamente cuándo había llegado a ese pueblo. Recordaba que había visto a Erin, que había intentado seguirla con el coche, pero no tenía ni idea de dónde podía estar.

Una tienda emergió a la derecha, con el piso superior iluminado, con aspecto de ser una casa, con porche incluido. GASOLINA Y COMIDA, rezaba el cartel. Recordaba haber pasado antes por allí, aunque no cuándo. Aminoró la marcha involuntariamente. Necesitaba comer y dormir. Tenía que encontrar un sitio para pasar la noche. Sentía retortijones en las tripas. Agarró la botella y la alzó para tomar un buen sorbo. Notó que el licor le quemaba la garganta y lo anestesiaba. Pero tan pronto como bajó la botella, los retortijones volvieron a atacar otra vez.

Entró en el aparcamiento, haciendo esfuerzos por contener el licor dentro de su cuerpo, salivando. No le quedaba mucho tiempo. Con gran dificultad consiguió detenerse cerca de la tienda y se apeó del coche de un salto. Corrió hasta la parte delantera del vehículo y se perdió en la oscuridad. No podía contener los temblores, las piernas le flaqueaban. El estómago volvía a amotinarse. El hígado se quejaba. Todo su cuerpo lo hacía. En ese momento se dio cuenta de que continuaba aferrado a la botella, que no la había dejado en el coche. Resopló con dificultad y tomó otro sorbo, se enjuagó la boca con el licor, luego se lo tragó. Había apurado la segunda botella.

Y allí, como si fuera la imagen de un sueño, ocultas entre las sombras detrás de la casa, vio cuatro bicicletas aparcadas en una perfecta fila.

39

*K*atie persuadió a los niños para que tomaran un baño antes de ponerse los pijamas. Después se duchó ella, relajándose bajo el chorro de agua y disfrutando de la lujosa sensación de poderse desprender de la sal del cuerpo con champú y jabón después de tantas horas expuesta al sol.

Les preparó un buen plato de pasta. Después de cenar, los pequeños se pusieron a rebuscar en la colección de sus DVD, intentando ponerse de acuerdo sobre qué película querían ver, hasta que al final eligieron *Buscando a Nemo*. Ella se sentó en el sofá, entre Josh y Kristen, con un bol de palomitas en el regazo, y dos pares de manitas se hundieron en el bol automáticamente, procedentes de ambas direcciones. Katie se había puesto unos cómodos pantalones de chándal que Alex había dejado encima de la cama y un jersey de los Carolina Panthers, un equipo de fútbol americano. Flexionó las piernas y las ocultó debajo del jersey mientras veían la película, sintiéndose completamente cómoda por primera vez aquel día.

Fuera, los cielos florecían como fuegos artificiales, exhibiendo la vibrante gama de colores del arcoíris que poco a poco fueron dando paso a unos tonos pastel antes de dar la bienvenida a un cielo gris azulado y, al final, añil. Las estrellas empezaron a titilar mientras la última ola de calor se alzaba trémulamente del suelo.

Kristen había comenzado a bostezar mientras veía la película, pero cada vez que Dory aparecía en pantalla, lograba gorjear: «¡Es mi favorita, pero no recuerdo por qué!». Al otro lado de Katie, Josh hacía esfuerzos por mantenerse despierto.

Cuando la película tocó a su fin y Katie se inclinó hacia delante para apagar la tele, Josh alzó la cabeza y la dejó caer pesadamente sobre el sofá. Pesaba demasiado para que Katie pudiera llevarlo en brazos hasta su habitación, por lo que le zarandeó suavemente el hombro y le dijo que ya era hora de ir a dormir. Josh refunfuñó y gimoteó antes de sentarse con la espalda erguida. Bostezó, se puso de pie y se encaminó hacia la habitación arrastrando los pies. Se metió en la cama como un autómata y sin rechistar. Katie le dio un beso en la mejilla. No estaba segura de si Josh dormía con la luz encendida, así que decidió no apagar la luz del pasillo, pero entornó la puerta de su cuarto.

Después acompañó a Kristen hasta su habitación. La pequeña le pidió si podía tumbarse un ratito a su lado. Katie accedió, con la vista fija en el techo, notando cómo empezaba a acusar las secuelas del intenso el calor que había soportado durante el día. Kristen se quedó dormida en cuestión de minutos. Katie tuvo que aunar fuerzas para no dejarse vencer por el sueño antes de salir de puntillas de la habitación.

306

A continuación, recogió los restos de la cena y vació el bol de palomitas. Mientras echaba un vistazo al comedor, se fijó en todas las cosas que no dejaban lugar a dudas de que en aquella casa vivían niños: varias cajas de rompecabezas apiladas en una estantería, una cesta llena de juguetes en un rincón, unos cómodos sofás de piel a prueba de manchas. Estudió los trastos esparcidos por la estancia: un antiguo reloj de pared de los que había que darles cuerda cada día, una colección de tomos enciclopédicos en una estantería junto a la butaca, un jarrón de cristal sobre la mesa cerca del alféizar. En las paredes había unas fotografías enmarcadas en blanco y negro de unos graneros de tabaco en ruinas. Representaban la quinta esencia del Sur del país. Katie recordó haber visto numerosas escenas rústicas de ese tipo durante su viaje a través de Carolina del Norte.

También había señales de la vida caótica que llevaba Alex: una mancha roja en la alfombra situada a los pies del sofá, arañazos en el suelo de madera, polvo en los rodapiés. Pero a medida que examinaba la casa, no pudo contener la sonrisa, porque también había muestras que reflejaban claramente quién era él: un padre viudo que se esforzaba por criar a sus hijos y mantener la casa ordenada, aunque sin mucho éxito. A Katie le gustaba la sensación de comodidad y de indolencia que destilaba aquel hogar.

Apagó las luces y se dejó caer pesadamente en el sofá. Agarró el mando a distancia y empezó a pasar de un canal a otro, en busca de algo interesante pero que no requiriese una excesiva atención. Se fijó en que el reloj marcaba casi las diez de la noche. Todavía quedaba una hora. Se recostó en el sofá y empezó a ver un programa sobre volcanes en el Discovery Channel. Vio un reflejo en la pantalla y alargó el brazo para apagar la lámpara que había encima de la mesita. La estancia quedó prácticamente a oscuras. Volvió a acomodarse. Mucho mejor.

Siguió mirando la tele durante unos minutos, sin ser plenamente consciente de que cada vez que parpadeaba, sus ojos permanecían cerrados unas décimas de segundos más. Su respiración se volvió más sosegada y su cuerpo empezó a hundirse pesadamente entre los cojines. Otras imágenes empezaron a flotar en su mente, inconexas al principio, pensamientos fugaces en los que aparecían las atracciones de la feria, la vista espectacular desde la noria; la gente arracimada por doquier, jóvenes y ancianos, adolescentes y parejas; familias; y, a lo lejos, un hombre con una gorra de béisbol y unas gafas de sol, abriéndose paso entre la multitud, con movimientos bruscos, antes de volver a perderlo de vista. Había algo en él que le resultaba familiar: su forma de andar, su mandíbula protuberante, el modo en que contoneaba los brazos.

Estaba a punto de quedarse dormida, relajada, recordando escenas de la feria. Las imágenes se tornaron borrosas, el sonido de la televisión se amortiguó. La habitación quedó más oscura, más en silencio. Katie se hundió un poco más en el sofá, mientras su mente se resistía a renunciar a aquellas imágenes que había visto desde la noria. Y, sobre todo, de aquel hombre que se movía como un cazador entre la maleza, como una rapaz en busca de su presa.

$\mathcal{K}$evin alzó la vista hacia las ventanas, acunando la botella de vodka medio vacía, la tercera de la noche. Nadie se había fijado en él. Se hallaba de pie en el embarcadero que daba a la parte posterior de la casa; se había cambiado de ropa y se había puesto una camisa negra de manga larga y unos pantalones vaqueros oscuros. Solo su cara era visible, pero permanecía escondido entre las sombras de un ciprés, de pie detrás del tronco. Observaba las ventanas y las luces, esperando ver a su Erin.

Durante un largo rato no pasó nada. Siguió bebiendo hasta apurar el contenido de la botella. Había un flujo casi constante de gente que entraba y salía de la tienda, a menudo con la tarjeta de crédito en la mano para repostar gasolina. Mucho ajetreo, incluso allí, en medio de la nada. Kevin se desplazó hacia uno de los flancos de la tienda, sin apartar la vista de las ventanas. Reconoció la intermitente luz azulada de la tele. Allí estaban los cuatro, viendo la tele, comportándose como una familia feliz. O quizá los niños ya se habían acostado, cansados por la feria, por el largo trayecto en bicicleta. Tal vez solo estaban Erin y el tipo del pelo gris, acurrucados en el sofá, besándose y manoseándose mientras Meg Ryan o Julia Roberts se enamoraban en la pantalla.

Le dolía todo el cuerpo. Se sentía exhausto y con el estómago revuelto. Podría subir las escaleras, derribar la puerta de una patada y acabar con ellos de una vez por todas; en el rato que llevaba allí podría haberlos matado una docena de veces, pero había gente en la tienda. Y coches en el aparcamiento. Kevin había empujado su auto con el motor apagado hasta un espacio debajo de un árbol en la parte posterior de la tienda, para que quedara fuera de la vista de los coches que pasaban. Ansiaba apuntarlos con la Glock y apretar el gatillo, quería verlos morir; sin embargo, también quería acostarse un rato y dormir, pues en toda su vida jamás se había sentido tan cansado, y cuando se despertara quería encontrar a Erin a su lado y sentir una inmensa alegría al pensar que todo había sido una pesadilla, que ella nunca lo había abandonado.

De repente, Kevin vio el perfil de Erin en la ventana, la vio sonreír antes de darse la vuelta. Supo que estaba pensando en el tipo del pelo gris, en sexo, y la Biblia decía: «Aquellos que habían fornicado y habían seguido la carne extraña fueron puestos por ejemplo: sufriendo el castigo del fuego eterno».

Él era un ángel del Señor. Erin había pecado y la Biblia decía: «Ella será atormentada con fuego y azufre delante de los santos ángeles».

En la Biblia siempre aparecía el fuego porque purificaba y condenaba. Kevin comprendió la señal. El fuego era poderoso, era el arma de los ángeles. Apuró la botella de vodka y de una patada la envió rodando debajo de unos arbustos. Un coche se detuvo delante de una de las mangueras del surtidor de gasolina y un hombre se apeó del vehículo. Insertó la tarjeta de crédito y empezó a repostar. El cartel junto a la manguera informaba a los clientes de que estaba prohibido fumar allí, pues era peligroso. En la tienda se podía adquirir una lata de líquido inflamable para encender barbacoas. Kevin recordó al tipo que un poco antes había hecho cola en el mostrador, delante de él, precisamente con una de esas latas.

Fuego.

Alex cambió levemente de posición y agarró el volante con firmeza, intentando encontrar una postura cómoda. Joyce y su hija se hallaban en la parte de atrás y no habían dejado de hablar ni un segundo desde que se habían montado en el coche.

Miró el reloj del salpicadero. Los niños ya debían de estar en la cama o a punto de acostarse. Eso lo reconfortó. Durante el trayecto de vuelta se había bebido una botella de agua, pero todavía tenía sed. Se debatió entre volverse a parar o no. Estaba seguro de que a Joyce y a su hija no les importaría, pero no quería detenerse. Solo tenía ganas de llegar a casa.

Mientras conducía, los pensamientos se agolpaban en su mente. Pensó en Josh y en Kristen, en Katie, y de repente lo asaltó el recuerdo de Carly. Intentó imaginar qué opinaría de Katie y si habría deseado que le entregara la carta a ella. Recordó el día que vio a Katie ayudando a Kristen con su muñeca, y recordó lo guapa que estaba la primera noche que lo invitó a cenar en su casa. A Alex le entraron ganas de apretar el acelerador al pensar que en esos precisos momentos Katie estaba en su casa, esperándolo.

Al otro lado de la autopista, unos difusos puntitos de luz aparecieron en el horizonte. Poco a poco se fueron separando y aumentando de tamaño, hasta adquirir la forma redondeada de los faros de un coche que le venía de cara. Ya de cerca, se tornaron más brillantes hasta que lo iluminaron plenamente antes de pasar de largo. Al cabo de un segundo, en el retrovisor, las luces rojas se perdieron en la distancia.

Hacia el sur, un relámpago iluminó el cielo momentáneamente como el *flash* de una cámara fotográfica. Un poco más lejos, a la derecha, apareció un rancho, con las luces encendidas en la planta baja. Adelantó un camión con matrícula de Virginia y realizó varias rotaciones seguidas con los hombros, intentando desprenderse de la sensación de fatiga. Pasó por delante de un rótulo que indicaba los kilómetros que faltaban para llegar a Wilmington y suspiró. Todavía quedaba un buen trecho.

A Katie le temblaban los párpados mientras soñaba. Su subconsciente trabajaba a toda máquina, intentando conectar impresiones, imágenes y fragmentos entre sí. Flexionó las rodillas hacia el vientre y se giró hacia un costado. Casi se despertó con el movimiento reflejo, pero su respiración volvió a sosegarse.

A las diez en punto, el aparcamiento estaba prácticamente vacío. Ya casi era hora de cerrar. Kevin se encaminó hacia la fachada principal de la tienda y achicó los ojos como un par de rendijas para que la luz proveniente del interior no lo deslumbrara. Abrió la puerta y oyó una campanilla. En el mostrador había un hombre con un delantal. Kevin tuvo problemas para enfocarlo debidamente, ya que lo veía borroso. El individuo llevaba un delantal con el nombre «Roger» estampado en la parte superior.

Kevin avanzó directamente hasta el mostrador, intentando vocalizar para que su petición fuera inteligible:

—Me he quedado tirado en la carretera, sin gasolina.

—Los bidones para gasolina están al final de ese pasillo —contestó Roger sin alzar la vista. Cuando finalmente lo hizo, parpadeó intranquilo—. ¿Se encuentra bien?

—Solo un poco cansado —repuso Kevin desde el pasillo, intentando no atraer la atención, aunque sabía que el tipo lo estaba mirando.

Llevaba la Glock embutida en la cintura del pantalón; por el bien de Roger, lo mejor era que no metiera las narices en asuntos ajenos. Al final del pasillo vio tres bidones de plástico con una capacidad para veinte litros y asió dos de ellos. Los llevó hasta la caja registradora y puso dinero sobre le mostrador.

—Pagaré cuando los haya llenado —anunció. Se le trababa la lengua.

Ya en el exterior, hundió una de las mangas del surtidor de gasolina en el bidón, sin apartar la vista de los números que iban pasando. Llenó el segundo bidón y volvió a entrar en la tienda. Roger lo miraba fijamente; vaciló unos instantes antes de calcular el importe.

—¿Seguro que podrá cargar con tanto peso? Es mucha gasolina.

—Erin la necesita.

—¿Quién es Erin?

Kevin parpadeó incómodo.

—¿Puedo comprar la maldita gasolina o no?

—¿Seguro que está en condiciones de conducir?

—He vomitado, sí, me he pasado el día vomitando —balbuceó Kevin.

No sabía si Roger lo creía o no, pero tras unos segundos, el hombre tomó el dinero y le devolvió el cambio. Kevin había dejado los bidones cerca de las mangueras del surtidor y salió a

311

recogerlos. Pesaban como el plomo. Irguió la espalda, con las
tripas revueltas y un insistente dolor entre las orejas. Se encaminó hacia la carretera, dejando atrás las luces de la tienda.

En la oscuridad, dejó los bidones entre la maleza que había
justo en el margen de la carretera. A continuación, regresó sigilosamente hasta la parte posterior de la tienda, esperando a que
Roger cerrara la puerta, esperando a que se apagaran las luces,
a que todo el mundo se quedara dormido en el piso superior.
Sacó otra botella de vodka del coche y tomó un sorbo.

En Wilmington, Alex empezó a reanimarse, consciente de
que ya solo faltaba media hora para llegar a Southport. Después necesitaría unos minutos para dejar a Joyce y a su hija en
su casa, y... ¡derechito a casa!

Se preguntó si encontraría a Katie despierta en el comedor,
esperándolo, o si, tal como ella había insinuado burlonamente,
la encontraría en la cama.

Era la clase de bromas que solía gastar Carly. A veces estaban hablando sobre el trabajo o acerca de si los padres de Carly
lo estaban pasando bien en Florida cuando, de repente, sin que
viniera a cuento, ella anunciaba que estaba aburrida y le preguntaba si le apetecía ir a jugar un rato en la cama.

Alex miró el reloj. Las diez y cuarto. Katie lo esperaba. A un
lado de la carretera, distinguió media docena de gamos parali-
zados sobre la hierba, mientras la luz de los faros se reflejaba
en sus ojos, iluminándolos como si se tratara de figuras pétre-
as. Fantasmagóricas.

Kevin vio que se apagaban los fluorescentes que iluminaban
la gasolinera. A continuación, se apagaron las luces de la tienda.
Allí oculto, desde su puesto aventajado, observó que Roger cerraba la puerta con llave y forcejeaba con el tirador varias veces
para asegurarse de que estaba bien cerrada antes de dar media
vuelta. Acto seguido, se encaminó hacia una camioneta aparcada en una punta del aparcamiento de gravilla y se montó en ella.

Puso en marcha el motor. El vehículo pareció quejarse con
un fragoso chirrido. Una correa del ventilador suelta. Roger

encendió las luces y después puso la marcha atrás. Abandonó el aparcamiento y se adentró en la carretera principal, en dirección hacia el pueblo.

Kevin esperó cinco minutos. Quería asegurarse de que Roger no iba a dar media vuelta y regresar. La carretera que pasaba por delante de la tienda estaba ahora desierta, sin ningún coche ni ninguna camioneta a la vista en ambas direcciones. Corrió hasta la maleza donde había ocultado los bidones. Volvió a echar un vistazo a la carretera y llevó uno de los bidones hasta la parte posterior de la tienda. Después hizo lo mismo con el segundo. Luego los colocó cerca de un par de cubos de metal llenos de comida putrefacta que desprendían un hedor insoportable.

En el piso de arriba, la televisión continuaba bañando una de las ventanas con una luz azulada. No había más luces encendidas. Debían de estar desnudos. Sintió que la furia se apoderaba de él. «Ahora es el momento», pensó. Sí, había llegado la hora. Cuando quiso asir los bidones llenos de gasolina, vio cuatro en vez de dos. Cerró un ojo y de nuevo había solo dos. Tropezó al dar un paso hacia delante y perdió el equilibrio. Se balanceó e intentó aferrarse al borde de la pared para evitar dar de bruces con el suelo. No calculó bien, se precipitó hacia delante pesadamente y se dio un fuerte golpe en la cabeza contra la gravilla. Chispas y estrellas, dolores fugaces. Apenas podía respirar. Intentó ponerse de pie, pero se trastabilló y volvió a caerse. Se tumbó sobre la espalda a contemplar las estrellas.

313

No estaba borracho. Él nunca se emborrachaba. Algo iba mal. Veía lucecitas intermitentes que giraban vertiginosamente delante de sus ojos, como un tornado amenazador. Cerró los ojos y apretó los párpados con fuerza, pero el mareo se incrementó. Rodó hacia un lado y vomitó en la gravilla. Alguien debía de haberlo drogado sin que se diera cuenta, porque apenas había probado el alcohol en todo el día, y jamás se había sentido tan mal como en esos momentos.

Se aferró a uno de los cubos de basura a ciegas. Se agarró a la tapa e intentó usarla para recuperar el equilibrio, pero tiró de ella con demasiada energía. La tapa salió disparada y cayó provocando un verdadero estrépito, y el contenido de una bolsa se desparramó por el suelo.

Y

En el piso superior, Katie se despertó sobresaltada a causa del estruendo. Todavía estaba perdida en su sueño, y pestañeó varias veces seguidas en un intento de ubicarse. Aguzó el oído, desorientada. No estaba segura de si realmente había oído un fuerte ruido o lo había soñado. Pero no oyó nada.

Volvió a tumbarse, abandonándose de nuevo al descanso, y retomó el sueño en el punto donde lo había interrumpido. Estaba en la feria, en la noria, pero la que estaba a su lado no era Kristen.

Era Jo.

Kevin consiguió por fin levantarse del suelo y mantener el equilibrio. No acertaba a comprender qué era lo que le pasaba, por qué no se tenía en pie. Se concentró en recuperar el aliento, inspirando y aspirando hondo, una y otra vez. Vio los bidones de gasolina, dio un paso tambaleante hacia ellos y estuvo a punto de perder de nuevo el equilibrio.

Pero esta vez se mantuvo en pie. Alzó un bidón, luego avanzó describiendo eses hacia las escaleras situadas en la parte trasera de la casa. Intentó aferrarse a la barandilla sin éxito, pero volvió a intentarlo. Lo consiguió. Arrastró penosamente el bidón de gasolina escaleras arriba, hacia la puerta, como un *sherpa* en el Himalaya. Cuando por fin consiguió llegar al último rellano, se inclinó hacia delante jadeando para desenroscar la tapa. Notaba que la cabeza le iba a estallar de la presión, y de nuevo se tambaleó, pero se aferró al bidón para no caer. Estuvo un buen rato forcejeando para desenroscar la tapa porque esta se le escurría entre los dedos.

Cuando logró abrirla, alzó el bidón y roció el rellano. Acto seguido, bañó la puerta con un buen chorro. Poco a poco, el bidón se iba volviendo más ligero. La gasolina manaba formando un arco, impregnando la pared. Ahora le resultaba más fácil. Roció a izquierda y derecha, intentando cubrir ambos lados de la puerta. Empezó a bajar las escaleras de espaldas, ocupándose de los peldaños. Se sentía mareado a causa del intenso olor, pero siguió absorto en su labor.

Apenas quedaba gasolina en el bidón cuando llegó al último peldaño, y ya en el suelo se tomó un descanso, inclinándose momentáneamente hacia delante y apoyando las manos en las rodillas. Le costaba respirar y el fuerte olor le seguía provocando náuseas, pero de nuevo se puso en movimiento, como un autómata, con determinación. Lanzó el bidón vacío a un lado y asió el otro. Roció un flanco y luego se dirigió hacia el otro flanco de la casa. No alcanzaba a rociar la parte más elevada de las paredes, pero se esmeró todo lo que pudo. Encima de él, la ventana seguía reflejando la titilante luz azulada del televisor, pero todo estaba en silencio.

Acabó de vaciar el bidón sobre aquel lado, y se quedó sin gasolina para rociar la fachada principal. Examinó la carretera; ningún coche a la vista. Arriba, Erin y el tipo del pelo gris estaban desnudos y riéndose de él, y ella había huido y casi la había encontrado en Filadelfia, pero allí se hacía llamar Erica, no Erin, y ahora fingía que se llamaba Katie.

Se plantó delante de la tienda y examinó las ventanas. Quizás estaban conectadas a una alarma, o tal vez no. Le importaba un comino. Necesitaba líquido inflamable, aceite lubricante, aguarrás, cualquier cosa que prendiera con facilidad. Pero sabía que, cuando rompiera el cristal, tendría que actuar con celeridad.

Rompió el cristal con el codo, pero no saltó ninguna alarma. Empezó a sacar los cristales rotos sin apenas notar los cortes en los dedos ni tampoco que estos empezaban a sangrar. Más pedazos. Iba desmembrando la ventana por secciones. Pensó que el agujero era lo bastante amplio como para poder pasar a través de él, pero se enganchó el brazo con un trozo de cristal dentado, afilado. Al intentar apartarlo se desgarró la piel. Sin embargo, no podía detenerse. La sangre manaba de forma alarmante por la herida, resbalando y cubriendo los cortes de los dedos.

Las neveras en la pared más alejada de la tienda todavía estaban iluminadas. Kevin recorrió los pasillos, preguntándose si los cereales Cheerios o los pastelitos industriales prenderían con facilidad. O los DVD. Encontró el carbón y el líquido inflamable. Por desgracia, solo quedaban dos latas. No era suficiente. Parpadeó desconcertado, mirando a un lado y a otro en busca

315

de algo más. Avistó el pequeño bar en una de las esquinas de la tienda.

Gas natural. Propano.

Se acercó al bar, alzó la mampara separadora y se quedó plantado delante del asador. Encendió un quemador, luego otro. Tenía que haber una válvula por algún lado, pero no sabía dónde encontrarla y no disponía de tiempo, pues alguien podría entrar en cualquier momento, y Coffey y Ramirez se estaban riendo de él, se reían mientras le preguntaban si había pedido las famosas tortas de cangrejo en Provincetown.

El delantal de Roger estaba colgado en un gancho. Kevin lo lanzó sobre la llama. Abrió la lata de líquido inflamable que sostenía en una mano y roció las paredes del bar. La lata estaba resbaladiza por culpa de la sangre y se preguntó de dónde provenía. Se subió encima del mostrador y roció el techo con más líquido inflamable antes de volver a saltar al suelo. Dibujó una línea con el líquido a lo largo del suelo hasta la puerta de la tienda, y se dio cuenta de que el delantal había empezado a arder con facilidad. Vació la lata y la lanzó a un lado. Abrió la segunda lata y empezó a rociar el techo de aquella sección. Las llamas del delantal comenzaron a saltar hacia las paredes y el techo. Kevin corrió hacia la caja registradora en busca de un mechero y encontró cinco en un cubo de plástico, cerca de los cigarrillos. Roció la caja registradora con el líquido inflamable y luego la mesilla situada detrás de él. La lata estaba vacía, y avanzó serpenteando hacia la ventana por la que había entrado previamente. La atravesó, pisando los cristales rotos; oyó cómo crujían bajo sus pies. Ya fuera del edificio, encendió el mechero y apuntó la llama hacia la ventana impregnada de gasolina. Permaneció unos momentos allí, contemplando cómo prendía la madera. En la parte posterior de la casa, apuntó la llama hacia las escaleras. El fuego se propagó con rapidez hacia la puerta y luego hacia el tejado. A continuación le tocó el turno al flanco más alejado.

Las llamas lo envolvían todo, el fuego era ahora imparable. Erin era una pecadora, como su amante, y la Biblia decía: «Sufrirán el castigo de eterna destrucción».

Kevin retrocedió, contemplando cómo el fuego empezaba a

devorarlo todo. Se secó la cara con el brazo, y su rostro quedó manchado de sangre. Bajo la resplandeciente luz anaranjada, Kevin parecía un monstruo.

En su sueño, Jo no sonreía mientras estaba sentada junto a Katie en la noria. Parecía buscar a alguien entre la multitud a sus pies, con el ceño fruncido y absolutamente concentrada.

«¡Allí! ¡Fíjate bien! ¿Lo ves?», decía Jo mientras señalaba.

«¿Qué haces aquí? ¿Dónde está Kristen?»

«Está durmiendo. Pero ahora es importante que hagas memoria.»

Katie lo miraba todo, pero había tanta gente…, tanto movimiento…

«¿Dónde? No veo nada.»

«Está aquí», dijo Jo.

«¿Quién?»

«Ya lo sabes.»

En su sueño, la noria dio una brusca sacudida y se paró en seco, con un fragor muy fuerte, como de cristales rotos, y eso pareció indicar un cambio. Los colores de la feria empezaron a apagarse gradualmente, la escena a sus pies se disolvió en medio de unos bancos de nubes que unos segundos antes no estaban allí, como si el mundo empezara a borrarse poco a poco. Entonces, de repente, todo quedó a oscuras. Katie estaba rodeada de una impenetrable tiniebla, quebrantada solo por un extraño resplandor a ambos extremos de su campo de visión. Alguien le hablaba.

Katie volvió a oír la voz de Jo, casi en un susurro.

«¿Notas el olor?»

Katie aspiró aire por la nariz, todavía perdida entre la bruma. Abrió los ojos de golpe, y sintió un inexplicable escozor mientras intentaba aclarar la vista. El televisor seguía encendido y cayó en la cuenta de que debía de haberse quedado dormida. Apenas recordaba lo que había soñado, pero todavía oía las palabras de Jo claramente:

«¿Notas el olor?»

Katie volvió a aspirar hondo al tiempo que se sentaba con la espalda erguida e inmediatamente empezó a toser. Solo necesitó un instante para darse cuenta de que la estancia estaba llena de humo. Se incorporó del sofá de un brinco.

El humo significaba fuego; podía ver las llamas naranjas en el exterior a través de la ventana, serpenteando y bailando una danza grotesca. La puerta era pasto de las llamas. El humo seguía filtrándose a través de la cocina en forma de gruesas nubes ennegrecidas. Oyó un crujido; luego otro sonido, como el de un tren, seguido de pequeñas explosiones. Parecía que la estructura de madera de la casa se estaba resquebrajando y cediendo. Su cerebro intentó procesar toda la información.

«¡Dios mío! ¡Los niños!»

Corrió hacia el pasillo y le entró el pánico al ver la humareda que salía de las dos habitaciones. El cuarto de Josh estaba más cerca y entró disparada, moviendo los brazos para dispersar la negra niebla irrespirable.

Llegó a la cama y agarró a Josh por el brazo, luego empezó a tirar de él.

—¡Josh! ¡Levántate! ¡La casa está ardiendo! ¡Tenemos que salir!

El pequeño hizo amago de quejarse, pero Katie lo zarandeó con fuerza.

—¡Vamos! —gritó ella.

De inmediato, el pequeño empezó a toser, y su ataque de tos se recrudeció mientras Katie lo arrastraba hasta la puerta. El pasillo se había transformado en una impenetrable cortina de humo, pero avanzó desesperadamente hacia la habitación de Kristen, remolcando al niño. A tientas, logró encontrar el marco de la puerta de la habitación al otro lado del pasillo.

La atmósfera allí no era tan irrespirable como en el cuarto de Josh, pero Katie notaba la enorme burbuja de calor que se estaba formando a sus espaldas. Josh continuaba tosiendo y gimoteando, realizando verdaderos esfuerzos para mantenerse en pie. Katie supo que, si lo soltaba, el pequeño se desplomaría. Corrió hacia la cama de Kristen y la zarandeó con una mano mientras la otra tiraba de la pequeña para obligarla a salir de la cama.

El rugido del fuego era tan ensordecedor que apenas podía oír el sonido de su propia voz. Salió al pasillo arrastrando y cargando con los niños. Una vez que estuvo allí, vio un fulgor naranja, apenas visible a través del humo, justo donde se hallaba la entrada del pasillo. La pared estaba ardiendo, las llamas devoraban el techo, y aquel fuego destructor se dirigía hacia ellos. Katie no tuvo tiempo para pensar, solo para reaccionar. Dio media vuelta y empujó a los niños hacia la otra punta del pasillo, hacia la habitación de matrimonio, donde el humo no era tan espeso.

Entró corriendo en la habitación y encendió la luz. Todavía funcionaba. La cama de Alex estaba pegada a un lado de la pared; en la otra había una cómoda. Justo delante vio una mecedora y la ventana, que por fortuna todavía no había sido alcanzada por el fuego. Cerró la puerta a sus espaldas.

Katie avanzó a trompicones, presa de un fuerte ataque de tos, arrastrando a Josh y a Kristen. Los dos gimoteaban entre espasmos de tos ronca. Intentó zafarse un momento de ellos para abrir la ventana, pero Kristen y Josh se le aferraron aterrados.

—¡Tengo que abrir la ventana! —gritó Katie, forcejeando para que la soltaran—. ¡Es la única salida!

Los pequeños estaban tan asustados que no entendían lo que les decía, pero Katie no tenía tiempo para explicaciones. Frenéticamente, descorrió el antiguo cerrojo de metal e intentó elevar el pesado panel hacia arriba. Este no se movió ni un milímetro. Katie se fijó con más atención y se dio cuenta de que el marco estaba sellado con pintura, probablemente desde hacía muchos años. No sabía qué hacer, pero la visión de los niños que la miraban con terror le aclaró las ideas. Miró a su alrededor y agarró la mecedora.

Pesaba mucho, pero consiguió levantarla por encima del hombro y la lanzó contra la ventana con todas sus fuerzas. El cristal se agrietó, pero no se rompió. En un último arrebato de adrenalina y terror, volvió a intentarlo, sollozando, y esta vez la mecedora salió volando por la ventana, y se estrelló contra el alero que había un poco más abajo. Sin perder ni un segundo, corrió hacia la cama y arrancó el edredón. Envolvió a Josh y a Kristen con él y empezó a empujarlos hacia la ventana.

A su espalda oyó unos espantosos crujidos cuando parte de la pared fue alcanzada por las llamas y unas sinuosas lenguas de fuego empezaron a lamer el techo. Katie se giró aterroriza-

319

da. Se detuvo solo unos segundos para fijarse en el retrato que estaba colgado en la pared. Se lo quedó mirando, atónita, plenamente consciente de que se trataba de la esposa de Alex, porque no podía ser nadie más. Pestañeó varias veces, pensando que se trataba de una ilusión óptica, una distorsión creada por el humo y el miedo. Dio un paso involuntariamente hacia el retrato, hacia aquella intrigante cara que le resultaba familiar; entonces, oyó un rugido encima de su cabeza. El techo estaba comenzando a ceder.

Katie se giró precipitadamente y franqueó la ventana, protegiendo a los niños en el círculo que había formado con sus brazos y rezando para que el edredón los protegiera de los cristales. Los tres parecieron quedar suspendidos en el aire durante una eternidad, mientras Katie se retorcía grotescamente en un intento de que los niños cayeran encima de ella. Se dio un sonoro golpe en la espalda contra el alero, que no quedaba demasiado lejos de la ventana, quizás a un metro o un metro y medio más abajo, pero el impacto la dejó sin aliento. Sintió en su cuerpo unas oleadas de dolor.

Josh y Kristen tiritaban de miedo, gimoteaban y tosían. Pero estaban vivos. Katie pestañeó, intentando no perder el conocimiento, convencida de que se había roto la espalda. Pero no era así. Movió una pierna, luego la otra. Sacudió la cabeza para aclarar la vista. Josh y Kristen estaban forcejeando encima de ella, intentando librarse del edredón. Sobre sus cabezas, unas pavorosas lenguas de fuego asomaron por la ventana rota. Las llamas lo invadían todo; la casa entera. Si no aunaba fuerzas para alejarse de aquel infierno, pronto morirían.

Ya de regreso a casa después de dejar a Joyce y a su hija, Alex se fijó en el cielo iluminado con un resplandor naranja justo por encima de la línea oscura de árboles en los confines del pueblo. No había visto ese resplandor antes, cuando había entrado en el pueblo y había atravesado varias calles hasta llegar a la casa de Joyce. Ahora, sin embargo, frunció el ceño mientras conducía precisamente en aquella dirección, con un creciente presentimiento de alarma ante un peligro inminente. Se lo pensó un momento antes de apretar el acelerador a fondo.

Y

Josh y Kristen ya habían conseguido sentarse en el alero cuando Katie echó un vistazo hacia abajo. El suelo quedaba a unos tres metros, pero tenían que arriesgarse. No les quedaba tiempo. Josh continuaba sollozando, pero no protestó cuando Katie le explicó rápidamente lo que iban a hacer a continuación. Lo agarró por los brazos, intentando mantener el tono sereno.

—Te bajaré hasta donde sea posible, pero luego tendrás que saltar, ¿de acuerdo?

El pequeño asintió, con cara de susto. Katie se deslizó hacia la punta, arrastrando a Josh con ella. El niño se acercó a la punta del tejado y ella lo agarró por la mano. El alero había empezado a temblar, ahora que el fuego trepaba por las dos columnas sobre las que se asentaba. Josh empezó a deslizarse hacia el vacío, primero las piernas, agarrándose con fuerza a las manos de Katie, que estaba tumbada sobre su barriga muy cerca de la punta. Bajándolo lentamente… ¡Por Dios! Qué tensión en los brazos… «Un metro, no, un poco más», se dijo a sí misma. Josh podía saltar esa altura, seguro, y caería de pie.

321

Katie lo soltó cuando el alero tembló. Kristen gateó hasta ella, muerta de miedo.

—Muy bien, pequeña, ahora te toca a ti. Vamos, dame la mano —la apremió Katie.

Repitió la acción con Kristen, conteniendo la respiración cuando la soltó. Un momento más tarde, los dos hermanos estaban de pie en el suelo, mirándola fijamente. Esperándola.

—¡Corred! —gritó ella—. ¡Apartaos! ¡Rápido!

Sus palabras fueron engullidas por otro ataque de tos. Katie supo que no podía quedarse allí ni un segundo más. Se aferró a la punta del alero y pasó una pierna, luego la otra, hasta quedar suspendida en el vacío solo un instante, hasta que notó que le fallaban las fuerzas en los brazos.

Cayó al suelo y notó cómo se le doblaban las rodillas por el duro golpe antes de salir rodando hasta la puerta de la tienda. Sus piernas gritaban de dolor, pero tenía que llevar a los niños a un lugar seguro. Avanzó a gatas hasta ellos, buscó sus manos y empezó a arrastrarlos lejos.

El fuego bailaba una danza grotesca, alzándose victorioso

hacia el cielo. Las llamas alcanzaron unos árboles cercanos; las ramas más elevadas empezaron a crepitar como petardos. Hubo un fuerte estallido, tan estridente que los tres oyeron un sordo pitido en los oídos. Katie se arriesgó a echar un vistazo por encima del hombro, justo a tiempo para ver cómo las paredes del edificio se derrumbaban hacia dentro. A continuación, oyeron el ruido ensordecedor de una explosión. Katie y los niños recibieron el impacto de la abrasadora burbuja de aire.

Cuando los tres consiguieron volver a recuperar el aliento y se dieron la vuelta para mirar, la tienda había quedado reducida a un gigantesco cono de fuego.

Pero se habían salvado. Katie abrazó a Josh y a Kristen con todas sus fuerzas. Los pequeños seguían sollozando cuando ella los estrechó entre sus brazos y los besó en la coronilla.

—Tranquilos —murmuró—. Ya ha pasado todo. Estáis a salvo.

Justo en esos momentos apareció una sombra detrás de ella. Entonces supo que se había equivocado.

La figura avanzaba amenazadoramente hacia ellos, con una pistola en la mano.

Kevin.

En el todoterreno, Alex seguía con el pie pegado al pedal del acelerador, pisando a fondo; con cada segundo que pasaba se acrecentaba más su angustia. A pesar de que el fuego quedaba todavía demasiado lejos como para atinar su ubicación exacta, notaba un agarrotamiento en el estómago. No había muchas casas en aquella dirección, solo algunos ranchos aislados. Y, por supuesto, la tienda.

Se inclinó sobre el volante, como si pretendiera empujar el vehículo hacia delante. Como si así pudiera ir más rápido.

Katie no acertaba a procesar lo que veía.

—¿Dónde está? —bramó Kevin.

Se le trababa la lengua, pero ella reconoció aquella voz, incluso con el rostro parcialmente oculto entre las sombras. El infierno ardía detrás de él y Kevin tenía la cara cubierta de sangre y hollín. También tenía unas manchas en la camisa que a Katie le parecieron de sangre. La Glock brillaba en su mano, como si hubiera estado sumergida en un barril de aceite.

«Está aquí», había dicho Jo en el sueño de Katie.

«¿Quién?»

«Ya lo sabes.»

Kevin alzó la pistola, apuntándola con determinación.

—Solo quiero hablar con él, Erin.

Katie se puso de pie. Kristen y Josh se aferraron a sus piernas, con las caritas contraídas de miedo. Los ojos de Kevin refulgían peligrosamente; sus movimientos eran toscos. Dio un paso hacia ellos y casi perdió el equilibrio. La pistola oscilaba hacia delante y hacia atrás. Inestable.

Katie se dio cuenta de que estaba dispuesto a matarlos a todos. Ya lo había intentado con el incendio. Pero se hallaba en un estado de embriaguez alarmante, completamente borracho. Nunca antes lo había visto tan ebrio. Estaba fuera de control.

Tenía que apartar a los niños de él, darles la oportunidad de huir.

—Hola, Kevin —ronroneó ella, sonriendo forzadamente—. ¿Por qué llevas esa pistola? ¿Has venido a buscarme? ¿Estás bien, amor mío?

Kevin pestañeó. Aquella voz suave y melosa, tan seductora… Le gustaba cuando ella le hablaba en ese tono; por un momento, pensó que estaba soñando. Pero no estaba soñando. Erin estaba de pie delante de él. Ella le sonrió al tiempo que avanzaba hacia él.

—Te quiero, Kevin, y siempre he sabido que vendrías a buscarme.

Él la miraba boquiabierto. A veces la veía doble, y luego volvía a ver una sola Erin. Él le había dicho a todo el mundo que ella estaban en New Hampshire, ocupándose de una amiga enferma, pero no había ni rastro de pisadas sobre la nieve, y había desviado sus llamadas, y un niño había muerto a causa de un disparo, y tenía salsa de pizza en la frente, y ahora Erin estaba allí, diciéndole que lo amaba.

«Vamos, no puedes echarte atrás», se dijo Katie. Avanzó otro paso al tiempo que empujaba a los niños hacia atrás.

—¿Me puedes llevar a casa? —le pidió con una voz implorante, tal y como Erin solía suplicar, pero llevaba el pelo corto y castaño y se estaba acercando demasiado.

Kevin se preguntó por qué no estaba asustada y quiso apretar el gatillo, pero la amaba. Si por lo menos cesaran los intensos latigazos en su cabeza…

De repente, Katie se abalanzó sobre él y desvió la pistola. Esta se disparó, con un sonido maligno, como una bofetada seca, pero ella siguió forcejeando con él, aferrada a su muñeca, sin soltarla. Kristen empezó a chillar.

—¡Corred! —gritó Katie por encima del hombro—. ¡Josh, coge a Kristen y corred! ¡Tiene una pistola! ¡Alejaos y escondeos!

El pánico en la voz de Katie pareció incitar a Josh; el pequeño agarró a Kristen por la mano y los dos salieron disparados, en dirección a la carretera, corriendo lejos para salvar sus vidas.

—¡Puta! —bramó Kevin, intentando zafarse de sus garras.

Katie le mordió con todas sus fuerzas la mano que sostenía la pistola. Kevin soltó un alarido aterrador. En un intento de librarse de ella, le propinó un puñetazo en la sien. Ella empezó a ver lucecitas blancas intermitentes. Volvió a morderlo con saña, esta vez en el pulgar. Él lanzó otro alarido antes de soltar el arma. La pistola cayó con estrépito al suelo. Kevin volvió a asestarle otro golpe, un violento puñetazo en la mejilla que la derribó.

324

Al verla en el suelo, aprovechó y le dio un fuerte puntapié en la espalda. Ella se arqueó a causa el dolor. Pero presa del pánico, no se quedó inmóvil, azuzada por la certeza de que él pensaba matarlos tanto a ella como a los niños. Tenía que darles tiempo para escapar. Se puso a cuatro patas y empezó a gatear, moviéndose con agilidad, ganando velocidad. Finalmente, aunando todas sus fuerzas, logró ponerse de pie.

Corrió tan veloz como pudo, impulsándose hacia delante, pero notó la brutal embestida de Kevin por la espalda y de nuevo cayó estrepitosamente al suelo, sin aliento. Él la agarró por el pelo y volvió a golpearla, luego le inmovilizó un brazo e intentó llevárselo hacia la espalda, pero no podía mantener el equilibrio. Katie era ágil y logró darse la vuelta con rapidez. Sin pensarlo dos veces, le arañó los ojos, le pellizcó con fuerza los pómulos y tiró de la piel con saña, sin soltarlo, como si fueran las pinzas de un cangrejo.

Katie luchaba por su vida, y la adrenalina le multiplicó la fuerza de los brazos. Ahora luchaba por todas las veces que no lo había hecho. Luchaba para dar a los niños tiempo para escapar y esconderse. Lo atacó con una retahíla de insultos. Lo odiaba. No pensaba permitir que volviera a agredirla.

Kevin intentó librarse de aquellas zarpas dolorosas, trastabilló y perdió el equilibrio. Katie aprovechó la oportunidad para salir corriendo. Notó que él se le aferraba a las piernas, pero no con tanta fuerza como para inmovilizarla, y ella consiguió liberar una pierna. Acercó la rodilla de la pierna libre hacia la barbilla para darse impulso y luego echó la pierna hacia atrás con todas sus fuerzas para darle una patada, que lo dejó desconcertado cuando lo alcanzó de pleno en la barbilla. Katie volvió a repetir la acción. Él se tambaleó hacia ambos lados mientras intentaba aferrarse a un apoyo inexistente.

Katie se impulsó hacia delante y empezó a correr otra vez, pero Kevin se levantó del suelo en un segundo. Unos pasos más adelante, Katie vio la pistola y se abalanzó sobre ella.

325

Alex conducía ahora como un loco, rezando por la seguridad de Kristen, Josh y Katie, susurrando sus nombres en un estado de pánico.

Pasó por delante del sendero de gravilla y tomó la curva. Notó que se le agarrotaba el estómago al constatar que sus premoniciones no habían fallado. Delante de él, descubrió una escena infernal.

Notó cierto movimiento a un lado de la carretera, un poco más arriba. Dos figuras pequeñas, vestidas con pijamas blancos. Josh y Kristen. Frenó en seco.

Saltó disparado del coche y corrió hacia ellos incluso antes de que el todoterreno se detuviera por completo. Los dos pequeños empezaron a llamarlo entre sollozos mientras corrían. Él se arrodilló para rodearlos con sus brazos.

—Tranquilos, ya está, ya está, ya está —murmuraba como un mantra, abrazándolos con fuerza.

Kristen y Josh sollozaban e hipaban; al principio Alex no comprendía lo que le decían porque no hablaban del incendio. Lloraban porque había un hombre malo con una pistola y la señorita Katie estaba luchando con él. De repente, Alex comprendió con una absoluta claridad lo que había sucedido.

Los llevó hasta el todoterreno, dio marcha atrás y condujo hacia la casa de Katie, mientras que con sus dedos crispados marcaba a toda velocidad unos serie de números en el teléfono móvil. Después del segundo timbre, Joyce contestó, absolutamente desconcertada. Alex le dijo que le pidiera a su hija que la llevara en coche hasta la casa de Katie sin perder ni un segundo, que era una emergencia, y que llamara a la policía de inmediato. Luego colgó.

La gravilla saltó violentamente a ambos lados del vehículo cuando Alex frenó en seco delante de la casa de Katie.

Ayudó a los niños a apearse y les ordenó que corrieran y se encerraran dentro, que él regresaría tan pronto como pudiera. Se puso a contar los segundos mientras daba marcha atrás y orientaba el todoterreno hacia la tienda, rezando para que no fuera demasiado tarde.

Rezando para que Katie estuviera aún viva.

Kevin vio la pistola en el mismo instante que ella, y también se lanzó hacia delante. Se apoderó del arma y apuntó a Katie, fuera de sí. Acto seguido, la agarró por el pelo y la encañonó en la sien al tiempo que empezaba a arrastrarla por el aparcamiento.

—¿Abandonarme? ¡Cómo se te ocurre abandonarme!

Detrás de la tienda, debajo de un árbol, Katie vio su coche, con la matrícula de Massachusetts. El calor del fuego le abrasaba la cara y le chamuscaba el vello de los brazos. Kevin estaba iracundo. No paraba de gritar, aunque se le trababa la lengua.

—¡Eres mi esposa! ¡Mi esposa!

A lo lejos, Katie oyó unas sirenas, aunque parecían muy distantes.

Cuando llegaron al coche, ella intentó forcejear de nuevo, pero Kevin le golpeó la cabeza contra el techo, por lo que casi perdió el conocimiento. Él abrió el maletero e intentó obligarla a entrar. Katie consiguió darse la vuelta y le propinó un rodillazo en la ingle. Lo oyó jadear y notó que él aflojaba la garra momentáneamente.

Lo empujó a ciegas, zafándose de sus manos. Empezó a correr para salvar su vida. Sabía que él dispararía, que estaba a punto de morir.

Kevin no podía comprender por qué ella estaba luchando, apenas podía respirar a causa del intenso dolor. Erin jamás le había ofrecido resistencia antes, nunca le había arañado los ojos ni le había dado una patada ni le había mordido. No actuaba como su esposa; además, su pelo era castaño, pero aquella voz era indiscutiblemente la de Erin… Empezó a correr tras ella, alzó el arma, apuntó, pero delante de él había dos Erin, y ambas corrían.

Apretó el gatillo.

Katie contuvo la respiración cuando oyó el disparo, esperando el impacto en su piel y el dolor repentino, pero no pasó nada. Continuó corriendo. Había fallado. Torció a la izquierda y luego a la derecha, todavía dentro del aparcamiento, buscando desesperadamente un sitio donde cobijarse. Pero no había ninguno.

Kevin la perseguía a trompicones. Con las manos resbaladizas por la sangre, el arma se le escurría entre los dedos. De nuevo tuvo ganas de vomitar. Ella se alejaba, sin parar de moverse de un lado a otro. No conseguía apuntar bien. Erin estaba intentando escapar, pero no lo lograría; era su esposa. La llevaría a casa y, entonces, le volaría la tapa de los sesos, porque la odiaba.

Katie vio en la carretera los faros de un vehículo que corría a la velocidad de un coche de carreras. Quiso salir a la carretera, hacer señales al automóvil para que se detuviera, pero sabía que no lograría llegar a tiempo. Sin embargo, se sorprendió al ver que el coche aminoraba la marcha súbitamente. De repente, reconoció el todoterreno mientras entraba en el aparcamiento. El conductor era Alex.

El todoterreno pasó a su lado rugiendo sin detenerse, directo hacia Kevin.

Las sirenas sonaban ahora más cerca. Habían empezado a llegar algunas personas. Katie sintió un hilo de esperanza.

Kevin vio el todoterreno que se le acercaba y alzó la pistola. Empezó a disparar, pero el vehículo se le echaba encima. Se apartó para esquivarlo, pero recibió un fuerte golpe en la mano que le rompió todos los huesos. La pistola salió volando por los aires hasta perderse en la oscuridad.

Kevin gritó, acunándose instintivamente la mano mientras el todoterreno se escoraba, con las ruedas chirriando sobre la gravilla hasta que a unos metros más adelante chocó contra el cobertizo que servía de almacén.

Ahora oía las sirenas a lo lejos. Quería perseguir a Erin, pero estaba seguro de que lo arrestarían si se quedaba. El miedo se apoderó de él y emprendió la carrera hacia su coche, a la pata coja, consciente de que tenía que salir de allí lo antes posible y preguntándose cómo era posible que todo hubiera salido tan mal.

328

Katie vio salir a Kevin del aparcamiento a gran velocidad, con las ruedas chirriando, hasta que alcanzó la carretera principal. Entonces dio media vuelta y vio que el todoterreno de Alex se había empotrado en el cobertizo, con el motor todavía en marcha. Corrió hacia él. El fuego iluminaba la parte trasera del vehículo y notó que el pánico se apoderaba poco a poco de ella, mientras rezaba para que Alex estuviera ileso. Ya estaba muy cerca del todoterreno cuando tropezó con un objeto duro. Vio la pistola, la recogió y reemprendió la carrera hacia el vehículo.

Delante de ella, la puerta del todoterreno se abrió levemente, pero quedó bloqueaba por la gran cantidad de escombros. Katie se sintió aliviada al ver que Alex estaba vivo, pero en ese mismo instante recordó que Josh y Kristen habían huido.

—¡Alex! —gritó. Alcanzó la parte trasera del todoterreno y empezó a aporrear la carrocería—. ¡Tienes que salir de ahí! ¡Los niños! ¡Tenemos que encontrarlos!

La puerta seguía atascada, pero Alex consiguió bajar la ventanilla. Cuando asomó la cabeza, Katie vio que le sangraba la frente y que su voz era muy débil.

—Están bien... Los he llevado a tu casa...

A Katie se le heló la sangre en las venas.

—¡Dios mío! ¡No, no, no...! —gritó sin poderse contener—. ¡Deprisa! —Su voz reflejaba pánico en estado puro—. ¡Kevin ha ido en esa dirección!

El dolor de la mano era el tormento más horrible que había experimentado en toda su vida. Se sentía mareado a causa de la gran pérdida de sangre. Nada tenía sentido, y le había quedado la mano inútil. Oía las sirenas que se acercaban, pero podría esperar a Erin en su casa, porque sabía que ella iría a su casa esa noche o al día siguiente.

Aparcó detrás de la otra cabaña abandonada. Durante unos segundos tuvo una extraña visión: vio a Amber de pie junto a un árbol, preguntándole por qué no la invitaba a una copa, pero entonces la imagen desapareció. Recordó que antes de salir de Dorchester había limpiado la casa y había cortado el césped, pero que aún no había aprendido a hacer la colada debidamente, y que ahora Erin se hacía llamar Katie.

Se le había acabado el vodka y se sentía exhausto. Llevaba los pantalones manchados de sangre y se dio cuenta de que le sangraban el brazo y los dedos, pero no podía recordar qué había sucedido. Lo que más deseaba en esos momentos era dormir. Necesitaba descansar un rato, pues la policía seguramente lo estaba buscando y necesitaba tener la cabeza despejada por si estrechaban el cerco.

El mundo a su alrededor empezaba a difuminarse y a parecerle lejano, como si lo estuviera observando todo a través de un telescopio.

Oyó el movimiento de las hojas de los árboles, hacia delante y hacia atrás, pero en vez de brisa, solo notaba el aire cálido del verano. Empezó a temblar, pero también estaba sudando. Demasiada sangre, y manaba de sus manos y de su brazo sin parar. Necesitaba descansar, no podía mantenerse despierto, y se le empezaron a cerrar los ojos.

Y

Alex dio marcha atrás bruscamente y logró sacar el todoterreno del cobertizo. Sin perder ni un segundo, aceleró a todo gas y salió a la carretera en el momento en que empezaban a llegar los coches de bomberos. Ninguno de los dos pronunció palabra mientras él apretaba el acelerador a fondo. Alex nunca había estado tan asustado en su vida.

Después de la curva, venía el sendero de gravilla. Alex se metió en él con brusquedad y las ruedas del vehículo patinaron. El todoterreno culeó, pero él volvió a acelerar. Más arriba, avistó las dos cabañas, con las luces encendidas en las ventanas de Katie. Ni rastro del coche de Kevin. Alex respiró aliviado. En su estado de ansiedad, ni se había dado cuenta de que estaba conteniendo la respiración.

Kevin se despertó de golpe al oír un coche que se acercaba por el sendero de gravilla.

330

Pensó que era la policía. Automáticamente buscó la pistola con la mano lisiada. Lanzó un alarido de dolor y confusión cuando se dio cuenta de que el arma había desaparecido. Estaba seguro de que la había dejado en el asiento delantero, pero ahora no estaba allí. Nada de todo eso tenía sentido.

Se apeó del coche y miró hacia la carretera con atención. El todoterreno apareció súbitamente, el mismo que lo había embestido en el aparcamiento de la tienda, el que casi lo mata. Kevin vio que el vehículo se detenía y que Erin se bajaba de él. Al principio no podía creer su buena suerte, pero entonces recordó que ella vivía en aquel lugar y que esa era la razón por la que él estaba precisamente allí.

Su mano sana temblaba sin parar cuando abrió el maletero y sacó una barra de hierro. Vio a Erin y a su amante, que corrían hacia el porche. Avanzó a saltos y a trompicones hacia la casa, con desánimo, aunque no era capaz de detenerse, porque Erin era su esposa. Él la amaba y el tipo del pelo gris tenía que morir.

Y

Alex frenó en seco delante de la casa. Los dos salieron del vehículo a toda prisa y corrieron hacia la puerta, llamando a los niños a viva voz. Katie todavía sostenía el arma. Llegaron a la puerta justo en el momento en que Josh la abría, y tan pronto como vio a su hijo, Alex lo abrazó con fuerza. Kristen salió de su escondite detrás del sofá y corrió hacia ellos. Alex también le abrió los brazos, y la estrechó cariñosamente cuando ella se abalanzó sobre él.

Katie permanecía de pie en el umbral de la puerta, contemplando la escena con lágrimas de alivio en los ojos. Al cabo de unos instantes, Kristen fue hacia ella para abrazarla. Katie dio un paso hacia delante, llena de alegría.

Perdidos en aquel océano de emociones, ninguno de ellos se dio cuenta de que Kevin acababa aparecer junto al umbral de la puerta, con la barra de hierro alzada. Arremetió contra Alex con fuerza, y este cayó fulminado al suelo. Los niños tropezaron cuando intentaron retroceder y cayeron de espaldas. Sus caritas reflejaban el inmenso susto y horror.

331

Kevin oyó el golpe contundente de la barra, notó la vibración en su brazo. El tipo del pelo gris estaba tendido en el suelo y Erin chillaba.

En aquel instante, Alex y los niños eran lo único que le importaba, e instintivamente se arrojó sobre Kevin y lo empujó con todas sus fuerzas. Solo había dos peldaños en el porche, pero bastaron para que su marido perdiera el equilibrio y cayera de espaldas.

Katie se giró, histérica.

—¡Cerrad la puerta! —gritó, y esta vez fue Kristen la que reaccionó primero, aunque asustada y sin dejar de chillar.

La barra de hierro había salido volando por los aires. A Kevin le costó mucho volverse a levantar. Katie alzó la pistola, apuntándole directamente cuando consiguió ponerse de pie. Kevin se tambaleó, a punto de perder el equilibrio de nuevo, con la cara tan blanca como un esqueleto. Parecía incapaz de centrar su mirada. Katie podía notar las lágrimas en los ojos.

—¡Yo te quería! —estalló—. ¡Me casé contigo porque te quería!

Kevin pensó que era Erin quien le hablaba, pero esa mujer tenía el pelo corto y oscuro, y Erin era rubia. Intentó dar un paso hacia delante y casi perdió el equilibrio. ¿Por qué le estaba diciendo esas cosas esa mujer?

—¿Por qué empezaste a maltratarme? —gritó ella—. Nunca he entendido por qué no podías dejar de hacerlo, incluso después de prometerme que nunca más me pegarías. —Le temblaba la mano y notaba que la pistola pesaba mucho, muchísimo—. Me pegaste en nuestra luna de miel porque me dejé las gafas de sol en la piscina…

Era la voz de Erin. Kevin se preguntó si estaba soñando.

—Te quiero —balbuceó él—. Siempre te he querido. No sé por qué me has abandonado.

Katie podía notar un nudo en la garganta que amenazaba con asfixiarla. Sus palabras manaban como arrastradas por la fuerza de un torrente, incontrolables y sin sentido, cargadas de toda la pena, la tristeza y el dolor contenidos durante tantos años.

332

—No me dejabas conducir ni tener amigos, y no me dabas dinero; tenía que suplicarte para que me lo dieras. ¡Quiero saber por qué crees que me podías tratar así! ¡Yo era tu esposa y te quería!

Kevin apenas se tenía en pie. La sangre resbalaba por su brazo y sus dedos de tal modo que formaron un pequeño reguero en el suelo. Aquella visión pegajosa lo distrajo unos segundos. Quería hablar con Erin, deseaba encontrarla, pero aquello no era real. Estaba soñando, Erin se hallaba junto a él en la cama, y estaban en Dorchester. Entonces sus pensamientos se mezclaron y de pronto estaba de pie en una casa sombría con una mujer que lloraba desconsoladamente.

—Tenía salsa de pizza en la frente —balbuceó él, al tiempo que se tambaleaba hacia delante—. El niño que murió de un tiro, pero su madre cayó rodando por las escaleras y arrestamos al griego.

Ella no entendía de qué le estaba hablando, no podía entender qué era lo que quería de ella. Lo odiaba con toda la rabia que había ido acumulando a lo largo de los años.

—¡Cocinaba para ti y me encargaba de la casa, pero por lo visto eso no te satisfacía! ¡Lo único que hacías era emborracharte y pegarme!

Kevin oscilaba el peso de su cuerpo entre ambos pies de una forma peligrosa, a punto de caer. Al hablar se le trababa la lengua, y sus palabras eran ininteligibles.

—No había pisadas en la nieve. Pero las macetas están rotas.

—¡Deberías haberme dejado marchar! ¡No deberías haberme seguido! ¡No deberías haber venido hasta aquí! ¿Por qué no podías dejarme marchar? ¡Nunca me has querido!

Kevin hizo amago de abalanzarse sobre ella, para apoderarse del arma. Se sentía extremamente débil, y Katie consiguió sostener la pistola con firmeza. Él intentó arrebatársela, pero no puedo evitar soltar un grito desgarrador cuando su mano lisiada chocó contra el brazo de Katie. Por instinto, Kevin la empujó con el hombro, acorralándola contra la pared de la casa. Necesitaba arrebatarle el arma y apuntarle a la sien. La miró fijamente, con los ojos llenos de inquina, inmovilizándola más, intentando quitarle la pistola con la mano sana, usando todo su peso para retenerla.

333

Kevin notó que con la punta de los dedos tocaba el ángulo de la empuñadura e instintivamente buscó el gatillo. Intentó enfocar la pistola hacia ella, pero el arma apuntaba hacia el suelo.

—¡Yo te quería! —sollozó ella, luchando contra él con cada milímetro de fuerza y de rabia que le quedaba en el cuerpo.

En ese instante, Kevin notó que algo se activaba en su cerebro; por un momento, recuperó la lucidez.

—Entonces no deberías haberme abandonado —susurró, con un aliento apestoso a causa del alcohol.

Apretó el gatillo y la pistola rugió con un potente disparo. Kevin supo que ya casi había completado su misión. Ella iba a morir porque él le había dicho que la encontraría y que la mataría si se atrevía a escapar de nuevo. Y que mataría a cualquier hombre que se convirtiera en su amante.

Pero... Qué extraño... Erin no cayó al suelo, ni tan solo esbozó una mueca de dolor. En vez de eso, se lo quedó mirando con unos fieros ojos verdes, manteniéndole la mirada sin pestañear.

Entonces Kevin notó algo, como un fuego que le abrasaba el estómago. Su pierna izquierda cedió. Quiso mantenerse de pie, pero su cuerpo no le respondía. Se desplomó en el porche, mientras se cubría el vientre con ambas manos.

—Vuelve conmigo, por favor —susurró él.

La sangre manaba por la herida abierta, atravesándole los dedos. Encima de él, veía a Erin desenfocada. Rubia y luego otra vez morena. La vio en su luna de miel, luciendo un bikini, antes de olvidarse las gafas de sol, y era tan bella que no acertaba a comprender por qué había aceptado casarse con él.

«Bella», pensó. Siempre había sido muy bella. Entonces volvió a sentirse cansado. Respiraba con dificultad, y empezó a sentir frío, un frío intenso, y se puso a temblar. Exhaló otra vez, emitiendo un sonido como el del aire al escaparse por la válvula de una rueda. Su pecho dejó de moverse. Se quedó con los ojos desmesuradamente abiertos, con expresión de desconcierto.

Katie permaneció de pie sobre él, temblando mientras mantenía la vista fija en Kevin.

«No —pensó—, nunca me iré contigo. Nunca quise regresar.»

Pero Kevin no sabía lo que su mujer estaba pensando, porque Kevin estaba muerto. Katie se dio cuenta de que finalmente la pesadilla había acabado. Para siempre.

41

*E*n el hospital decidieron mantener a Katie en observación durante prácticamente toda la noche antes de darle el alta. Después, se quedó en la sala de espera del hospital, decidida a no marcharse hasta tener noticias del estado de Alex.

El tremendo golpe que Kevin le había atizado con la barra de hierro había estado a punto de partirle el cráneo, y Alex todavía seguía inconsciente. La luz matinal iluminaba las angostas ventanas rectangulares de la sala de espera. Las enfermeras y los médicos cambiaban de turno, y la sala empezó a llenarse de gente: un niño con fiebre, un hombre que tenía serios problemas para respirar. Una mujer embarazada y su esposo, visiblemente alterado, atravesaron las puertas giratorias a toda prisa. Cada vez que Katie oía la voz de un médico, alzaba la vista, esperando que le dieran permiso para ver a Alex.

Tenía la cara y los brazos llenos de morados, y la rodilla hinchada casi el doble de su tamaño normal, pero después de someterse a diferentes pruebas y a radiografías, el médico que estaba de guardia simplemente le dio unas bolsas de hielo para los moratones y paracetamol para el dolor. Era el mismo médico que estaba atendiendo a Alex, pero no se atrevía a confirmar cuándo se despertaría, y solo le comentó que el TAC no era concluyente. «Las heridas en la cabeza pueden ser peligrosas —le había dicho—. Espero que en las próximas horas podamos saber más sobre su evolución.»

Katie no podía pensar, no podía comer, no podía dormir, no podía dejar de preocuparse. Joyce se había llevado a los niños a su casa para que no tuvieran que quedarse en el hospital. Katie esperaba que los pobrecitos no sufrieran pesadillas. Esperaba que el trauma no les durara toda la vida. Esperaba que Alex se recuperase del todo. Y rezaba para que así fuera.

Tenía miedo de cerrar los ojos, pues cada vez que lo hacía, reaparecía Kevin. Aún veía las manchas de sangre en su cara y en su camisa, sus ojos desorbitados. Había sido capaz de seguirle el rastro hasta allí, de encontrarla. Había ido a Southport para llevarla de vuelta a casa o matarla, y casi lo había conseguido. En una noche, había destruido la frágil ilusión de seguridad que ella había conseguido construir poco a poco desde que se había instalado en aquel pueblecito.

Las visiones aterradoras de Kevin no le daban tregua, recurrentes, con variaciones, a veces cambiando por completo; había momentos en que se veía a sí misma sangrando y agonizando en el porche, tumbada en el suelo y contemplando al hombre que tanto odiaba. Cuando eso sucedía, instintivamente se llevaba las manos al vientre, buscando heridas inexistentes, hasta que se daba cuenta de que estaba en el hospital, sentada y esperando bajo los fluorescentes.

336

Estaba preocupada por Kristen y Josh. Pronto volverían al hospital; Joyce había dicho que los llevaría para que vieran a su padre. Se preguntaba si la odiarían por todo lo que había sucedido, y se le empañaron los ojos de lágrimas ante tal pensamiento. Se cubrió la cara con ambas manos, deseando que la Tierra se la tragara y que nunca más nadie pudiera encontrarla. Que Kevin no pudiera encontrarla, y entonces recordó de nuevo que lo había visto morir en el porche. Las palabras «está muerto» resonaban en su mente como un mantra del que no podía escapar.

—¿Katie?

Alzó la vista y vio al médico que atendía a Alex.

—Ahora puede pasar a verlo —le informó—. Se ha despertado hace unos diez minutos. Todavía está en la UCI, así que no podrá quedarse con él mucho rato, pero desea verla.

—¿Cómo está?

—Bien, dentro de lo que cabe. Ha recibido un golpe muy fuerte.

Cojeando un poco, siguió al médico por el pasillo hasta a la habitación de Alex. Aspiró hondo e irguió la espalda antes de entrar, diciéndose a sí misma que no iba a llorar.

La UCI estaba llena de aparatos y luces titilantes. Alex se hallaba tendido en una cama en la esquina, con la cabeza vendada. Se giró hacia ella, con los ojos solo parcialmente abiertos. Un monitor junto a la cama lanzaba pitidos acompasados. Katie avanzó hasta él y le cogió la mano.

—¿Cómo están los niños? —susurró él. Las palabras se escapaban lentamente de su boca. Con dificultad.

—Bien. Están con Joyce. Se los ha llevado a su casa.

Una sonrisa casi imperceptible coronó sus labios.

—¿Y tú?

—Estoy bien —asintió ella.

—Te quiero —pronunció él.

Katie tuvo que hacer un esfuerzo para no desmoronarse.

—Yo también te quiero.

A Alex le costaba mantener los ojos abiertos y la mirada enfocada.

—¿Qué ha sucedido?

Katie le contó brevemente lo que había ocurrido en las últimas doce horas, pero a medio relato vio que Alex había cerrado los ojos. Cuando volvió a despertarse un poco más tarde aquella misma mañana, había olvidado ciertos detalles que ella estaba segura de que le había referido, así que se lo volvió a contar todo, intentando hacerlo con un tono calmado y seguro.

Joyce llegó con Josh y Kristen, y a pesar de que, por lo general, no se permitía la entrada de niños en la UCI, el médico les dejó ver a su padre un par de minutos. Kristen le había hecho un dibujo en el que aparecía un hombre tumbado en una camilla; lo había completado con una frase: QUE TE MEJORES, PAPI. Josh le entregó una revista de pesca.

Mientras iba pasando el día, Alex se fue recuperando poco a poco. Por la tarde, ya no asentía con la mirada perdida, y a pesar de que se quejaba de un terrible dolor de cabeza, había recuperado más o menos la memoria. Su voz era más potente y cuando le dijo a la enfermera que tenía hambre, Katie sonrió aliviada, con la certeza de que se iba a recuperar del todo.

Υ

Alex recibió el alta al día siguiente. El *sheriff* los visitó en casa de Joyce para tomarles declaración. Les dijo que la dosis de alcohol en la sangre de Kevin era tan elevada que él mismo se había provocado una intoxicación aguda. Combinado con la pérdida de sangre que había sufrido, era un milagro que hubiera conseguido permanecer consciente, era increíble. Katie no dijo nada, pero pensó que ellos no conocían a Kevin ni comprendían los demonios que lo asediaban.

Cuando el *sheriff* se marchó, Katie salió al porche y se quedó un rato al sol, intentando aclarar sus sentimientos. A pesar de que le había referido al *sheriff* lo que había sucedido la noche previa, no se lo había contado todo. Ni tampoco a Alex. ¿Cómo iba a hacerlo, si ni ella misma le encontraba el sentido? No les había contado que en los momentos que siguieron a la muerte de Kevin, cuando ella corrió al lado de Alex, había llorado por los dos. Le parecía imposible que, a pesar de haberse librado del terror que había pasado en aquellas últimas horas con Kevin, también se acordara de los pocos momentos felices que habían compartido, de cómo se reían de ciertas bromas o de cómo pasaban las horas juntos, haciendo el remolón en el sofá.

Katie no sabía cómo encauzar todos aquellos sentimientos. Pero había algo más, algo que no alcanzaba a comprender: se había quedado en casa de Joyce porque tenía miedo de regresar a su cabaña.

338

Un poco más tarde, aquel mismo día, Alex y Katie se hallaban en el aparcamiento, contemplando las ruinas chamuscadas de lo que hasta hacía poco había sido la tienda. Por todos lados veían restos de objetos y muebles que reconocían: el sofá, medio quemado, inclinado entre los escombros; la estantería donde solían estar los productos alimenticios; una bañera completamente carbonizada.

Un par de bomberos removían entre los escombros. Alex les había pedido que buscaran la caja fuerte que él guardaba en el armario de su habitación. Se había quitado la venda de la cabeza. Katie podía ver exactamente la zona donde le habían afeitado el pelo para ponerle los puntos de sutura, una franja negra y azul, hinchada.

—Lo siento, de verdad, lo siento mucho —murmuró ella.

Alex sacudió la cabeza.

—Tú no tienes la culpa de nada.

—Pero Kevin vino a por mí…

—Lo sé —dijo él. Se quedó callado un momento—. Kristen y Josh me han contado cómo los ayudaste a escapar de la casa. Josh dijo que cuando intentaste inmovilizar a Kevin, les ordenaste que escaparan corriendo. Me ha contado que intentaste distraerlo. Solo quería darte las gracias.

Katie entornó los ojos.

—No puedes darme las gracias por eso. Si les hubiera pasado algo, no creo que hubiera podido cargar con ese peso en mi conciencia el resto de mis días.

Alex asintió, pero evitaba mirarla a la cara. Katie propinó una patada a una pila de ceniza y esta se levantó del suelo formando una pequeña nube.

—¿Qué piensas hacer? Me refiero a la tienda.

—Volver a levantarla, supongo.

—¿Y dónde vivirás?

—Todavía no lo sé. De momento nos quedaremos en casa de Joyce, pero intentaré buscar un sitio más tranquilo, una casita con unas bonitas vistas. Ya que no puedo trabajar, por lo menos quiero disfrutar del tiempo libre.

Katie sentía el estómago contraído.

—Ni tan solo puedo hacerme a la idea de cómo te sientes ahora.

—Entumecido. Triste por los niños. Conmocionado.

—¿Y enfadado?

—No, no estoy enfadado.

—Pero lo has perdido todo.

—No, todo no; las cosas más importantes no. Mis hijos están a salvo. Tú estás a salvo. Y eso es lo que importa. Todo esto —dijo, señalando a su alrededor— no es más que un puñado de cosas materiales. La mayoría se pueden reemplazar. Solo se requiere tiempo. —De repente, achicó los ojos para mirar fijamente algo que sobresalía entre los escombros—. ¡Espera un momento!

Caminó hacia un amasijo de objetos chamuscados y sacó la caña de pescar que había quedado apresada entre varias tablas ennegrecidas de madera. Estaba sucia, pero, por lo demás, parecía intacta. Por primera vez desde que habían llegado, sonrió.

—Josh se alegrará cuando la vea. Ojalá pueda encontrar una de las muñecas de Kristen.

Katie cruzó los brazos sobre el estómago, notando las lágrimas en los ojos.

—Le compraré una muñeca nueva.

—No tienes que hacerlo. Lo cubre el seguro.

—Pero quiero hacerlo. Nada de esto habría pasado si no hubiera sido por mí.

Alex la miró sin parpadear.

—Sabía dónde me metía la primera vez que te invité a salir.

—Pero no te esperabas este infierno.

—No —admitió él—, no me lo esperaba. Pero ya verás que todo saldrá bien.

—¿Cómo puedes decir eso?

—Porque es verdad. Hemos sobrevivido y eso es lo que importa. —Le cogió la mano y ella notó cómo él entrelazaba los dedos con los suyos—. No he tenido oportunidad de darte el pésame.

—¿Y por qué habrías de darme el pésame?

—Por tu pérdida.

Katie sabía que Alex se refería a Kevin y no estaba segura de cómo contestar. Él parecía comprender que ella amaba y a la vez odiaba a su esposo.

—Jamás le deseé la muerte —empezó a decir Katie—, solo quería que me dejara en paz.

—Lo sé.

—¿Crees que lo superaremos? Quiero decir, ¿crees que nuestra relación se resentirá después de lo sucedido? —preguntó Katie.

—Supongo que eso depende de ti.

—¿De mí?

—Mis sentimientos no han cambiado. Todavía te quiero, pero pienso que tú sí que necesitas reflexionar sobre si los tuyos sí.

—No, no han cambiado.

—Entonces ya encontraremos el modo de conseguir que lo nuestro funcione, porque sé que quiero pasar el resto de mi vida contigo.

Antes de que Katie pudiera responder, uno de los bomberos los llamó y los dos se volvieron hacia él. Estaba agachado, intentando sacar algo de entre una pila de escombros. Cuando se puso de pie, Alex vio que sostenía una pequeña caja fuerte.

—¿Crees que estará dañada? —se interesó Katie.

—No debería estarlo —contestó Alex—. Es a prueba de incendios. Por eso la compré.

—¿Qué contiene?

—Recuerdos, básicamente, pero seguro que ahora los necesitaré. Hay negativos y discos de fotos. Algunas cosas que quería proteger.

—Me alegro de que la hayas encontrado.

—Yo también —dijo él. Hizo una pausa—. Porque también hay algo para ti.

42

*D*espués de dejar a Alex en casa de Joyce, Katie condujo el coche hasta su casa. No quería ir, pero sabía que no podía pasarse la vida evitando lo inevitable. A pesar de que no tenía intención de quedarse en la cabaña, necesitaba pasarse por allí para recoger algunas pertenencias.

Las ruedas elevaban nubes de polvo en el suelo y sorteó los baches antes de detenerse frente a su casa. Permaneció sentada en el todoterreno —abollado y lleno de arañazos, aunque seguía funcionando sin problemas— y miró hacia la puerta, recordando cómo Kevin se había desangrado en el porche hasta morir, sin apartar la vista de su cara.

No quería ver las manchas de sangre. Tenía miedo de que, al abrir la puerta, recordara la imagen de Alex tendido en el suelo después de que Kevin lo golpeara. Prácticamente podía oír los gritos de Kristen y Josh, llorando histéricos mientras se aferraban a su padre. Katie no estaba preparada para revivir aquellos momentos.

En lugar de eso, enfiló hacia la casa de Jo. En su mano tenía la carta que Alex le había entregado. Cuando le preguntó por qué él le había escrito una carta, él sacudió la cabeza.

—No la he escrito yo —respondió.

Katie se lo quedó mirando atónita.

—Lo comprenderás cuando la leas —le dijo él.

Mientras se acercaba a la casa de Jo, sintió que unos recuerdos intentaban materializarse. Algo pasó la noche del incendio, algo que ella había visto, pero que no acertaba a comprender. Justo cuando estaba logrando concentrarse, el recuerdo se esfu-

342

mó de su mente. Aminoró la marcha a medida que se acercaba a la casa de Jo, al tiempo que fruncía el ceño, confundida.

En la ventana había una enorme telaraña, y la contraventana yacía medio destrozada sobre la hierba crecida. La barandilla del porche estaba rota y se podía ver la maleza que iba ganando terreno entre las tablas del suelo. Katie se fijó en todos aquellos detalles, aunque no era capaz de procesar la escena que se abría ante sus ojos: un pomo oxidado y parcialmente colgando de la puerta, mugre en las ventanas, como si no las hubieran limpiado desde hacía muchos años.

Sin cortinas ni visillos…

Sin alfombrilla en la entrada…

Sin campanillas de viento orientales…

Katie vaciló, intentando comprender lo que veía. Se sentía extrañamente ligera, como una pluma, como si se estuviera despertando de un sueño. Cuanto más se acercaba, más evidente era que la casa estaba abandonada.

Pestañeó y se fijó en que la puerta estaba sellada con dos tablones de madera clavados en forma de cruz, que se extendían por la superficie ajada.

Volvió a pestañear y vio que una parte de la pared, justo en la esquina, estaba completamente podrida, y que en el centro había un boquete astillado.

Pestañeó por tercera vez y cayó en la cuenta de que la parte inferior de la ventana estaba rota, con trozos de cristal esparcidos por el suelo.

Katie se encaramó al porche, incapaz de contener su curiosidad. Se inclinó hacia delante y echó un vistazo a través de las ventanas hacia el oscuro interior de la cabaña.

Polvo y más polvo, muebles rotos, pilas de escombros. Ni rastro de pintura, todo estaba sucio. De repente, retrocedió y casi tropezó con un peldaño roto. No. No era posible. No podía ser. ¿Qué le había pasado a Jo? ¿Y las reformas que había hecho en la casa? Katie había visto cómo colgaba las campanillas de viento orientales. Jo había estado en su casa, quejándose de lo duro que resultaba pintar y limpiar. Habían tomado café, vino y queso juntas, y Jo había bromeado con Katie acerca de la bicicleta. Jo la había ido a buscar una tarde después del trabajo y habían ido a tomar una copa a un bar. La camarera las había visto a las dos. Katie había pedido dos copas de vino y...

Pero recordó que Jo no había tocado su copa.

Katie se dio un masaje en las sienes, mientras su cerebro procesaba la información a gran velocidad, en busca de respuestas. Recordó que Jo estaba sentada en los peldaños de su porche cuando Alex la llevó a casa. Incluso él la había visto...

¿O no?

Katie se alejó de la casa en ruinas. Jo era real. De ningún modo podía tratarse de una amiga imaginaria. No, no se la había inventado.

«Pero a Jo le gustaba todo lo que hacías: ella tomaba el café del mismo modo que tú, le gustaban las prendas de ropa que comprabas, sus pensamientos acerca de los empleados en Ivan's eran un puro reflejo de los tuyos.»

Una docena de detalles aleatorios empezaron a plagar su mente y las voces resonaban en su cabeza...

«¡Jo vivía aquí!»

«Entonces, ¿cómo es que la casa está en ruinas?»

«¡Contemplamos las estrellas juntas!»

«Tú contemplaste las estrellas sola, por eso todavía no sabes sus nombres.»

«¡Bebimos vino en mi casa!»

«Te bebiste la botella tú sola, por eso acabaste ebria.»

«¡Me habló de Alex! ¡A ella le gustaba la idea de que estuviéramos juntos!»

«Ella jamás mencionó su nombre hasta que tú lo conociste, y tú ya te habías fijado en él desde el principio.»

«¡Ella había sido la terapeuta de los niños!»

«Y esa fue la excusa a la que tú recurriste para no hablarle nunca a Alex acerca de ella.»

Pero...

Pero...

Pero...

Una a una, las respuestas iban llenando rápidamente las incógnitas a medida que Katie se formulaba más preguntas: la razón por la que jamás había averiguado el apellido de Jo o la había visto conducir su coche...; por qué Jo nunca la había invitado a su casa ni había aceptado su oferta para ayudarla a pintar...; cómo Jo había sido capaz de aparecer por arte de magia junto a Katie, vestida con ropa deportiva...

Katie sintió que algo en su interior se resquebrajaba cuando se dio cuenta de que todas las piezas encajaban.

De repente se dio cuenta de que Jo nunca había estado allí.

43

*K*atie regresó con paso inseguro a su casa, todavía con la impresión de estar soñando. Tomó asiento en la mecedora y clavó la vista en la casa de Jo, preguntándose si se había vuelto loca.

Sabía que la creación de amigos imaginarios era algo normal entre los niños, pero ella ya no era una cría. Y sí, había estado sujeta a un tremendo estrés cuando había llegado a Southport. Sola y sin amigas, siempre alerta, huyendo y mirando a todo el mundo con desconfianza, aterrorizada de que Kevin pudiera encontrarla. ¿Quién no iba a estar ansioso? Pero ¿eso bastaba para que su mente hubiera creado un álter ego? Quizás algunos psicólogos dirían que sí, pero Katie no estaba segura.

El problema era que se negaba a creerlo. No podía creerlo porque le había parecido tan… real. Recordaba perfectamente aquellas conversaciones, todavía podía ver las expresiones de Jo, todavía podía oír el sonido de su risa. Los recuerdos de Jo eran tan reales como los que tenía de Alex. Y de Kristen y de Josh. Probablemente estaba inmovilizada en una camilla de un centro psiquiátrico en algún lugar del país, perdida en un mundo imaginario de su propia creación. Sacudió la cabeza, frustrada y confundida, y sin embargo…

Había algo más, algo extraño en todo aquel asunto, algo que se le escapaba… Sí, se le escapaba a algo. Algo importante.

Por más que lo intentaba, no era capaz de ubicarlo. Los sucesos de los últimos días la habían dejado exhausta y presa de los nervios. Alzó la vista. La oscuridad empezaba a extenderse por el cielo y la temperatura comenzaba a descender. Cerca de los árboles se iba formando una neblina que ascendía poco a poco del suelo.

Desvió la vista de la casa de Jo —porque así sería como siempre se referiría a ese lugar, a pesar de lo que aquello pudiera decir sobre su estado mental— y tomó la carta y la examinó. No había ningún nombre escrito en el sobre.

Le daba un poco de miedo abrirla, aunque no sabía por qué. Quizá por la expresión de Alex cuando se la había entregado. En cierto modo, Katie sabía que era un momento solemne, muy importante para él, y se preguntó por qué no le había comentado nada respecto a la carta hasta ese momento.

No lo sabía, pero pronto oscurecería y pensó que era mejor no mantener más el misterio. Volteó el sobre y lo abrió. Bajo la tenue luz, pasó un dedo por el papel amarillo antes de desdoblar las páginas. Finalmente, empezó a leer.

> A la mujer a la que mi esposo ama:
>
> Si te parece extraño leer estas palabras, créeme cuando te digo que a mí me parece igualmente extraño estar escribiéndolas. Pero, claro, nada en esta carta es normal. ¡Hay tantas cosas que quiero decir, tantas cosas que quiero expresarte! Y cuando al principio he puesto el bolígrafo sobre el papel, tenía las ideas claras en mi cabeza. En cambio, ahora, no sé ni cómo ni por dónde empezar.
>
> Puedo empezar diciéndote esto: he llegado a la conclusión de que, en la vida de cualquier persona, existe un momento innegable de cambio, determinadas circunstancias que, de repente, lo alteran todo. Para mí, ese momento fue cuando conocí a Alex. A pesar de que no sé cuándo o dónde leerás esta carta, sé que significa que él te quiere. También significa que quiere compartir su vida contigo, y por lo menos eso es algo que tú y yo siempre tendremos en común.
>
> Me llamo Carly, como probablemente ya sabrás, pero durante casi toda mi vida mis amigos me han llamado Jo.

Katie dejó de leer y contempló la carta que sostenía entre la manos con los ojos abiertos como un par de naranjas, incapaz de asimilar aquellas palabras. Aspiró hondo y volvió a leer la última frase: «... pero durante casi toda mi vida mis amigos me han llamado Jo...».

Agarró las hojas con dedos crispados, sintiendo que, por fin,

347

el recuerdo que antes había intentado reproducir en su mente empezaba a tomar forma. De repente, se halló de nuevo en la habitación de matrimonio la noche del incendio. Notó la tensión en los brazos y en la espalda cuando lanzó la mecedora contra la ventana, sintió un ataque de pánico cuando envolvió a Josh y a Kristen con el edredón, y en ese momento oyó un potente crujido a sus espaldas. Con una repentina claridad, recordó que se había dado la vuelta rápidamente y había visto el retrato colgado en la pared, el retrato de la esposa de Alex. En ese momento, se quedó desconcertada, con los nervios a flor de piel a causa de la tensión del momento, del humo y el miedo.

Pero había visto la cara. Sí, incluso había dado un paso hacia delante para verla mejor.

Recordó que en ese instante pensó que se parecía mucho a Jo; incluso en su estado de turbación, había sido capaz de darse cuenta de ello. Pero ahora, mientras permanecía sentada en el porche debajo del cielo que se iba oscureciendo poco a poco, tuvo la certeza de que se había equivocado. Se había equivocado por completo. Alzó la vista para volver a mirar hacia la casita de Jo.

Acababa de darse cuenta de que la esposa de Alex se parecía a Jo porque era Jo. Notó que los recuerdos se materializaban sin trabas y que empezaban a fluir libremente, desde la mañana que conoció a Jo.

«Mis amigos me llaman Jo», le había dicho a modo de presentación.

Virgen santa.

Katie palideció.

Jo…

De repente supo que no se había imaginado a Jo, que no era fruto de su imaginación.

Jo había estado allí. Empezó a notar una fuerte presión en la garganta. No porque no lo creyera, sino porque de repente comprendió que su amiga Jo —su única amiga real, su sabia consejera, su apoyo y confidente— nunca regresaría.

Nunca más volverían a tomar café juntas, nunca compartirían otra botella de vino, nunca más charlarían relajadamente sentadas en el porche. Nunca volvería a oír su risa ni la vería arquear una ceja de esa forma tan expresiva. Nunca más la oiría quejarse por las tediosas tareas domésticas, y rompió a llorar.

Lloraba por la maravillosa amiga que nunca más tendría ocasión de encontrar en esta vida.

No estaba segura de cuánto tiempo había transcurrido hasta que se sintió capaz de retomar la lectura de la carta. Estaba anocheciendo y, con un suspiro, se puso de pie y abrió con llave la puerta principal. Una vez que estuvo dentro, tomó asiento frente a la mesa de la cocina. Recordó que Jo había estado una vez sentada en la silla opuesta. Por una razón inexplicable, Katie notó que se empezaba a relajar.

«Muy bien —se dijo a sí misma—, estoy lista para escuchar lo que tienes que decirme.»

… pero durante casi toda mi vida mis amigos me han llamado Jo. Puedes llamarme de una forma u otra, como prefieras, y para que lo sepas, yo ya te considero mi amiga. Espero que cuando llegues al final de esta carta, tú sientas lo mismo por mí.

Morir es una sensación extraña, y no pienso aburrirte con los pormenores. Quizá me queden semanas o quizá meses, y aunque sea un cliché, es cierto que muchas de las cosas que creía que eran importantes ya no lo son. Ya no leo la prensa, ni me importan las cotizaciones de la Bolsa y los mercados de valores, ni me preocupa si lloverá cuando esté de vacaciones. En cambio, no puedo dejar de pensar sobre los momentos esenciales de mi vida. Pienso en Alex y en lo apuesto que estaba el día que nos casamos. Recuerdo mi júbilo exhausto la primera vez que sostuve a Josh y a Kristen entre mis brazos. Fueron unos bebés maravillosos, y solía tumbarlos sobre mi regazo y contemplarlos mientras dormían. Podía estarme así, mirándolos embelesada, durante horas, intentando discernir si tenían mi nariz o la de Alex, sus ojos o los míos. A veces, mientras ellos soñaban, enredaban sus pequeños puños alrededor de mi dedo, y aún puedo recordar la sensación de jamás haber experimentado una forma de alegría más pura.

Hasta que tuve hijos no comprendí de verdad lo que significa amar. No me malinterpretes. Amo a Alex profundamente, pero es distinto del amor que siento por Josh y Kristen. No sé cómo explicarlo y no creo que tenga que hacerlo. Lo único que sé es que, a pesar de mi enfermedad, me siento muy afortunada, porque he sido capaz de experimentar esos dos tipos de amor. He gozado de una vida feliz y completa, y he experimentado la clase de amor que mucha gente jamás conocerá.

Pero mi pronóstico me asusta. Intento ser valiente delante de Alex, y los niños son todavía demasiado pequeños para comprender lo que pasa, pero en los momentos de soledad, las lágrimas no tardan en aflorar, y a veces me pregunto por qué no puedo controlarlas. Aunque sé que no debería hacerlo, me desespero al pensar que jamás podré llevar a mis hijos a la escuela y que nunca disfrutaré de la oportunidad de presenciar su euforia el día de Navidad, cuando vean los regalos. Nunca podré ayudar a Kristen a comprarse un vestido de fiesta ni veré a Josh jugar al béisbol. Hay tantas cosas que no podré ver ni hacer con ellos… Y a veces me descorazona pensar que no seré más que un recuerdo lejano cuando ellos se casen.

¿Cómo puedo decirles que los amo si ya no estoy junto a ellos?

Y Alex. Él es mi sueño y mi compañero, mi amante y mi amigo. Es un padre devoto; pero más que eso: es mi esposo ideal. No puedo describir cómo me siento cuando me toma entre sus brazos, o las ganas que tengo de yacer a su lado por la noche. Hay una humanidad inquebrantable en él, una fe en la bondad de la vida, y me parte el corazón imaginarlo solo. Por eso le he pedido que te entregue esta carta; yo interpreto este acto como una forma de obligarlo a mantener su promesa de que intentará encontrar a alguien especial de nuevo, alguien que lo ame, y alguien a quien él pueda amar. Necesita ese amor.

Me considero muy afortunada de haber estado casada con él durante cinco años y de que de nuestra relación hayan nacido nuestros dos maravillosos retoños. Ahora mi vida está a punto de extinguirse y tú me reemplazarás. Te convertirás en la esposa que envejece al lado de Alex, y te convertirás en la única madre que mis hijos conocerán. No puedes imaginar lo terrible que es estar tumbada en la cama, contemplando a mi familia mientras soy plenamente consciente de esta dolorosa verdad, sabiendo que no hay nada que pueda hacer para remediarlo. A veces sueño que descubro una forma de regresar, que encuentro una vía para asegurarme de que los tres estarán bien. Me gusta creer que velaré por ellos desde el cielo, o que podré visitarlos en sus sueños. Quiero pensar que mi viaje en esta mundo aún no ha culminado, y rezo porque el amor incondicional que siento por ellos haga que, de algún modo, mi sueño sea posible.

Y ahí es donde intervienes tú. Quiero que hagas algo por mí.

350

Si amas a Alex ahora, por favor, ámalo para siempre. Haz que vuelva a reír, y valora el tiempo que pasáis juntos. Salid a pasear y montad en bicicleta, acurrucaos en el sofá mientras veis una película cómodamente cubiertos con una manta. Prepárale el desayuno, pero no lo malcríes. Deja que él también te prepare el desayuno, para que de ese modo pueda expresarte que para él eres muy especial. Bésalo y hazle el amor, y considérate muy afortunada por haberlo conocido, porque es la clase de hombre que nunca te fallará.

También quiero que ames a mis hijos como los amo yo. Que los ayudes con los deberes de la escuela y que les des un beso en las rodillas y codos arañados cuando se caigan. Que les acaricies el pelo cariñosamente y que los animes para que sepan que pueden hacer cualquier cosa que se propongan. Que los abrigues bien por la noche y los ayudes con sus oraciones. Que les prepares la cena, que les muestres tu apoyo con sus amistades. Que los adores, que rías con ellos, que los ayudes a crecer para que se conviertan en unos adultos bondadosos e independientes. El amor que les des te lo retornarán multiplicado por diez en el futuro, de eso puedes estar segura, teniendo en cuenta la influencia de su padre.

Te lo pido por favor, haz todas estas cosas por mí. Al fin y al cabo, ahora ellos son tu familia, y no la mía.

No estoy celosa ni enfadada por que me hayas reemplazado; como ya te he dicho antes, te considero mi amiga. Tú has conseguido que mi esposo y mis hijos vuelvan a ser felices, y desearía poder estar contigo para darte las gracias personalmente. En vez de eso, sin embargo, lo único que puedo hacer es asegurarte que siempre tendrás mi eterna gratitud.

Si Alex te ha elegido, entonces quiero que creas que yo también te he elegido.

Tu amiga, que está contigo en espíritu,

CARLY JO

Cuando Katie acabó de leer la carta, se secó las lágrimas con el reverso de la mano y deslizó un dedo por las páginas antes de volverlas a guardar en el sobre. Permaneció sentada en silencio, reflexionando sobre las palabras que había escrito Jo, con la plena seguridad de que haría exactamente lo que le había pedido.

«Y no por la carta», pensó, sino porque sabía que, de una

forma inexplicable, Jo era la persona que la había empujado a darle a Alex una oportunidad.

Katie sonrió.

—Gracias por confiar en mí —susurró, y supo que Jo había estado a su lado durante todo el tiempo.

Katie quería a Alex y a los niños, y sabía que no podía imaginar un futuro sin ellos. Se dijo a sí misma que ya era hora de ir a casa, ya era hora de ver a su familia.

En el exterior, el disco blanco y brillante de la luna la guio hasta el todoterreno. Pero antes de subir, echó un vistazo por encima del hombro hacia la cabaña de Jo.

Las luces estaban encendidas; las ventanas, iluminadas por una luz amarillenta. En la cocina recién pintada, vio a Jo de pie, cerca de la ventana. A pesar de que estaba demasiado lejos como para adivinarlo, Katie tuvo la impresión de que Jo le sonreía. Su amiga alzó la mano para despedirse, y de nuevo estuvo segura de que, a veces, el amor puede conseguir lo imposible.

Cuando Katie pestañeó, la cabaña volvía a estar a oscuras. No había luz y Jo había desaparecido, pero pensó que podía oír las palabras en la carta recitadas por la suave brisa.

352

«Si Alex te ha elegido, entonces quiero que creas que yo también te he elegido.»

Katie sonrió y miró hacia delante. Sabía que no era una ilusión ni un producto de su imaginación. Sabía lo que había visto.

Sabía lo que creía.

Agradecimientos

Cuando acabo una novela, instintivamente me pongo a pensar en todas las personas que me han ayudado en el proyecto. Como siempre, la lista la encabeza Cathy, mi esposa, quien no solo tiene que soportar los repentinos cambios de humor que a veces se apoderan de mí mientras estoy volcado en el proceso creativo, sino que además ha vivido un año extremadamente duro, con la pérdida de su padre y de su madre. Cómo me gustaría haber podido hacer algo para paliar tu dolor. Te quiero, cariño.

También deseo dar las gracias a mis hijos: Miles, Ryan, Landon, Lexie y Savannah. Miles ha empezado la universidad, y mis dos hijas pequeñas están cursando ya el tercer grado de primaria. Verlos crecer siempre supone un enorme motivo de alegría.

Gracias a mi agente literaria, Theresa Park, merecedora de mi eterna gratitud por ayudarme a extraer lo mejor de mí como escritor en cada novela. Me considero muy afortunado de poder trabajar con ella.

Lo mismo digo de Jamie Raab, mi editora. Me ha enseñado tanto sobre el proceso de escribir que su presencia en mi vida es una bendición.

Denise DiNovi, mi amiga de Hollywood y productora de varias de mis películas: gracias por haberme dado tantas alegrías y haberme brindado tu amistad a lo largo de estos años. Gracias por todo lo que has hecho por mí.

Gracias a David Young, el director ejecutivo de Hachette Book Group. Inteligente y brillante. Gracias por tolerar mis irremisibles retrasos en la fecha de entrega de los manuscritos.

Gracias a Howie Sanders y Keya Khayatian, mis agentes cinematográficos, con los que llevo muchos años trabajando y a los que les debo en gran parte mi éxito. Gracias por vuestra absoluta entrega.

Jennifer Romanello, mi publicista en Grand Central Publishing, ha trabajado conmigo desde la primera novela que escribí, y me considero muy afortunado por contar con su inestimable ayuda.

Edna Farley, mi otra publicista, profesional y diligente, siempre se asegura de que no haya ningún problema en mis giras promocionales. Mil gracias.

Scott Schwimer, mi abogado bromista, no solo es un buen amigo, sino que demuestra una gran habilidad para negociar los puntos más delicados de mis contratos. Es un honor poder trabajar contigo.

Abby Koons y Emily Sweet, mis aliadas en Park Literary Group, merecen mi más sincero agradecimiento por todo el trabajo que realizan con los editores de otros países, con mi página web, y por encargarse de los numerosos contratos que tengo que firmar. Sois las mejores.

Gracias a Marty Bowen y Wyck Godfrey, por su excelente trabajo como productores de *Querido John*. Gracias por vuestra labor. Valoro mucho el celo que mostrasteis en el proyecto.

Y lo mismo digo de Adam Shankman y Jennifer Gibgot, los productores de *La última canción*, con los que tuve el placer de trabajar. Gracias por todo.

Gracias a Courtenay Valenti, Ryan Kavanaugh, Tucker Tooley, Mark Johnson Lynn Harris y Lorenzo di Bonaventura, por vuestro gran entusiasmo en la adaptación de mis novelas a la gran pantalla. Solo tengo elogios para vuestro magnífico trabajo.

Gracias también a Sharon Krassney, a Flag, y al equipo de editores y correctores que han tenido que trabajar hasta las tantas para que esta novela quede lista para imprenta.

Gracia a Jeff Van Wie, mi colaborador en el guion cinematográfico de *La última canción*. Agradezco por tu entusiasmo y esfuerzo en la realización del guion. Gracias por tu amistad.

ESTE LIBRO UTILIZA EL TIPO ALDUS, QUE TOMA SU NOMBRE
DEL VANGUARDISTA IMPRESOR DEL RENACIMIENTO
ITALIANO ALDUS MANUTIUS. HERMANN ZAPF
DISEÑÓ EL TIPO ALDUS PARA LA IMPRENTA
STEMPEL EN 1954, COMO UNA RÉPLICA
MÁS LIGERA Y ELEGANTE DEL
POPULAR TIPO
PALATINO

* * *
* *
*

UN LUGAR DONDE REFUGIARSE SE ACABÓ DE IMPRIMIR
EN UN DÍA DE OTOÑO DE 2011,
EN LOS TALLERES GRÁFICOS DE RODESA
VILLATUERTA (NAVARRA)

* * *
* *
*